CRÔNICAS
DO MUNDO
EMERSO

LICIA TROISI

CRÔNICAS DO MUNDO EMERSO

Livro 3
O Talismã
do Poder

Tradução de Mario Fondelli

Rocco

Título original
CRONACHE DEL MONDO EMERSO
3 – Il Talismano del Potere

© 2005 Arnoldo Mondadori Editore S.P.A., Milão

Direitos para a língua portuguesa reservados
com exclusividade para o Brasil à
EDITORA ROCCO LTDA.
Avenida Presidente Wilson, 231 – 8º andar
20030-021 – Rio de Janeiro – RJ
Tel.: (21) 3525-2000 – Fax: (21) 3525-2001
rocco@rocco.com.br
www.rocco.com.br

Printed in Brazil/Impresso no Brasil

preparação de originais
MARIA ANGELA VILLELA

CIP-Brasil. Catalogação na fonte.
Sindicato Nacional dos Editores de Livros, RJ.

T764t   Troisi, Licia
O Talismã do Poder / Licia Troisi; tradução de Mario
Fondelli. – Rio de Janeiro: Rocco, 2007.
. – (Crônicas do Mundo Emerso; v. 3)

Tradução de: Cronache del Mondo Emerso III: Il Talismano
del Potere.
Sequência de: A missão de Senar
ISBN 978-85-325-2058-6

1. Ficção italiana.   I. Fondelli, Mario.   II. Título.
III. Série.

06-1166

CDD–853
CDU–821.131.1-3

O texto deste livro obedece às normas
do Acordo Ortográfico da Língua Portuguesa

Para Giuliano, por tudo

Farol de Dessa
Promontório Último
Porto de Giafta
Golfo de Barahar
Lome
Barahar
Pântanos
Saar
Laia
Bosque Marinho
Mar Pequeno
Deserto Central
Sossa
Terra
Floresta Ocidental
Cataratas de Naël
Montes do Sol
Laodameia
Loos
Terra da Água
Pradaria
Grande
Terra do Vento
Salazar
Floresta
Daress (Montes do Norte)
Terra dos Rochedos
Nassel
Thal (Pai dos Montes)
Assa
Floresta de Pedra
Montanhas Negras
Barreira do
Terra do Fogo
Passel
Campos Mortos
Hora (Cratera Meridional)

Mundo Emerso

- Recifes Esconsos
- Montes de Rondal
- Floresta do Norte
- Makrat
- Terra do Sol
- Lago Hantir
- Grande Afluente
- Pequeno Afluente
- Montes da Sershet
- Grande Deserto
- Enaar
- Naar
- Margens do Grande Deserto
- Terra dos Dias
- Antiga Floresta de Bersith
- Seférdi
- Lago de Merish (agora Pântanos)
- Réhvni
- Ludânio
- Looh
- Astéria (agora Narbet)
- Terra da Noite
- Grande Floresta de Mool (agora Floresta Morta)

O meu nome é Senar e sou um mago. Nihal e eu conhecemo-nos cinco anos atrás em Salazar, uma cidade-torre da Terra do Vento, no dia em que ganhei dela um punhal durante um duelo. Ela estava com treze anos e eu com quinze. Muitas coisas aconteceram desde então. O Tirano, que já dominava quatro das oito Terras do Mundo Emerso, atacou e conquistou Salazar, e Livon, o pai de Nihal, foi morto. Logo a seguir Nihal descobriu ser a última sobrevivente dos semielfos, o povo exterminado alguns anos antes pelo Tirano. Decidida a tornar-se guerreiro para vingar a morte do pai e a chacina que aniquilara os semielfos, conseguiu superar as provas impostas pelo Supremo General Raven e entrar na Academia, onde conheceu Laio, o único verdadeiro amigo naqueles meses de solidão. Durante a sua primeira experiência de combate, no entanto, ficou abalada com a morte de Fen, o Cavaleiro de Dragão pelo qual estava apaixonada, companheiro de Soana, a maga que a iniciara às ciências ocultas. Foi então entregue ao gnomo Ido para que ele se encarregasse do seu treinamento e finalmente fez jus ao seu dragão, Oarf.

Naquele mesmo tempo o Conselho dos Magos, órgão ao qual pertenço, confiou-me uma importante missão. De forma que, há mais ou menos um ano, parti em busca do Mundo Submerso, um continente do qual muitos fantasiavam a existência, mas cuja localização de fato ninguém conhecia. A finalidade da minha viagem era pedir a ajuda militar dos habitantes daquele mundo para que nos socorressem na guerra contra o Tirano.

Não foi uma tarefa fácil. Embarquei no navio pirata de Rool e da sua filha Aires e tivemos de enfrentar primeiro uma tempestade sem fim, e depois a bocarra de um monstro que vigiava a entrada do reino das profundezas. A última prova tive de enfrentá-la sozinho. Peguei um bote e consegui encontrar o único acesso conhecido para o Mundo Submerso, uma enorme voragem capaz de engolir qualquer coisa. Achei que ia morrer. A terrível força do remoinho, o pequeno barco que tremia e se despedaçava em mil estilhaços, a água que enchia os meus pulmões e me sufocava...

Salvei-me e consegui chegar ao Mundo Submerso. Depois de receber a ajuda e os cuidados de uma família do lugar, saí em busca do conde, o único que poderia ouvir os meus pedidos.

Zalênia, como é chamada pelos seus habitantes, é um lugar perigoso para quem, como eu, chega do Mundo Emerso. Qualquer morador da superfície que se atreva a descer no abismo corre o risco de ser condenado à morte. Fui capturado e jogado numa cela, e justamente ali encontrei uma ajuda inesperada. Conheci uma linda jovem, Ondine, a lembrança mais doce e também mais triste dos três meses que passei no ventre do mar.

Ondine cuidou de mim enquanto estava preso e ajudou-me quando qualquer esperança já parecia vã, suplicando em meu nome junto ao conde Varen. Depois de falar com Varen e de conseguir convencê-lo, pude finalmente apresentar-me diante do rei Nereu. Levei Ondine comigo porque achava que precisaria dela e acreditava amá-la.

Consegui o que queria, em Zalênia, mas tive de pagar um preço caro. Enquanto implorava diante da multidão que Nereu nos desse a sua ajuda, um enviado do Tirano tentou matar o rei e a guerra irrompeu de forma dramática num mundo até então pacífico.

Ao concluir a minha missão tive a impressão de voltar à realidade e percebi que os meus sentimentos por Ondine estavam equivocados. Acabei deixando-a, com uma promessa que algum dia espero manter.

Enquanto estava empenhado na minha missão, muitas coisas também aconteceram na superfície. Nihal tornou-se Cavaleiro de Dragão e enfrentou o mais forte dos guerreiros inimigos, o homem que destruiu Salazar: o gnomo Dola. Conseguiu derrotá-lo, mas teve de recorrer a um feitiço proibido, e isso reforçou as legiões de espíritos que a acossam.

Mesmo tendo vencido, para Nihal a parte mais difícil do duelo foi descobrir que Dola era o irmão de Ido e que no passado o seu mestre havia servido nas tropas do Tirano, ajudando-o a exterminar os semielfos. Ido e Nihal, no entanto, tinham uma ligação muito forte e especial, um elo que não podia quebrar-se tão facilmente, e conseguiram superar mais este duro desafio.

Nihal e eu estamos novamente juntos, e Soana também voltou. Tinha saído em busca de Reis, a sua antiga mestra, e informou a Nihal que a maga queria vê-la.
Reis é uma velha maldosa. Com olhos cheios de ódio revelou-nos que Nihal foi consagrada a um deus de nome estranho, Shevrar, e que é agora a única a possuir a chave para salvar este mundo do Tirano. Terá de juntar oito pedras, cada uma perdida numa das oito Terras. Depois de encontrá-las, terá então de colocá-las num talismã para evocar um poderoso encantamento que anulará qualquer outra magia no Mundo Emerso. Também descobrimos que Reis foi a responsável pelos pesadelos que afligem Nihal, pois só estimulada por este contínuo tormento ela poderia encontrar coragem para levar a cabo a tarefa. Ainda na casa da velha maga, falei com Nihal e a convenci a não partir, a não fazer nada daquilo que Reis pedira.
Mas infelizmente a situação piorou abruptamente. O Tirano arquitetou uma nova arma. Conseguiu evocar os espíritos dos mortos e acabamos sendo forçados a lutar contras os nossos companheiros caídos, invulneráveis aos golpes das espadas.
Soana e eu encontramos um feitiço que fez com que as armas pudessem acabar com os fantasmas, mas isto não impediu a derrota. Num só dia perdemos a maior parte da Terra da Água e Nihal foi ferida por Fen redivivo.

A situação é desesperadora. As tropas de Zalênia não passam de uma débil esperança. Sei por que Nihal levantou-se e saiu durante a sessão do Conselho, naquele dia, e uma parte de mim sabe que ela tomou a decisão certa. Mas não podia deixar que fosse para território inimigo acompanhada somente pelos seus pesadelos. Foi por isso que também decidi arriscar tudo, por ela.

TERRAS LIVRES

Foi assim que os deuses, zangados com o comportamento insano e arrogante dos habitantes de Vemar, decidiram acabar com eles. Dirigiram a sua ira contra aquela terra que no passado tinham abençoado e houve uma grande perturbação. O mar levantou-se até alcançar o céu, a terra mergulhou no abismo, rios de fogo invadiram Vemar com suas ondas enlouquecidas. Durante três dias terra e mar agitaram-se numa mescla confusa, enquanto os homens rezavam aos deuses para acalmar sua ira. No quarto dia Vemar subiu ao céu e foi virada de cabeça para baixo, sendo substituída por um amplo golfo, um círculo perfeito. Vemar, a Abençoada dos Deuses, já não existia. Em seu lugar existe agora o golfo de Lamar, Ira dos Deuses, tendo no meio as torres que anunciam que ninguém é bastante grande para elevar-se até os deuses.

Antigas histórias, parágrafo XXIV, da Biblioteca Real
da cidade de Makrat

I
O COMEÇO DE UMA LONGA VIAGEM

Nihal levantou a gola da capa quase até os olhos. Já estava fazendo muito frio no bosque para aquela época do ano. Os pinheiros vergavam-se na gélida ventania e a fogueira estava a ponto de apagar-se.

Última dos semielfos, como testemunhavam os cabelos azuis e suas orelhas pontudas, Nihal estava enfraquecida pela febre e pelas vozes dos fantasmas que povoavam os seus pesadelos. Olhou para o medalhão que trazia no pescoço, o talismã que poderia custar-lhe a vida e ser decisivo para a salvação do Mundo Emerso. Os oito engastes vazios pareciam fasciná-la com a sua carga interrogativa.

Os companheiros Senar e Laio, agachados e apoiados numa árvore, dormitavam. O seu dragão, Oarf, também dormia; podia-se ouvir a sua respiração no movimento lento e regular do poderoso peito coberto de escamas esmeraldinas.

A viagem tinha começado seis dias antes, depois do último encontro com a maga Reis.

Diante do fogo, a semielfo fechou as pálpebras e concentrou-se na respiração tranquilizadora de Oarf, na tentativa de esquecer aquela lembrança. Parecia-lhe ainda estar vendo os olhos quase brancos da velha, os dedos aduncos e ouvindo a sua voz carregada de ódio.

O vento soprava gelado, mas, mesmo assim, a semielfo estava molhada de suor. Observou novamente o talismã. A pedra central brilhava na escuridão, entre os reflexos avermelhados dos tições, da mesma forma com que havia iluminado o ambiente fétido da cabana da maga. As palavras que Reis pronunciara ainda ecoavam na sua mente:

"O talismã revelará a localização dos santuários a você e somente a você, Sheireen. Quando encontrar o lugar onde a pedra está guardada, deverá recitar as palavras do iniciado: *Rahhavni sektar aleero*, 'Invoco o poder'. Pegará a pedra e a colocará no ni-cho que lhe é próprio, no amuleto, e o poder descerá sobre você. Quando chegar à Grande Terra chamará de uma só vez os Oito Espíritos, pronunciando o nome deles: *Ael*, Água; *Glael*, Luz; *Sareph*, Mar; *Thoolan*, Tempo; *Tareph*, Terra; *Goriar*, Escuridão; *Mawas*, Ar; *Flar*, Fogo. Cada uma das oito pedras ativar-se-á e os espíritos serão evocados. O talismã sugará a sua força vital, alimentar-se-á com ela para invocar os espíritos. A energia tirada de você se acu-mulará no medalhão. Poderá ser usada para evocar outra magia, mas neste caso acabará se perdendo e você morrerá, ou então po-derá ser liberada quebrando o medalhão com uma lâmina de cristal negro. Mas procure lembrar-se disto, o talismã é destinado a você, e se porventura alguém mais vier a usá-lo perderá o brilho e o po-der, e sugará a vida da pessoa que se atreveu a fazer isso."

Nihal estremeceu. Voltou a esconder o medalhão no peito e apertou-se na capa.

Haviam partido às pressas, a missão era da maior urgência. Ela mesma insistira em viajar antes mesmo de a ferida no ombro sarar por completo.

Nihal teria preferido que Laio, o seu escudeiro, ficasse na base, mas fora impossível impedir que a acompanhasse. Até o seu mestre, o gnomo Ido, acabara conformando-se:

"Provavelmente seria melhor ele não sair daqui", resmungara entre uma e outra baforada do cachimbo. "Não é um guerreiro e não nasceu para entrar em combate. Mas Laio não aceitará a ideia de ficar esperando no acampamento. Mesmo que você partisse às escondidas, iria atrás e acabaria sendo morto. A única solução é levá-lo junto."

O escudeiro não se fizera de rogado, juntara logo as suas coisas com um sorriso que iluminava seu rosto emoldurado pelos caracóis loiros e ficara impaciente até o momento da partida.

Ao interrogar o talismã pela primeira vez, Nihal não ficou nem um pouco à vontade. Até o momento em que testasse de fato os poderes do medalhão, podia dizer a si mesma que era apenas Nihal, Cavaleiro de Dragão: Sheireen, a Consagrada, o nome detestável

com que Reis a chamara, continuaria sendo somente a sombra de um pesadelo.
 Mas logo que segurou o amuleto nas mãos sua mente foi invadida por uma visão.
 Uma imagem confusa. Neblina. Um atoleiro, tendo no meio uma construção azulada, evanescente. Uma palavra: *"Aelon."* E uma direção: "Para o norte, acompanhando o curso do Grande Rio até chegar ao mar." E mais nada.
 Então era verdade mesmo. Ela era a Consagrada.
 Cercada pelas sombras escuras das árvores, Nihal não conseguia dormir. A febre aumentara e o ombro latejava. A infecção devia estar tomando conta da ferida.
 Nihal olhou para o mago e o escudeiro que dormiam serenos. Demorou-se a observar as mechas ruivas do mago que despontavam da capa e perguntou mais uma vez a si mesma se conseguiriam realmente levar a cabo a façanha.

Na manhã seguinte puseram-se a caminho quando o sol já estava alto no céu, seguindo para o norte enquanto a neve começava a cair silenciosa. O vento agitava as copas das árvores e contrastava com as asas de Oarf.
 Sobrevoaram extensões de florestas brancas e muitos afluentes do Saar. Entre os galhos secos e cinzentos avistaram os vilarejos dos homens e as árvores onde moravam as ninfas. Nihal sentiu que já estavam perto da meta.
 – É aqui – disse e mandou Oarf baixar de altitude.
 Abaixo deles, o Grande Rio dividia-se em milhares de regatos que encharcavam o solo e as árvores davam lugar a uma planície lamacenta. Devia ser o charco que Nihal vira ao interrogar o talismã. Voaram para o local, mas a vista ficou logo impedida por uma espessa neblina. Só alguns galhos secos e enegrecidos ainda se destacavam na paisagem cinzenta.
 – Temos de baixar mais, pois do contrário não vamos ver coisa alguma – sugeriu Laio.
 Logo que puseram os pés no chão, perdidos na luz opaca da neblina, foram envolvidos por um forte cheiro de água parada. Estavam na foz do lamaçal.

Sentaram-se num tronco a fim de avaliar a situação.
— Não dá para seguirmos em frente com Oarf, pelo menos enquanto houver este nevoeiro — disse Senar.
— Mas não sabemos onde fica o santuário nem até onde chega este pântano — objetou Laio.
Nihal continuava calada. Sentia arrepios gelados na espinha enquanto seu rosto parecia estar pegando fogo. Tentou concentrar-se, sem prestar atenção em Laio e Senar. Afinal, tomou uma decisão.
— Precisamos seguir a pé — disse.
— Está bem — respondeu Laio, e levantou-se.
— Você não — intimou Nihal.
Laio parou.
— Como assim?
— Quero que fique com Oarf — disse ela.
— Nada disso. Você só quer se livrar de mim! — exclamou o escudeiro, para logo a seguir ficar com expressão arrependida.
Nihal olhou para ele, severa.
— Você mesmo disse que não sabemos até onde teremos de andar. Oarf está cansado, precisa dos seus cuidados.
— Eu sei, mas...
— Não adianta protestar, já decidi. Senar e eu partiremos amanhã de manhã. Você ficará aqui.

Naquela noite Nihal não conseguiu pegar no sono. A febre aumentara e a ideia de estar prestes a visitar o primeiro santuário emocionava-a e a assustava ao mesmo tempo. Senar iria estar perto dela, mas a decisão do mago de acompanhá-la na viagem, arriscando a sua posição no Conselho, era mais um fardo que se juntava ao ônus já muito pesado da missão.

Quando Nihal comunicara ao Conselho dos Magos a sua decisão de partir, Senar levantara-se na mesma hora.
— Quero ir com ela.
Nihal olhara para ele.
— Senar!

– *Nem pense nisso* – *respondera Dagon.* – *Foi graças à sua magia que conseguimos amenizar a nossa derrota. Precisamos de você aqui.*
– *Peço permissão para acompanhá-la* – *insistira ele.* – *Ela também pode precisar de magia.*
Dagon ficara um bom tempo olhando para ele.
– *Mandaremos então outro mago. A sua presença no Conselho é preciosa demais.*
– *Nihal também é preciosa para o exército.*
– *Você ficará aqui mesmo, Senar. Assunto encerrado.*
Senar fizera então uma coisa inesperada, inacreditável: arrancara do pescoço o medalhão que o identificava como membro do Conselho, o símbolo de tudo aquilo em que acreditava e pelo qual lutara.
– *Neste caso, então, deixarei o Conselho.*
Um murmúrio de incrédulo espanto percorrera a sala.
– *Vale tão pouco o Conselho para você?* – *perguntara Sate, o representante da Terra do Sol.*
– *O Conselho é a minha vida, mas há muitas maneiras de se ajudar o Mundo Emerso. Acompanhar o Cavaleiro Nihal é uma delas.*
– *Quem ficará no seu lugar?* – *perguntara a ninfa Theris.*
Soana levantara-se.
– *Enquanto Senar ficar ausente, ofereço-me como sua substituta.*
Dagon ficara algum tempo pensativo.
– *Está bem* – *dissera afinal.* – *Concordo com a sua saída. Mas fique sabendo que, quando voltar, o Conselho se arrogará o direito de não o aceitar de volta.*
Senar anuíra.

Nihal ficou de olhos fixos nas chamas que iluminavam com reflexos avermelhados o ar gelado da noite. À sua volta, a neblina parecia envolver tudo com seu mudo palor.

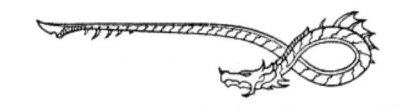

2
AELON OU DA IMPERFEIÇÃO

Na manhã seguinte, quando Nihal e Senar adentraram o pântano, foram tomados pelo desânimo. A neblina estava extremamente densa; tinham de ficar perto um do outro, pois do contrário corriam o risco de se perderem.

Penetrar naquele lugar foi como deixar para trás a realidade. O cheiro era repugnante e o chão tão encharcado que a cada passo afundavam até os tornozelos. O silêncio só era quebrado pelo coaxar dos sapos e pelos gritos estrídulos dos corvos.

Nihal achava cada vez mais difícil avançar, estava ficando para trás. Senar voltou até ela e segurou sua mão.

– O quê...

– Assim não nos perdemos – respondeu o mago. – Se nós soubéssemos onde fica, poderíamos ir ao santuário com a magia.

– Pode fazer encantamentos desse tipo?

– Posso, mas só para viagens curtas e conhecendo exatamente onde fica o lugar. Chama-se Encantamento de Voar, embora na verdade ninguém voe.

– Parece uma boa ideia.

Senar sorriu.

– Algum dia vou lhe ensinar.

Logo perderam a noção do tempo. Ao redor deles só havia uma cinzenta uniformidade. Era como se não tivessem feito outra coisa a não ser voltar sempre ao mesmo lugar, cada árvore era idêntica à seguinte, cada pedra igual a qualquer outra.

De repente tudo ficou escuro, chegou a noite. Estavam no meio do lamaçal, sem ter a menor ideia da distância que tinham percorrido nem de quanto ainda faltava. Não podiam parar por ali, precisavam encontrar um abrigo, mas naquela planície não iria ser fácil.

Nihal não sabia onde Senar estava, até que o ouviu aproximar-se. Uma esfera de luz acendeu-se na mão do mago iluminando seu rosto; estava cansado e abatido, a cicatriz que num momento de raiva Nihal deixara na sua face mais de um ano antes sobressaía na palidez da pele. Nos olhos azuis, no entanto, havia uma luz tranquilizadora.
– Não se preocupe, acabaremos encontrando uma solução – disse Senar. – Não iremos dormir na lama.
O mago encaminhou-se, precedido pelo halo do globo luminoso.
Continuaram andando por um bom tempo, então Senar apontou para uma pedra que despontava do lodo, muito comprida para ambos deitarem nela. Encolheram-se dentro das capas, no escuro, e caíram imediatamente no sono, vencidos pelo cansaço.

Na manhã seguinte, a testa de Nihal estava molhada de suor e suas têmporas ardiam. O ferimento não dava qualquer sinal de melhora.
– Não é nada, e além do mais já estamos perto – desculpou-se Nihal.
– Não está em condições de seguir em frente, já gastou energia demais. Acho melhor avisar Laio e nos abrigarmos em algum vilarejo. Voltaremos depois, quando você estiver melhor.
Nihal sacudiu a cabeça.
– Não adianta, só ficarei mais tranquila quando conseguir encontrar a primeira pedra. Vamos pensar na minha saúde mais tarde – disse. Tentou levantar-se, mas suas pernas vacilaram.
Senar forçou-a a sentar-se de novo.
– Deixe-me carregá-la nos ombros, pelo menos.
Nihal voltou a sacudir a cabeça.
– Será que algum dia você vai entender que não pode fazer tudo sozinha? – desabafou Senar. – Acha que me atreveria a deixar o Conselho se não tivesse certeza de que iria precisar de mim?
Nihal rendeu-se e subiu nas costas do mago.

Seguiram em frente daquele jeito pelo resto da manhã. Senar avançava mergulhado até os joelhos na lama. Depois, finalmente, o nevoeiro ficou menos espesso e alguma coisa apareceu no horizonte. No começo Nihal achou que a febre tinha subido o bastante para provocar alucinações. Via uma construção sobressair na neblina, mas parecia flutuar como que suspensa no ar. Quanto mais se aproximavam, mais ela tinha a sensação de estar próxima da meta.
– Só pode ser aquilo – disse. – Acho que chegamos.
A construção não parecia ficar longe, mas ainda tiveram de caminhar bastante antes de alcançá-la. Pouco a pouco começaram a distinguir os detalhes. Era um edifício quadrado, enfeitado com vários pináculos e da cor da mais pura água cristalina.
Detiveram-se diante dele. No meio da fachada abria-se uma imponente porta em forma de ogiva; as paredes pareciam uma rebuscada renda e a luz entrava e saía por todas aquelas aberturas. O que mais surpreendia no santuário, no entanto, era o material de que era feito: água. A água do charco erguia-se a formar os muros, então remoinhava em volta das cúspides para depois descer como cachoeira e plasmar o portal. Era água de nascente, suspensa no ar para dar forma ao edifício.
Nihal esticou o braço e seus dedos afundaram na parede, mergulhados na correnteza da água. Puxou a mão e levou-a ao rosto molhando-o.
– Que maravilha! – murmurou Senar.
A jovem levantou os olhos e reparou numa escrita que dominava o portal com seus caracteres elegantes e cheios de ornatos: *"Aelon."*
– Vamos entrar – disse.
Desembainhou a espada e entrou decidida. Senar foi atrás, muito mais cauteloso.

O chão também era de água, mas aguentava perfeitamente o peso deles. O interior estava vazio. Embora, visto de fora, o edifício parecesse pequeno, uma vez lá dentro dava uma impressão bastante diferente. Havia um longo corredor, só animado pelo murmúrio da nascente que ecoava entre as paredes. Parecia não ter fim e o fundo perdia-se na escuridão.

Nihal percebeu uma vaga sensação de perigo e segurou com força a empunhadura da espada. Olhou para o medalhão: a pedra central brilhava no seu nicho.

No fim do corredor, onde provavelmente devia estar a pedra, não se via coisa alguma. Nihal avançou e Senar seguiu adiante com ela. Foram andando assim por um bom tempo, até que de repente a semielfo parou.

Senar olhou à sua volta.

– O que foi? – perguntou.

Nihal não respondeu. Parecera-lhe ouvir uma voz ou, melhor dizendo, uma risada.

A mão de Senar brilhou, pronta a lançar um encantamento.

– Tive a impressão... – Nihal aguçou novamente os ouvidos, mas só escutou o escorrer da água. – Acho que foi a minha imaginação.

Retomaram o caminho. O rumorejar do líquido tornou-se mais fraco até ficar imperceptível. Nihal não saberia dizer quão longe já tivessem ido nas entranhas do santuário. Parou e abaixou a espada.

Então, de repente, mil rostos surgiram das paredes líquidas e aproximaram-se dela e de Senar, para em seguida transformarem-se em etéreos corpos de jovens mulheres. Poderiam ser tomadas por ninfas, não fosse a luz maldosa que brilhava em seus olhos, e o mago e Nihal procuraram proteger-se ficando bem juntos. A semielfo tentou afastar aqueles seres com a espada, mas eram feitos de água e a lâmina afundava neles sem consequências.

Então perceberam repentinamente alguma coisa atrás deles. Nihal virou-se de espada na mão e viu que do chão estava começando a surgir uma mulher, ela também de água. Primeiro o rosto e dois olhos gélidos e maus fixaram-se nela, depois os ombros e o peito, e afinal a parte inferior do corpo.

A mulher continuou crescendo até tornar-se gigantesca e dominar Nihal e Senar com sua figura. Era majestosa e linda, e uma energia espantosa emanava dos seus traços perfeitos.

A espada tremeu nas mãos de Nihal.

Um corte abriu-se de repente no rosto da mulher e um sorriso enigmático apareceu. Tão rápido como brilhara, o sorriso apagou-se.

– Quem é você? – perguntou a mulher.

A resposta surgiu automaticamente nos lábios de Nihal.

— Sheireen — disse com a voz trêmula.
— *Sheireen tor anakte?*
Nihal estava confusa.
— Sou Sheireen e vim para cá em paz — respondeu.
A mulher ficou calada por alguns instantes.
— Consagrada a quem? — repetiu numa língua para Nihal compreensível.
— Fui consagrada a Shevrar.
A mulher pareceu achar a informação satisfatória.
— Shevrar, o deus do Fogo e da Chama que tudo gerou, mas também o deus da labareda que tudo consome. Dele tudo vem e Nele tudo perece. Nas fornalhas dos vulcões que Lhe são tão queridos, a lâmina que mata é forjada para a guerra, mas a luz do Seu fogo dá vida e calor àqueles que O amam. Vida e morte existem Nele, princípio e fim.
Nihal ouviu sem entender.
— E ele? — continuou a mulher. — Quem é o ser impuro que você trouxe consigo?
— Senar — respondeu o jovem com a voz firme. — Sou um mago do Conselho.
A mulher esquadrinhou-o, para então soltar da sua veste umas faixas que envolveram o mago, imobilizando-o.
— Você não deveria ter vindo. Os seus pés impuros não merecem pisar no chão da minha morada.
Senar tentou desvencilhar-se, mas, embora o que o segurava não passasse de água, não conseguiu.
— Deixe-o em paz! O seu caso é comigo, ele se limitou a acompanhar-me nesta missão — berrou Nihal.
A mulher voltou a ficar pensativa, perscrutando Nihal com olhos interrogativos.
— Percebo em você alguma coisa obscura, algo que não combina com um Consagrado.
Nihal sabia muito bem que não era pura, conhecia até bem demais o ódio que sentia pelo Tirano.
— Não sou perfeita e talvez nem mereça fazer jus ao seu poder — disse —, mas o destino quis que eu fosse a única capaz de juntar as pedras. Não as quero para mim. Estou pedindo em nome de todos aqueles que morreram, dos que continuam sofrendo: preciso

fazer isso. Sou a última esperança deles e não posso recusar-me. Espero que você faça o mesmo.

Nihal dava-se conta do olhar penetrante daquela criatura que entrava fundo em sua alma e esperou que não chegasse a discernir a escuridão que nela se aninhava.

Um sorriso conciliador apareceu nos lábios de água da mulher.

– Que seja, Sheireen, entendi o que me pede e pude ver em sua alma. Sei que usará corretamente a dádiva.

A criatura chamou de volta as faixas da sua veste líquida e Senar ficou novamente livre; levou então a mão ao rosto, arrancou um dos olhos da órbita e entregou-o a Nihal. A semielfo pegou a pedra. Era lisa, de um azul pálido e brilhante. Parecia guardar em si as impetuosas correntezas do Saar.

– Está no começo da sua viagem, Sheireen, ainda terá de percorrer muitas léguas e outros irá encontrar depois de mim. Nem todos serão como eu, não se esqueça, e poderão até dificultar a sua tarefa. Já dispõe de um imenso poder a partir de agora. Não o use indevidamente, pois se o fizer eu mesma virei matá-la. Possa o caminho correr leve sob os seus pés e o seu coração alcançar o que deseja – disse a mulher. – Faça aquilo que precisa fazer – concluiu.

Nihal apertou a pedra entre os dedos e colocou-a no alvéolo do medalhão.

– *Rahhavni sektar aleero* – murmurou.

As águas que formavam o santuário começaram a rodar. As paredes dissolveram-se, os adornos desapareceram, a própria mulher foi sugada pelo turbilhão. Toda aquela água parecia estar a ponto de desmoronar em cima de Nihal, mas acabou confluindo na pedra.

A semielfo fechou os olhos e, quando voltou a abri-los, à sua volta só havia o pantanal e a neblina.

Ouviu um suspiro de alívio atrás de si, virou-se e viu o rosto sorridente de Senar.

– Até que não foi tão difícil – disse o mago.

Nihal concordou.

– Talvez tenha entendido os nossos propósitos. Agora só nos resta seguir em frente.

De repente as suas forças falharam. Caiu de joelhos na lama.

– O que foi? – perguntou Senar.

– Nada... só foi uma tontura...

O mago apalpou logo a testa dela.

– Você está ardendo de febre. Deixe-me ver a sua ferida – ordenou.

Antes de Nihal poder esquivar-se, afastou as ataduras. O ferimento voltara a abrir e havia claros sinais de infecção. Senar tentou aparentar calma, mas ela percebeu que ele estava preocupado.

– Precisamos chamar Laio – disse o mago.

Nihal não conseguia pensar direito. Seus olhos ardiam e sentia os arrepios gelados da febre pelo corpo todo.

– Não faz sentido... Não pode chegar até aqui com Oarf – protestou.

Senar jogou a própria capa em cima dela para que parasse de tremer.

– Eu mostrarei o caminho. Você não tem condição de continuar andando, e eu não posso ajudá-la. A minha magia consegue curar as feridas, mas nada pode contra as doenças: elas ficam por conta dos sacerdotes. Acho que as ervas do seu escudeiro poderão ajudar.

– Mas eu...

– Só pense em ficar tranquila e descansar.

Forçou-a a deitar-se num tronco ali perto, então assobiou e um corvo negro desceu do céu. O mago rasgou um pedaço de pano da túnica e, com a magia, escreveu nele algumas palavras para Laio. Prendeu a mensagem na pata do animal e sussurrou alguma coisa no ouvido dele. O corvo levantou voo. O mago agachou-se então ao lado de Nihal, descobriu a ferida e começou a recitar a fórmula de cura.

Laio apareceu umas duas horas mais tarde. Senar acendera uma fogueira mágica no lugar onde se encontravam e o garoto pôde alcançá-los sem maiores problemas. Muito mais problemático foi ajeitar-se na garupa de Oarf, pois o dragão não podia pousar no lamaçal sem correr o risco de ficar atolado para sempre. Senar teve de levantar Nihal o bastante para que Laio a segurasse, em seguida pulou e agarrou-se no dorso escamoso do dragão, ajudado pelo escudeiro.

Logo que Laio viu a semielfo ficou com uma expressão preocupada.

– O que aconteceu? Como está se sentindo?

Nihal tentou responder, mas a febre e os tremores tomaram conta dela.

– O ferimento voltou a abrir e está infeccionado – explicou Senar.

– E o que vamos fazer agora? Não trouxe as ervas comigo e não sei onde procurá-las, e além do mais estamos tão longe, neste frio...

Antes de fechar os olhos Nihal viu Senar segurar com força os ombros miúdos de Laio.

– Antes de mais nada, procure manter a calma. Precisamos encontrar um lugar abrigado, algum vilarejo. Por enquanto posso usar a minha magia, pelo menos no que diz respeito à ferida. Mexa-se! – ouviu o mago dizer.

Então foi vencida pelo torpor da febre, enquanto o dragão desdobrava as asas e partia.

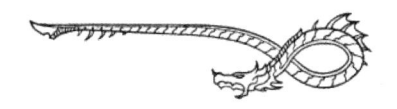

3
A DECISÃO DE SENAR

Oarf voou o mais rápido que pôde. Não demoraram a deixar o pântano para trás e a sobrevoar novamente as florestas. A neve voltara a cair e Senar apertava contra si Nihal para protegê-la do vento.

Nenhum vilarejo à vista: sob as asas do dragão só escorriam as copas frondosas das árvores. Já fazia um bom tempo que estavam voando, mas por enquanto não havia nem sombra de um lugar próprio para as suas necessidades.

De repente Laio apontou para o horizonte.

– Senar, o que acha que é aquilo?

Senar aguçou a vista naquela direção. Ao longe, indistinta, havia uma linha preta que apenas se distinguia. Seus contornos, no entanto, logo ficaram mais claros e a verdade mostrou-se em sua crua realidade: era a frente de batalha.

– Não é possível... – murmurou Laio.

– Mas é isso mesmo, infelizmente. Estamos longe há duas semanas e a situação já era desesperadora, não se lembra?

– Eu sei, mas não podem ter avançado tanto assim! – exclamou Laio.

– Estamos voando muito alto, devem estar mais longe do que parece. Mas de qualquer maneira é uma tragédia.

Senar fez uns rápidos cálculos: o Tirano já devia ter conquistado toda a região meridional e uma parte da ocidental, avançando ao longo do curso do Saar. Para onde poderiam ir? Loos ficava longe demais e ele não conhecia outros vilarejos. Só lhes restava o bosque.

– Acho que a melhor coisa a fazer é rumar para o nordeste: creio que lá ficaremos seguros, pois estaremos muito longe do inimigo – disse o mago finalmente.

– Há algum vilarejo por aquelas bandas? – perguntou Laio.

– Não que eu saiba. Teremos de nos contentar com a floresta.
– Há um lugar... na floresta... – A voz de Nihal estava cansada.
– O que disse? – perguntou Senar.
– Conheço alguém que pode nos ajudar na floresta. Indicarei a direção, mas precisaremos chegar lá de noite.

Nihal mostrou o caminho a duras penas. Voaram até o entardecer, quando mais uma noite gelada tomou conta da Terra da Água. Desceram então em uma pequena clareira que mal dava para Oarf pousar. No meio do pequeno círculo coberto de neve só havia uma pedra.
– Nihal, não há coisa alguma por aqui... – disse Senar.
– Fique calmo, você vai ver.
Não tiveram de esperar muito tempo. Lentamente a pedra tomou vida sob a cobertura nevada e Senar viu aparecer um velho de rosto encarquilhado de rugas e longa barba branca.
O velho fitou demoradamente cada um deles e sorriu ao reparar no espanto que via em seus rostos. Então o seu olhar vivaz fixou-se nos olhos febris de Nihal.
– Eu estava certo quando previ que iríamos nos encontrar de novo – disse.
– Não mudou nada, Megisto. – Nihal sorriu. – Os meus amigos e eu precisamos de um abrigo.
– A minha caverna é grande até demais para mim. Ficarei feliz em hospedá-los.
Levou-os à gruta, onde Senar deitou logo Nihal no catre do velho. A semielfo ardia de febre e teve um sono agitado.
Megisto não perdeu tempo: esquentou a água na lareira e juntou mais palha para acomodá-los. Para onde fosse, era acompanhado pelo sinistro chiado das correntes que trazia nos tornozelos e nos pulsos.
Senar observava-o pasmo. *Como é que um homem tão velho pode mover-se tão agilmente com todo esse peso no corpo?* Afinal, tirou os olhos do anfitrião e procurou tornar-se de alguma forma útil para Nihal, mas Laio afastou-o delicadamente.
– Acho que agora é comigo – disse com um sorriso.

O escudeiro avaliou rapidamente as condições de Nihal. Depois virou-se para Megisto e perguntou se tinha algumas ervas que Senar desconhecia.

– Não, mas sei onde podemos encontrar. Posso levá-lo, se você quiser – respondeu o velho.

Laio assentiu. Embora a contragosto, Senar teve de admitir que o escudeiro parecia saber o que estava fazendo, muito mais do que ele próprio.

– Pode ficar com ela? – perguntou Laio.

– Claro – resmungou o mago.

Ele e Nihal ficaram sozinhos no silêncio da gruta. Senar tentou ajudá-la com a magia mas foi inútil.

De repente Nihal abriu os olhos inchados e acalorados.

– Como está se sentindo? – perguntou logo Senar.

– Não deixe que me transforme em um deles – murmurou a jovem.

– O que está querendo dizer? – perguntou o mago, embora já soubesse a resposta; ele também não conseguira deixar de pensar no assunto. Se Nihal morresse, iria engrossar as fileiras dos fantasmas que combatiam para o Tirano.

– Antes de permitir que eu me torne um fantasma, prefiro que disperse o meu espírito para sempre.

– Pare com isso! – exclamou Senar.

– A sua magia pode fazer isso, não pode? Precisa fazer com que eu morra para sempre...

– Você não vai morrer – disse Senar, tentando convencer principalmente a si mesmo.

Mas Nihal já mergulhara no sono.

Nesta mesma hora Laio e Megisto voltaram, carregando ervas de todo tipo.

Laio ficou logo atarefado. Preparou uma espécie de pomada com as ervas e espalmou-a na ferida de Nihal. Cuidou dela durante uma boa parte da noite, até a testa da jovem deixar de arder e ela conseguir ter um sono sereno.

Megisto pousou a mão no ombro de Senar.

– Acho que já é hora de você e o seu amigo descansarem.

Esquentou então uma sopa de castanhas e trouxe uma forma de pão preto.

Enquanto tomavam a sopa, o mago não conseguia parar de observar o anfitrião. Quando haviam chegado, estava cansado e preocupado demais com Nihal para pensar em onde já ouvira aquele nome, mas não demorara a lembrar-se. Logo após a volta de Soana, Nihal falara a respeito de Megisto e da sua iniciação à magia proibida, à qual recorrera para derrotar Dola. Senar esquadrinhou o velho; não era possível reconhecer naquele corpo castigado pelos anos e as correntes um dos mais cruéis ajudantes do Tirano.

O cansaço pegou-os desprevenidos logo após o jantar e deitaram-se nos estrados que Megisto havia preparado para eles.

Senar, no entanto, não conseguia dormir e continuava a pensar nas palavras que Nihal murmurara delirando:

O que estou fazendo aqui, afinal, se nem sou capaz de ajudá-la numa situação tão simples?

Naquela altura Senar devia admitir que havia sido injusto com Laio. Acreditara que ele seria só um estorvo, mas na verdade o escudeiro nunca se queixara durante toda a viagem até o lamaçal, embora às vezes o mago o tivesse surpreendido a massagear-se as costas depois de tantas horas na garupa do dragão. Sempre olhara para ele com ceticismo, ao vê-lo manusear as suas ervas, e mesmo assim aqueles emplastros de cores improváveis haviam se revelado válidos para baixar a febre de Nihal.

Senar aguçou os ouvidos, prestando atenção na respiração da semielfo. Estava preocupado com ela. Podia ler em seus olhos violeta que estava disposta a sacrificar tudo pelo bom êxito da missão, e percebia que dentro dela voltara a abrir-se uma ferida que poderia tragá-la de vez para o abismo. Tinha a impressão de nunca Nihal ter ficado tão longe dele. Voltou a pensar nas últimas palavras que dissera a Ondine, no fundo do mar, e amaldiçoou a si mesmo por não conseguir cumprir a sua promessa.

O dia seguinte passou lentamente, com a neve que continuava a cair no bosque. Quando acordaram, Megisto já não estava: voltara a ser prisioneiro da pedra.

Tinha deixado umas tigelas de ambrosia e algumas fatias de pão. Depois de comer e beber, Senar e Laio ficaram se revezando ao lado de Nihal.

Naquela tarde, enquanto o escudeiro cuidava da semielfo, o mago ficou pensando no futuro da missão. A pedra seguinte era a da Terra do Mar, o lugar onde nascera. Não podia certamente dizer que conhecia bem o território, pois quando criança só estivera em contato direto com os campos de batalha, mas pelo menos iriam viajar por uma Terra que lhe era familiar.

Ao entardecer Nihal continuava dormitando e a febre parecia ter esmorecido. Megisto entrou na gruta depois do anoitecer, trazendo consigo queijo e pão. Senar acendeu a lareira e os três sentaram-se para comer.

O mago abocanhou o queijo com vontade, deu uma olhada em Nihal que dormia tranquila e então virou-se para Laio.

– As suas ervas tiveram sucesso onde a minha magia falhou – admitiu.

Faltou muito pouco para que o pão caísse das mãos de Laio. O seu olhar animou-se com uma luz orgulhosa e Senar não pôde deixar de sorrir.

Na manhã do terceiro dia como hóspedes de Megisto, Nihal abriu os olhos e, meio sonolento, Senar estava ao seu lado.

– Finalmente acordamos – disse o mago.

Com muito esforço Nihal levantou a cabeça do travesseiro.

– Há quanto tempo estamos aqui? Precisamos seguir viagem, não temos...

Senar interrompeu-a:

– Laio esforçou-se bastante para que você não morresse. Espero que agora não torne inútil o seu trabalho.

Nihal deixou cair novamente a cabeça na cama.

– Estou faminta – disse.

– Logo que Laio voltar, comeremos alguma coisa.

O escudeiro não demorou a chegar com algumas frutas silvestres e nozes que encontrara no bosque. Quando viu que Nihal acordara, jogou-se em cima dela abraçando-a e esquecendo a ferida. Nihal não pôde evitar um gemido.

– Desculpe, desculpe – disse Laio, desajeitado, ao se separar dela com o rosto vermelho de constrangimento.

Na mesma tarde, quando ficou sozinha com Senar, Nihal começou a esbravejar. Disse que estava boa, que tinham perdido tempo demais e que já estava na hora de retomarem a viagem.

– É muito cedo e você sabe disto – tentou dissuadi-la o mago.
– Se partirmos agora, dentro de poucos dias vai ficar novamente doente.
– A guerra não se importa com as minhas necessidades. Não posso dar-me ao luxo de perder mais tempo – respondeu Nihal.
– Não estou dizendo isso.
– É inevitável se eu ficar aqui.
– Eu posso ir no seu lugar.

Nihal demorou alguns segundo antes de responder, olhando para ele:

– Não pode e sabe bem disto. Só eu posso usar o talismã e tocar nas pedras impunemente.
– Sou um mago. Já não trago comigo o meu medalhão, mas continuo sendo um conselheiro.
– Não entendo como...

Senar virou-se de costas. Não podia encará-la, receava que ela pudesse ler nos seus olhos a mentira.

– Conheço centenas de encantamentos capazes de subjugar enormes poderes, um deles poderá certamente isolar o talismã, pelo menos durante algum tempo, para que eu possa usá-lo em seu lugar.
– Mas o guardião...
– Ao ver o talismã não vai desconfiar de coisa alguma.
– Você não sabe onde fica o santuário... – protestou Nihal.
– Você indicará o caminho.

Senar calou-se. Um silêncio cheio de dúvidas tomou conta da caverna.

– É perigoso. Não quero.

Senar ajoelhou-se ao lado de Nihal e segurou a mão dela.

– Não deixarei que saia daqui antes de o seu ombro sarar por completo. – Tentou sorrir. – Afinal, o que pode haver de tão estranho em entrar num santuário para alguém que desceu ao Mundo Submerso?

Ela não devolveu o sorriso.

– Está me parecendo chantagem...
– Só estou tentando ajudar.

Nihal ficou pensativa e Senar apertou suas mãos com mais força.

– Jure que não vai se arriscar além da conta – disse ela então, devagar. – Jure que se o encanto não funcionar voltará logo para cá.

Senar engoliu em seco.

– Prometo. – Em seguida levantou-se. – Vamos lá. Vamos dar logo uma olhada nesse amuleto para saber aonde terei de ir – disse, tentando aparentar alegria.

Nihal hesitou por alguns instantes, depois pegou o medalhão. Senar viu-a fechar os olhos e concentrar-se. Quando a semi-elfo falou, a sua voz soou estranha, como se chegasse do fundo de um abismo:

– No mar, onde o rochedo abraça as ondas e as ondas desgastam o rochedo. Há altos borrifos de espuma e ventania, uma forte ventania que uiva entre as fendas. A costa. Duas sombras negras que se erguem ao lado. Duas torres. Não, duas altas figuras, dois pináculos. – Nihal voltou a abrir os olhos.

– Só isso? – perguntou Senar, decepcionado.

– Só. Não consegui ver mais nada.

Senar suspirou.

– Pode pelo menos indicar uma direção?

Nihal fechou novamente os olhos, mas Senar percebeu que a face ficava corada pelo esforço e interrompeu-a.

– Deixe para lá, está cansada – disse.

Nihal abriu os olhos.

– Precisa seguir o curso do sol, quando nasce.

– O leste...

– Aquela palavra, "pináculos", está gravada na minha mente. Acho que é importante – acrescentou Nihal.

– Lembrarei disto. – Senar levantou-se. – Vou procurar algumas ervas no bosque – disse.

Saiu da gruta com passo decidido, como se quisesse afastar-se quanto antes da mentira que tinha contado a Nihal e da terrível decisão que acabara de tomar.

Senar ficou um bom tempo diante da pedra, no frio cortante do anoitecer. Precisava falar com Megisto, a sós.
Enquanto esperava pela chegada da escuridão, voltava a pensar no amuleto. Havia mentido a Nihal, não conhecia qualquer encantamento capaz de controlá-lo.
Pouco a pouco a pedra animou-se. Megisto não se mostrou surpreso com a presença de Senar.
– Quer falar comigo? – perguntou, com o tom de quem já conhece a resposta.
Senar anuiu e então contou de um só fôlego tudo o que já tinha dito a Nihal.
Megisto ouviu atentamente. Depois de acabar o seu relato, Senar ficou algum tempo em silêncio.
– Não existe qualquer tipo de magia, nem proibida nem do Conselho, capaz de subjugar um poder como esse – admitiu afinal.
Senar baixou então os olhos. Já devia saber que não conseguiria mentir para aquele velho.
– Mas posso pelo menos atrasar o seu efeito, e se renovar a fórmula sem parar...
– É muito arriscado – disse sem meias palavras Megisto.
O mago começava a ficar irritado. Aquelas não eram as palavras que queria ouvir.
– Vai ou não vai hospedá-la enquanto eu estiver ausente?
– Está querendo que a tranquilize, que oculte o seu engano, que lhe diga que não há perigo.
Está olhando na minha alma, sabe o que estou pensando...
– Isso mesmo – admitiu Senar.
– Está bem, farei isso enquanto puder – disse Megisto. – Mas saiba que não concordo.
– Só lhe peço que faça. Não tenho outra escolha.
Megisto levantou-se.
– Procure tomar cuidado, pelo menos.

Senar partiu no dia seguinte, de madrugada. Megisto já havia desaparecido e os três estavam sozinhos.
O mago aprontara tudo. Guardara as suas poucas coisas num saco de viagem e colocara no chão uma série de pequenas tiras

recortadas de longas e fibrosas folhas de um verde desmaiado. Em cada uma delas, com tinta azul, estava marcada uma runa. O feitiço de contenção mais poderoso que conhecia.

— Dê-me o amuleto — disse a Nihal.

A semielfo esticou o braço. Na mesma hora em que os dedos de Senar tocaram no medalhão, a pedra da Terra da Água começou a ficar escura e o mago sentiu as próprias forças se esvaírem. Escondeu o talismã na mão fechada e tentou não deixar transparecer a fraqueza. Então virou-se e colocou o medalhão sobre as folhas. Logo que soltou a presa, a pedra reassumiu a sua cor natural.

Senar envolveu o amuleto nas folhas e recitou uma ladainha. Segurou-o então nas mãos e mostrou-o a Nihal com um sorriso.

— Está vendo? Ficou inócuo.

Nihal não mudou de expressão.

— Pense melhor. Só levarei mais dois dias para voltar a andar.

Senar jogou o saco de viagem em cima do ombro.

— Logo que tiver encontrado a pedra irei chamá-los e avisarei onde estou. Não se preocupem, vai dar tudo certo — disse.

— Tome cuidado — insistiu Laio ao despedir-se.

Nihal levantou-se na cama e abraçou-o. Beijou-o no rosto e, antes de afastar-se, murmurou ao seu ouvido:

— Não morra.

Senar fez um esforço para sorrir mas não conseguiu. Então virou-se e seguiu pelo seu caminho.

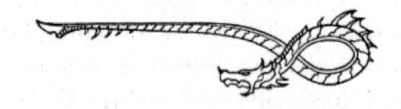

4
SENAR NA TERRA DO MAR

Depois de ficar andando quatro dias sob a neve, Senar chegou à sua Terra natal e entrou no Bosque Marinho, onde o cheiro pungente do mar lhe trouxe à lembrança os dias da sua infância.

Foi no quinto dia que ele percebeu plenamente o tamanho da mentira que contara a Nihal. Ao tirar do saco uma parte das provisões, reparou numa estranha fumaça que saía do seu bolso. Enfiou a mão e tirou o talismã. O medalhão começara a corroer as folhas e nesta altura a pedra da Terra da Água era parcialmente visível. O mago sentiu suas energias sendo sugadas pelo amuleto enquanto a pedra se tornava mais uma vez turva e ameaçadora.

Senar não perdeu tempo. Jogou o medalhão no chão e preparou novas folhas. Só retomou a marcha quando o medalhão ficou de novo completamente escondido.

Demorou mais um dia e meio para alcançar Laia, o vilarejo onde sua mãe nascera e que ele não conhecia. Diante dos seus olhos apareceu uma aldeia que lembrava aquela onde passara os primeiros anos da sua vida: pequena e com as casas apinhadas umas em cima das outras, impregnada pelo cheiro acre da maresia. As ruas mostravam-se desertas e todas as janelas estavam trancadas.

O vilarejo debruçava-se sobre uma das mais fascinantes estranhezas daquela Terra: o Mar Pequeno. Devido a um recuo da costa na altura de um dos dois grandes golfos que margeavam a península central, o golfo de Barahar, as águas insinuavam-se terra adentro e formavam uma ampla baía interior. Parecia um grande lago salgado, cheirando a oceano.

O mago chegou lá de tarde, sob um céu cinzento que se espelhava nas águas prateadas do Mar Pequeno. Havia uma forte ventania que anunciava uma tempestade próxima.

Senar encontrou abrigo para aquela noite numa humilde hospedaria, um edifício de madeira e pedra que se debruçava sobre as águas. Era um local despojado e modesto, nada mais do que uma sala redonda com uns toscos assentos, mas a cerveja era boa e barata. Enquanto aproveitava a vista noturna do Mar Pequeno, com a neve que descia devagar sobre o espelho da água, Senar ficou pensando na direção a tomar. Nihal falara em leste, de forma que provavelmente o santuário ficava do outro lado da península. Deveria alcançar quanto antes a costa e a maneira mais direta seria indo para Barahar, o maior porto da Terra do Mar. Depois de chegar lá, iria costear o litoral e começaria a esperar.

No dia seguinte levantou-se bem cedo e encontrou a hospedeira, uma mulheraça rubicunda, de pele brilhosa de suor e peitos que pareciam querer explodir dentro da blusa, atarefada a limpar os copos com tamanha energia que Senar achou quase impossível que não se quebrassem. Perguntou-lhe logo se conhecia algum lugar chamado "pináculos".

– Acho que já ouvi falar em algo parecido, uma espécie de rochedo – disse ela, pensativa.

– Onde fica?

A hospedeira meneou a cabeça.

– Desculpe, mas não faço ideia. Não creio que fique por estas bandas.

Senar seguiu viagem. As últimas casas de Laia desapareceram atrás dele e à sua frente descortinou-se a ampla planície nevada que separava o Mar Pequeno da costa.

Nas três noites seguintes Senar dormiu ao relento. Na manhã do quarto dia de marcha avistou ao longe a cidade de Barahar, que se destacava sobre o fundo azul intenso do mar.

Teve de dar uma volta para alcançar a ponte sobre o estreito, para então chegar finalmente às muralhas de Barahar. A entrada era imponente, esculpida num único grande bloco de mármore. Quando Senar passou por ela, esfarrapado e faminto, sentiu-se mais insignificante e perdido do que nunca.

O mago só conhecia as pequenas aldeias da Terra do Mar, vilarejos suspensos entre a terra e a água, fustigados pelas ondas durante o inverno e sustentados pela pesca durante o resto do ano. Aquela cidade, no entanto, era grande e impessoal, e o cheiro do oceano confundia-se com mil outros perfumes. Senar reconheceu o estilo típico das casas, construções de alvenaria com telhado de palha, espalhadas entre alguns outros edifícios maiores, de pedra, mas tudo o mais pareceu-lhe estranho: ruas largas e retas em lugar do costumeiro emaranhado de becos; amplas praças quadradas em vez dos pequenos largos redondos dos vilarejos. E mais estranhas ainda pareciam as pessoas, que não eram cordiais e naturalmente amistosas, mas sim frias e atarefadas.

Agora que chegara ao litoral, não sabia o que fazer. O santuário podia até estar ali perto, os fatídicos pináculos talvez surgissem não muito longe dali, mas como é que ele iria saber?

Passou uma boa parte da manhã perambulando pelas ruas da cidade, à cata de alguém que pudesse indicar a direção certa, mas ninguém apareceu para socorrê-lo. Só um velho mercador disse que já ouvira falar a respeito e que deviam ficar para o leste, talvez em Lome.

Quando entrou na última taberna, Senar precisava comer alguma coisa, mas estava sem dinheiro.

O taberneiro, um homem atarracado, meio careca e com a barriga saliente de quem costuma tomar uns bons tragos, ficou com pena.

– Volte mais tarde – disse. – Guardarei algumas sobras para você.

Senar agradeceu.

– Mas não estou prometendo nada – acrescentou o homem logo a seguir. – Estes são tempos bastante imprevisíveis, com um contínuo vaivém de soldados.

– Por quê? Houve algum ataque?

– Não, nada disso – respondeu o taberneiro. – Acontece que acabou de chegar um estranho contingente, seus navios fundearam no porto ontem à noite. Afirmam ter vindo do Mundo Submerso, mas ninguém sabe ao certo quem eles são.

– No porto, o senhor disse? Como eu chego lá? – perguntou Senar, afoito.

O homem olhou para ele desconfiado.

– Vire para a esquerda, ao sair, depois siga sempre em frente...
– Não teve tempo de acabar a frase, pois o jovem já desaparecera.

As tropas tinham chegado, as tropas tão esperadas. Enquanto se dirigia a largas passadas para o porto, Senar voltou a se lembrar de todas as pessoas que conhecera em Zalênia: o conde Varen, o rei Nereu... e Ondine. Queria ver aqueles soldados que vinham ajudá-los e que afinal tinham chegado graças a ele. Seguiu as instruções do taberneiro e não demorou a ouvir o rumorejar das ondas.

Avistou logo os navios. Eram uns cinquenta, longos e majestosos, com a elegância límpida e transparente que era típica de Zalênia. Estavam fundeados um ao lado do outro, com as velas recolhidas. Os soldados usavam armaduras muito leves, longas lanças e finas espadas presas à cintura. Trouxeram à sua memória os guardas que o haviam prendido e maltratado em Zalênia, mas, ao vê-los, Senar ficou mesmo assim com saudade do Mundo Submerso.

Enquanto o mago aproveitava a vista da frota perfilada no porto, alguém reparou nele, de um dos navios, desembarcou e aproximou-se.

— Já sabia que mais cedo ou mais tarde os nossos caminhos iriam cruzar-se de novo.

Senar virou-se de chofre, conhecia aquela voz. Quando viu o conde Varen ao seu lado, teve a impressão de reencontrar um velho amigo. O conde continuava sendo um homem imponente e robusto, com sua rala cabeleira presa num rabicho, como era costume do seu povo, mas sua pele nívea assumira agora um leve matiz de âmbar; já devia ter deixado os abismos de Zalênia havia algum tempo. Senar esqueceu as formalidades e abraçou-o, correspondido com um aperto vigoroso.

O conde convidou-o a subir a bordo e acompanhá-lo até o seu camarote, envolvido numa penumbra que lembrava o azul reinante em Zalênia. Varen mexeu-se à vontade naquela fraca luminosidade e pegou uma garrafa cheia de um líquido violáceo. Tubarão, Senar imaginou logo. Já não tomava havia cerca de um ano.

O conde botou a garrafa na mesa, pegou dois copos e encheu-os.

— Um dos meus soldados trouxe para mim ontem à noite. Disse que é a bebida típica desta Terra.

Senar sorriu.

— É a pura verdade.

O conde esvaziou o copo de um só gole. Senar tentou imitá-lo, mas quase engasgou quando o licor agrediu sua garganta.

– Não imaginava que tudo fosse tão luminoso aqui em cima – disse o conde.

– Não sei se conseguirei acostumar-me.

– Não se preocupe – tranquilizou-o Senar, enquanto enchia novamente o copo –, eu também acabei me acostumando com a luz azulada do seu mundo. É só uma questão de tempo.

O olhar paternal do conde demorou-se no mago.

– Não sabia que o Conselho estava reunido nesta Terra – disse Varen.

Senar suspirou.

– Pois é, com efeito deveria estar reunido na Terra da Água, mas como o senhor já deve saber ela foi quase totalmente dominada pelo inimigo e o Conselho foi forçado a fugir.

– Falaram-me a respeito do exército dos mortos – disse Varen, sombrio. – Muitos dos meus homens estão preocupados. – Também serviu mais uma dose para si mesmo, então fitou o jovem mago diretamente. – Por que não está junto dos demais conselheiros?

– Já não sou conselheiro.

– Expulsaram-no?

Senar sorriu.

– Não, eu mesmo decidi sair.

Varen olhou para ele com expressão interrogativa. Senar esquivou-se e virou os olhos para a luz que era filtrada através das tábuas de madeira que cobriam as vigias.

– Preciso levar a cabo uma nova tarefa – explicou, e achou que o amuleto pesasse ainda mais no seu bolso. – Para fazer isto, tive de abandonar momentaneamente o meu posto na Terra do Vento.

– Momentaneamente – repetiu o conde aliviado. – Quer dizer que, quando voltar, será mais uma vez um conselheiro.

– Isso mesmo – mentiu Senar. – E o senhor, como foi que chegou aqui?

O conde sorriu.

– Depois que você partiu, voltei a cumprir o meu dever em Sakara, e durante algum tempo tudo correu bem. Mas sentia alguma coisa dentro de mim, alguma coisa que não sabia definir... De repente a minha vida me parecia esquálida e vazia. Achava tudo aborrecido. Levantava os olhos para o céu, para a superfície da água, e pensava que lá em cima, entre as nuvens que nunca vira, havia alguém que combatia. Finalmente entendi que a vida e a luta que eu procurava estavam lá. E então convenci Sua Majestade para que me escolhesse como chefe da expedição – concluiu.

Senar mantinha os olhos no copo, passando os dedos na borda. Não se conteve.

– E Ondine? – perguntou.

– Depois da sua partida, fiz o que você pediu: acolhi-a no meu séquito e levei-a a Sakara.

– E... como estava?

– Muito triste.

Senar baixou os olhos.

– Propus que trabalhasse para mim no palácio. Era bem melhor do que tomar conta dos presos. No começo recusou a oferta, não queria deixar os pais sozinhos, mas por fim consegui convencê-la.

Senar continuou acompanhando a borda do copo com o dedo. Afinal, tomou o Tubarão de um só gole.

– Nunca entendi por que a deixou em Zalênia – continuou o conde. – Sei que gostava dela e que era correspondido.

O pensamento de Ondine aqueceu o coração de Senar; parecia-lhe poder ver de novo aquele rosto de menina, os cabelos macios, os lábios rosados. Mas também sabia que só poderia feri-la ainda mais.

– Pediu que lhe fizesse uma pergunta, no caso de encontrá-lo – acrescentou o conde.

Senar levantou o olhar da mesa.

– Queria saber se você tinha cumprido a promessa, pois do contrário deixou bem claro que de um jeito ou de outro, mais cedo ou mais tarde, iria encontrar algum modo de vingar-se.

O mago sorriu.

– Para ser sincero, ainda não cumpri, mas esta viagem é parte daquela promessa. O senhor, no entanto, quando voltar a vê-la, diga-lhe que sim, que cumpri o prometido. Que encontrei a felicidade.

O conde também sorriu, mas ficou logo sério de novo.

– Está sujo e faminto. Fale a verdade, Senar, o que houve com você? Qual é a sua missão?

O mago não soube o que responder. O conde era um homem de total confiança, mas aquela missão era tão delicada que não podia ser revelada nem mesmo a ele.

– Não posso contar, sinto muito; a finalidade desta viagem precisa continuar secreta.

– Não estou perguntando por curiosidade – explicou o conde.

– Estou preocupado com você. Gostaria de ajudar, se possível.

– Sim, talvez possa ajudar...

– Como? – quis saber Varen.

– Preciso ir para um lugar ao longo da costa. Por enquanto viajei a pé, pela Terra da Água. Uma cavalgadura ajudaria bastante.

O conde recostou-se no espaldar do assento, pensativo.

– Hoje mesmo irei encontrar-me com Falere, o general das tropas da Terra do Mar. Se você for comigo, pedirei que um Cavaleiro de Dragão o acompanhe.

Senar soltou o copo na mesa, atônito.

– Um Cavaleiro de Dragão? Mas os Cavaleiros estão empenhados na guerra! Quer dizer... eu só estava querendo um cavalo... não creio...

O conde aproximou-se.

– Qual é a importância da sua missão para a guerra? Pois tem a ver com a guerra, não é verdade?

– É de importância vital – murmurou Senar.

O conde voltou a sentar-se com calma.

– Então um Cavaleiro que o acompanhe como escolta não vai fazer falta – disse. E também tragou de uma vez o último gole de Tubarão.

Depois de uma boa comida, naquela mesma tarde Senar foi levado pelo conde ao encontro com Falere.

O general chegou montado num esplêndido dragão e, ao ver descer do céu o animal, Senar quase ficou sem fôlego de tanta emoção.

Era um Dragão Azul e Senar não via um deles desde que era menino. Era menor do que os dragões normalmente usados pela Ordem e se parecia com uma serpente. Tinha um longo corpo quase esguio, patas miúdas, mas extremamente ágeis, e enormes asas membranosas dobradas nos flancos. O corpo era de um azul claro e reluzente, as asas de uma tonalidade mais profunda. Senar havia sido criado entre aqueles dragões, pois o pai era escudeiro de um Cavaleiro de Dragão Azul, e ficou encantado diante daquele animal que o levava de volta à infância.

Falere era um general relativamente jovem, um loirinho de aparência anônima e rosto sardento. Uma longa cicatriz marcava toda a sua face esquerda. Cumprimentou os dois com uma mesura, mas olhou para Senar com alguma desconfiança.

— Este aqui é Senar, o representante da Terra do Vento no Conselho dos Magos — apressou-se a explicar o conde.

Senar não teve tempo de interrompê-lo. Talvez o general já soubesse que agora a responsável pela Terra do Vento era Soana. Notou com preocupação que Falere assumira uma expressão de espanto.

— Ah, é o senhor, queira perdoar — respondeu, no entanto, o general, cumprimentando-o em seguida com mais uma mesura. Evidentemente devia conhecê-lo de nome e ainda não estava a par das últimas novidades.

Dirigiram-se para um dos quartéis de Barahar, um edifício tosco e quadrado, como todos os alojamentos da Ordem dos Cavaleiros de Dragão. Entraram num amplo aposento despojado, iluminado apenas por uma pequena janela, e ficaram avaliando estratégias, decidindo quantos homens enviar e para onde, e outras coisas do gênero. Senar forneceu informações úteis, mas procurou manter-se vago e logo que teve a oportunidade falou claramente:

— Na Terra do Vento, no momento, alguém está me substituindo. Eu estou de viagem para... para... — De repente, quando mais precisava, reparou que não tinha preparado uma boa explicação.

— Para cumprir uma missão por conta do Conselho — interveio prontamente o conde.

— Entendo — limitou-se a comentar Falere e recomeçou a tratar de homens e armas.

A conversa levou mais duas horas, até o conde encontrar o momento oportuno para fazer o seu pedido:

— O meu amigo conselheiro não dispõe de uma cavalgadura. O assunto é da maior importância, e portanto fiquei pensando se não seria possível proporcionar-lhe um Cavaleiro como escolta.

Desta vez Falere não ficou impassível e virou-se para Varen com olhar atônito.

— Senhor, não sei como andam as coisas lá do seu lado, mas aqui a guerra está indo de mal a pior e precisamos de todos os homens disponíveis.

— Um simples cavalo já será suficiente — interveio Senar, mas o conde fez sinal para que se calasse.

— Como já expliquei, está numa missão do Conselho. Pensei, portanto, que o pedido tinha cabimento.

Senar começava a sentir-se constrangido. Varen, por sua vez, estava totalmente à vontade e desfiava uma lorota após a outra.

— E por que ele não dispõe, então, de um pergaminho, de um documento qualquer de autorização?

— A decisão foi tomada às pressas — disse o conde.

Senar desejou estar em outro lugar. O olhar de Falere perscrutou-o com ceticismo e o mago teve a impressão de estar acuado. Como se não bastasse, o amuleto devia ter recomeçado a corroer as folhas, pois o jovem foi acometido por uma repentina tontura.

— Na verdade... foi de fato uma decisão imprevista. O dragão ajudaria bastante, mas se for realmente impossível... — disse então, entrando no jogo do conde.

O rosto de Falere iluminou-se.

— Que seja. Ouvi falar muito bem a respeito do senhor. Acho, aliás, que foi o artífice desta aliança, não foi?

— Isso mesmo — confirmou Senar. Tinha a testa molhada de suor, estava sem fôlego e as suas forças começavam a falhar.

Falere pegou um pergaminho e começou a escrever.

— O Cavaleiro de Dragão Aymar ficará ao seu dispor por três dias, é o máximo que posso conceder. Estará esperando pelo senhor amanhã de manhã, no porto. — Então entregou o pergaminho.

Senar percebeu que tinha de renovar imediatamente o encanto, pois o mal-estar ficava cada vez mais intenso: mal conseguia respirar devido a uma forte pressão no peito.

— Fico-lhe muito grato — disse ao pegar o pergaminho —, mas agora tenho de cuidar de um assunto urgente. Queira desculparme — concluiu e esgueirou-se apressadamente diante dos olhares atônitos de Falere e do conde.

Correu para fora do prédio e parou na esquina de um beco escuro. Quando tirou o amuleto do bolso, sentiu que as suas forças sumiam, enquanto uma dor aguda explodia no seu peito. Ainda bem que tinha mais folhas consigo: já ofegante, rabiscou novas runas e selou o talismã. Logo que a última pontinha da pedra ficou oculta, Senar sentiu o ar penetrar novamente nos pulmões e retomou o fôlego.
Quando levantou os olhos, viu o conde diante dele.
Varen ajoelhou-se e fitou-o apreensivo.
– Está pálido como um trapo... Pode explicar-me o que está acontecendo?
– Não foi nada – disse Senar, tentando sorrir. – Nada mesmo.
– Em seguida ficou sério. – Se realmente for meu amigo, eu lhe peço: não queira saber mais. Esqueça qualquer coisa que tenha visto neste beco e, quando eu já estiver longe, esqueça que me viu.
– Você tem de...
– Eu lhe peço – insistiu Senar.
– Se for pelo bom êxito da sua missão...
– Isso mesmo – concluiu o mago. Apoiou a cabeça na parede atrás dele e olhou para o conde com gratidão.

Naquela noite Senar dormiu num camarote que Varen colocara ao seu dispor no navio, e na manhã seguinte partiu muito cedo. Despediu-se de forma um tanto apressada do conde, incapaz de encarar a sua expressão preocupada.
– Cuide-se e procure não correr riscos desnecessários – disse Varen.
Senar fez um esforço para sorrir.
– Quando isto tudo acabar, ficaremos novamente juntos para festejar.
O Cavaleiro esperava por ele no cais do porto. Tinha um dragão relativamente pequeno, um Dragão Azul, e ele mesmo parecia jovem e inexperiente. Logo que viu Senar, cumprimentou-o com uma desajeitada reverência.
– O Cavaleiro de Dragão Aymar ao seu dispor – disse apresentando-se.

Se Falere já lhe parecera muito jovem, Aymar então era realmente um garoto. Tinha longos cabelos castanhos cacheados, que lhe chegavam aos ombros, e o corpo de um adolescente que parecia ter crescido depressa demais e sem aviso prévio, a ponto de tornar desajeitado o seu dono. Um rapaz que, por dentro, ainda era um menino. O mago olhou para ele desconfiado, de soslaio.

– Muito bem, temos três dias para percorrer toda a costa da Terra do Mar – disse Senar. O jovem Cavaleiro esbugalhou os olhos. – E, portanto, teremos de voar a cada hora do dia e da noite, sem parar.

– Mas... o meu dragão não consegue aguentar um voo tão longo... – rebateu Aymar.

Senar interrompeu-o com um gesto da mão.

– Eu sei, conheço os Dragões Azuis. Mas acontece que só poderei dispor de você durante três dias, e o tempo é determinante nesta missão. Peço então que se esforce ao máximo.

O outro concordou, não muito convencido.

Senar já estava a ponto de montar o dragão quando Aymar o deteve.

– Senhor, o meu dragão não vai deixar que suba na sua garupa se eu não lhe pedir.

Senar sorriu.

– Sou um mago. Você vai ver, ele vai deixar – explicou, e com efeito, quando montou nele com um pulo, o dragão não demonstrou qualquer sinal de irritação. Virou-se então para o jovem ainda no chão que o fitava perplexo. – Quanto mais cedo partirmos, melhor para nós – exortou-o.

O Cavaleiro então mexeu-se e também montou no dragão. Foi uma operação incomum e complexa, e Aymar só conseguiu levá-la a cabo na segunda tentativa. Uma vez na garupa, mostrou-se bastante desajeitado, mantinha as costas exageradamente retas. As dúvidas de Senar aumentaram.

– Tudo certo? – perguntou.

– Sim, claro – gaguejou o rapaz. Deu um violento puxão nas rédeas, só conseguindo, como resultado, um chateado resmungo do dragão. Aymar puxou novamente as rédeas com força e desta vez o dragão rugiu enfurecido. – Nunca me aconteceu antes... acontece que me tornei Cavaleiro há pouco tempo... – tentou explicar.

É, dá para ver!

– Dá licença? – perguntou Senar.
Aymar ficou todo vermelho.
– À vontade!
O mago debruçou-se sobre o pescoço do dragão e murmurou algumas palavras, baixinho.
– Tente agora, mas delicadamente – disse então ao rapaz.
Aymar puxou as rédeas e desta vez conseguiram finalmente partir.
– Precisa ter paciência e firmeza, mas também respeito – explicou Senar.
Aymar aceitou a lição com humildade.
– Fico-lhe imensamente grato, senhor – murmurou.
– E mais uma coisa... – acrescentou Senar. – Pode chamar-me de você.
– Como o senhor quiser – disse o Cavaleiro.

Senar cumpriu a promessa. Exigiu que voassem o mais rápido possível e, quando o sol foi morrer no mar cedendo o lugar para a noite, decidiu seguir em frente. Foi uma viagem estafante, uma corrida contra o tempo. Só pararam noite fechada, quando já estavam no deserto central.

Tiveram de acampar ao relento, sob a fraca luz das estrelas e à mercê do frio pungente. Logo que pôde agir sem ser visto, Senar controlou o amuleto e deu um suspiro de alívio. As folhas continuavam intactas.

O mago acordou antes de o sol raiar, quando ainda havia apenas uma pálida luminosidade no horizonte. Aymar dormia ao lado, encolhido e com a cabeça apoiada no longo pescoço do dragão. Senar sacudiu-o, mas aquele primeiro toque não surtiu qualquer efeito. O dragão abriu os olhos, mas o Cavaleiro continuou imóvel com uma expressão de beatitude estampada no rosto adormecido.

Mas que tipo de Cavaleiro é este que não acorda ao toque de um desconhecido?

Senar insistiu e foi muito menos delicado. O rapaz acordou sobressaltado e sua mão procurou instintivamente a espada, mesmo assim sem encontrá-la.

– Fique calmo, sou eu – disse o mago, meio irritado.

Aymar esfregou os olhos, sonolento.
– Ainda é madrugada...
Senar olhou para o céu, impaciente.
– Eu já disse, só posso dispor de você por três dias e quero aproveitar o tempo da melhor forma possível.
O rapaz enrubesceu.
– O senhor está certo. Queira perdoar.
Começou a aprontar-se, no entanto era evidente que ainda estava morrendo de sono.

Com Nihal criaram uma infinidade de problemas; um incapaz como este, no entanto, tornou-se Cavaleiro de Dragão sem a menor dificuldade.

Conseguiram finalmente partir. O mago calculou que já estava viajando havia treze dias, sem saber quão longe ainda estava da meta. Pensou em Nihal; devia ter-se recobrado por completo e provavelmente fremia de vontade para retomar a marcha. Senar não gostaria de estar no lugar de Laio nessa altura.

Viajaram o mais rápido possível, felizmente sem outros empecilhos, e chegaram a Lome ainda de manhã. A cidade debruçava-se sobre a meia-lua do golfo de Lamar e era um dos principais portos da Terra do Mar. O quartel para o qual estavam indo ficava fora do caos central, à beira do mar.

– Foi lá que eu me formei – disse Aymar enquanto se aproximavam.

– Não foi em Makrat? – indagou Senar.

Aymar sorriu.

– Embora participemos da Ordem, nós, Cavaleiros de Dragão Azul, passamos uma boa parte do nosso treinamento na Terra do Mar, como exige a tradição.

O quartel era, com efeito, diferente dos demais da Ordem, a sua forma esbelta lembrava os antigos palácios da Terra do Mar. Muitos anos antes, os Cavaleiros de Dragão Azul haviam se separado dos Cavaleiros de Dragão para constituir um grupo de combate independente. Só com o tratado de paz de Nâmen haviam se juntado novamente à Ordem.

Pousaram numa arena que se abria no meio do prédio e o dragão agachou-se exausto logo que tocaram no chão. Senar pulou do bicho e saiu logo para a cidade, em busca de notícias.

Perambulou de uma taberna para outra pedindo informações a todos, mas ao entardecer teve de voltar, frustrado, pois ninguém soubera dizer qualquer coisa útil.

Já no quartel, comeu o seu jantar em silêncio, na mesma sala onde eram servidas as refeições dos Cavaleiros. Mais um dia, somente mais um dia, e depois teria de arranjar-se sozinho. Talvez, pensou desanimado, já tivesse passado pelo lugar exato sem se dar conta. Não tinha controlado todo o litoral setentrional da península e o santuário podia estar lá. Na verdade ele estava procurando uma agulha num palheiro.

— São bem altos e parecem reluzir na luz do luar.

Tinha sonhado com coisas grandes demais. E fracassara.

— Dá para vê-los ao longe, de Lamar, ficam bem no meio das águas.

Não conseguira ajudar Nihal. Fora incapaz de curá-la e agora metera-se naquela situação sem saída.

— O vento uiva entre suas frestas e o mar levanta imensos borrifos.

A única coisa que ainda podia fazer era vistoriar toda a costa, à espera de Nihal.

— À noite, de longe, parecem duas sombras que se erguem na escuridão, como duas torres.

Senar virou-se de chofre. Só percebera fragmentos da conversa entre dois soldados ali perto, nem sabia sobre o que eles estavam falando, mas aquelas últimas palavras haviam chamado a sua atenção.

— O que se parece com uma torre? — perguntou. Quando Nihal mencionara o santuário, a jovem tinha usado praticamente as mesmas palavras daquele soldado.

O sujeito olhou para ele meio surpreso.

— Os dois grandes penhascos em mar aberto, diante do golfo de Lamar, as Meridianas do Mar, os rochedos que os antigos chamavam de Arshet.

Talvez a coisa nada tivesse a ver com a sua busca... ou talvez sim.

— Estou procurando um lugar parecido com aquele que você descreveu, pelo menos acho... Quer dizer, será que esses Arshet lembram de alguma forma "pináculos"? — perguntou Senar.

O soldado sorriu.

– A minha avó diz que *arshet* é uma antiga palavra élfica que significa justamente "pináculo". Com efeito, os Arshet são dois grandes penhascos, altos e pontudos, que parecem os pináculos de alguma estranha construção.

– Obrigado, muito obrigado mesmo! – gritou Senar ao soldado, enquanto já saía correndo à cata do seu Cavaleiro.

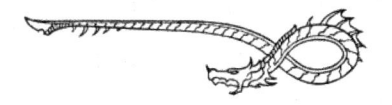

5
SAREPHEN OU SOBRE
O ÓDIO DOS HOMENS

Nihal recobrava as forças rapidamente. Não iria admitir para ninguém, mas estava realmente precisando de um bom descanso. A semielfo sentia o próprio corpo regenerar-se enquanto os músculos recuperavam o vigor. Não se concedia uma pausa desde que havia sido ferida por Dola e percebia agora como lhe fizera falta.

Durante o dia quem cuidava dela era Laio, com seus emplastros quentes e fedorentos; à noite também havia Megisto, que preparava saborosas sopas. Mas Nihal não conseguia aproveitar todo aquele sossego. Desde que Senar partira, sentia uma imperceptível inquietação serpenteando em seu estômago. As palavras do mago, quando se despedira dela, haviam sido otimistas e tranquilizadoras, mas percebera alguma coisa no tom da sua voz que não a deixara convencida. O talismã era um perigo para ele.

Certa noite Nihal reparou que Megisto estava estranho. Laio já se deitara e ela ficara observando as chamas que se apagavam no nicho da lareira.

O velho mostrava-se taciturno e remexia nas brasas com um pedaço de pau. Nihal sentiu um arrepio de inquietação. Sabia que Megisto tinha o dom da vidência. Vez por outra, quando ele menos esperava, as portas do futuro abriam-se diante dele e, por uns ins-tantes, o velho conhecia, de forma nebulosa, o curso dos eventos. Da primeira vez que se haviam encontrado, o velho previra, embora de forma obscura, que Soana voltaria.

– O que há? Por que anda tão calado?

O velho pareceu estremecer. Os olhos que virou para Nihal estavam cheios de sombras. A semielfo sentiu um arrepio de medo.

– Por que está olhando para mim desse jeito? Aconteceu alguma coisa?

O velho nada disse e continuou a mexer nos tições. Uma fumaça indolente subia deles. Na lareira, àquela altura, só havia cinzas.
– O que foi? Conte logo!
Nihal sacudiu-o, mas Megisto não perdeu a fleuma. Segurou a mão dela, livrou-se delicadamente do aperto e fitou-a com intensidade.
– Antes de partir, Senar pediu-me para cuidar de você e não deixar que ficasse preocupada com ele.
Ela começou a sentir algo que lhe apertava a garganta, um obscuro presságio que lentamente tomava forma.
– Acho que já não posso continuar – acrescentou o velho com pesarosa tristeza.
– O que foi que Senar não me contou?
– Hoje, quando acordei, as cortinas do tempo abriram-se diante dos meus olhos e vi o que acontecerá com ele. Não existe qualquer tipo de magia que possa limitar os poderes do talismã. A força da única pedra nele encastoada já está corroendo Senar. Quando chegar ao santuário, ele já estará desgastado e esgotado, e então morrerá.
A profecia caiu no silêncio como uma pedra.
– Quando? – perguntou Nihal com a voz esganiçada.
– Não sei dizer. A visão é sempre bastante confusa, você sabe disso... Cedo, de qualquer maneira, dentro de alguns dias.
– Onde está ele, agora?
– Não sei. Só sei que vai acontecer num amplo golfo, o golfo de Lamar. Há dois grandes rochedos, bem no meio. Será ali.
Nihal pegou a espada e começou a juntar as suas coisas. Sacudiu Laio, que não dava sinal de querer acordar, e virou-se mais uma vez para Megisto.
– Por que não me contou que ele estava mentindo? – disse com raiva.
– Conhece muito bem os motivos pelos quais Senar quis acompanhá-la nesta aventura. Eu apenas procurei contentá-lo. Tentei não preocupá-la, enquanto me foi possível.
Logo que se aprontaram, Nihal e Laio pularam na garupa de Oarf. No céu, mal começava a distinguir-se a primeira luminosidade da alvorada.

— Obrigada — murmurou a semielfo ao velho antes de levantarem voo.
Megisto, no entanto, já voltara a ser pedra.

Aymar teve de recorrer a toda a sua capacidade de persuasão, que na verdade era bastante limitada, e a todo o seu bom senso para convencer Senar a esperar até a manhã seguinte para partir.
Logo que o sol começou a colorir o oriente, o mago entrou correndo no quarto do Cavaleiro e tirou-o da cama.
— Está na hora — disse.
Arrastou-o ainda meio adormecido até o dragão e saíram voando.
Senar esperava que Aymar o levasse a um dos Arshet, mas o Cavaleiro disse que era impossível. Não havia condição de o dragão pousar ali: faltava espaço e os recifes eram afiados e cortantes. Deveria contentar-se em chegar com o dragão até Lamar e então seguir de barco. Ainda bem que o conde dera-lhe algum dinheiro.
Chegaram a Lamar umas duas horas depois do pôr do sol. Senar pulou do dragão, despediu-se de Aymar quase sem agradecer e saiu correndo, dirigindo-se para o porto.
A cidade era muito grande, um dédalo de becos que desembocavam em pequenas praças, e Senar quase se perdeu. Quando finalmente chegou ao cais do porto, viu-se diante de uma multidão de navios fundeados. A lua brilhava no céu e, àquela hora, iria ser difícil encontrar um barco. Na quinta tentativa, entretanto, o mago encontrou finalmente uma alma caridosa disposta a ouvi-lo.
— Um barco? A esta hora? — perguntou o velhinho ao qual se dirigira. Estava curvado devido ao peso da idade e era completamente careca. — Para fazer o quê? — acrescentou enquanto enrolava uma amarra com as mãos calejadas e ossudas.
— Preciso ir aos Arshet — explicou Senar, apressado. — Tenho dinheiro — disse mostrando as moedas.
— O problema não é esse — rebateu o velho, que de qualquer maneira deu uma rápida olhada no dinheiro. — Acontece que navegar de noite é bastante complicado. Você sabe manejar um barco?
— Não creio que seja lá muito difícil... — comentou Senar, e recebeu como resposta uma sonora risada.
Quando parou de rir, o velho olhou novamente para ele.

— Mais tarde vai haver um grupo de pescadores que vão sair para o mar. Acho bom você se juntar a eles.
— Onde posso encontrá-los?
— Ainda é cedo – disse o velho –, não sei de onde você é, mas por estas bandas o pessoal ainda está jantando.
Até parece que vou pensar em comida...
Os pensamentos de Senar foram desmentidos pelo seu estômago, que começou a rumorejar. O mago corou.
O velho fitou-o achando graça.
— Olhe aqui, rapazinho, você está me parecendo um tanto fora de forma e não creio que desse jeito conseguirá ir muito longe. Por que não vem jantar comigo? Depois posso levá-lo até um pescador amigo meu.
— Não sei se o dinheiro bastará para o jantar e o barco...
O velho mudou de expressão.
— Por onde você andou, meu rapaz? Aqui na Terra do Mar somos hospitaleiros, pare então de dizer bobagens. — Escancarou então a porta e mandou-o entrar na sua cabana, bem diante do cais.
Ofereceu-lhe uma sopa de peixe, a mesma que a mãe também costumava preparar. O aroma e o sabor daquele prato voltaram a despertar em Senar antigas lembranças e o jovem ficou triste por não poder visitar o seu vilarejo e abraçar a mãe.
Então chegou a hora. Saíram e, enquanto caminhavam ao longo do cais, o velho fez a pergunta que Senar receava.
— Por que quer ir aos Arshet?
Senar ficou por mais uns momentos calado. Não conseguia imaginar qualquer mentira aceitável.
— Estou procurando uma coisa – resmungou.
— O quê? – insistiu o velho.
Senar suspirou.
— Sinto muito, mas é quase um segredo... aliás, é realmente um segredo... Não posso contar.
— Tudo bem, afinal, cada um tem um esqueleto escondido no armário – concluiu o velho com filosofia, e Senar abençoou consigo mesmo a discrição do seu povo.
Chegaram a um embarcadouro cheio de pescadores. Havia vários barcos encostados, cada um com uma lanterna que espalhava uma vaga luminosidade na popa. O velho aproximou-se de

um homem grande, musculoso e negro como a noite, e os dois ficaram algum tempo cochichando. Em seguida chamaram Senar, e o homem, sem dizer uma palavra, acenou-lhe para que subisse no barco. O mago obedeceu e logo a seguir partiram rumo ao mar aberto.

A noite era de calmaria, pois afinal o golfo de Lamar era bastante protegido e as ondas arrebentavam do lado de fora, antes de chegar à costa interna. Senar olhava a água que escorria tranquila abaixo dele e os ombros poderosos do homem que remava.

O pescador foi o primeiro a falar:

– Já conhece a história deste golfo? Quer dizer, do motivo pelo qual ele é redondo?

Senar disse que não.

O homem começou então a explicar:

– Contam que numa época distante um povo feliz morava naquela montanha, onde construíra a sua linda cidade, toda de ouro. Era um povo querido dos deuses, que lhe haviam concedido riqueza e prosperidade. Muito em breve, no entanto, a volúpia tomou conta do coração do pessoal. Já não se contentavam com a sua esplêndida cidade e com a sua paz. Desceram para o vale e começaram a saquear e destruir as cidades que encontravam em seu caminho. Tornaram-se poderosos e temidos, mantinham o seu domínio com o terror e as armas, e foi justamente isto que os condenou. Os deuses, já não podendo aguentar aquele comportamento indigno, decidiram precipitar no abismo a cidade e jogar na miséria os seus habitantes. Foi assim que, numa só noite, destruíram e viraram de cabeça para baixo a montanha. A cidade foi para o fundo do mar e, no seu lugar, ficou esta cratera redonda. Os deuses fizeram então surgir os Arshet, imensos e imponentes, levantando-os da terra para o céu. Ninguém jamais conseguiu escalá-los, pois as paredes são formadas por estilhaços de pedra cortantes como lâminas. Isso demonstra que nenhum homem pode aspirar a elevar-se até os deuses – concluiu satisfeito o pescador, fitando Senar.

– Não tenciono elevar-me até os deuses. Preciso ir até lá por outro motivo – disse o mago, para então voltar a observar a água escura que envolvia o casco do barco.

Pois é, ele não ia aos Arshet para elevar-se acima dos deuses, mas ainda assim sabia que era um profanador, pois suas mãos eram impuras e não podia tocar nas pedras. Sacudiu a cabeça e achou melhor não pensar no assunto.

O barco deslizava devagar, enquanto a lua brilhava ameaçadora no céu. Senar leu nela uma espécie de admoestação e sentiu um gélido arrepio na espinha. O amuleto no bolso irradiava cada vez mais calor. As folhas haviam começado mais uma vez a murchar e Senar teve de respirar fundo para dominar o peso que lhe oprimia o peito.

Nihal não deu qualquer descanso a Oarf, forçou-o a voar durante o dia inteiro, e a noite também, sem parar. Os músculos do dragão tremiam pelo esforço.

– Ânimo, ânimo! – suplicava Nihal.

Ao alvorecer do dia seguinte pararam, mas Nihal nem tocou na comida. Durante a noite, quando apesar de tudo tinha conseguido adormecer por alguns instantes, vislumbrara em sonho o rosto de Senar. Estava junto com aqueles outros mortos. Um semblante pálido, apagado, com o mesmo olhar vazio que ela vira em Fen. Acordou sobressaltada.

Laio, que estava comendo ao lado do dragão ofegante, procurou reanimá-la:

– Não se preocupe, vamos conseguir. O velho nunca teria falado com você daquele jeito se não soubesse com certeza que Senar poderia ser salvo. Vai dar tudo certo, você vai ver.

Aquelas palavras, entretanto, não a aliviaram nem um pouco. Só havia uma pessoa que poderia tranquilizá-la, e ela estava correndo o risco de morrer.

Retomaram a viagem e sobrevoaram o Mar Pequeno e o deserto central. Ao entardecer, Nihal e Laio viram o sol mergulhar no mar. Estavam perto do golfo de Lamar.

Depois de uma hora de navegação silenciosa, Senar pôde finalmente avistar ao longe os contornos dos Arshet. Eram de fato duas imensas sombras na escuridão da noite. Eram muito altos e, mesmo daquela distância, viam-se claramente os aguilhões afiados que pontilhavam suas paredes. A massa imponente reluzia com estranho brilho prateado, como se a pedra refletisse o luar. Senar sentiu o medo crescer dentro dele.

– Ainda tem tempo para voltar atrás – disse o homem.

Senar ficou em silêncio, contemplando aquelas figuras que se agigantavam.

– Não – acabou dizendo. – Aquilo que preciso fazer é importante demais.

O homem sacudiu a cabeça.

– Vou chegar perto mas não vou encostar. Terá de virar-se sozinho. Aqueles não são meros penhascos, são ídolos sagrados. Nenhum pé humano deveria pisar neles. Prefiro não ter nada a ver com isso.

Levaram mais duas horas para chegar e, como combinado, o homem deteve-se a alguma distância do rochedo. Agora que se haviam afastado da costa, o mar estava mais agitado e as ondas arrebentavam no sopé dos Arshet ricocheteando como muralhas de espuma. O vento uivava. Era exatamente como Nihal dissera.

– Chegamos. Pule e desapareça – ordenou o pescador.

Senar levantou-se, mas sentiu as pernas cederem e a cabeça rodar. Teve de apoiar-se na borda da embarcação para não cair.

– Tudo bem? – perguntou o homem.

Senar anuiu. Percebia o peso e o calor do amuleto no bolso. Tomou ânimo e olhou para a água. Devia estar gelada.

– Obrigado pelo transporte – disse, mas o outro não respondeu. Só fez um sinal para que se afastasse e deu as costas ao mago e àqueles rochedos tenebrosos.

Senar recitou a fórmula e uma tênue passarela luminosa apareceu na água. Ainda bem que só umas poucas braças o separavam do paredão de pedra e poderia superá-las sem maiores dificuldades. Viu o homem remando como um possesso para afastar-se e então ficou sozinho diante dos dois colossos. O próprio aspecto deles parecia rejeitar a sua presença.

Senar olhou em volta mas não conseguiu vislumbrar qualquer entrada. Eram apenas dois rochedos, dois blocos de pedra. Poderia o santuário estar no topo?

De repente a passarela cedeu, de forma inesperada, e Senar caiu na água gelada. Evidentemente o poder do amuleto havia aumentado, o que queria dizer que a segunda pedra devia estar por perto.

O mago achou melhor poupar as energias para o embate com o guardião e evitou qualquer outro encantamento. Nadou até o sopé de um dos Arshet e faltou pouco para uma onda espatifá-lo contra o paredão. Segurou-se com ambos os braços na pedra e retomou o fôlego.

Quando levantou os olhos, reparou numa fresta três braças acima dele. A entrada do santuário. Havia alguma coisa escrita, mas Senar não conseguiu ler. Começou a galgar a rocha cortante e escorregadia. Levou vários minutos, mas afinal alcançou a meta. Puxou-se para cima com um derradeiro esforço e viu-se diante da entrada. Uma palavra aparecia ameaçadora na arquitrave: *"Sarephen."*

Senar procurou concentrar-se na linguagem local. *Sareph*, "mar", dissera Nihal. Encontrara o lugar. Hesitou uns instantes diante da entrada, enquanto procurava retomar o fôlego. Olhou para baixo e teve um estremecimento.

Entre a negritude das rochas pontudas havia um vago reflexo esbranquiçado. Ossos. Ossos de náufragos, talvez, ou ossos de quem, antes dele, tentara aquela mesma façanha blasfema. Para rechaçar o medo, Senar entrou sem esperar mais e foi logo envolvido pelas trevas.

A noite estava escura e fria. Oarf estava esgotado. Foi então que os contornos dos Arshet surgiram na escuridão. Imensos, sinistros, mais negros que a noite. Lembravam de forma assustadora o Castelo.
– Lá estão eles! – gritou Nihal. – Chegamos!
Aguente, Senar, por favor, aguente!

Muitas vezes, no passado, Senar ficara olhando para o Castelo e imaginando como devia ser por dentro. Agora que estava no santuário, descobriu com espanto que ele combinava com as suas fantasias acerca da morada do Tirano.

Havia um buraco no topo, tão alto que parecia bem pequeno, embora na verdade fosse provavelmente enorme; iluminava o interior e deixava ver uma fatia de céu e a lua. A base era ampla e arredondada, com uma coluna natural de pedra, no meio, que se erguia até roçar na abertura. Em volta daquela espécie de imenso obelisco enroscava-se uma escada de pequenos degraus desiguais e inseguros, cavados na rocha. Nas íngremes paredes abriam-se estreitas frestas, através das quais às vezes o mar penetrava com borrifos de cândida espuma.

Senar demorou-se algum tempo, em contemplação, sem coragem de ir adiante. Quando se encaminhou para o pináculo, o barulho dos seus passos provocou um eco espectral.

O mago apoiou o pé no primeiro degrau, torto e escorregadio, e começou a subir. Parecia não haver guardião algum. Ouviam-se somente o estrondo do mar, que investia contra os recifes, e o uivo lamentoso do vento. E os passos incertos do mago na pedra, a sua respiração cada vez mais ofegante.

Senar estava com medo, mas o motivo dos seus passos inseguros era outro. Era o amuleto que fremia no seu bolso, que tentava juntar-se à segunda pedra. Escorregou várias vezes, chegou quase a cair, mas continuou arrastando-se naquela subida que não parecia ter fim. Quando olhava para baixo, o local de onde partira parecia estar a milhas de distância; quando olhava para cima, o topo mostrava-se igualmente longínquo.

O pior era que o lugar parecia deserto, mas não podia estar, Senar tinha certeza disso. Devia haver um guardião esperando na sombra, um vigia que só esperava vê-lo cair de cansaço para acabar com ele. O mago percebia uma presença, podia sentir na pele, mas nada via.

Nihal mandou Oarf dar uma volta por cima dos Arshet. Ninguém. Só os reflexos brancos das ossadas, das caveiras nas pedras negras e o rumorejar do mar agitado.

Procuraram longamente por um lugar onde Oarf pudesse pousar, mas não encontraram. Nihal tomou então uma decisão.

– Laio, volte para o litoral com Oarf.

O escudeiro olhou para ela pasmo.

– Mas...

– Nada de "mas", aqui não há onde Oarf possa apoiar-se. Voltem para a praia e esperem por mim.

Nihal nada mais disse e desembainhou a espada. Mandou o dragão planar e, com um pulo, aterrou bem diante de uma fenda que devia ser a entrada. Com o coração palpitando em seu peito, entrou na escuridão.

De repente Senar parou.
– Sei que está aí! – berrou. – Apareça!
Só o eco respondeu, refletindo-se nas paredes da sala num coro de vozes confusas. Depois, silêncio.
– Estou aqui pelo poder! Pela pedra! – insistiu Senar, mas o eco encobriu as suas palavras. Naquela confusão de sons ele perdeu a cabeça. – Maldição, apareça logo! Não vim aqui para lutar, vim buscar a pedra!
As vozes continuaram a sobrepor-se e a reverberar em volta dele.
– Mostre-se! – gritou o mago, descontrolado.
Nem teve tempo de reparar no que estava acontecendo: um enorme tentáculo segurou-o pelo pescoço, levantou-o até a lua, até o ar gelado, e então jogou-o de volta no abismo. Senar bem que queria gritar, estava apavorado, mas não conseguiu emitir qualquer som, pois o aperto o sufocava. Bateu com força na escada e perdeu os sentidos.
Quando se recobrou, um estranho monstro de dez cabeças e infinitos tentáculos retorcidos envolvia-se ao longo do pináculo.
De onde foi que ele saiu?
Uma das caras aproximou-se com um sorriso de escárnio, mostrando toda uma fileira de dentes reluzentes e afiados. Um tentáculo voltou a segurá-lo e levantou-o, desta vez pelo pé. O mago berrou com todo o fôlego que tinha nos pulmões e viu o amuleto escorregar do seu bolso e desaparecer na escuridão.
O monstro continuou a erguê-lo e Senar percebeu que queria esmagá-lo contra o pináculo. Tentou recitar uma fórmula, mas nenhum poder fluiu das suas mãos. Estava à mercê do inimigo.
É o fim. Desta vez é realmente o fim.
Então ouviu um grito, e um líquido quente e viscoso cobriu-o da cabeça aos pés. O aperto soltou-se e Senar acabou precipitando-se no vazio. Quando bateu na escada e chocou-se violentamente nos degraus, já estava inconsciente.

Nihal estava parada diante do monstro, de espada na mão, ofegante. Só ficou contemplando o inimigo por um momento, então voltou a investir decidida contra ele.

Moveu-se com agilidade, evitando as chibatadas dos tentáculos que chegavam de todos os lados. Esgueirou-se como uma cobra e chegou bem embaixo do corpo da fera, para então infligir o segundo golpe.

Um dos tentáculos contorceu-se e caiu no vazio. Um líquido malcheiroso e quente jorrou do coto e o grito do animal sobrepujou o rugido do mar.

Nihal não parou. Esquivou-se, dançou, aproveitou o momento de fraqueza da fera e pulou em cima dela. Mais uma estocada, depois mais outra, e outra, e a cada golpe mais um grito do monstro, mais sangue.

A criatura, finalmente, perdeu o equilíbrio e deixou-se cair no vazio. Nihal se soltou, precipitou-se com ela. Quando chegaram ao chão, a semielfo voltou a ficar de pé, em posição de combate, preparada para um novo ataque. Alguma coisa, entretanto, a deteve.

Ouviu um enorme vagalhão arrebentar-se no rochedo. Uma montanha de espuma invadiu o santuário através das frestas nas paredes, ergueu-se rápida até a abertura lá em cima, para então desmoronar de volta, fragorosa como uma cachoeira: quando bateu no chão, assumiu uma aparência que parecia humana, armada com um tridente. A ponta central do tridente brilhava intensamente.

– Acalme a sua fúria – trovejou.

Nihal lançou-se contra o guardião, berrando.

– Saia da minha frente!

O homem de espuma fincou o tridente no chão, bem perto do rosto de Nihal.

– Não creia que poderá vencer-me – murmurou.

A sua voz era tão baixa e cavernosa que ela ficou espantada.

– O que vieram procurar, você e o seu amigo?

Para a semielfo, naquele momento, tudo parecia distante e nebuloso: a missão, o talismã, tudo mesmo. Sobravam-lhe somente uma fúria cega e a angústia pelo destino de Senar.

– Então?

Nihal tentou ordenar os pensamentos. Então reparou num reflexo num canto da sala. O talismã.

– Viemos... viemos por causa do amuleto.

O ser sorriu, escarnecedor.

– Mais desejo de poder, mais dois tolos... – Riu, uma risada cruel. – Por que são tão insanos? – perguntou com a voz estentórea.

– Já faz muitos séculos que vigio Sarephen, na solidão destas torres que os deuses ergueram como advertência. Já vi muitos chegarem à entrada deste santuário: alguns eram eleitos, e concedi-lhes a pedra, mas muitos outros eram impuros e só pisaram neste solo sagrado para conseguir o poder. Seus corações ardiam de desejo, na volúpia de querer subjugar outros corações, só eram animados pela ânsia de dominar, de possuir, de dispor a seu bel-prazer da vida alheia. Muitos deles morreram antes mesmo de chegar diante de mim, os outros eu mesmo matei. E ainda assim não receavam a morte; pelo poder, pela avidez do domínio, estavam preparados a pagar qualquer preço. Como o seu amigo que, embora ciente de não ser digno de Sarephen, chegou até aqui.

– Não é por isso... não é pelo poder.

O homem contemplou-a por algum tempo.

– Uma semielfo – murmurou.

– Isso mesmo – gritou Nihal. – Uma semielfo! Eu posso tocar na pedra! Deixe-nos em paz, dê-nos a pedra e permita que salve o meu amigo...

– Por que precisa da pedra?

– Para derrubar o Tirano.

O homem fez uma careta de escárnio.

– O Tirano... mais um homenzinho ofuscado pelo poder.

– Estou com o talismã. – Nihal correu para o reflexo, pegou o talismã e demonstrou que podia tocar nele. – Está vendo? Já consegui uma pedra! – Ela indicou Ael.

O guardião examinou a gema.

– Como pôde Ael ser entregue a você, um ser tão cheio de ódio e de raiva?

Nihal não soube o que responder. Era verdade. Mas a ansiedade ia pouco a pouco se esvaindo, deixando lugar à angústia pelo destino de Senar.

— Por que quer a pedra? Não é certamente pelo motivo que me contou...
— Não... — murmurou Nihal. — Só quero sair daqui, agora. Só desejo abraçar o meu companheiro e sentir que está vivo. Pegar a pedra é a única maneira para seguir em frente.

O guardião fitou-a impassível. Com um golpe do tridente fez cair o amuleto das mãos dela.

Nihal desmoronou ao chão, como se tivesse sido esvaziada de toda energia.

O guardião virou o tridente e soltou uma pedra da ponta reluzente. Era de um azul escuro e parecia guardar em si as profundezas do oceano. Ele a levantou e a gema primeiro brilhou na luz do luar, depois pareceu absorver o seu reflexo. O guardião colocou-a então no chão, diante de Nihal.

— Você só está no começo da sua viagem e o seu coração está confuso e amedrontado. Guardiões menos indulgentes do que eu nunca iriam conceder-lhe a pedra. Mas nunca pare de procurar, pois do contrário o poder jamais será seu.

Então, da mesma forma com que aparecera, o guardião dissolveu-se em mil regatos de água marinha e voltou ao oceano pelas frestas dos Arshet. O monstro também desapareceu e Nihal ficou sozinha na imensidão do santuário, mais uma vez silencioso. Agarrou imediatamente a gema, levantou-a e, enquanto ajeitava-a no alvéolo, com a voz trêmula, pronunciou a fórmula ritual:

— *Rahhavni sektar aleero.*

A pedra ficou presa com firmeza em seu nicho. Nihal levantou-se com um pulo e correu para Senar.

O mago jazia de bruços nos degraus. Sua mão, inerte sobre a rocha escorregadia, estava fria.

Nihal virou-o e começou a chamá-lo, mas ele, pálido, não respondia. Ela continuou a chamar, em voz cada vez mais alta. Então começou a soluçar.

— Você tinha prometido que não iria morrer... — disse entre as lágrimas

Vencida pelo desespero, não percebeu que os olhos de Senar estavam lentamente se abrindo. Quando dirigiu o olhar para ele, o mago esboçou um débil sorriso.

— Chegou um tanto atrasada — disse baixinho.

6
GELO

Naquela noite, enquanto jantavam, Nihal foi insolitamente parca de palavras. Senar ficou surpreso com aquela atitude fria, bem diferente do calor que ela demonstrara no santuário. Não precisou esforçar-se para imaginar o motivo daquele mau humor. Contara-lhe uma mentira e agora teria de pagar por isso.

No dia seguinte acordaram ao alvorecer. A cor rosada do sol que iluminava preguiçosamente o oriente deixou Senar de bom hu-mor. Nihal, no entanto, logo quebrou o idílio; puxou Laio para fora da cama e ordenou que todos se apressassem, pois queria partir logo.

A viagem recomeçou. Dirigiram-se para o sul; iriam para a Terra do Sol passando pela Floresta Interna.

A impressão que Senar tivera na noite seguinte ao seu salvamento foi confirmada nos dias que se seguiram. Nihal mostrou-se fria e distante, e quase não falou com ele durante o resto do percurso. De dia voavam em absoluto silêncio, à noite acampavam para comer e ficavam olhando para a fogueira, mudos como peixes.

No quarto dia Senar decidiu dizer alguma coisa. Aquela tensão tornara-se insuportável.

Aproveitou a ocasião da mudança da guarda. Estavam em plena noite e o turno de Nihal estava chegando ao fim. Senar acordara um pouco antes para escolher com cuidado as palavras que iria usar. Quando a hora chegou, Nihal limitou-se a dar-lhe um toque no ombro.

Senar virou-se imediatamente para ela.

– O que está havendo?

Logo que disse isto sentiu-se bobo e ridículo. Adiantara realmente alguma coisa ficar tão ocupado escolhendo as palavras, para depois começar a conversa de um jeito tão idiota?

– O que acha?

Senar baixou os olhos.
— Fiz por você...
Perfeito... Outra frase genial...
— Nunca pedi que o fizesse.
— Arrisquei-me o mínimo possível, eu juro. Tomei o maior cuidado... não sou um irresponsável, você sabe disso.
— Pare de mentir! — berrou Nihal. — Aquela conversa toda sobre a tal fórmula capaz de manter sob controle o poder do amuleto... E até conseguiu envolver Megisto!
— Diga-me então o que eu poderia fazer. Você estava muito mal e mesmo assim queria seguir em frente. Eu não tinha outra escolha. — A paciência de Senar começava a falhar.
— Será possível que você não entende? — Nihal levantou-se com raiva. — Já imaginou como iria sentir-me se você morresse? Tem ao menos uma vaga ideia?
Senar ficou boquiaberto: a raiva que acabara de sentir morreu em sua garganta.
Nihal virou-se.
— Não quero mais mortes na minha consciência!
Foi a gota que fez transbordar o copo. Senar talvez nem soubesse ao certo o que esperar de Nihal quando voltasse. Talvez um gesto de agradecimento, mas nunca aquelas palavras hostis e frias.
— Não se preocupe, não tenho a menor intenção de onerar inutilmente a sua consciência. Pensei que podia ser-lhe útil, mas ao que parece continua a considerar-me um estorvo. Pode ficar tranquila, pois, ao contrário de alguém que conheço, não tenho a menor pressa de morrer.
O bofetão que Nihal deu em Senar ecoou no silêncio do bosque.
O mago ficou parado, pasmo, enquanto diante dele Nihal tentava segurar o pranto. Só então percebeu o absurdo daquilo que acabara de dizer. Mas não teve tempo de pedir desculpas porque ela deu-lhe as costas e deitou-se para dormir.

Na manhã seguinte, enquanto os companheiros de viagem ainda dormiam, Nihal preparou-se para consultar o talismã. Depois da discussão com Senar, a jovem tinha tido uma noite insone.

Fechou os olhos e viu alguma coisa extremamente luminosa que reluzia como mil sóis. Devia ser o santuário. Em seguida vislumbrou uma alvorada, com o sol que surgia entre as montanhas. Tinha a impressão de estar vendo aquele panorama de um telhado, de uma espécie de esplanada cercada de altos picos. Um planalto, então, e indicando uma direção: leste. Voltou a abrir os olhos. Mais tarde comeram uma refeição rápida e subiram na garupa de Oarf, a caminho da última meta de sua viagem ainda em território amigo. Depois daquele santuário, as coisas iriam ficar realmente difíceis.

Levaram seis dias para chegar a Makrat. Laio insistira em parar na capital da Terra do Sol para rever a Academia, onde ele e Nihal se haviam conhecido. A ideia de uma cama limpa e quentinha onde descansar, na verdade, era um atrativo para todos. Encontraram portanto uma hospedaria afastada onde decidiram passar a noite.

Ao pôr do sol Nihal saiu para dar uma volta pela cidade. Mergulhou no caos de Makrat e reparou que muito pouco havia mudado desde os tempos da Academia. O mesmo burburinho, as pessoas atarefadas, a multidão de fugitivos apinhados do lado de fora das portas da cidade, num emaranhado de barracas amontoadas junto às muralhas. Era justamente o que Nihal mais detestava naquele lugar, a descarada opulência convivendo com a mais negra miséria, aquela alegria acintosamente ostentada, o esplendor das joias que as mulheres usavam na rua. Era um lugar de ignorância e bazófia, um lugar que negava a dor, quando na verdade ela sempre se sentira triste entre aquelas muralhas.

Aproximou-se da Academia, mas manteve-se longe da entrada; não queria correr o risco de topar com o Raven, o Supremo General que sempre dificultara a sua vida. A visão daquela construção maciça, no entanto, não foi tão insuportável quanto temia. Quase esperou cruzar com Parsel, o antigo mestre, o primeiro que tinha acreditado nela, e com Malerba, aquele ser disforme com o qual compartilhava tantas coisas.

Seus pés acabaram quase sem querer levando-a ao parapeito onde amiúde se abrigava, de onde a vista do Castelo era mais ameaçadora. Sentou-se e se perdeu em mil pensamentos.

— Estou incomodando?
Nihal sobressaltou-se. Quando percebeu que a pessoa atrás dela era Senar, assumiu logo uma atitude distante.
O mago também sentou-se e ficou algum tempo olhando para ela, antes de falar.
— Tinha certeza de encontrá-la aqui — disse afinal.
A semielfo não respondeu e continuou de olhos fixos na imagem sombria do Castelo.
— Desculpe-me pelo outro dia — continuou Senar. — Falei uma coisa idiota e maldosa. Francamente, não era minha intenção.
— Não precisa desculpar-se, o que disse é a pura verdade. Banquei a boba e estive insuportável desde o começo desta maldita viagem. Sinto muito. — Voltou a olhar além do parapeito. — Talvez esperasse de fato não levar a cabo a tarefa, talvez fosse por isto que não queria parar. Não se trata de medo, está entendendo?
Senar assentiu.
— O que realmente me incomoda é o fato de nunca ter tido escolha. E a ideia de esta ser a minha sina me apavora. — Fitou-o nos olhos.
— Creio que esta seja de fato a sua sina, pelo menos em parte — rebateu ele. — Mas também acredito que o seu destino não se resuma apenas a esta missão. Concordo, partir não foi propriamente uma escolha sua. Mas não há somente esta viagem na sua vida. Quando tudo terminar, terá diante de si novos caminhos. Ninguém poderá forçá-la a escolher, só você saberá quais decisões tomar. Esta viagem é apenas uma etapa.
— Talvez você esteja certo — disse Nihal. — Mas sinto que desta missão não depende somente o destino do Mundo Emerso, há mais alguma coisa que ainda preciso descobrir, e nem sei por onde começar a procurar. — Nihal suspirou. — No passado sempre vinha aqui para reencontrar o escopo da minha vida, o ódio pelo Tirano — apontou para a sombra escura e ameaçadora do Castelo —, mas agora é diferente. Continuo a odiar o Tirano, claro, mas já não sei o que devo fazer, sinto no fundo do meu coração que o fim último está além deste ódio. Mas o que poderá ser, então, este fim último? — perguntou desanimada, enquanto se virava para Senar.
O mago não respondeu e ficaram em silêncio, observando a morada do Tirano que os ameaçava.

– Mas uma coisa eu sei – murmurou Nihal depois de alguns instantes. – Aquilo que você disse no Conselho é verdade. Sem você eu nunca iria conseguir.

Senar sorriu, apertou-a nos braços e puxou-a para si. Depois de uns momentos Nihal afastou-se e devolveu o sorriso. Já envolvidos pela escuridão da noite, voltaram juntos para a hospedaria.

Na manhã seguinte Senar perambulou pela cidade à cata de informações que lhe permitissem encontrar a meta. Voltou na hora do almoço e disse que o planalto procurado ficava nos Montes da Sershet, na fronteira com a Terra dos Dias, para o leste. Pelo que soubera do homem que lhe falara a respeito, um velho mendigo postado na entrada da cidade, ninguém mais ia lá havia séculos, porque, à parte a neve, o frio e o gelo perene, nada havia que pudesse interessar.

Nihal achou que era um local bastante estranho para colocar nele o santuário do sol. E além do mais estavam no inverno, sabe-se lá o que iriam encontrar por lá.

– Qual é o problema? – perguntou Laio com a maior tranquilidade. – Oarf já está bem descansado, levar-nos-á até lá num piscar de olhos. Vai ser muito fácil. – Então o rosto do escudeiro iluminou-se num sorriso. – Será a primeira vez que eu entro num santuário.

– Se eu fosse você, não ficaria tão animado – rebateu Senar.

As coisas acabaram não sendo tão fáceis quanto Laio esperava e, quando chegaram ao sopé dos Montes da Sershet, depois de um dia de viagem, ficou bem claro que aquilo não iria ser um simples passeio.

Diante deles erguia-se uma parede de pedra nua. Tudo começava com amplos gramados e suaves colinas que surgiam preguiçosamente na planície, mas logo a seguir a subida tornava-se íngreme e finalmente vertiginosa. Os picos permaneciam invisíveis, ocultos entre as nuvens. Até mesmo Laio, que não tinha pendores pessimistas, assumiu uma expressão desanimada diante daquela vista.

– A julgar pelas nuvens nas alturas, lá em cima o tempo não deve ser nada bom – comentou Senar.

Nihal encarou o paredão de rocha, preocupada.

— Oarf não vai poder ajudar. As suas asas se cansam no voo vertical e o mau tempo só vai atrapalhar...

— Não temos escolha — salientou sem meias palavras o mago. — Ou vamos com Oarf ou teremos de passar a vida inteira nestas montanhas.

Naquela noite acamparam no sopé dos montes, e na manhã seguinte partiram logo após o alvorecer.

— Sou forçada a pedir-lhe novamente um grande esforço, Oarf — disse Nihal ao dragão. — Mas juro que farei o possível para que seja o último.

Oarf fitou-a altivo com seus olhos vermelhos e ergueu-se em toda a sua altura. Nihal sorriu. Então montaram na garupa e deram início à ascensão.

No começo não encontraram dificuldades excessivas. O dragão voava abrindo as asas em toda a sua extensão, sem esforço e mantendo uma velocidade constante. Mas o pior ainda estava por vir.

Passaram a manhã inteira sobrevoando os ervosos pastos no sopé das montanhas, mas de repente a massa rochosa surgiu ameaçadoramente diante deles e a verdadeira subida teve início. Oarf já não podia voar horizontalmente, precisava manobrar para seguir em frente na diagonal. No começo o declive foi suave, mas depois tornou-se cada vez mais íngreme. Nihal podia sentir os músculos das asas do dragão tensos sob suas pernas.

— Ânimo, meu bom amigo — sussurrava aos seus ouvidos, dobrada sobre a cabeça do animal, e Oarf esforçava-se ainda mais.

Naquela tarde acamparam já nas alturas e Laio se encarregou de cuidar de Oarf. Com a chegada da noite, o vento ficou cada vez mais gelado e o céu mais ameaçador. Antes mesmo que fossem deitar-se, começou a nevar.

— Maravilha! — comentou Senar.

Durante três dias só continuaram a subir. No terceiro dia acamparam logo abaixo do teto das nuvens. Quando olharam esperançosos para cima, não conseguiram ver coisa alguma que se parecesse com um pico.

Na primeira noite Senar tentara recorrer a um pequeno fogo mágico para criar algum calor, mas aquele fraco calor tinha curta duração e desaparecia logo que o mago adormecia. De forma que, para não correrem o risco de morrer congelados, tiveram de dormir envolvidos em suas capas e encolhidos sob as asas de Oarf.

No dia seguinte adentraram as nuvens e as coisas ficaram ainda piores. O vento soprava gélido e a nevasca impedia-lhes de ver e respirar. Oarf fazia o possível, mas a subida era árdua e a distância que conseguiam percorrer da alvorada ao pôr do sol era cada vez menor.

– Talvez tenhamos de subir assim para sempre. Talvez o topo destas montanhas nem mesmo exista e além das nuvens só haja os deuses – disse de repente Laio, e Nihal não soube ao certo se esta ideia o deixava amedrontado ou excitado.

Nos dois dias seguintes voaram nas nuvens e, quando emergiram delas e olharam para cima, o que viram pareceu-lhe um espetáculo extraordinário. Foi aí que Nihal entendeu por que aquele lugar havia sido escolhido para o santuário.

Aquelas montanhas eram o triunfo da luz. O sol era incrivelmente luminoso, e até mesmo o azul-cobalto do céu parecia resplandecer; o gelo que os cercava, por sua vez, refletia os raios do sol, refratando-os em mil tonalidades diferentes. Tudo em volta era uma infinidade de outros picos, a perder de vista; somente rocha, por toda parte. Aquele esbanjamento de beleza reanimou-os; agora que a subida chegara ao fim, acharam que tudo poderia dar certo, sem maiores problemas.

A tepidez da luz ofuscante não conseguia superar o frio e o vento, mas a última parte da viagem anunciava-se mais fácil. Voaram entre centenas de cumes castanhos contra o azul do céu, que pareciam surgir de um mar branco e lanuginoso, com Laio que se debruçava o tempo todo sobre Oarf a fim de olhar para baixo.

– Estamos voando sobre o nada! – exclamou o escudeiro, achando a maior graça, enquanto apontava para as nuvens que ocultavam o vale.

Nihal e Senar por sua vez começaram a ficar preocupados. Nunca conseguiam voar bastante alto para dominar todas as montanhas e identificar o planalto. Não havia outra solução, a não ser interrogar mais uma vez o talismã. Nihal concentrou-se e tudo o que viu foi mais uma vez o brilho ofuscante do santuário; percebeu vagamente que deviam seguir para o leste, e que no centro exato das montanhas iriam encontrar aquilo que procuravam. A viagem durou mais dois dias. Ao alvorecer do terceiro dia, o objeto de sua procura apresentou-se diante dos seus olhos pasmos. Ficaram mudos, olhando atônitos e perguntando a si mesmos como era possível que um lugar como aquele pudesse existir bem no meio do inverno.

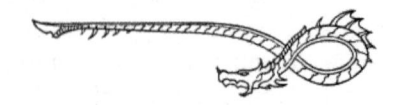

7
GLAEL OU SOBRE A SOLIDÃO

Nihal, Senar e Laio olhavam surpresos para a mancha verde que se destacava no marrom das montanhas. Viram o sol encher de luz uma meseta repleta de flores coloridas e tão perfumadas que o odor chegava até eles. Maravilhados, desceram no pequeno planalto e, logo que lá pisaram, foram surpreendidos pela amenidade do clima. Naquele pedacinho perdido de terra já era primavera. Alvorecia e os raios rosados do sol beijavam milhares de pétalas viçosas e a grama molhada de orvalho. Parecia um mundo à parte, isolado e longe de tudo.

Laio despiu logo a capa e começou a rolar entre as flores, com uma risada cristalina.

– Esta deve ser de fato a morada dos deuses!

A meseta não era muito extensa e, quando se aproximou da borda, Nihal descobriu que a maior parte da Terra do Sol e alguns pedaços de outras Terras eram visíveis lá de cima. Reparou na pequena mancha clara de Makrat, esparramada preguiçosamente não muito longe do Grande Afluente, e depois o Pequeno Afluente, o irmão caçula, e o lago Hantir, prateado nas primeiras luzes da alvorada. Viu a Floresta da base e teve a impressão de vislumbrar a própria base. Daquela altura, quem sabe, talvez pudesse até avistar a região onde se encontrava a aldeia de Elêusi e Jona. Dirigiu então o olhar para mais além e seu coração quase parou de bater.

Lá no fundo, onde os luxuriantes bosques da Terra do Sol deixavam o lugar ao deserto, havia a sua Terra de origem, a Terra dos Dias, tudo o que restava do seu povo.

– Olhe ali! – exclamou Laio. – Está vendo aquela mancha preta ao sul?

– O que é? – perguntou Senar, que também se aproximara para admirar o panorama.

– É a Terra da Noite – disse o escudeiro. – Não passei muito tempo por lá, não a conheço muito bem, mas é a minha Terra...
– Precisamos encontrar o santuário – disse Nihal.
– Nem precisa procurar! – Laio virou-se e apontou o dedo diante de si.
Nihal olhou naquela direção e viu uma imensa construção que se erguia num canto da meseta. Era imponente, toda de ouro. A semielfo não conseguia entender como não tinha reparado nela antes. O corpo central era redondo e achatado, coberto por uma ampla abóbada de ouro em forma de cebola, encimada por uma esfera: o sol, este também de ouro. Outras construções mais baixas surgiam de lado, todas elas encimadas por abóbadas parecidas. O prédio inteiro era um triunfo de arcos e pináculos e reluzia de forma ofuscante.
Nihal levantou o braço para proteger os olhos de toda a luz que emanava do santuário, desembainhou a espada e foi em frente.
– Não sabemos quantas maravilhas deve haver lá dentro! – gritou Laio e avançou correndo para a construção.
– Espere! – Nihal segurou-o pelo braço. – Sempre há guardiães nos santuários e eles não gostam de quem tenta passar pelos portões. Acho melhor que você e Senar fiquem por aqui mesmo.
– Nem pensar! – protestou Laio, desvencilhando-se. – Para que teríamos vindo até aqui, então, o mago e eu? Se for preciso lutar para ajudá-la, estaremos ao seu lado. Ou entramos todos ou não entra ninguém.
Nihal olhou para Senar, interrogativa.
– Se a situação ficar difícil, vamos sair correndo. Você vai na frente – disse o mago.
Avançaram em fila indiana e chegaram ao portal onde, numa escrita tão retorcida e rebuscada que quase não dava para decifrar, podia-se ler *"Glael"*. Luz. Nihal não se demorou a olhar e entrou de espada na mão.
– Fiquem perto de mim – disse aos companheiros, mas Laio já se adiantara.
Senar agarrou-o pelo ombro.
– Posso entender a sua ansiedade para ficar encrencado – disse num tom azedo –, mas acho melhor você seguir o conselho do seu Cavaleiro.

Laio olhou para ele chateado, mas conteve o entusiasmo.

De tão esplendoroso, o interior do santuário chegava a ser opressor: um verdadeiro tripúdio de ouro e enfeites por toda parte. Havia uma grande nave central, delimitada por colunas que se erguiam a sustentar o amplo teto abaulado e todo perfurado, de tal forma que os raios do sol, penetrando pela abóbada, desenhavam ornatos geométricos no pavimento. Havia mais duas naves laterais, menores, e inúmeros nichos nas paredes, repletos de estátuas. Embaixo de cada uma delas, um nome numa escrita que Nihal não reconheceu. A figura de um homem imponente chamou a sua atenção. Era bem alto, tinha um olhar altivo e destemido. Segurava numa das mãos uma chama exuberante, que ele parecia dominar com a força dos dedos, e na outra uma longa lança.

Sem saber por quê, Nihal ficou fascinada por aquela imagem e permaneceu algum tempo a contemplá-la. Tinha a impressão de que aquele homem estivesse olhando fixamente para ela, que a estivesse chamando.

– Algo errado? – ouviu a voz de Senar ciciar atrás dela.

– Tudo bem – disse, estremecendo.

Nihal seguiu em frente e reparou que a nave central dava para um altar, decorado com a ramagem dourada de uma trepadeira. Suspensa sobre um alto pedestal e iluminada por um raio de sol, estava a pedra, que reluzia de forma extraordinária.

– É ela? – perguntou Laio, circunspecto.

– Acho... acho que sim – murmurou Nihal.

Estava confusa. Seria possível que tudo fosse tão fácil? Nada de guardiães? Guardou a espada na bainha e aproximou-se do altar. Foi aí que começou a ouvir alguma coisa estranha. Aguçou os ouvidos.

– O que... – tentou perguntar Laio, mas Senar calou-o.

O ar começava a encher-se de uma espécie de cantiga, uma ladainha, quem sabe, ou uma música de ninar. Não vinha de algum local preciso da sala, estava em toda parte, e não havia eco, não havia profundidade naquele som. Parecia existir somente na cabeça deles, tanto assim que se entreolharam para confirmar que todos estavam ouvindo.

No começo as palavras não ficaram claras, mas em seguida foi possível distinguir sons articulados, talvez frases. O sentido era obscuro, mas aos ouvidos de Nihal as palavras soaram parecidas com

aquelas que lhe dissera o guardião do santuário da água ou com a fórmula ritual que ela mesma recitava quando se apoderava do poder guardado na pedra. Era um canto élfico, portanto. A voz era de menina, triste, perturbadora.
— Quem é você? Quem está cantando? — perguntou Nihal.
A voz calou-se.
— Sou Sheireen, uma semielfo, e vim até aqui por causa de Glael — disse Nihal em voz alta.
Mais silêncio.
— Preciso do poder para derrotar o Tirano, que está destruindo este mundo. Você é a guardiã?
A voz recomeçou a cantar, mas agora as palavras eram claras, numa língua que já não era a dos elfos:

> Luz, minha luz,
> Onde está minha luz?
> A sombra envolveu-a,
> Em seu manto de trevas acolheu-a.
> Sol, ó meu sol,
> Para onde foi o meu sol?
> A noite roubou-o,
> No breu mais profundo guardou-o.
> Vida, minha vida,
> Para onde foi a minha vida?
> Entre os meus dedos escorreu,
> E como flor entre espinhos morreu.

Uma risada fechou o último verso e uma fria inquietação começou a tomar conta do coração de Nihal. Sacou a espada e o ruído do cristal negro que deslizava na bainha ecoou no silêncio.
Ao barulho seguiu-se logo um grito.
— Nada de sangue neste chão! Nada de ódio entre estas paredes! Abaixe a sua lâmina!
Nihal guardou imediatamente a arma.
— O meu nome é Sheireen, eu já disse... por favor, apareça.
— Ah, conheço Sheireen, e também conheço Shevrar. Afinal de contas, a luz possui o fogo, não acha? Mas Shevrar destrói enquanto a luz cria, não é verdade? — foi a resposta da voz. — Se a luz

é vida, no entanto, por que aqui só existe morte? Está tão frio... Estou com tanto frio... Esquente-me, menino...

Nesta altura Laio gritou. Senar logo acudiu.

– O que foi? – perguntou.

– Não sei... Só que me pareceu sentir uma mão que me apalpava, uma mão gelada... – respondeu o garoto.

– Droga! – Senar olhou à sua volta.

– Não precisa ter medo, menino, eu só estou com frio... – disse a voz. – O calor se abriga na carne e não no ouro destas paredes. – Então, recomeçou a cantar.

Nihal não sabia o que fazer. Aguçava todos os sentidos, olhava em todas as direções, mas não conseguia ver coisa alguma. E mesmo assim a pedra estava lá, diante dela, sem ninguém para vigiá-la. A voz podia continuar cantando à vontade, ela só precisava do poder. Deu uns passos rumo ao altar e esticou a mão para a gema. Na mesma hora as trevas envolveram tudo. Sobrou somente um raio de luz, no meio da sala.

– Nem mais um passo! – intimou a voz. De repente o tom tornara-se decidido e autoritário. – É minha, ninguém pode pegá-la... Aqueles que podiam tocar nela estão todos mortos.

– Não, você está errada! Nem todos morreram! Eu sou uma semielfo, posso controlar esse poder. É por isso que estou aqui.

O raio de luz começou a dançar pela sala, de um canto para outro, mas principalmente em volta de Laio.

– Está mentindo, está mentindo! – salmodiava a voz. – Não está vendo que estou sozinha? Há muitos anos puseram-me aqui para vigiar aquela pedra e esperei, esperei longamente... O sol subia no céu e se punha, depois voltava a subir e a desaparecer de novo... Assim, por anos a fio, por milênios. E eu sempre sozinha aqui, neste frio. A última vez que veio alguém deve ter sido mil anos atrás, mas não entreguei a pedra...

– O que quer que eu faça para que você a entregue a mim? – perguntou Nihal.

O raio de luz parou.

– Quero o calor.

– Mostre-se e explique o que é esse calor.

O raio de luz recomeçou a mexer-se pela sala, enquanto a escuridão tornava-se pouco a pouco menos densa.
— Estou aqui, não está vendo? Sou a luz. Muito tempo atrás eu também tinha um corpo, mas lentamente ele foi desaparecendo... E agora estou com frio, sozinha...
— Não entendo... — protestou Nihal.
— Dê-me o calor e então poderá ficar com a pedra — disse a voz, rindo.
O raio de luz começou a acariciar Laio, afagou os seus caracóis loiros, sua face corada. O escudeiro parecia gostar da brincadeira, seus dedos acompanhavam o raio luminoso.
— Pois é — continuou a voz —, você tem o calor... Não peço muito, afinal... só sair desta prisão dourada, ver o mundo e não continuar tão sozinha. Qual é o sentido de continuar aqui dentro? Os elfos já se foram há muito tempo e eu fico aqui, vigiando uma coisa sem valor... Leve-a com você, pode ficar com ela, mas deixe-me a carne...
— Esta espécie de guardião não me parece lá muito certa — comentou Senar ao aproximar-se.
— O que acha que devo fazer? — perguntou-lhe Nihal num sussurro, mas como resposta só conseguiu um olhar indeciso.
— Quer a pedra? — perguntou a voz.
— Quero — respondeu Nihal.
— Entregue-me ele, então, e a pedra será sua.
— Ele quem?
— O menino — respondeu a voz, persuasiva.
Laio olhou para Nihal meio preocupado e começou a recuar.
— De quem... de quem está falando? — gaguejou a jovem.
— Você entendeu muito bem. O menino que trouxe consigo, o garoto. Está tão quente... Esse calor já está revigorando o meu coração solitário... Conceda-me a carne e o calor dele, e a pedra será sua.
Laio virou-se e correu para a saída, mas o raio assumiu o semblante de uma mulher, espichou um braço e fechou o portão. Já não havia mais portas, somente a gélida consistência das paredes de ouro. O braço esticou-se então para o altar e pegou a gema.
— Carne em troca do poder... — disse a voz, e da luz surgiu um rosto de mulher, um rosto lindo, mas insano e triste. — Aceita esta

troca? Não lhe peço grande coisa, afinal. Não está vendo a minha dor nesta solidão? – A voz tornou-se lamurienta. – Você que tem este poder, ajude-me a fugir deste lugar que abomino...

Nihal olhava para aquele rosto apavorada e fascinada, como se estivesse à mercê de algum feitiço. Seus olhos estavam se fechando.

– Nihal! – gritou Senar.

O mago correu para ela e a semielfo recobrou-se. Afastou-se da luz e sacou a espada.

– Talvez você prefira conceder-me o homem... A sua carne não é tão fresca e pura quanto a do menino, mas ainda posso aceitar...

– Pare de dizer bobagens! Não tenho a menor intenção de separar-me dos meus amigos, por nenhuma razão do mundo! – exclamou Nihal.

– Então entregue o seu corpo – respondeu a voz.

– Não! – gritou Nihal. – Deixe-nos ir embora e dê-me a pedra!

O rosto tornou-se raivoso e olhou durante um bom tempo para ela; em seguida, de repente a luz voltou a iluminar a sala e o raio desapareceu.

Nihal ficou confusa e o próprio Senar olhou em volta, perplexo.

– O que afinal está...? – resmungou o mago. Então virou-se para Laio. – Nihal... – murmurou apavorado.

Ela também olhou para o escudeiro. Laio levantou lentamente as pálpebras e o terror invadiu Nihal. Os olhos do rapaz haviam se tornado de ouro, sem íris nem pupila. Um estranho sorriso desenhou-se nos lábios de Laio e, quando ele falou, a voz era aquela que haviam ouvido ecoar na sala até poucos momentos antes.

– Não quis consentir? Não quis ajudar-me? Pois bem, não só peguei sozinha aquilo que queria como também irei puni-la pela sua crueldade.

Nihal deu uns passos para trás.

– Deixe Laio em paz...

– Só lhe pedira alguma ajuda, nada mais do que isto, e você recusou... – disse Laio enquanto se aproximava dela.

Nihal não teve outra escolha a não ser recuar amedrontada.

Laio esticou o braço para a semielfo e, quando abriu a palma, um raio de luz a envolveu e ela precipitou-se na escuridão.

O escudeiro correu para o fundo da sala e a porta que havia sumido apareceu de novo, maior e mais imponente do que nunca.

– Fiquem vocês mesmos neste lugar, na solidão e no desespero, aguentando o frio que eu tive de aguentar! – gritou pelos lábios de Laio a voz feminina.

O guardião estava a apenas um passo da porta quando Senar plantou-se diante de Laio. Mais um raio de luz jorrou da mão do escudeiro, mas quebrou-se numa prateada barreira circular evocada pelo mago.

– Espere um momento, antes de ir embora – disse Senar num tom calmo e ajuizado. Olhou atrás de Laio e viu que Nihal ainda estava prostrada no chão. Não podia ir até ela, pois do contrário iriam ficar presos ali dentro para sempre.

– Eu entendo você, entendo muito bem – começou dizendo. – Esses anos todos na mais completa solidão... não deve ter sido fácil...

Laio, cauteloso, olhou para ele com desconfiança.

– Conheço a solidão e o frio... pois é, eu entendo você. – Senar viu Nihal mexer a mão.

– Quem é você? Um mago? – perguntou Laio.

– Não precisa se apossar desse jovem – continuou Senar. – Afinal, não foi escolhida para ficar aqui cuidando da pedra?

Laio continuou a olhar para ele, desconcertado.

– Tomar conta da pedra sempre foi a sua tarefa ou estou errado? Foi para isso mesmo que você foi criada...

– Você está certo, mas eu estou sozinha... – Uma sombra de tristeza escureceu os olhos de ouro de Laio, enquanto lentamente Nihal se levantava recobrando os sentidos.

– Está prejudicando um inocente. Não creio que você tenha permissão para fazer uma coisa dessas.

– Não, mas estou com frio, muito frio...

– A sua tarefa é estabelecer quem merece e quem não merece possuir a pedra, não é isto? O garoto que quer para si não fez nada de errado. Não pode pegá-lo. O que tenciona fazer é muito grave e você sabe disso.

Laio deixou cair os braços ao longo do corpo e olhou para o chão, desconsolado. Nihal sacou a espada, mas Senar acenou para dizer-lhe que ainda não era hora de agir.

– Conhece Ael? – perguntou Senar.
Laio levantou a cabeça.
– A Suprema Senhora das Águas, guardiã da pedra da Terra da Água... Claro que conheço.
Senar virou-se para Nihal.
– Sheireen, mostre onde está agora Ael – disse, mas Nihal fitou-o sem entender.
– O talismã – explicou o mago.
Nihal procurou entre as dobras da capa e encontrou o medalhão. Com calma e circunspeção aproximou-se de Laio, que a encarou gélido. Quando a semielfo mostrou o talismã, os olhos do garoto anuviaram-se.
– Conhece esse amuleto? – perguntou Senar.
Laio acenou que sim com a cabeça.
– Então deve saber, também, o que são as pedras. Essa aí é Ael, a essência dela está guardada na gema.
Laio olhou interessado.
– Ael já não está sozinha, deixou o santuário e agora vigia a pedra que nós possuímos. E esta é a única possibilidade que você tem de sair do santuário que tanto odeia: venha conosco. Deixará a solidão para trás, viajará de Terra em Terra em busca da paz, poderá ver mil maravilhas. E só assim poderá abandonar este lugar.
– Não, não quero! A carne deste menino é tão morna... – protestou Laio.
– Solte-o – ordenou Senar. – Ele não lhe pertence, a vida dele não é sua. Está cometendo um crime muito grave. – Pegou o talismã das mãos de Nihal e levantou-o diante do rosto de Laio. – A solução está aqui, aqui é o seu lugar e encontrará nele o mesmo calor. Não está realmente querendo fazer mal a esse garoto de coração puro, não é?
Enquanto isso Nihal deslocara-se. Estava atrás de Laio e esperava, de espada em punho.
– Solte-o – insistiu Senar. – Liberte-o e cumpra com o seu dever.
O talismã balançou diante dos olhos de Laio, que o acompanhava como que hipnotizado. Direita, esquerda, direita, esquerda... Finalmente o escudeiro fechou os olhos e de repente tudo ficou escuro. Então uma luz ofuscante rasgou as trevas e mergulhou de

cabeça na pedra, que agora estava no chão. Na mesma hora ouviu-se o barulho de um corpo que caía desmaiado.

– Laio! – gritou Nihal. Procurou-o às cegas no pavimento e afinal o encontrou. – Você está bem? – perguntou enquanto segurava nas mãos a cabeça dele.
– Vamos sair logo daqui, rápido – incitou Senar.
No escuro, Nihal procurou a pedra, depois carregou Laio nos ombros e todos saíram correndo para o portal, que parecia extremamente distante. Finalmente, voltaram para a luz da meseta.
Nihal deitou Laio no chão e começou a chamá-lo. Depois de alguns instantes o escudeiro abriu os olhos e levou a mão ao peito.
– Tudo... tudo certo? – perguntou o rapaz com uma voz ainda um tanto estranha.
Nihal suspirou aliviada.
– Tudo certo – respondeu com um sorriso. Recitou então a fórmula ritual e colocou a gema no devido lugar.

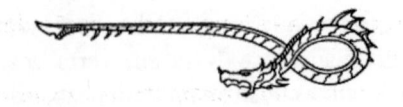

8
A OBSESSÃO DE IDO

Naquela tarde Ido estava sozinho. E estava sem sono. Sentado fora da sua tenda, no topo da colina, observava o panorama com olhos vazios. Sentia-se melancólico e a vista diante dele não o ajudava a animar-se. Podia ver a planície iluminada pelo luar, a fita prateada do rio que a atravessava, e achava aquilo tudo de uma beleza tão pungente que quase doía. O langor, no entanto, transformava-se em preocupação diante daquilo que se descortinava no horizonte. Uma linha escura, fora de foco, lá onde o céu juntava-se a terra. O acampamento inimigo.

O gnomo não era um sujeito que desanimasse facilmente, mas naquela tarde sentia-se velho e cansado.

Fez correr os dedos pela longa barba, então deu uma tragada no cachimbo.

Seu bobão velho, não está certamente na hora de perder o ânimo. A verdade mesmo é que sente falta de Nihal...

Pois é, essa era a verdade. Nihal já estava longe havia quase dois meses nesta altura.

Ido tampouco era um tipo que se emocionava facilmente, mas quando vira a sua aluna partir voando na garupa de Oarf sentira um aperto no coração. Tinha ficado mais uma vez sozinho.

Dissera para si mesmo que a tristeza iria passar logo, que a guerra voltaria a preencher os seus pensamentos e que não demoraria a sentir-se forte e atrevido como de costume. Mas nada disso acontecera. Os dias tinham passado lentos desde que se assentara no acampamento da Terra da Água, mais próximo da frente de batalha, para oferecer os seus serviços. Procurara afugentar a melancolia entregando-se à batalha de corpo e alma. Enquanto o inverno avançava junto com o exército inimigo, Ido não se poupava: planejava ataques, comandava incursões, combatia com todas as suas forças. Consumido pela necessidade de lutar.

As noites, no entanto, eram solitárias, passadas fumando nervosamente na barraca. Ido tornara-se taciturno, pois na verdade não tinha interesse em conversar com ninguém. Percebia claramente que, naqueles anos todos, não havia criado laços afetivos com ninguém.

Tinha a impressão de ter voltado atrás no tempo, aos primeiros anos passados no exército das Terras livres. A sua vida escorria conforme a rotina costumeira: treinamentos, combates, descanso, cada dia igual ao anterior. Quando queria livrar-se do enfado, montava Vesa, o seu dragão escarlate, e se afastava até por um dia inteiro. Toda vez que levantava voo, no entanto, percebia com desgosto que a frente de batalha se aproximara ainda mais. Não conseguiam ganhar terreno. Acumulavam uma derrota após a outra.

Pare de resmungar!

Desviou os olhos da planície e esvaziou o cachimbo depois de uma última tragada. No dia seguinte haveria um novo ataque, mais uma razão para esquecer aquelas tolas melancolias no combate. Voltou então para dentro da tenda.

Na manhã seguinte o ar estava gélido. A respiração se condensava em nuvenzinhas compactas.

Ido estava na garupa de Vesa, pronto a enfrentar mais uma batalha. Mavern estava ao seu lado, também montado no seu dragão.

– Está me parecendo cansado, Ido – disse o general.

– Deve ser a idade – respondeu Ido, tentando levar na brincadeira.

– Os gnomos não envelhecem tão depressa quanto os homens.

– Mas tampouco se livram da velhice.

Mavern sorriu. Ido suspirou e olhou em frente. Via claramente as linhas inimigas, mergulhadas num silêncio tumular, um silêncio que só podia existir num exército de fantasmas. Era uma cena que já conhecia bem, mas à qual ainda não se acostumara. Não ficou pensando naquela primeira linha cinzenta, mas sim nos fâmins que vinham logo atrás, os seres monstruosos que, apesar da penugem arruivada e das longas presas, pelo menos não faziam correr pela sua espinha aquele arrepio de gelo mortal.

A gritaria do ataque pegou-os quase de surpresa, mas ele esporeou Vesa sem demora e, com um berro de fúria, subiu logo ao céu. Entregou-se ao combate e, com seu dragão, começou a fustigar as tropas inimigas lá de cima. De vez em quando sofria os ataques dos pássaros cuspidores de fogo, mas conseguia levar a melhor sem maiores dificuldades. Parecia, com efeito, mais uma batalha igual a todas as demais.
Até que ele chegou. Ido sentiu a vibração do ar e compreendeu que um Cavaleiro de Dragão havia chegado. Só as asas de um dragão produziam aquele som baixo e surdo. Alguma coisa despertou nele.
Um adversário digno deste nome, finalmente.
Deu uma guinada para cima e virou-se para ver quem era o inimigo. A primeira coisa que chamou a sua atenção foi a cor vermelha e uma imagem voltou de repente à sua memória.
Havia um Cavaleiro vestido de vermelho no dia em que a barreira das ninfas foi derrubada. Ido não podia esquecer. Fora ele, com efeito, que forçara o combate entre Nihal e Fen. De uma hora para outra, diante da figura daquele Cavaleiro escarlate na garupa de um dragão negro, o gnomo lembrou-se de tudo.

Nihal permanecia imóvel na frente de Fen, enquanto o fantasma atacava. Ido acudira para ajudá-la e fora recebido por uma odiosa risada de escárnio.
– Matar ou ser morto, Cavaleiro! – O guerreiro escarlate planava acima dela, na garupa de um dragão negro.
– Droga, Nihal! Mexa-se e combata! – gritara Ido.
Então investira contra ele, só o tempo de umas poucas estocadas, movido por uma raiva indescritível. Nem conseguira olhar para o seu rosto e tampouco para a armadura. Acertara nele, mas em seguida a batalha os separara. Nelgar juntara-se a Ido e o gnomo perdera de vista o Cavaleiro.

Ido estava tomado pela mesma raiva que sentira naquele dia. Desta vez ninguém iria aparecer para apartá-los. Far-lhe-ia pagar o preço pelo sofrimento de Nihal. O gnomo sentiu alguma coisa mexendo-se no fundo do estômago, um novo vigor. Incitou Vesa,

investiu contra o Cavaleiro de Dragão Negro, golpeou com força a sua es-pada e depois afastou-se.
– O seu verdadeiro inimigo sou eu – murmurou entre os dentes.
O Cavaleiro virou-se para ele. Era imponente, a armadura vermelha não deixava ver nem um pedacinho da sua pele e o rosto também estava oculto. Um demônio rubro como sangue. Tinha uma espada, ela também vermelha, da mesma cor de Vesa. Ido não conseguia ver nem mesmo seus olhos. Era como enfrentar um guerreiro inanimado.
O Cavaleiro levantou a espada como saudação, então partiu para o ataque. Começaram a lutar encarniçadamente. O guerreiro de vermelho tinha um estilo muito parecido com o de Ido: mexia-se pouco, também o seu era sobretudo um jogo de pulso. Aquilo poderia tornar a competição mais interessante, não fosse pelo fato de Ido estar cego de fúria.
O gnomo foi atingido por um golpe na mão direita e Vesa afastou-se.
Mantenha a calma, maldição!
Ouviu uma risadinha de escárnio ecoar no elmo do inimigo.
– Como é? Estamos ficando nervosos...?
Ido voltou ao ataque e começou a lutar com ainda mais vigor. Naqueles anos todos de guerra, nunca se sentira daquele jeito, nunca lhe acontecera odiar algum inimigo com tamanha intensidade e nunca tinha perdido a calma.
Aproximou-se o máximo possível com Vesa e forçou o dragão a atacar a fera negra com garras e dentes. O ritmo do duelo acelerou, mas o Cavaleiro de Dragão Negro não se perturbava e respondia a cada estocada.
Era um grande esgrimista, Ido tinha de reconhecer. Forte e vigoroso, mas também ágil e sorrateiro. Um inimigo sem dúvida incomum. Havia quanto tempo não enfrentava um adversário como aquele?
Bastou um instante de desatenção, um movimento mais impulsivo do que os demais, um pequeno erro de cálculo. A estocada do inimigo acertou no alvo e o elmo de Ido saiu voando. O gnomo perdeu o equilíbrio e teve de segurar-se em Vesa para não cair. Quando se recobrou, a espada do Cavaleiro apontava direto para a sua garganta. Ido só teve tempo para praguejar.

Acabou.
— Parece que a sua sorte acabou — comentou o Cavaleiro, e a sua espada fendeu o ar num movimento rápido e preciso.
Ido fechou instintivamente os olhos e sentiu a lâmina cortar a carne do seu peito.
Ficou sem ar e percebeu que estava sendo levado embora. Quando voltou a abrir os olhos viu que Mavern o levava para longe na garupa do seu dragão. Vesa ficou atrás para obstar o voo do Cavaleiro escarlate.
— Não pense que vai ficar assim, seu covarde! — gritou o inimigo.

Ido deixou-se medicar a contragosto. Estava furioso, já tinha dito umas boas a Mavern.
— Que raio de ideia foi essa de se intrometer? — gritou-lhe entre um estertor e outro, depois de a batalha acabar.
— Caso você não tenha percebido, salvei a sua vida — respondeu lacônico o general.
— Estava me saindo muito bem sozinho!
— A julgar pelo rasgo que tem no peito, não parece.
— Não tinha nada que se intrometer, ora essa!
Mavern decidira então cortar a conversa.
— Acho que você nem sabe do que está falando.
Ido ficara sozinho com o mago que estava cuidando dele. Era uma ferida feia, mas não muito profunda.
O gnomo estava furioso consigo mesmo. Bancara o perfeito idiota. Quarenta anos passados em combate e nunca, nunca mesmo, tinha levado adiante um duelo de forma tão vexaminosa. Portara-se como o mais inexperiente dos recrutas e, pior ainda, nunca tinha dado as costas a um inimigo antes.
Logo eu, que sempre procurei botar na cabeça de Nihal que devia manter-se calma, acabei sem controle como um simples soldado.
Mais do que o ferimento, o que doía eram a derrota e aquela última palavra dita quase com displicência pelo adversário: "Covarde."

Ido teve de ficar alguns dias de cama. A ferida havia infectado e o mago ao qual tinha sido entregue fora categórico. Mandara que não saísse da tenda e nem lhe concedera o seu último consolo, o cachimbo.

Ao gnomo não sobrou outra coisa a não ser ruminar sobre o inimigo e sobre aquilo que tinha acontecido. Começou então para ele uma verdadeira obsessão.

Considerava reprováveis a alegria e a excitação que havia experimentado durante o combate: lembravam-lhe a época obscura em que servira nas fileiras do Tirano. E também havia a vergonha da derrota e a lembrança daquele insulto gritado com desdém, que continuava a ecoar em seus ouvidos. E finalmente o primeiro encontro deles no campo de batalha, a crueldade com que o homem tinha tratado Nihal. Tudo aquilo mesclava-se na sua mente, confundindo-se no delírio da febre. Sozinho na barraca, Ido era atormentado pelo seu passado. Lembrava-se muito bem da escolha que tinha feito, dos motivos pelos quais agora lutava, mas não podia deixar de pensar no guerreiro escarlate. No vazio deixado por Nihal, o combate adquirira um novo sentido.

Quando finalmente Ido sarou, muitos dos fantasmas da convalescença sumiram, mas não o desejo de encontrar novamente o Cavaleiro de Dragão Negro. Como primeira medida, o gnomo decidiu que estava na hora de tornar mais eficiente a própria espada. Já estava cansado de passar metade do tempo no campo de batalha trespassando sombras. Mesmo com os feitiços que os magos evocavam sobre as armas antes da luta, precisava de seis ou sete estocadas só para abater um daqueles mortos ressurgidos.

De forma que Ido tirou um dia de folga e foi visitar Soana.

A maga que treinara Nihal nas artes mágicas estava àquela altura no acampamento principal da Terra da Água, onde ajudava a ninfa Theris na coordenação das tropas. O local não ficava longe e Ido só levou uma hora para chegar lá.

Achou-a atarefada e fascinante como sempre. Desde que Fen, o homem que amava, tinha morrido, Soana só vestia túnicas pretas, que realçavam ainda mais a sua palidez. Tinha envelhecido, entre os cabelos cor de ébano havia uns fios grisalhos e uma rede de finas rugas cercava seus olhos escuros. Mas continuava linda.

A maga recebeu-o como um velho amigo. Tinha maneiras um tanto frias e altivas, uma espécie de halo que a fazia parecer inalcançável, mas Ido apreciava a composta fleuma que havia entre os dois. Existia alguma coisa, afinal, que os unia além de qualquer possível divergência, e aquela coisa era Nihal.
Falaram da guerra e da frente de batalha, e Ido explicou a situação.
Quando o gnomo terminou, Soana olhou para ele pensativa.
– Precisa dizer-me exatamente com que finalidade quer usar a espada, para que eu possa usar o encantamento certo. Já não lhe bastam as fórmulas que invocamos antes do combate?
Ido suspirou.
– Não são bastante eficazes. E de qualquer maneira os generais do Tirano não são guerreiros normais. Têm armas reforçadas por fórmulas obscuras e é com eles que eu tenho de me defrontar. Preciso de uma espada que possa lutar de igual para igual com as diabruras do Tirano.
O olhar de Soana anuviou-se.
– Está querendo alguma magia proibida?
– Sabe muito bem que jamais lhe pediria uma coisa dessas.
– E o que deseja, então?
Ido hesitou.
– O meu irmão tinha uma estranha armadura, quase viva; quando sofria algum dano, consertava-se sozinha. O que se pode fazer contra uma armadura como aquela? – O gnomo calou-se e baixou os olhos. Era a primeira vez que falava no irmão desde que ele fora justiçado, depois que Nihal o derrotara.
Soana pensou longamente no assunto.
– Não são feitiços fáceis de se dobrar, principalmente usando as fórmulas permitidas.
Ido achou então por bem contar exatamente o que estava acontecendo.
– Preciso disso para vingar-me de um Cavaleiro que me venceu e que fez muito mal a Nihal.
– O Cavaleiro escarlate... Deinóforo – comentou Soana, sombria.
Ido limitou-se a anuir. Era então aquele o nome do seu inimigo.
– Quanto tempo vai ficar por aqui? – perguntou a maga, levantando-se.

— Amanhã mesmo terei de voltar.
— Deixe-me a sua espada e dê-me uma noite para pensar.

Ido passou a noite no acampamento. Na manhã seguinte acordou bem cedo e foi logo visitar Soana.

A maga já estava de pé. A espada de Ido estava apoiada numa cadeira. Brilhava com reflexos azuis e tinha adquirido uma estranha transparência. O gnomo ficou preocupado, aquela espada era a sua vida.

— Não foi nada fácil — disse Soana. Tinha a voz cansada e olheiras profundas. — Tive de recorrer a quase toda a minha magia.

Ido sentiu-se culpado.

— Não queria que passasse a noite sem dormir por minha causa...

Soana sorriu.

— Foi um prazer. Lembrou-me dos bons tempos, quando ia para a forja de Livon e ficava horas a fio consagrando as suas espadas.

Uma nuvem escureceu seus olhos, mas Soana era como Ido, controlada e glacial. Entregou a espada ao gnomo e seu rosto tornou-se de novo sereno.

— Impus-lhe uma versão reforçada do encantamento do fogo que evocamos sobre as armas antes da batalha. Também endureci a têmpera com um feitiço de luz, o mais poderoso que conheço. São fórmulas muito especiais, muito próximas das proibidas, mas ainda permitidas. Quase nunca precisei recorrer a elas, até hoje.

Ido abaixou a cabeça enquanto recebia a espada.

— Obrigado...

— Esta nova arma permitir-lhe-á derrotar facilmente os mortos e ao mesmo tempo ajudará no caso de você ter de enfrentar armaduras reforçadas por feitiços de alguma forma ligados às trevas. Infelizmente, no entanto, a sombra só pode ser derrotada por algo ainda mais sombrio. A única coisa que pode de fato vencer uma fórmula proibida é uma mágica proibida ainda mais poderosa.

— Não se preocupe, já fez muito para mim. Não se trata só da espada, afinal, pois também temos de levar em conta o braço que a segura.

Soana sorriu enquanto Ido guardava a arma na bainha.

– Está na hora de eu partir – disse o gnomo. – Muito obrigado.

– É o mínimo que eu podia fazer para um bom amigo – disse Soana. – De qualquer maneira, procure não perder a lucidez.

Ido aparentou surpresa, mas com Soana a comédia não funcionou.

– Está sozinho agora e não é difícil ficar à mercê da obsessão da batalha. Não esqueça que um Cavaleiro de Dragão, por mais que possa ter prejudicado você e Nihal, não passa de um inimigo como qualquer outro.

Ido sorriu.

– Procurarei não esquecer.

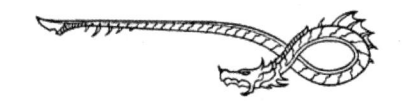

9
UM ADEUS

No dia seguinte, Nihal, Senar e Laio retomaram a viagem. Voaram acima das formações nebulosas, passando de um pico para outro e aproveitando a tepidez do sol invernal. Só na terceira tarde desceram sob o teto das nuvens e, depois de mais quatro dias, chegaram à planície.

Na noite antes de chegarem à base onde Nihal completara com Ido o treinamento para Cavaleiro de Dragão, a semielfo puxou Senar para um canto.

– Só ficaremos na base um dia. Logo após descobrirmos o melhor jeito de atravessar a frente de batalha, seguiremos em frente sem demora.

– Qual é a pressa? – perguntou Senar.

– Laio está achando que vamos ficar por lá pelo menos três dias – respondeu a jovem sem olhar para ele.

– Não vai querer...

Nihal virou-se de chofre.

– É preciso.

Senar sacudiu a cabeça.

– Não vai conseguir mantê-lo ali por muito tempo, você sabe disto.

– Não pode vir conosco. É perigoso demais.

– Se quiser o meu conselho, pense melhor – disse Senar. – Não me parece justo magoá-lo deste jeito.

Nihal ficou algum tempo olhando para o chão e Senar compreendeu que estava em dúvida.

– Não tenho escolha – disse afinal. – Já se esqueceu do que houve no santuário?

– Não seja boba. Podia acontecer com qualquer um mesmo, até com você, ora essa. Laio salvou a sua vida.

– Laio não é um guerreiro, nem um mago. Levá-lo conosco foi um erro desde o começo. Esta é a última ocasião que tenho de poupar a sua vida.
– Mas...
– O que está havendo com você? – perguntou Nihal, ríspida.
– Você e Laio nunca morreram de amores um pelo outro. Acha que não reparei? Por que agora, de repente, faz questão que ele venha conosco?
Senar não soube o que responder. Na verdade, sabia que desta vez era com o escudeiro, mas, da próxima, quem lhe garantia que não poderia acontecer algo parecido com ele próprio? Ficou em silêncio, de olhos fixos no chão.
– Já tomei a minha decisão – disse Nihal para cortar a conversa.
Durante todo o dia seguinte Senar evitou o olhar do escudeiro. Tinha a impressão de estar diante de um condenado à morte que ignorasse o seu destino. Laio, enquanto isso, continuava a relembrar os meses passados na base.
– Quanto tempo vamos ficar por lá? – perguntou após contar uma anedota que tinha a ver com as frequentes explosões de mau humor do gnomo e com as reveladoras baforadas do seu cachimbo.
– Três dias – respondeu Nihal, e aquelas palavras selaram a sorte do jovem escudeiro.

Quando chegaram, o ar estava mais morno. Haviam partido fazia mais de dois meses e agora a primavera estava próxima.
Nihal e Laio encontraram a base como a haviam deixado: a paliçada em volta do acampamento, a arrumação espartana das cabanas de madeira, a ampla arena.
Muitos os reconheceram e lhes fizeram festa. Para grande surpresa de Nihal, entre aqueles que receberam festivamente o escudeiro também havia muitas moças. Poderia ter imaginado qualquer coisa, menos que Laio fizesse bater tantos corações.
Nihal deixou o jovem entregue às suas admiradoras e foi dar uma volta pela base sozinha. Perambulou até a barraca na qual se alojara durante o mês que passara na base e em seguida até a cabana de Ido. Chegara quase a esperar que encontraria o antigo

mestre, mas àquela altura o gnomo devia estar certamente na linha de frente da Terra da Água, onde a situação era mais crítica. Voltou para a arena onde conhecera Oarf e treinara com ele. Tinha sido ali o seu primeiro combate com Ido, e ela perdera. Em seguida parou nos arredores das estrebarias, no local onde, numa tarde quase um ano e meio atrás, ferira Senar. Agora mal dava para reparar na cicatriz no rosto do mago, mas ela continuava lá, como lembrete do mal que lhe fizera.

Naquela tarde Nihal foi ver o superintendente da base e perguntou como poderia chegar ao *front* e atravessar a fronteira.

Nelgar ficou algum tempo estudando o mapa. Seu rosto pacífico estava sério e concentrado; ninguém chegaria a pensar que aquele homem baixo e atarracado era um dos generais mais poderosos do exército das Terras livres.

– O único jeito é através dos Montes da Sershet – disse afinal. – A região é acidentada demais para que haja tropas por lá, e acho que ninguém irá reparar em vocês. Mas terão de enfrentar a escalada, sem contar que estarão em território hostil – acrescentou. – Por que está fazendo isto? – perguntou de supetão.

– O segredo da missão exige que não fale a respeito. Rogo-lhe que esqueça a minha vinda aqui – respondeu Nihal, constrangida. – E há mais um favor que preciso pedir.

– Fale.

– Seguirei viagem esta mesma noite, mas não quero que Laio me acompanhe, vai ser perigoso demais. Peço que o impeça de sair atrás de mim quando descobrir que fui embora.

– Se bem me lembro, Laio passava quase o tempo todo ao seu lado. Não será fácil segurá-lo aqui.

– Tranque-o numa cela, se for necessário – respondeu ela. Nelgar ficou atônito. – Não quero que algum mal lhe aconteça.

Naquela noite Laio retirou-se tarde e Nihal e Senar tiveram de adiar a partida. A semielfo ficou acordada na cama, à espera de o escudeiro adormecer. Quando percebeu que ele estava dormindo, decidiu que já era hora de ir embora. Levantou-se, deu uma última olhada no amigo, beijou-o de leve na face e saiu depressa, antes de poder arrepender-se.

Senar já estava esperando por ela. Nihal evitou o seu olhar e dirigiu-se às estrebarias.

– Vou ver Oarf – disse enquanto se afastava.

Havia muitos dragões nos estábulos, mas só um estava acordado. Nihal aproximou-se, sorriu e afagou-lhe a cabeça. Oarf dirigiu-lhe um olhar triste e suplicante. Nihal odiava a ideia de separar-se dele, mas entrar em território inimigo com um dragão seria um verdadeiro suicídio.

– Desculpe, Oarf. Sabe que gostaria de ficar sempre com você, mas não posso. Vamos penetrar em regiões ocupadas pelo inimigo e não podemos deixar que reparem na gente. Peço que me perdoe.

O dragão sacudiu a cabeça para afastar a mão de Nihal.

– Não banque o difícil comigo, sei que está entendendo perfeitamente a situação.

Pela primeira vez, o olhar altivo do animal deixou-a constrangida.

– Voltarei logo, eu prometo.

Oarf fitou-a com seus olhos vermelhos.

– Adeus – concluiu Nihal, e saiu da estrebaria sem olhar para trás.

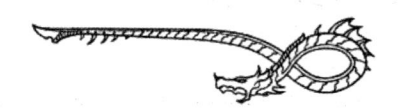

ENTRE OS INIMIGOS

Todas as noites o Caçador percorre de leste a oeste todo o arco do céu. Ele é formado por vinte estrelas, das quais as duas primeiras são extremamente brilhantes. Uma delas tem a cor da água do mar, a outra, de tições fumegantes. São gêmeas no céu e dançam uma em volta da outra com movimento eterno e perfeito. Iresh é o nome com que as batizei, os Dançarinos.

Anotações do astrônomo real,
Observatório de Seférdi, fragmento

10
MAUS PRESSÁGIOS

Senar e Nihal partiram da base a cavalo, decididos a colocar a maior distância possível entre eles e Laio. Enquanto cavalgavam a toda a brida na luz do luar, Nihal aguçava os ouvidos atenta a qualquer barulho que se ouvisse atrás deles: estalos, murmúrios, ruído de cascos. Tudo indicava, no entanto, que ninguém os perseguia. Levaram oito dias para chegar às encostas dos Montes da Sershet, e depois de mais dois dias avistaram ao longe o primeiro desfiladeiro. Deixaram os cavalos numa aldeia e começaram a subir a pé. Daquele lado o aclive era bastante suave e só no último trecho a ladeira tornou-se mais árdua. Na manhã do terceiro dia chegaram à passagem.

No passado, antes de o Tirano botar as mãos naquelas regiões, o comércio entre a Terra do Sol e a dos Dias era intenso, e a engenhosidade dos homens e dos semielfos providenciara a construção de numerosas passagens nas montanhas. Em tempos de paz, elas eram muito usadas e as terras altas não eram tão desertas quanto agora, embora o trânsito nunca tivesse sido realmente fácil. Dali partiam as estradas que ligavam as duas Terras, salpicadas de hospedagens onde os viajantes podiam descansar e vender as suas mercadorias.

As coisas tinham mudado bastante desde então: nenhuma das passagens continuava sendo usada. Muitas haviam sumido do mapa devido às batalhas que se seguiram à chacina dos semielfos; outras foram destruídas mais tarde para evitar invasões indesejáveis; mais outras, as mais inacessíveis, haviam caído simplesmente em desuso. Ninguém sabia quais delas ainda continuavam transitáveis. Nihal e Senar esperavam acertar de primeira, mas a sorte não os favoreceu.

A passagem até que estava em boas condições e lá chegaram à bonita manhã do décimo terceiro dia de viagem. Logo que superaram o desfiladeiro e olharam para o vale, no entanto, viram algo que iria atrapalhar bastante os seus planos.

— Era de esperar...

A umas centenas de braças mais adiante, uma enorme muralha corria até onde os olhos podiam alcançar, galgava as encostas das montanhas e lhes barrava o caminho. O paredão era pesado e imponente, feito de grandes pedras toscamente esboçadas. A cada trezentas braças havia uma torre de vigia, com fâmins rondando entre elas sem parar.

Antes de iniciarem a sua longa viagem, Nihal e Senar tinham conversado com Ido acerca da situação nas Terras sujeitas ao Tirano e o gnomo falara numa muralha, mas também dissera que ela não protegia a parte mais interna das montanhas; agora, porém, lá estava ela bem diante deles. O Tirano não havia ficado parado naqueles últimos vinte anos.

– Por aqui, nada feito – comentou Senar.
– E o que vamos fazer agora?
– Não temos escolha: precisamos tentar por outra passagem.

Desceram pela encosta e voltaram a subir mais adiante. O tempo tinha piorado e tiveram de enfrentar uma violenta nevasca.

Nihal receava o momento em que iria pisar na pátria perdida, porque quanto mais se aproximava do local onde acontecera a chacina mais os espíritos a atormentavam.

Depois de mais cinco dias de marcha alcançaram o segundo passo, onde tiveram mais uma desagradável surpresa: a passagem simplesmente sumira. No lugar da estrada que devia serpentear pelos montes só havia terra e pedregulhos que impediam o caminho. Obra dos fâmins, na certa.

De forma que seguiram em frente, curvados sob a neve, em busca de outra passagem. Levaram quatro dias para, afinal, avistar o terceiro passo, mas a tempestade não permitia que avaliassem as suas condições.

– Fique aqui, eu irei dar uma olhada – propôs Senar.
– O que tem em mente? Vamos juntos.
– Nunca achei que iria ser um passeio. Espere por mim.

Senar avançou na nevasca, protegendo os olhos com o braço. Seguiu assim por alguns minutos, até ser forçado a parar de repente.

Afastou o braço para ver melhor e foi tomado pelo desânimo. Diante dele havia um precipício.

Deu mais uns passos e debruçou-se cuidadosamente na borda. Ali embaixo, não muito longe, havia uma trilha estreita que se insinuava entre duas montanhas. O caminho estava livre.

Voltou logo para Nihal.

– Dá para passar – anunciou.

– Algum fâmin por perto? – perguntou Nihal.

Aquelas palavras tiveram em Senar o efeito de uma ducha fria.

– Para dizer a verdade, não reparei... Mas não há nem sombra de fortificações.

– Fique preparado para lançar um feitiço – disse ela e foi em frente.

Quando chegaram à margem do despenhadeiro procuraram analisar melhor a situação. Não dispunham de cordas e precisavam descer cerca de dez braças. Nihal riu.

– Qual é a graça? – perguntou Senar.

– Estava imaginando você descendo por ali.

– Não creio que os meus serão os piores problemas – respondeu Senar. Chegou à borda e deixou-se cair na pirambeira.

– Senar! – gritou Nihal.

O mago levantou a cabeça e a viu olhar cheia de aflição, para depois respirar aliviada. Ele continuou a planar suavemente no ar.

A levitação, às vezes, vinha realmente a calhar.

– E ainda se considera um cavalheiro?... – protestou Nihal. – É assim que você abandona a sua dama?

– Não estou vendo dama nenhuma – retrucou ele. – Só audazes Cavaleiros...

Nihal riu e começou a descer. No começo não teve problemas, mas então a mão esquerda falhou e ela ruiu pesadamente ao solo. Ficou logo de pé, como se não fosse nada.

Senar aproveitou a ocasião.

– Da próxima vez, terei de levá-la no colo...

– É por causa do frio – justificou-se a semielfo, sem jeito. – Não sinto as mãos, estão geladas. – Sacudiu apressadamente a poeira e sacou a espada.

Senar também ficou sério e preparou-se para recitar um encantamento.

A trilha abria-se algumas braças à frente deles. Era tão estreita que teriam de prosseguir em fila indiana. De um lado havia um escarpado paredão de pedra, do outro um profundo despenhadeiro. Mais além, mais rocha.
– Eu vou na frente – propôs Senar.
Nihal não protestou e caminhou atrás dele. Avançaram com cuidado, pois o terreno estava gelado e um escorregão bastaria para precipitá-los no abismo. Uma vez chegados ao fim de um trecho mais ou menos reto, a trilha continuava acompanhando a encosta da montanha. Nem sombra de fâmins nas redondezas. A paisagem não mudara, poderiam até achar que ainda estavam na Terra do Sol. Mas na verdade estavam em território inimigo.

Levaram mais quatro dias para completar a descida dos Montes da Sershet. A vertente da cadeia que dava para a Terra dos Dias era menos íngreme que a da Terra do Sol e no segundo dia a tempestade amainara.
Nihal sabia que haviam deixado a base no começo de março e calculou, portanto, que agora deviam estar quase no fim do mês, mas a julgar pelo frio dir-se-ia que ainda estavam em pleno inverno.
A paisagem era agora bem diferente dos amplos bosques que cobriam as montanhas da Terra do Sol; a grama era rala, com uma aparência amarelada e doentia. Afora isto, nada mais do que rocha. Uma rocha gasta e áspera, carcomida e esculpida pelo vento e pelo gelo. Nos quatro dias de marcha que se seguiram, não chegaram a ver o sol uma única vez, nem mesmo conseguiam intuir onde ele estivesse de tão espessas que eram as nuvens acima deles.
– Se o tempo não melhorar, vamos ter problemas – comentou Senar, de nariz levantado para o céu.
– Por quê? Não podemos usar a magia para nos orientar?
– Preferiria não fazer isto por estas bandas; os magos percebem a presença de outros magos. Poderiam nos encontrar.
Enquanto desciam para o vale, Nihal envolveu-se na capa e Senar fez o mesmo.
Ainda estavam avançando em fila indiana, ao entardecer, quando depois de uma curva perceberam que tinham chegado. Diante deles apareceu o panorama da Terra dos Dias.

11
A VIAGEM DE LAIO

Na manhã da partida de Nihal e Senar, Laio acordou tarde e pensou que os companheiros estivessem dando uma volta pelo acampamento, de forma que se virou na cama e voltou a dormir. Levantou-se e saiu da tenda quando o sol já estava alto no céu. Depois de algum tempo estranhou não encontrar Nihal e Senar e começou a ter as primeiras dúvidas. A base não era tão grande, se estivessem andando por ali já teria cruzado com eles. Quando os amigos não apareceram para almoçar, o escudeiro não perdeu mais tempo e foi procurar Nelgar.
Logo que o viu entrar, o general anuviou-se.
– O que o traz aqui? – perguntou.
– Gostaria de saber onde Nihal se meteu. Não está no refeitório, e passei a manhã inteira tentando encontrá-la.
Nelgar baixou os olhos.
– Mandarei procurar por ela e Senar depois do almoço – disse para encerrar a conversa.
– Não sabe onde estão? – insistiu Laio.
– Não faço ideia – respondeu o comandante, não muito convencido.
– O que está escondendo? – Laio estava ficando cada vez mais desconfiado.
Nelgar entregou os pontos logo na primeira investida. Procurou num bolso interno do casaco e puxou um pergaminho. Entregou a mensagem sem dizer uma palavra.
Laio pegou-a e leu.

Sinto, sinto muito mesmo. Pensei longamente no assunto, refleti, ponderei; acredite, não foi fácil, mas no fim cheguei à conclusão de que esta era a melhor solução. Fui embora. Se tudo correr bem, quando você ler esta carta já estarei longe. Espero que me possa perdoar.

Não estou fazendo isso por achar que você é inútil, nem por não o querer ao meu lado. Salvou a minha vida e nunca esquecerei. Preciso de você e, justamente por isto, não posso permitir que me acompanhe. Não aguentaria se alguma coisa ruim lhe acontecesse. Não me siga, faça isto por mim. Fique na base: este é o meu conselho. O exército ainda precisa de você, e Ido precisa de um bom escudeiro. Para desempenhar direito a sua função, não deve me seguir. O seu trabalho é aí, nas Terras livres, e sei que irá fazê-lo da melhor maneira possível. Quando eu voltar, será para festejarmos aquilo que todos nós esperamos. Você vai me ajudar a vestir a armadura e entregar-me-á a espada, como de costume.

Cuide-se,

Nihal

Laio enrolou a carta sem deixar transparecer qualquer emoção, embora a expressão do seu rosto fosse séria demais para ele.

– Quero uma espada e um cavalo – disse com calma.

– Você leu direito? – perguntou Nelgar.

– Perfeitamente – respondeu Laio, sempre muito sério.

– E por que quer uma espada e um cavalo?

– O senhor me conhece. Nem precisa perguntar.

Nelgar suspirou.

– Pediram-me para impedi-lo de qualquer forma que os seguisse.

– E eu farei de tudo para ir atrás dela. Por isso mesmo peço que, em nome do tempo que passei aqui, me deixe partir sem cenas inúteis.

– Não posso.

Laio sentiu ressurgir dentro de si a mesma determinação que quase um ano antes o impelira a rebelar-se contra o pai para poder finalmente escolher sozinho o próprio destino. Mais uma vez, nada iria conseguir detê-lo.

– Entregue-me logo um cavalo e uma espada.

– Se não parar com isso, mandarei prendê-lo – intimou Nelgar.

– Só conseguirá atrasar os meus planos.

– Não seja teimoso! – desabafou Nelgar. – Sabe muito bem que é perigoso entrar no território inimigo. Nihal só quis salvar a sua vida.

– Nihal quis decidir por mim, mas eu não sou uma criança, embora todos continuem a tratar-me como tal. Serei mais útil com ela do que aqui. Este não é um capricho, é apenas a minha decisão – disse com dureza.

– Se for assim, então não me deixa escolha. – Nelgar chamou dois guardas. – Tranquem-no numa cela e vigiem-no.

Os dois homens entreolharam-se, aí um deles falou:
– Mas... é um dos nossos...
– Não discutam as minhas ordens e obedeçam! – berrou Nelgar.

Os soldados viraram-se para Laio. O escudeiro tentou uma fraca resistência, mas os dois eram muito mais fortes do que ele. Não demoraram a imobilizá-lo.

– Se está achando que vou desistir, está enganado – gritou o rapaz enquanto o levavam embora.

Laio passou a noite trancafiado num quarto úmido e escuro. No começo quase teve vontade de chorar. Sentia-se à mercê de uma frustrante sensação de impotência, e o pior é que se achava um idiota. Parecia-lhe estar de volta aos tempos da Academia, quando era o mais fraco entre todos os alunos e ninguém o levava a sério.

Passou a noite pensando numa maneira de fugir da base. Com um pouco de sorte, talvez não fosse tão difícil assim. Não era um inimigo e, portanto, não havia motivo para que o vigiassem com excessivo rigor. Não haviam atado suas mãos e tampouco o tinham revistado antes de jogá-lo na cela.

Examinou as paredes do aposento; eram feitas de blocos de pedra não muito grandes e toscamente esboçados, amontoados uns em cima dos outros, e um parecia um tanto solto. Com um bom dia de trabalho poderia deslocá-lo o bastante para fugir dali. Remexeu nos bolsos e viu que ainda estava com a velha faca que usava quando vivia sozinho na floresta, antes de tornar-se o escudeiro de Ido e depois de Nihal. A lâmina não estava muito afiada, mas era bastante apropriada para o serviço. Só tinha de raspar a argamassa que mantinha a pedra unida às demais.

Laio pôde passar o dia inteiro atarefado com aquela parede, quase sem interrupções. Só no meio da manhã e no meio da tarde apareceu um guarda, para levar-lhe a comida e controlar o que estava fazendo, e em ambos os casos Laio percebeu como a longa viagem com Nihal e Senar havia aguçado os seus sentidos. Nas duas ocasiões, com efeito, o escudeiro percebeu a chegada do guarda a tempo de juntar a poeira num canto e escondê-la embaixo de um cobertor. Depois sentou-se bem na frente da pedra, de tal forma que quem entrava não podia perceber coisa alguma.

Já na segunda noite de cativeiro estava pronto para fugir. Quando escureceu, esgueirou-se pela abertura. Estava com sorte: a sentinela dormitava num canto. Laio aproximou-se na ponta dos pés, tirou a espada que o outro trazia presa à cintura, envolveu-se na capa e preparou-se para superar a vala que cercava a base.

Teve de desistir a contragosto da ideia de roubar um cavalo: sair pelo portão principal seria complicado demais, muito mais fácil pular. Escolheu o lugar que parecia mais cômodo, galgou a paliçada e pulou além da vala.

Uma vez lá fora, começou a correr através do bosque.

Afastou-se o mais rápido que pôde, primeiro correndo, e em seguida, quando começou a ficar sem fôlego, em marcha acelerada. Queria ficar o mais longe possível da base antes de o sol raiar, quando alguém poderia decidir ir ao seu encalço.

Vagueou a noite toda, sem rumo. Só quando o céu começou a clarear percebeu que precisava escolher um caminho a seguir. Sabia que devia ir rumo à fronteira, procurando evitar a frente de batalha, mas as suas informações a respeito remontavam a um ano antes, quando ainda morava na base, e não fazia ideia de quanto tivesse avançado o exército inimigo.

Parou no limiar da floresta, para decidir o que fazer. Nem mesmo conhecia a geografia da Terra do Sol, a não ser pela estrada que levava a Makrat. Enquanto tentava lembrar pelo menos o desenho dos confins, sentiu-se perdido. Não tinha a menor ideia sobre o caminho a seguir e teve a impressão de que a sua viagem chegara ao fim antes mesmo de começar.

Deixando os bosques para trás, começou a caminhar pela planície. Passou por uma ampla zona onde não parecia haver qualquer indício de exércitos e achou que talvez aquele fosse o melhor lugar para atravessar a fronteira. Continuou andando a manhã inteira. Toda a sua segurança se esvaíra e começou a pensar que desobedecer às ordens de Nelgar e Nihal fora uma grande besteira.
Quando já estava perto do território inimigo, vislumbrou uma linha escura no horizonte. Diante dele, ao longe, havia o exército acampado. Não podia atravessar ali e, como se não bastasse, percebeu que não tinha levado mantimentos consigo. Diante da possibilidade de uma viagem longa, a única coisa que lhe restava a fazer era procurar um vilarejo.
Depois de mais meio dia de marcha viu as primeiras casas de uma aldeia. Nada mais do que umas poucas choupanas, umas dez ao todo, apinhadas em volta de uma pequena praça central. O campo de batalha não estava longe e o medo tinha esvaziado as ruas. Ainda havia uma hospedaria aberta, no entanto, com um local onde comer e uma estrebaria que servia de abrigo para homens e animais. Por sorte Laio tinha muito dinheiro com ele. Quem cuidava dos gastos, quando viajava com Nihal e Senar, era ele e nunca se separava das moedas, nem mesmo quando dormia.
Jantou e decidiu pedir ajuda a alguém da hospedaria. O dono, um homem grande de barriga redonda e rosto amigável, inspirava confiança. Aproximou-se e perguntou o que estava acontecendo no *front*.
O homem esquadrinhou-o desconfiado, olhando para a espada.
– Você é um soldado? – perguntou.
Laio corou.
– Sou um escudeiro, preciso juntar-me ao meu Cavaleiro. – Afinal, havia sido sincero.
– Luta-se a umas dez milhas daqui – respondeu o hospedeiro, mais à vontade. – Há patrulhas do exército ao longo de toda a fronteira. O único lugar desguarnecido é nos Montes da Sershet. Em geral, ali nem mesmo os fâmins aparecem.
Tinha portanto de transpor a cordilheira. O caminho, a julgar pelo que o homem contou, era bastante longo, e Laio já tinha uma boa desvantagem em relação a Nihal e Senar. O escudeiro fez umas rápidas contas e chegou à conclusão de que, gastando tudo o que

tinha, podia comprar mantimentos suficientes para a viagem e até um cavalo. Foi exatamente o que ele fez e, logo após o jantar, montou na sua nova cavalgadura e partiu.

Galopou o mais rápido possível. Mesmo que conseguisse atravessar a fronteira, ainda tinha de enfrentar o problema de como encontrar Nihal. Não sabia que direção ela tinha tomado, não fazia a menor ideia de onde se encontrava o santuário e tampouco podia ficar fazendo perguntas por aí, uma vez que estaria em território inimigo.

Tentou raciocinar com calma. O santuário devia estar em algum lugar de difícil acesso, como os anteriores, e, uma vez conseguida a pedra, Nihal e Senar iriam seguir pelo caminho mais breve para chegar à Terra da Noite. Poderia juntar-se a eles naquela Terra. A sua família tinha saído de lá quando ele ainda era criança, mas o pai costumava descrevê-la em suas conversas. Laio tinha certeza de que poderia orientar-se. Com este consolo aliviando em parte a sua angústia, pôs-se a caminho rumo aos Montes da Sershet.

Começou a subida quatro dias depois da sua fuga. Lembrava-se em grandes linhas de como as passagens funcionavam: certa ocasião Ido falara-lhe a respeito uma vez, enquanto ele dava um polimento na sua armadura. A lembrança das palavras do gnomo, no entanto, eram vagas e contraditórias, de forma que Laio decidiu afinal enfrentar o primeiro passo que encontrou. E este foi justamente o seu erro.

Galopou rápido para a passagem, sem tomar qualquer cuidado. Quando a alcançou, ficou confuso no meio de uma violenta nevasca e não se deu conta da muralha fortificada que lhe barrava o caminho. Achou até que a passagem estava em boas condições, tanto assim que agradeceu à boa sorte e incitou o cavalo.

Estava avançando decidido quando, de repente, vislumbrou uma patrulha de fâmins que rondava nas encostas da montanha.

Laio quase não teve tempo de ver os inimigos que vinham ao seu encontro e tentou logo uma fuga apressada. O primeiro a tombar foi o cavalo, mas o escudeiro não desanimou. Caiu no chão, levantou-se imediatamente e, de espada na mão, começou a correr como um desesperado pelo aclive que a neve tornava escorregadio. A última vez em que tivera de lutar tinha sido na casa do pai, quando Pewar o forçara a enfrentar um dos soldados para convencê-lo a tornar-se Cavaleiro. Tentou não desanimar e segurou com mais força a espada. Se morresse naquele lugar, os seus esforços teriam sido inúteis.

A sua corrida acabou no sopé de um paredão de rocha. Não havia a menor possibilidade de escalá-lo. Só lhe restava uma coisa a fazer: Laio virou-se e investiu contra os perseguidores. Conseguiu ferir um, mas foi logo dominado; sentiu a lâmina de uma espada ferir seu ombro enquanto uma dor terrível espalhava-se por todo o seu corpo. Desmaiou e ficou à mercê dos inimigos.

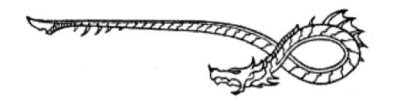

12
NO DESERTO

Nihal perguntara muitas vezes a si mesma como era a sua Terra e acabara acreditando que devia ser um lugar maravilhoso, cheio de bosques e nascentes de água pura, onde o sol nunca parava de brilhar e a primavera era eterna. Chegara até a ver, em sonho, paisagens, cidades e majestosas construções. O que se apresentava agora aos seus olhos não podia ser mais distante daquilo que imaginara.

Aos seus pés descortinava-se uma planície desmedida de cor amarelada, apagada, no meio da qual se destacavam conjuntos informes de prédios que tentavam ser cidades, mas na verdade não passavam de grotescas caricaturas. Eram ligados por estradas brancas, largas e retas, a formar uma teia de aranha que feria a terra. De vários pontos subiam ao céu densas colunas de fumaça que empesteavam o ar. Umas poucas árvores ainda conseguiam sobreviver naquela desolação, mas eram de um verde mortiço e doentio.

Nihal demorou-se a observar aquela paisagem onde só havia devastação e desanimadora monotonia. Para o leste ficava o deserto, que esticava preguiçosamente suas mãos de areia sobre a planície. Para o oeste, via-se uma ampla zona esverdeada, marcada por largas manchas negras. Um pântano.

Foi bem ali que Nihal notou alguma coisa que chamou a sua atenção. Estranhas construções brancas destacavam-se sobre o verde mortiço. Não sabia por quê, mas elas trouxeram de volta à sua memória algo conhecido. Fechou os olhos e, no fundo das pálpebras, pululuram as lembranças. Viu a Terra dos Dias como havia sido cinquenta anos antes, quando ainda não fora alcançada pela fúria dos fâmins e pela crueldade do Tirano. Viu uma terra exuberante, cheia de florestas que se alternavam com extensas planícies onde as flores pintavam um mosaico de cores. E havia muitas cidades, brancas, altas e resplandecentes, com pináculos. No fundo, para o sul, vislumbrava-se um lago em cujas águas o céu se espelhava tão límpido que parecia um pedaço do firmamento jogado na Terra pelos deuses, como dádiva para aquele povo laborioso. E bosques por toda parte, viçosos, em todas as tonalidades de verde: escuro onde a vegetação era mais densa, claro onde as árvores acabavam de vestir uma nova folhagem, cor de esmeralda onde a água brotava das nascentes. Aquela era a Terra dos Dias, a Terra onde os seus antepassados haviam morado durante séculos, a Terra pela qual ela sentia amor e à qual tinha a impressão de pertencer. Era o lugar onde não podia sentir-se estrangeira.

Estou em casa... finalmente estou em casa...

Então abriu os olhos e se viu diante da brutal realidade. Nada daquilo que vira ainda existia. Os bosques haviam sido devorados pelo deserto, cortados pelos fâmins para construir armas e abrir espaços para os quartéis. Os pastos e as flores tinham sido sufocados pela fumaça. O ar puro e a água cristalina haviam sido sugados pelo Tirano. Os anos de domínio daquele monstro tinham varrido tudo o que havia de bonito na região, apagando até mesmo a lembrança. Os únicos farrapos de memória ainda sobreviviam em Nihal, que podia ver com os olhos de quem antigamente vivera por lá.

– Tudo bem, Nihal? – perguntou Senar, preocupado.

Nihal estremeceu. Estava com a face molhada e percebeu que tinha começado a chorar. Enxugou os olhos com o dorso da mão e apontou para o pântano, ao longe.

– Ali surgia Seférdi, a capital, a Branca. Contavam que o cristal do palácio real era o mais reluzente de todo o Mundo Emerso e que o seu brilho podia ser visto a muitas léguas de distância. – Apontou para outro lugar. – Lá no fundo havia a Floresta de Bersith, que Nâmen amava.

– Como sabe disso? – perguntou Senar num sussurro.

– Pude ver através dos espíritos. O que fizeram com a minha Terra?

Senar chegou perto dela e a abraçou.

Desceram para o vale tomando o maior cuidado, escolhendo as trilhas menos usadas e os caminhos mais acidentados. Iriam demorar mais, mas seria mais seguro. Pelo que até então tinham visto, a imensa planície em que a Terra dos Dias se transformara pululava de fâmins.

Levaram um dia de marcha a mais e, ao entardecer, abrigaram-se numa caverna úmida e escura que encontraram na encosta da montanha. Nihal se apressou em interpelar o talismã. Para ela foi difícil concentrar-se, pois as vozes que lhe enchiam a cabeça eram agora incessantes. Afinal, conseguiu distinguir a direção a seguir.
– No deserto, um palácio... mais para o leste.
– Fantástico! Esta Terra toda é um deserto... – comentou Senar. – Só para chegar até aqui levamos duas semanas. E ainda morremos de frio, apesar de já ser primavera.

Decidiram margear as montanhas até as cidades ficarem para trás e eles alcançarem os limites do deserto. Durante os primeiros dias de viagem prosseguiram em relativa segurança: ao que tudo indicava, ao longo da cadeia da Sershet não havia nem guardas nem vilarejos, somente áreas ermas e abandonadas.

Com o passar do tempo Nihal tornava-se cada vez mais arisca e distante. Quando Senar tentava falar com ela, a semielfo só respondia com meias palavras. Não conseguia mais reprimir as vozes, que já falavam com ela continuamente. Era como uma cantiga, um som cadenciado que marcava os seus passos e do qual amiúde nem compreendia o sentido. Eram palavras, vozes, suspiros, às vezes gritos, frases desconexas que contavam histórias de morte e chacinas. Com a chegada da noite, quando conseguia adormecer, era tão atormentada pelos pesadelos que chegava a esperar com ansiedade pelos seus turnos de vigia.

Quando imaginava o deserto, Nihal pensava em sóis vermelhos se pondo sobre mares de areia encrespada pelas dunas: um lugar sem dúvida desolado, mas de uma beleza particular e selvagem.

O lugar aonde chegaram na manhã do quinto dia de marcha, no entanto, era bastante diferente. Dava para ver algumas dunas a distância, mas a maior parte do terreno era duro e árido, todo cheio de seixos cinzentos. Até a parca vegetação tinha um ar ameaçador. Eram pequenas plantas de cor indecisa, entre marrom e verde mortiço, cobertas de longos espinhos e flores estranhas. Esticavam-se para o céu de chumbo com suas formas grotescas, projetando no chão sombras de mau agouro.

Fazia frio. O sol não conseguia rasgar a capa de nuvens e as horas passavam todas iguais: não havia qualquer mudança na luminosidade do céu. A alvorada anunciava-se no leste com um triste e pálido halo de luz que mal chegava a dar uma pincelada branca nas nuvens cinzentas; em seguida o dia se desenrolava entre aquela perene penumbra e o crocitar dos corvos; e finalmente chegava um entardecer amarelado que levava consigo a pouca luz que iluminara as horas diurnas. As noites eram geladas e silenciosas.

Depois de mais três dias os mantimentos acabaram e eles foram forçados a alimentar-se com as raízes que haviam recolhido no limiar do deserto. Ainda tinham água, mas não iria durar mais de uma semana e eles não faziam ideia de quanto caminho ainda tinham pela frente. Para qualquer lado para onde olhassem, só havia deserto, pedras e aquelas malditas plantas retorcidas que pareciam fazer troça deles.

Acabaram perdendo lentamente a noção do tempo. Já não sabiam desde quando estavam vagueando por aquelas plagas. As noites seguiam-se aos dias, a luz aumentava e diminuía, mas nenhum dos dois poderia dizer onde ficava o oeste ou o leste. Estavam bem no meio do nada. Nihal estava a ponto de enlouquecer e Senar sentia-se impotente.

– Não aguento mais! – berrou Nihal de repente. Caiu de joelhos. – Leve-me embora deste lugar! Longe daqui! Faça com que se calem! Calem-se!

Senar segurou-a e abraçou-a com ternura. Na mesma hora surgiu um vento gélido que fustigou com força o deserto.

– Precisamos sair daqui! É uma espécie de vendaval! – gritou Senar. Nihal continuou no chão, como se não o ouvisse. – Eu lhe peço, levante-se! – insistiu o mago, mas ela permaneceu imóvel.

Senar segurou-a então entre os braços e começou a caminhar no vento, às cegas. A poeira que se levantara impedia-o de ver para onde ia e nem mesmo podia recitar uma fórmula para orientar-se, pois não tinha a menor ideia do que deveria procurar.

– Aguente firme! Isto deve passar logo – exortou-a sem ter resposta. – Fale comigo! Diga alguma coisa!

Sentiu somente a mão fria que apertava o seu casaco na altura do peito.

13
THOOLAN OU SOBRE O OLVIDO

Senar e Nihal foram surpreendidos pela tempestade. De uma hora para outra tudo assumiu a cor cinzenta da poeira. Senar mexia-se às cegas, arrastando consigo a jovem que parecia ter perdido os sentidos. Era impossível continuar. Finalmente o mago caiu de joelhos, achando que nada mais podia fazer a não ser deixar-se sepultar pela areia. Ouviu então uma voz que o chamava baixinho.

Senar abaixou a cabeça e descobriu que era Nihal: a semielfo estava consciente e muito tranquila.

– Estou sentindo uma grande paz... continue nesta direção, não pare.

O mago compreendeu que devia prosseguir. Mesmo sem enxergar direito, recomeçou a avançar.

– Isso mesmo... assim... sinto que a minha mente se esvazia... – continuou Nihal.

O mago acabou achando que também podia avistar alguma coisa, uma luz, naquele mundo cinzento. Pouco a pouco o vento tornou-se mais brando e então parou por completo. De repente viram-se cercados por uma calma incomum.

Diante deles havia um estranho palácio, que parecia ser a origem de todos os ventos que os tinham fustigado até então. A construção era em forma cúbica, na qual se enxertava toda uma série de paralelepípedos, pirâmides e poliedros que a tornavam uma espécie de miscelânea. A coisa mais estranha era uma grande roda de moinho, de madeira, que dominava num canto. Um pequeno curso de água movia-se num sulco que acompanhava o perímetro superior do muro, para então descer sobre a roda e movimentá-la. Em lugar de formar um regato, no entanto, desafiava a lei da gravidade e seguia em frente na direção contrária, alguns palmos acima do solo, por outro sulco que margeava a base da construção. Subia finalmente pelo muro e mergulhava no sulco de cima, num ciclo infinito e inexplicável.

As paredes eram todas decoradas, mas não havia uma só pintura que combinasse com o estilo de outra. De um lado havia desenhos geométricos, de outro um grande afresco, mais além um mosaico, em seguida um vitral. As cores formavam um gritante contraste entre si. Aquilo não parecia um palácio, mas sim uma confusa balbúrdia de peças tiradas de outros prédios e montadas às pressas por algum cego.

– Pode soltar-me, estou bem agora – disse Nihal.

Senar desviou o olhar do palácio e obedeceu.

– Tem certeza de que está tudo certo? – perguntou.

Nihal sorriu.

– Finalmente sinto a minha cabeça leve, vazia – disse. Respirou fundo e saboreou o imprevisto silêncio na sua mente. Havia sido realmente terrível. Olhou para a construção. – É o santuário.

– Qual é a sua impressão? – perguntou Senar.

– Acho que quer proteger-me. Está me convidando a entrar.

Uma escadaria levava à entrada, uma portinhola na fachada principal. Havia, acima, uma espécie de passadiço de onde se dependuravam umas plantas. Entre elas, uma árvore majestosa, embora não desse para entender como ela podia vingar num espaço tão estreito.

– Pode até estar certa, mas a mim este lugar só dá calafrios – disse Senar. Empurrou-a de lado para passar à sua frente. – Se houver algum perigo, prefiro ser logo eu a descobrir.

– Olhe aqui, estou começando a ficar farta desse seu jeito tão paternal – rebateu Nihal, mas ele já tinha entrado.

Ela foi atrás, mas, ao pôr os pés naquele lugar estranho, perdeu toda a segurança que até então a animara. O interior era no mínimo desconcertante, não se conseguia descobrir de que jeito olhar para a construção. Era todo um emaranhado de escadas que subiam, desciam, viravam à esquerda, à direita e se cruzavam. Era impossível entender de onde vinham e para onde levavam, pois acima e abaixo já não tinham sentido. Havia portas naquilo que deveria ser o teto e lustres que caíam para cima, presos ao chão. Um labirinto. Mesmo assim, contudo, Nihal sentia que o silêncio em sua mente e o repentino bem-estar deviam-se àquele lugar.

– E agora? – perguntou o mago.

– Não faço ideia.

O mago avançou e Nihal tentou entender melhor o que via à sua volta. Em cima havia duas portas, mais três dependuravam-se à direita, cinco estavam abertas à esquerda, uma abria-se no chão. E escadas, inúmeras escadas por toda parte.

– Que tal você arriscar um encantamento? – propôs a semi-elfo.

– Para procurar o quê? Aqui nem dá para distinguir o lado de cima do lado de baixo.

– Então só nos resta tentar – disse Nihal e começou a subir a primeira escada que viu na sua frente.

Senar foi atrás. A subida parecia não ter fim. Uma vez lá em cima, só encontraram uma parede que lhes barrava o caminho.

– Acho que me enganei – admitiu Nihal.

Decidiu voltar. A escada pela qual estavam descendo, no entanto, nada tinha a ver com aquela pela qual haviam subido. Era exatamente a mesma escada e contudo completamente diferente. A descida, com efeito, foi muito mais rápida e a sala em que entraram não era a mesma da qual haviam saído.

– Mas não foi por esta escada que a gente subiu? – perguntou Senar.

– Acho que sim. Cheguei à parede lá em cima, dei meia-volta e desci. Não havia outra escolha.

E mesmo assim estavam num aposento diferente. Diante deles havia agora uma única porta. Passaram por ela e chegaram a outra sala. Ali também só havia uma porta, seguiram em frente e encontraram uma terceira porta. E, depois desta, outra, e outra, e mais outra ainda. Superaram uma infinidade de portas, cada vez menores, para finalmente chegar a mais uma sala, desta vez emoldurada somente por escadas, sem mais portas.

Nihal precipitou-se pela primeira que encontrou e subiu-a com raiva, até em cima. Quando chegou ao topo, um abismo sem fundo abriu-se aos seus pés.

Então Senar tentou assumir o controle para interpretar com algum racionalismo aquela insana confusão.

– Li alguma coisa acerca dos labirintos. Parece-me lembrar que é preciso manter a mão apoiada na parede e seguir adiante sem nunca tirá-la. Acho que podemos encontrar uma saída.

Senar apoiou a mão direita na parede mais próxima e começou a caminhar, com Nihal atrás. Desceram por uma série de escadas, superaram várias portas e finalmente chegaram a um grande salão sem saídas. Olharam em volta e, quando se viraram, a porta pela qual tinham entrado também desaparecera.

– Mas que diabo... – murmurou Senar.

Nihal parecia meio perdida.

E agora?

Viu o mago parado diante dela, de costas. Senar pareceu estremecer enquanto levantava a mão. O raio que faiscou dela arrebentou a parede.

Senar virou-se para ela.

– Agora temos uma saída – disse e dirigiu-se rápido para a abertura.

Mas tratava-se apenas de uma solução momentânea. Uma vez fora do salão, viram-se de novo forçados a vaguear por um labirinto de salas, escadas e portas.

Continuaram andando por tempo indefinido, ficaram zangados, tentaram concentrar-se, Senar recorreu a novos encantos, mas foi tudo inútil. Acabaram se rendendo, cansados e frustrados, e sentaram-se num pequeno passadiço.

– Não sei mais o que inventar – disse Senar.

Nihal afundava a cabeça entre os joelhos e olhava para o chão. Pelo menos não havia vozes a atormentá-la. Já era alguma coisa.

– Que distância acha que percorremos? – perguntou.

– Não sei... devemos estar zanzando por aqui há mais ou menos duas horas, mas, se continuarmos assim, nunca vamos encontrar uma saída.

– O que deu em você? – perguntou ela, espantada. – Vagamos por aqui há pelo menos dois dias!

– Ficou louca? Não comemos coisa alguma... E de qualquer forma é impossível, só precisa contar as salas pelas quais passamos, não devem ser mais de umas trinta... Não podemos estar aqui há tanto tempo.

– Umas trinta, ora essa! Eu perdi a conta quando já passavam de cem – disse ela. Sentiu um filete de suor frio correr pelas suas costas.

– Contou as salas? – perguntou ele, espantado.

– Até onde pude... ontem à noite perdi a conta.
– Nihal, não houve nenhum ontem à noite!
– Claro que sim! Paramos na sala redonda, a das colunas, e dormimos cerca de duas horas.
– Eu não dormi.
– Dormiu sim e usou a capa como travesseiro. – Segurou a capa dele mostrando-a. – Não está vendo? Está toda amarrotada.
Senar ficou olhando. Parecia realmente que havia sido enrolada.
– Comemos alguma coisa? – perguntou.
– Claro.
– O quê?
– Duas daquelas raízes que trouxemos e acabamos o segundo cantil de água.
Senar pegou o saco com as raízes e abriu-o. Não faltava nenhuma e o cantil estava cheio.
Nihal olhou para ele.
– Tenho certeza de que comemos, assim como tenho certeza de que dormimos...
– E eu estou igualmente certo do contrário.
A semielfo pulou de pé e sacou a espada.
– Alguém está querendo brincar conosco...
Olhou à sua volta, ansiosa, mas não viu ninguém.
– Só pode ser o guardião.
Nihal virou-se de repente.
– O que foi? – perguntou o mago.
– Ouvi alguma coisa. Siga-me.
Nihal começou a subir a escada e Senar imitou-a. Correram para cima e para baixo nos degraus, em busca de alguma coisa ou de alguém que pudesse tirá-los daquele pesadelo. Mas Nihal logo perdeu o rastro que acreditava ter encontrado.
– Nada feito, acho que me enganei – disse desconsolada. Virou-se e não viu ninguém na sala. Nem conseguia lembrar como chegara ali. – Senar... – chamou baixinho, mas só o eco lhe respondeu. – Senar! – repetiu, mais decidida. Nada. – Senar! – gritou e começou a correr em disparada.
Onde estou? Que fim levou Senar?

Estava tão fora de si que não reparou para onde ia, nem percebeu que a luz ia ficando mais fraca até desaparecer por completo. Agora estava sozinha, em total escuridão. Desconhecia o tamanho da sala na qual estava e também sua forma. Nem sabia, aliás, por onde entrara. Parou e seu coração começou a bater acelerado. Ficou em pânico. Esticou os braços no escuro, procurando uma parede, mas seus dedos só encontraram o ar.

– Onde estou? Senar! Senar! Onde está você? – Percebeu uma presença e brandiu a espada diante de si. – Quem é você? – bradou.

Uma fraca luz iluminou o espaço em volta dela e ouviu-se uma voz.

– Bem-vinda.

– Onde está Senar? – quis saber Nihal, antes mesmo de perguntar onde estava e quem era o ser com quem estava falando.

– Não se preocupe com ele, está visitando o meu palácio – disse a voz.

Nihal olhou em torno, ansiosa. Nas paredes da sala abriam-se amplos arcos apoiados em pesadas colunas. Até no teto havia um arco revirado. Através dos vãos Nihal podia ver o céu noturno: tinha uma aparência estranha, luminoso, e estava cheio de enormes estrelas e planetas que ela desconhecia.

– Leve-me até Senar, eu lhe peço... – implorou.

Do arco no teto surgiu a figura de uma velha, de longos cabelos brancos a lhe esvoaçarem amarrados em um cândido rabo de cavalo na nuca. Tinha um rosto sereno, mas severo, e usava uma longa veste branca apertada na cintura com uma corda prateada. Avançava majestosa e a primeira coisa em que Nihal reparou foram os olhos, de um azul profundo.

– Ele está seguro, não está vendo? – disse.

Nihal viu o mago que subia por uma escada.

– Que tal nós duas conversarmos um pouco, sozinhas, Sheireen? – acrescentou a velha.

Ao ouvir aquele nome, Nihal estremeceu.

A velha sumiu, para logo voltar a aparecer sob outro arco, bem ao lado dela.

– Desculpe, não deveria ter usado o nome que tanto detesta. Você é Nihal, não é verdade?

– E quem é você? – perguntou a jovem.

— Thoolan — respondeu a velha —, a guardiã do Tempo, aquela que possui a quarta pedra que você tanto quer, pois afinal é por isto que está aqui, não é? — Indicou com o dedo uma gema cinzenta que brilhava na sua testa, entre os olhos.

Nihal sentiu-se aliviada.

— Sim, é por isto que estou aqui — disse, mais calma.

— Ótimo — continuou Thoolan —, porque de fato tenciono entregá-la, não precisa ter medo. Acredito que você a mereça mais do que muitos outros. — Calou-se por uns momentos, aí acrescentou baixinho: — Se você a quiser, eu lhe darei.

Finalmente um guardião razoável, pensou Nihal.

— Então dê-me logo e me deixe ir embora. Este lugar me deixa nervosa.

A velha sorriu.

— Posso entender... Eu, por minha vez, o amo. Aqui tudo é exatamente como eu quero: o tempo, o espaço, a vida.

— Como sabe que estou à procura das pedras? — perguntou Nihal. — Os demais guardiões não estavam a par.

— Eu governo o tempo — disse Thoolan. — Conheço muitas coisas que os outros ignoram.

Nihal ficou calada, esperando que a pedra lhe fosse entregue, mas a velha continuou a fitá-la em silêncio. Nihal baixou os olhos.

— Está imaginando por que não lhe dou logo a pedra? Porque sei que você não a quer — disse Thoolan sorrindo.

— Claro que quero... Preciso dela para vencer o Tirano.

— Não finja para mim, Nihal. Vivo há mais de mil anos e muitos já vieram para cá, onde você está agora, em busca daquilo que eu posso lhe dar. Consigo ver claramente dentro da sua alma, conheço muito bem os da sua estirpe. Você não quer a pedra. — A velha sentou-se de pernas cruzadas e Nihal fez o mesmo. De repente sentia que podia confiar naquela mulher.

"Nihal, você não quer fazer aquilo que está fazendo. Não quer esta pedra, da mesma forma que tampouco queria as outras. Mas precisa consegui-la, pois se não fizer isso o Mundo Emerso desaparecerá sob as garras do Tirano. Assim sendo, embora odiando esta missão e o talismã que usa pendurado no pescoço, continua fazendo o que faz porque não sabe o que mais fazer. Isto é aquilo que você realmente pensa."

Era verdade.

– Pois bem, Nihal, o que você está fazendo não é necessário.

Nihal levantou a cabeça.

– Você acha que todo o mal vem do Tirano e disseram-lhe que se ele for derrotado a paz voltará a reinar. Mas não é verdade. Nunca houve paz por aqui.

– E os cinquenta anos de Nâmen? – perguntou Nihal, surpresa.

Thoolan sorriu.

– Nâmen só governou por dez anos, então uma febre fatal matou-o na flor da idade. Depois dele quem subiu ao trono foi um déspota que reinou como se tudo, a água, o ar, a terra e a vida, lhe pertencesse. Para que ninguém fosse mais poderoso do que ele, matou ou forçou ao exílio muitos magos, manchou-os com a marca da infâmia. Moveu uma guerra contra os seus inimigos internos e rachou ao meio a Terra dos Dias. Na mesma época, na Terra do Fogo, Marhen assumiu o poder derramando o sangue do pai de Moli, Daeb, que se tornara rei matando o próprio pai. Enquanto isso, homens e ninfas lutavam na Terra da Água, com os primeiros querendo se livrar destas últimas. Sempre a mesma coisa por toda parte: não havia guerra entre as várias Terras, mas havia luta ou injustiça em cada uma delas.

– Não pode ser – rebelou-se Nihal. – Todos me disseram que antes do Tirano havia paz!

– Quem lhe contou isso foi Soana – rebateu a velha –, mas o próprio Ido já lhe deixou entender que não era bem assim. Não havia guerra entre as Terras, mas isso não quer dizer que houvesse paz. Quem não viveu naquele tempo fala como se fosse uma época feliz, porque se os seres deste mundo soubessem que de fato jamais houve paz perderiam a esperança e morreriam.

– Não, não pode ser como você diz... – repetiu Nihal, já não tão convencida.

– A crueldade e o ódio estão arraigados no coração das criaturas deste mundo, e o Tirano é apenas o filho deste ódio: por ele foi gerado e dele se alimenta. Mesmo que você chegasse a abatê-lo, no dia seguinte surgiria um novo Tirano; a vida e a morte perseguem-se desde sempre, para sempre o bem e o mal terão de se enfrentar, é a própria essência deste mundo. Não foi o Tirano a trazer o mal para estas Terras.

Nihal já não sabia o que pensar.
— Está me dizendo, então, que aquilo que procuro fazer é inútil?
— Estou lhe dizendo que não precisa fazer, se não quiser.
— Mas os meus similares foram chacinados e as pessoas continuam morrendo.
Thoolan sorriu.
— No que diz respeito àqueles que morreram, sabe muito bem que não pode fazer coisa alguma. Quanto aos vivos, não pode salvar todos, e eu sei que não é este o seu objetivo. Começou esta viagem porque tinha de fazê-lo, mas na verdade não considera sua esta missão.
Nihal não soube o que responder. A velha tinha dito a verdade: estava juntando as pedras por acreditar que aquele era o seu destino, por achar que era a sua finalidade, e por pensar que, se não cumprisse a missão, talvez nem soubesse o que fazer com a própria vida.
A velha dirigiu-lhe um olhar cheio de compaixão.
— Sei quanto você teve de sofrer: a morte de Livon, o extermínio do seu povo, a terrível sensação de sentir-se perdida. Conheço o seu coração e os sofrimentos que se agitam nele.
Nihal percebeu que nos seus olhos havia agora uma súplica, um profundo desejo de ser compreendida e consolada.
— Também sei que muitas vezes, em combate, esperou que a morte a levasse.
— Não, você está errada — replicou Nihal. — Nunca desejei morrer; como poderia, sabendo que a minha estirpe desapareceria comigo?
— Por que está mentindo? — perguntou Thoolan, magoada. — Quando combatia contra a vontade de Ido, enquanto matava, lá no fundo do coração chegou a esperar que também a matassem. E quando enfrentou Fen redivivo na fronteira da Terra da Água, olhou com alegria para a sua espada que descia impiedosa sobre você. Naquele momento só queria aniquilar-se, e estava feliz, pois a morte vinha pela mão do homem que amava.
— Não é bem assim, você está errada... — tentou rebater Nihal, mas a sua segurança já vacilava. Como é que aquela velha podia conhecer coisas que ela mesma jamais tivera a coragem de admitir?
— Não precisa envergonhar-se do seu desejo de morte — disse a velha com a voz pacata. — É compreensível e justo que alguém

como você, que sofreu muito, deseje acabar com esta dor. Afinal, toda criatura tem o direito de almejar a felicidade e fugir do mal é um bem.

– Por que me diz isso tudo e não me entrega a pedra? – perguntou Nihal.

– Porque sinto pena e quero dar-lhe a possibilidade de você também alcançar a felicidade que merece. Este é o meu reino – continuou Thoolan –, aqui sou dona e soberana. Passado e futuro não existem, está tudo em minhas mãos e do jeito que eu quero. Pois bem, ofereço-lhe a chance de ficar para sempre neste lugar.

– Você também ficou louca como Glael? – reagiu Nihal. – Você também já não consegue aguentar mais a solidão?

– Não, eu amo este lugar e o seu silêncio. A solidão é um bálsamo para a minha alma, pois graças a ela encontro a mim mesma e compreendo o mundo. Não preciso de mais ninguém. O que estou lhe propondo é muito diferente daquilo que Glael lhe pediu. Estou lhe oferecendo a possibilidade de ficar e de encontrar a felicidade. Neste lugar o tempo não existe, de forma que nada daquilo que aconteceu na sua vida tem importância: aqui seu pai ainda vive, o seu povo jamais foi exterminado, Fen não morreu e corresponde ao seu amor.

Enquanto Thoolan falava, os arcos povoavam-se lentamente de uma multidão de figuras. Nihal viu Livon trabalhando na forja, as ruas e as praças das cidades repletas de semielfos, e Fen, majestoso em sua armadura de ouro. Nihal olhou comovida para todas aquelas imagens. Quando esticou a mão para tocar no pai, ocupado a temperar a lâmina de uma espada, Livon virou-se para ela e sorriu.

– Por que não volta para morar comigo? Ainda se lembra de como gostava de ajudar-me com as armas?

Nihal recuou assustada, mas Livon continuava a fitá-la.

– Desde quando está com medo de mim?

– Isso tudo só pode ser mentira – disse a jovem. Virou-se para Thoolan. – Vi com os meus próprios olhos Livon morrer, e Fen e os semielfos, nenhum deles pode existir. O que estou vendo só pode ser algum tipo de tola ilusão!

O rosto de Thoolan iluminou-se com um enigmático sorriso.

– Por que chama de tolas as ilusões? Afinal, pode tocar as pessoas que amou. Pode vê-las, falar com elas, e todas elas esperam por você.

— Mas não são reais!
— Fora daqui talvez não sejam, mas entre estas paredes elas são reais — replicou a velha. — E mesmo que se tratasse de ilusões, qual é afinal a diferença com a realidade? Se decidir ficar, esta se tornará a sua realidade e aquelas que agora considera ilusões tornar-se-ão reais. Será que alguém pode dizer se a realidade é o mundo de dor que existe lá fora ou as consoladoras presenças que moram aqui? A escolha é somente sua, cabe a você decidir.

Nihal fitou diretamente Livon nos olhos. Parecia só estar esperando que ela desse mais um passo para juntar-se a ele.

— Aqui poderei satisfazer qualquer desejo seu. Poderá recomeçar a sua vida do início, como se nada tivesse acontecido. Perderá toda lembrança da dor que padeceu e tornar-se-á a garota normal que sempre quis ser.

No arco do teto apareceu a imagem de uma jovem de orelhas pontudas e cabelos azuis, atarefada com a limpeza da casa e dando de comer a um bando de crianças irrequietas.

— Poderia ser você — disse Thoolan.

Era verdade. Já tinha pensado nisto mais de uma vez. Nihal sonhara em ter uma família, imaginara ser uma jovem como as demais, levando uma vida normal. Não havia sido para realizar este sonho que fora morar com Elêusi?

— Estou lhe oferecendo o que sempre desejou, Nihal: a morte sem a morte. Agora há pouco, no deserto, enquanto era atormentada pelas vozes dos fantasmas, chegou a sonhar com a paz, uma paz que há muito tempo não quer visitá-la. A sua paz está agora aqui, na minha mão, e eu quero presenteá-la com ela. Só precisa esticar a mão e pegá-la.

A paz... Desejava realmente aquela paz? Sim, sem dúvida alguma. Queria recomeçar tudo desde o início. Sim, era certamente a única coisa com que de fato se importava.

— A sua busca acabaria aqui mesmo, pois neste lugar não há coisa alguma a buscar e a vida é simples. Nihal, lá fora há muito mais dor esperando por você; se você sair, acontecerão coisas que muito a farão sofrer, eu sei porque já vi tudo. Mas nunca permitirei que aqui lhe aconteça alguma coisa ruim.

Nihal esticou os dedos para a imagem de Fen. Já se haviam passado mais de dois anos desde a sua morte, mas agora que o via sentia que nunca deixara de amá-lo. Fen também esticou o braço e os dedos dos dois acariciaram-se. Então aproximou-se, encostou o rosto no dela e finalmente a beijou, exatamente como ela já imaginara mil vezes em seus sonhos. Só que desta vez era tudo real, a sensação dos lábios nos seus, o batimento acelerado do coração, as mãos dele em suas costas. Sim, aquilo era realmente paz. Por que deveria dizer não àquele sonho? Já tinha sofrido bastante e a sua procura não a estava levando a lugar algum. A sua vida estava toda errada e a única maneira de ser feliz era livrando-se dela. Afinal, a própria Thoolan já tinha dito isso, não tinha? Quando se sofre demais, é mais do que justo fugir da dor.

Era verdade, tudo o que a cercava era real e, mesmo que não fosse, a alegria que sentia diante daquilo era verdadeira. Sim, iria aceitar, iria quebrar aquele maldito talismã, iria esquecer tudo e ficaria ali. Só um louco recusaria. Afastou o rosto do de Fen. Ele sorriu cheio de bondade e ela retribuiu, em paz consigo mesma. Já estava a ponto de virar-se para dizer a Thoolan que aceitava a oferta, quando ouviu uma voz retumbar dentro da cabeça.

– O que foi, Nihal? – perguntou Fen, preocupado.

– Eu... – começou ela, mas não sabia o que responder. A voz continuava a ecoar na sua mente.

– Fique, Nihal, eu lhe peço, fique comigo. Não pense em outra coisa a não ser em nós mesmos – implorou Fen.

Nihal olhou para ele com expressão meio perdida: havia um chamado naquela voz, cada vez mais preciso. Desvencilhou-se do abraço.

Alguém estava chamando o seu nome, num tom urgente, preocupado. Identificou a direção da qual a voz provinha e dirigiu-se para lá. Diante dela surgiu um dos vãos entre as colunas, e nele havia Senar, que vagueava pelo palácio e chamava por ela. Era dele a voz, dele o chamado.

– Aqui, Senar! Estou aqui! – gritou Nihal.

Passou pelas colunas e juntou-se ao mago.

Senar virou-se de chofre e olhou para ela, pasmo.

– De onde você saiu?

– Estava com a guardiã – respondeu a jovem. Enquanto falava, lembrou-se da oferta de Fen e de tudo o mais. Virou-se e viu que Thoolan estava atrás dela.

– É a sua resposta? – perguntou, severa.
Nihal abaixou a cabeça.
– É sim.
Um sorriso de compreensão iluminou o rosto de Thoolan.
– Muito bem, sendo assim... – Levou a mão à testa e pegou a pedra. – Aqui está então a gema. Procurei pô-la à prova, Sheireen, mas fique sabendo que realmente lhe desejo felicidade e alegria, e que, se porventura você aceitasse, todos os meus poderes estariam ao seu dispor para proporcionar-lhe o que lhe prometi.
Nihal pegou a pedra, enquanto Senar olhava cada vez mais confuso para ela.
– Por que se preocupa comigo? – perguntou à velha.
– Porque amei muito os semielfos e queria protegê-los tomando conta de você. – Suspirou. – Mas, afinal, é justo que você escolha sozinha o seu destino. Você acaba de tomar uma decisão, e acontece que escolheu o caminho mais árduo. Mantenha-se fiel a esta escolha e continue procurando a felicidade. Vai ser difícil, pois antes de a sua viagem terminar ainda terá de sofrer muito, mas confio em você. Seja forte. No que me diz respeito, tentarei protegê-la dos seus pesadelos. Na verdade não há muita coisa que eu possa fazer, pois Reis pôs um selo no seu encantamento, mas pelo menos evitarei que a atormentem o tempo todo. A minha pedra, no amuleto, fará o possível para ajudar.
Nihal olhou para ela com gratidão.
– Obrigada – disse comovida.
– O que está esperando? – disse a velha. – Cumpra o ritual.
Nihal pegou o talismã mas se deteve.
– Mais uma coisa, antes de nos separarmos. O que me contou sobre os cinquenta anos de paz é verdade mesmo ou foi só para provocar-me?
– É a pura verdade, infelizmente. É bom você pensar no assunto, se quiser entender direito a natureza da sua missão.
Nihal ficou um momento com o amuleto parado no ar.
– Não hesite mais, Nihal, o mundo que escolheu está à sua espera – incitou-a a velha.
Nihal pegou a pedra e recitou a fórmula ritual:
– *Rahhavni sektar aleero.*

Sentiu o poder fluir em suas mãos enquanto a pedra se encaixava no engaste. Uma violenta ventania surgiu de repente e varreu para longe as salas do enigmático palácio, levando consigo Thoolan e suas magias.

Quando o vento se acalmou, Nihal e Senar estavam no meio de uma sala despojada e escura. Nada de escadas, de portas, de aposentos. O encanto que tomara conta deles por dois dias havia desaparecido.

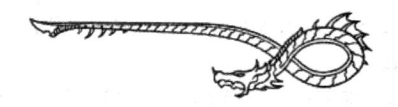

14
O BRINDE DO TRAIDOR

— Como está se sentindo? – perguntou Senar quando saíram do santuário e ficaram novamente no deserto.
Nihal demorou alguns instantes para responder.
— Bem – disse afinal. Com efeito, as vozes já não a atormentavam com a força de antes, sendo agora apenas um murmúrio.
Senar respirou aliviado e então começou a fazer várias perguntas. Quem era aquela velha? Onde estava ela, enquanto ele a procurava pelo palácio? Qual tinha sido a escolha?
Nihal não sabia o que dizer, estava transtornada. Explicou que Thoolan era a guardiã da pedra da Terra dos Dias, contou das salas e de tudo o que tinha visto, falou até de Fen, mas não mencionou o beijo.
— Por que decidiu não ficar? – quis saber Senar.
— Não sei... talvez achasse aquilo tudo falso demais – respondeu, mas não acreditava muito naquilo que estava dizendo. – Vamos lá, precisamos seguir em frente – acrescentou para acabar de vez com a conversa.
Thoolan tinha deixado com eles preciosos presentes: cântaros cheios de água e mantimentos. Conseguiriam sair do deserto.

Caminharam por vários dias naquela paisagem desolada enquanto o vento fustigava a planície levantando remoinhos de poeira. Nihal manteve-se taciturna durante toda a viagem.
Na sexta noite pararam para escolher o caminho a seguir.
— Se continuarmos em frente pelo deserto, teremos certeza de não encontrar inimigos – disse Senar.
Puxou do bolso o velho mapa que usavam em suas andanças. Estava todo amarrotado, mas era tudo o que Senar tinha encon-

trado sobre os territórios dominados pelo Tirano. Havia mais de cinquenta anos que nenhum novo mapa era feito, mas, afinal, em cinquenta anos as montanhas não desaparecem.

– Se formos para o sul acabaremos chegando a esta cordilheira, os montes... – tentou ler o nome.
– Réhvni – interrompeu-o Nihal. – Quer dizer meridionais. Ele a fitou.
– Sim, claro. Em resumo, com algum sacrifício e racionando os mantimentos, acho que podemos conseguir.
Nihal nem estava ouvindo.
– Ficaria grato se você prestasse um pouco mais de atenção – queixou-se Senar. – Desde que saiu daquele maldito santuário você mal olha para mim.
Nihal deu de ombros e fitou-o nos olhos.
– Se você acha que é a melhor solução...
– Claro que é – insistiu Senar, aborrecido com a falta de interesse da jovem.
Dobrou o mapa e seguiram viagem.
Quanto mais avançavam, menos Senar ficava convencido do acerto da sua escolha. Não encontravam outra coisa a não ser planícies estéreis e a sinistra brancura de ossadas espalhadas entre as pedras. Continuaram em frente, em silêncio.

– Quero ir a Seférdi – disse Nihal de repente, certa noite.
Senar deixou cair no chão o pedaço de toucinho que estava mordiscando.
– Como é?
Nihal baixou os olhos.
– Você entendeu muito bem.
Já fazia algum tempo que não pensava em outra coisa. Sabia que era uma ideia tola e meio louca, que não devia ter sobrado quase nada das cidades dos semielfos, que seria uma visita de apertar o coração, mas para ela isto já se tornara uma necessidade inadiável. Aquilo que tinha visto com Thoolan e as vozes dos fantasmas que a atormentavam com a lembrança do extermínio dos seus similares tinham deixado uma marca que não podia ignorar. Com o prosseguir da viagem, quanto mais o momento de deixar a

sua Terra se aproximava, mais Nihal sentia-se vencer pela saudade e pela urgência de ver alguma coisa que lhe falasse do seu povo.
— Não, não entendi — disse Senar. — Espero realmente não ter entendido.
— Sei que é uma loucura, mas... não posso evitar.
— Algumas noites atrás perguntei se concordava em cruzar o deserto e você respondeu que sim. Quase chegou a morrer, na Terra da Água, só porque não queria perder tempo de jeito nenhum, e agora quer demorar-se em território inimigo? — A voz do mago era cortante.
— Eu sei, você está certo, não prestei muita atenção no que dizia nestes últimos tempos — admitiu ela, respondendo à acusação escondida naquelas palavras. — E também sei que pode ser perigoso, mas...
— Não entendo você — disse Senar, num tom mais compreensivo. — Por que quer se arriscar tanto?
— Quero descobrir as minhas raízes.
Senar sacudiu a cabeça.
— Agora fiquei ainda mais confuso. Foi criada por um humano, sempre viveu entre os humanos, por que não consegue considerar-se uma de nós, então? Nada irá encontrar em Seférdi que você não conheça: somente dor e morte.
Nihal olhou para o chão.
— Pode ser que você esteja certo, mas não posso desistir. Não é uma coisa fácil de explicar... Sinto que as minhas raízes estão aqui, que o que sou está ligado a esta Terra, assim como aquilo que eu poderia ter sido, que serei. Quero ver o que sobrou do meu povo.
— Por que quer sofrer ainda mais? — perguntou Senar num sussurro.
— É preciso. Nunca serei humana e também nunca serei uma semielfo se não chegar a ver Seférdi, a Branca que se ergue cândida entre os bosques. Tente compreender.
— Como quiser — capitulou Senar.

Dirigiram-se então para o oeste e dois dias depois estavam fora do deserto. A paisagem que encontraram quase fez com que se lembrassem dele com saudade: uma imensa planície salpicada de chagas negras. Eram torres que se erguiam na terra gasta, interligadas por estradas brancas como cicatrizes e cercadas por umas poucas construções que se amontoavam umas em cima das outras. Não se via uma única árvore, só a cinzenta monotonia do solo estéril. O deserto, pelo menos, era um lugar seguro, enquanto ali havia fâmins por todos os lados.

– Pense bem o que quer fazer – disse Senar a Nihal quando chegaram à planície. – Ainda tem tempo para mudar de ideia. Eu irei buscar mantimentos numa destas... cidades, e você poderá esperar por mim no deserto. Então seguiremos juntos para o sul.

Nihal puxou o capuz até encobrir o rosto.

– Quanto mais cedo formos, mais cedo voltaremos – declarou avançando pela planície.

No último dia de permanência no deserto haviam sido forçados a jejuar. Só lhes sobrara um pouco de água. Agora estavam famintos e já não poderiam continuar evitando por muito mais tempo os centros habitados. De manhã não tinham encontrado fâmins, mas naquela tarde divisaram umas figuras ao longe e notaram com surpresa que se tratava de homens.

O primeiro era um sujeito armado, a cavalo, que nem se dignou a olhar para eles e seguiu calmamente pelo seu caminho. O segundo homem estava sentado na boleia de um carro no qual se amontoavam uns dez fâmins acorrentados. Ao ver aquilo, Nihal apertou com força a empunhadura da espada e ficou tensa até o veículo e aquelas feras hediondas desaparecerem da frente dela. Quando finalmente sumiram a distância, suspirou aliviada e pôde relaxar.

Quando já entardecia, aproximaram-se de um daqueles aglomerados urbanos que pareciam vagamente cidades. Tratava-se de cidadelas fortificadas. Eram construções baixas, casas, hospedarias e depósitos de armas, cercados por uma alta muralha. No meio do conjunto erguia-se a torre, o centro operacional da cidadela. Era tudo feito de uma pedra escura, provavelmente basalto, que conferia à cidade um aspecto sombrio. Um chuvisco fino tinha começado a cair na planície e enchia o ar de um vago cheiro de podridão.

– Não temos escolha, precisamos entrar – comentou Senar.

Deram a volta nas altas muralhas que cercavam a cidade. Havia uma só entrada, controlada por dois fâmins. Nem pensar em se esgueirarem às escondidas: tinham de passar ostensivamente pelo portão vigiado.

– Eu falo. Você só procure manter a cabeça escondida – ordenou Senar.

Aproximaram-se cautelosamente da porta. Ainda estavam a alguns passos quando o guarda apontou a lança para eles.

– Quem está aí? – disse com voz gutural.

– Mercadores de armas – respondeu Senar.

– De onde estão vindo?

Era um bom sinal: tudo indicava que a desculpa era plausível.

– Da Terra do Fogo.

– Não estão me parecendo gnomos.

Nihal encostou a mão na espada e começou a suar frio.

– Claro que não. Somos homens da Terra do Fogo. Precisamos de um abrigo para a noite.

O fâmin olhou para eles, circunspecto.

– O que tem embaixo da capa o homem que está com você?

Antes de Nihal fazer qualquer coisa, Senar abriu a capa e mostrou a espada.

– Obra minha. Bonita, não é? O melhor cristal negro da Terra dos Rochedos, uma amostra da minha habilidade para eventuais compradores.

O fâmin abaixou a lança.

– Podem entrar – disse e abriu o pesado portão.

Senar não perdeu tempo e Nihal foi atrás.

Logo depois do portão havia um tosco muro preto, quase encostado nas muralhas da cidade para só permitir a passagem de um homem de cada vez, no qual se abria uma série de becos escuros, apertados entre aquelas paredes baixas.

Senar deu alguns passos, cauteloso, em seguida empurrou Nihal para um beco.

– O que foi? – perguntou ela, pasma.

Odiava aquele lugar, as muralhas sufocavam-na e a chuva já começava a exasperá-la. Preferia a desolação do deserto àquele lugar perturbador cheio de fâmins.

– Calada! – ordenou Senar baixinho, levando um dedo à boca. Começou então a recitar uma ladainha, de olhos fechados, e quando voltou a abri-los colocou a mão na testa dela. Nihal experimentou uma sensação estranha, uma espécie de calor.
– O que fez comigo? – perguntou assustada.
– É um encantamento que aprendi com Flogisto na Terra do Sol; permite disfarçar-se do jeito que você quiser. Agora você tem o aspecto de um bonito rapaz – disse Senar com um sorriso.
Nihal apalpou o rosto e não se reconheceu. Em lugar da pele macia sentia agora a aspereza de uma barba malfeita; o nariz era maior, a testa mais alta. Levou imediatamente as mãos aos ouvidos: redondos. A face um estranho efeito.
– Só vai durar até a noite. Quando estivermos na hospedaria, não fale, não descubra o rosto e só pense em comer. Este encanto é uma mera precaução; quanto menos repararem na gente, melhor.
Senar envolveu-se novamente na capa e seguiram em frente.

Perambularam longamente pelos becos que entremeavam aquelas construções. Era um emaranhado inexpugnável de trilhas e ruelas que se cruzavam das formas mais imprevisíveis e com os ângulos mais estranhos. Não havia como orientar-se naquele labirinto e eles não demoraram a perceber que estavam perdidos.
– Não faço a menor ideia de onde estamos – admitiu Senar.
Nihal mantinha-se calada, tentando reprimir o fastio e o nojo; avançava cabisbaixa, sem olhar em volta. Então ouviu um ruído surdo e parou, com a mão na espada.
– O que foi? – perguntou Senar.
Nihal olhou em torno, mas nada viu que pudesse chamar a sua atenção. Levou algum tempo para entender que o barulho vinha das construções. Aguçou os ouvidos e percebeu um som que parecia o de muitos corpos que se agitavam num espaço limitado, respirações ofegantes e resmungos guturais. Uma sensação de dor passou pela sua mente, sentiu-se sufocar e experimentou a angústia do cativeiro.
Vaguearam por mais uma hora até ficar inteiramente encharcados naquela chuva miúda mas inexorável. Estavam a ponto de desistir quando viram alguém. Nihal parou.

– Quem está aí? – disse a sombra que estava a alguns passos de distância. A voz não parecia ameaçadora, era quase jovial. Senar voltou a assumir o controle da situação.
– Mercadores. Estamos procurando uma hospedaria.
A sombra aproximou-se.
– Se estão procurando um abrigo para a noite, como diabo chegaram a estas bandas? Não há hospedarias no quartel.
Agora que estava mais perto, podiam ver melhor o seu interlocutor: um homem envolvido numa ampla capa vermelha. Segurava uma longa lança, devia ser um guarda.
– Nunca estivemos aqui antes, acho que estamos perdidos... – respondeu Senar, num tom já menos seguro.
O homem ficou algum tempo a esquadrinhá-los, demorando-se na figura de Nihal. Em seguida sacudiu os ombros para livrar-se da chuva.
– Dá para ver que são estrangeiros... Aqui só há as celas dos fâmins, se quiserem encontrar uma hospedaria precisam subir de volta à cidade; vão ter de seguir por aquela subida, até lá em cima, não podem errar.
Senar agradeceu, segurou Nihal pelo braço e desapareceu pelo caminho que o homem indicara.
Nihal estava perturbada. Aquilo que percebera eram então os sentimentos dos fâmins. Não conseguia acreditar. Não se tratava meramente de raiva, mas sim de frustração e sofrimento por alguma coisa inelutável.
Tiveram de andar bastante, então as celas deram lugar a uma cidadela empoleirada no topo da colina. Eram casas pobres, todas iguais, dominadas por uma pesada fortaleza que devia ser o centro de comando daquele lugar.
Não demoraram muito tempo para encontrar o que parecia ser uma taberna; ouviam-se gritos e assobios vindo de lá. Nihal e Senar entraram.
Um forte cheiro de cerveja cercou-os logo que botaram o nariz naquele antro, juntamente com berros e grosseiras risadas. O local era pequeno, empesteado pela fumaça de muitos cachimbos e apinhado de soldados que se juntavam em volta das mesas.
Nihal teve vontade de sair de lá correndo, mas controlou-se; afinal de contas, ela mesma procurara por aquilo. Senar foi falar

direto com aquele que parecia ser o taberneiro. A balbúrdia era tão grande que Nihal não conseguiu ouvir o que diziam e limitou-se a acompanhar o mago.

Senar levou-a a uma mesa mais afastada, num canto. Nihal abrigou-se na cadeira que lhe parecia mais protegida, contra a parede, e Senar acomodou-se ao lado dela.

– Eles têm quartos no andar de cima – disse o mago. – Vamos comer e, depois, direto para a cama. Amanhã podemos sair logo ao alvorecer.

Um serviçal trouxe para eles uma comida digna do almoço de tropas mercenárias, na qual boiavam estranhos filamentos acerca dos quais Nihal achou melhor não perguntar coisa alguma; como acompanhamento, duas canecas de cerveja e um pedaço de pão preto.

A atmosfera da taberna era alegre e festiva. Um grupo de soldados, numa mesa ao lado, não fazia outra coisa a não ser rir e brindar, levantando copos cheios de cerveja. Evidentemente estavam comemorando alguma coisa.

Nihal tinha nojo daquele pessoal. Traidores, é isto que eles eram, um punhado de asquerosos traidores escondidos numa hospedaria da pior categoria. Lastimou não estar num campo de batalha. Aquele era território inimigo e ela tinha de engolir a situação calada. Abaixou a cabeça em cima da tigela e tomou a sua sopa o mais depressa possível.

De repente um dos soldados ficou de pé, de copo na mão.

– Ouçam aqui, todos vocês! – berrou com a voz embotada pelo álcool. – Maldito seja quem hoje não festejar com a gente! Vocês dois também, aí no canto! – disse para Senar e Nihal.

– Segure-me – murmurou Nihal baixinho.

O mago achou por bem obedecer e, sem ninguém reparar, botou a mão sobre a espada dela.

– Esta noite todos devem participar da festança. As nossas tropas conquistaram mais duas cidades da Terra da Água e não vai demorar para a Terra inteira cair nas nossas mãos! Vamos brindar ao Tirano e a uma rápida vitória sobre o Mundo Emerso!

Todos os presentes levantaram os copos, gritando. Nem mesmo Senar pôde abster-se e levantou a caneca sem muita convicção. Nihal não se mexeu e continuou a tomar a sua sopa.

– E aí? Qual é o motivo dessa tristeza? – perguntou uma voz.

Quando levantou os olhos, Nihal viu-se a um palmo do rosto rubicundo de um soldado. Fedia a álcool, tinha a pele queimada de sol como um camponês e um sorriso escarnecedor, atrevido.

Nihal só queria cancelar aquela expressão idiota da sua cara, mas achou melhor desviar o olhar e voltar a esconder o rosto no capuz.

– O meu amigo não é muito sociável – apressou-se a explicar Senar.

– Dá para ver, ora essa! – disse o homem, agitando a caneca transbordante de cerveja e derramando uma boa parte dela no chão. Sem mais nem menos, pegou uma cadeira e sentou-se ao lado deles. Então, sem se importar com o patente desgosto de Senar, encostou de novo a cara no rosto de Nihal. – Então, amigo, o que houve com você?

– É mudo – interveio Senar. – E surdo também – acrescentou. Nihal continuou comendo.

– É uma pena – comentou o sujeito. – Uma festa tão boa e ele não pode aproveitar.

Seguiu-se um momento de silêncio constrangido. Em lugar de ir embora, o homem ofereceu a mão a Senar.

– Avaler, comandante das tropas da guarnição de Tâner, na fronteira com a Terra do Sol.

Nihal sentiu um arrepio. Já tinha ouvido falar daquela aldeia, ficava perto da casa de Elêusi.

– Varen, da Terra do Fogo – rebateu Senar, sem apertar a mão que o homem mantinha no ar –, mercador de armas. Este é Livon, o meu aprendiz.

– Quem diria! Você é muito jovem para já ter um aprendiz...

– Para dizer a verdade é a primeira vez que venho aqui para vender a minha mercadoria. Até o ano passado eu trabalhava para um gnomo.

Embaixo da mesa, Senar procurou a mão de Nihal. Ela segurou a dele e sentiu que estava gelada. Levantou os olhos para o amigo e viu que a sua testa estava molhada de suor.

– Ouvi dizer que os gnomos são os melhores armeiros – comentou o homem.

– Pois é, tive um ótimo mestre. – Senar apertou com mais força a mão de Nihal.

– Vocês estão com sorte. Nestes últimos tempos a guerra está indo que é uma beleza. Claro, a morte de Dola foi para nós um golpe feio, mas, afinal, não era o nosso único bom capitão e agora as coisas estão indo muito melhor.

Senar abaixou a cabeça e recomeçou a comer.

– Para onde estão indo? – continuou Avaler.

– Estou procurando um antigo freguês do meu mestre, disseram-me que mora perto das ruínas de Seférdi, mas não conheço o caminho.

– Não há cidades no caminho de Seférdi – respondeu o comandante, carrancudo.

Nihal prendeu a respiração. Senar estava se arriscando demais.

– Mas sim, claro! Acho que você se refere à base de Rothaur! – exclamou Avaler, voltando a sorrir.

– Isso mesmo, tirou as palavras da minha boca – rebateu Senar.

– Não estava me lembrando porque não fica tão perto assim de Seférdi; afinal, Rothaur é a última praça-forte antes dos pântanos. Chegar lá é fácil: depois de sair daqui, sigam sempre para o oeste; depois, na altura de Messar, virem para o sul por umas duas milhas. O caminho é fácil e ao longo dele há uma porção de vilarejos. Se forem bons andarilhos, deverão chegar lá em menos de quatro dias.

Uma porção de vilarejos... era só o que faltava!

O soldado continuou impertérrito:

– O meu pai participou do saque de Seférdi.

Nihal estremeceu e Senar apertou-lhe a mão.

– É mesmo? – disse o mago, com a voz incolor, enquanto voltava à sopa.

– Isso mesmo! O meu pai foi um dos primeiros a alistar-se nas fileiras do Tirano. Entendeu logo para onde estava soprando o vento, o velho.

Nihal jogou ruidosamente a colher na tigela e Senar afastou o assento da mesa para levantar-se.

– Aonde pensa que está indo? – perguntou Avaler. – A noite é uma criança, precisamos festejar. – Forçou Senar a sentar-se de novo e encheu de cerveja as canecas dos viajantes. – Esta é por minha conta, um brinde para o meu pai! – Esvaziou ruidosamente o seu canjirão e retomou a conversa: – O meu velho sempre me falava da destruição de Seférdi. Foi a primeira vez que se empregaram os fâmins, aqueles malditos. Naquela época, no entanto, ainda eram poucos, e além do mais não passam de animais, se não houver alguém no comando nem sabem para onde ir. Meu pai era um dos que comandavam. Quando eu era criança, contava-me de como era branca e grande a cidade. Chegaram na calada da noite, uma parte investiu contra os semielfos enquanto o resto atacava o palácio real. Mataram metade do pessoal numa única noite. O primeiro a ser trucidado foi o rei.

Voltou a encher o caneco e bebeu.

– Gente ruim os semielfos, arrogantes. Meu pai os odiava, e eu também, é claro. Antes da chegada daquele maldito do Nâmen, a nós da Terra da Noite só faltava um pouquinho assim para ganharmos a Guerra dos Duzentos Anos. E além do mais eram todos bruxos, liam a mente das pessoas e tinham rituais estranhos contra os deuses em suas casas... Tiveram o fim que mereciam.

Nihal levantou-se num pulo e Senar fez o mesmo.

Avaler também ficou de pé, parado diante de Nihal.

– É muito cedo, ora essa! Eu já disse!

Senar ficou entre os dois.

– Deixe-o em paz, não pode ouvir. Mas ele está certo, já é tarde e hoje andamos muito. Acredite, foi realmente um prazer ouvir as suas palavras, mas agora precisamos ir, estamos morrendo de sono. – Quase deslocou a mandíbula para imitar um plausível bocejo.

– Você é quem sabe... – resmungou Avaler.

Nihal disparou para a escada e subiu sem demora. Senar foi atrás e segurou-a pelo braço.

– Calma! – intimou baixinho.

Logo que entraram no quarto, Nihal jogou a capa no chão.

– Aquele bastardo... – murmurou. – Sempre achei que os semielfos haviam sido exterminados pelos fâmins... e na verdade... Malditos!

Desembainhou a espada e jogou-a com força na mesinha ao lado de uma das camas. Estilhaços de madeira voaram para todos os lados.

Partiram antes de o sol raiar. Quando saíram da cidade ainda chovia, um chuvisco lento e incessante, como lágrimas de um resignado pranto.

Procuraram evitar os vilarejos e só mais uma vez tiveram de recorrer a uma hospedaria. A cidade era idêntica àquela que já haviam visitado, talvez apenas um pouco menor. Entraram na hospedaria depois da meia-noite, quando já não havia muita animação. Jantaram em silêncio, e sempre em silêncio recolheram-se ao quarto, para acordar bem cedo e retomar o caminho.

Ao entardecer do dia seguinte perceberam que o ar começava a ter um cheiro desagradável. Conheciam muito bem aquele fedor, era o mesmo que haviam encontrado nos pântanos da Terra da Água. Nihal sabia que antigamente naquele lugar havia uma esplêndida floresta, a Floresta de Bersith. Tudo indicava que fora afetada por um mal obscuro, talvez provocado pelos dejetos das cidades dos fâmins: a poluição tinha empesteado os rios que a irrigavam, e agora, no lugar dela, havia um espectral e malcheiroso charco.

– Estamos perto – murmurou Nihal, enquanto as sombras se alongavam anunciando a noite.

O terreno no qual avançavam tornava-se cada vez mais mole e Nihal viu desaparecerem no horizonte as cidades que tanto odiava. Diante deles só se descortinava agora uma extensão de terra escura e empapada de águas podres.

Nihal via passar rápidas, diante dos olhos, umas imagens confusas acompanhadas pelo murmúrio dos espíritos: árvores seculares entre cujas ramagens o sol brincava festivo, o esplendor de uma cidade admirável na brancura dos seus mármores, dominada pela majestosa candura do palácio real com sua imensa torre de cristal. Agora, no entanto, nenhum brilho iluminava a escuridão da noite. Mas Seférdi estava lá, Nihal tinha certeza disso.

De repente a semielfo parou.

– O que foi? – perguntou Senar.

– Fica ali, atrás daquele morro – murmurou Nihal.

– Não precisa fazer isso – disse Senar aproximando-se. – Podemos seguir em frente pelo pântano.

Nihal não respondeu e dirigiu-se para a colina. Mal começou a dar a volta nela, deparou-se com o que restava da cidade.

No lugar das muralhas altas e imaculadas, que conhecia graças às visões daqueles últimos dias, havia ruínas amareladas, um paredão de tijolos derrubados em vários pontos com escombros disformes amontoados aos seus pés. Mais além, onde antigamente sobressaíam os edifícios mais altos e o conjunto da cidade, havia agora um fúnebre vazio, envolvido na pálida luz do luar.

Nihal prosseguiu lentamente naquele silêncio espectral até chegar ao sopé das muralhas, bem diante do portal. Era uma abertura ogival estreita e muito alta, que tinha na arquitrave as estátuas de dois leões agachados que pareciam estar vigiando a entrada. No chão, derrubado, jazia um batente de madeira reforçado com adornos de metal; as tachas estavam consumidas pela ferrugem e já se soltavam da madeira totalmente apodrecida. Nihal curvou-se e viu os traços apagados de um baixo-relevo quase irreconhecível. No meio das tábuas ainda se via uma profunda abertura, provavelmente a marca do aríete que derrubara o portão numa noite como aquela, quarenta anos antes. O outro batente, apesar de enviesado por ter sido parcialmente arrancado dos gonzos, ainda estava preso à parede. Era inacreditável que continuasse pendurado daquele jeito, depois de tantos anos de abandono.

Nihal levantou-se e, quase atemorizada, superou o limiar dos leões que pareciam avaliá-la com seus olhares desprovidos de olhos. Uma vez lá dentro, teve a impressão de ter entrado em outro mundo.

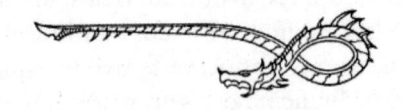

15
LAIO E VRAŠTA

Laio levou algum tempo antes de saber ao certo que estava acordado. Quando abriu os olhos só viu escuridão. O que o trouxe de volta à realidade foi o latejar da ferida no ombro, assim como o peso das correntes que lhe apertavam os pulsos e os tornozelos.
 Tentou virar a cabeça para descobrir onde estava, mas então lembrou o que se passara e compreendeu que estava preso. Como já lhe acontecera alguns dias antes, quando havia sido trancafiado na prisão da base, sentiu os olhos se encherem de lágrimas. Não só não conseguira juntar-se a Nihal, como também se deixara capturar.
 Tentou mexer-se para avaliar o tamanho da cela, mas as correntes e a dor no ombro impediam qualquer movimento. Ouvia o barulho dos grilhões nas celas vizinhas, gritos de homens, vozes guturais, risadas. Era todo um universo de sons sinistros, abafados, que o transtornavam e assustavam.
 Não fazia ideia de quanto tempo já tinha passado ali, mas de repente viu um quadrado de luz se abrindo diante dele; devia ser o postigo na porta. Embora fraca, aquela luminosidade repentina ofuscou-o. Logo que se acostumou, percebeu que a cela era minúscula, mal dava para abrigar seu corpo miúdo.
 O rosto pavoroso e feroz de um fâmin surgiu então no umbral. Laio sentiu o sangue gelar nas veias quando viu as longas presas amareladas, os pequenos olhos porcinos, os braços desproporcionais e providos de garras.
 – O que querem de mim? O que tencionam fazer comigo? – berrou apavorado.
 O fâmin entrou e Laio viu que estava trazendo um prato, o seu almoço provavelmente ou o jantar. Não tinha a menor ideia da hora do dia.
 O fâmin deixou o prato no chão com ar de quem está acostumado com a rotina. Virou-se para o rapaz com uma expressão estranha, interrogativa, e Laio achou que aqueles olhos não combi-

navam nem um pouco com o rosto feroz: revelavam tristeza, uma conformada melancolia que parecia quase humana.

O fâmin retirou-se em silêncio e fechou a porta atrás de si; deixou, no entanto, o postigo entreaberto para que um pálido halo de luz pudesse iluminar a cela.

O segundo encontro de Laio com um fâmin não foi tão animador quanto o primeiro. Dois dias depois viu uma daquelas criaturas medonhas escancarar a porta e entrar com passo decidido. Este fâmin era mais alto que aquele que costumava trazer a comida e a penugem hirsuta que lhe cobria os braços era mais escura; seus olhos, além do mais, expressavam maldade. Laio nunca imaginara antes que os fâmins pudessem ser tão diferentes uns dos outros.

A fera desatou as correntes, derrubou-o e arrastou-o brutalmente para outro aposento, onde um homem e alguns fâmins estavam esperando. Laio intuiu o que estava para acontecer e estremeceu. Disse para si mesmo que devia criar coragem, que era hora de provar o seu valor, mas já sentia as pernas tremerem.

O homem começou dirigindo-lhe algumas perguntas, diante das quais Laio manteve um obstinado silêncio. A voz do inquiridor tornou-se ameaçadora, cada vez mais alta, mas Laio continuou calado. Tinha de assumir pessoalmente toda a responsabilidade da bobagem que tinha feito. Nunca, mas nunca mesmo, iria revelar que Nihal e Senar também estavam naquela Terra.

Tiraram a camisa dele e, pelo resto dia, não fizeram outra coisa a não ser chicoteá-lo até deixar suas costas riscadas de sangue. Laio gritou, chorou, sentiu-se perdido e desesperado, mas mordeu a língua e nada disse daquilo que sabia. A dor era insuportável, pior até do que a do ferimento no ombro, mas ele aguentou.

O fâmin só parava quando o homem queria fazer mais perguntas, em seguida recomeçava com mais vigor do que nunca, até Laio ficar finalmente envolvido pela escuridão e achar que estava a ponto de morrer.

Acordou na cela. Suas costas ardiam como se estivessem passando nelas tições ardentes. Mas tinha pelo menos o consolo de saber que havia mantido a boca fechada. Por quanto tempo poderia resistir àquele martírio, no entanto? Durante dois dias Laio foi submetido àquela tortura, e por dois dias nada revelou. Gritou e mordeu os lábios até eles sangrarem, mas conseguiu guardar para si o que sabia. Quando o levavam de volta à cela sempre estava desfalecido, mas pelo menos tinham o cuidado de tratar das feridas. Não podiam dar-se ao luxo de que morresse antes de revelar o motivo da sua incursão além da fronteira.

Muito em breve Laio não conseguiu pensar em mais nada. Já não tinha consciência nem mesmo do próprio corpo e ficava largado num estado semicatatônico num canto da cela.

No fim do terceiro dia aconteceu alguma coisa. No começo, quando o fâmin que lhe trazia o jantar entrou na cela, Laio quase não percebeu. Através das pálpebras entreabertas vislumbrou uma pálida luz, então deu-se conta de uma presença ao seu lado. Abriu os olhos e viu o fâmin que o fitava.

– Por que continua calado? – perguntou a criatura, com sua voz gutural.

Laio não respondeu.

– Vão acabar matando você; por que não diz logo o que sabe? – continuou o fâmin. – Morrer desse jeito não faz sentido. Só se morre assim para obedecer às ordens, pois não há como evitar. – A criatura ficou em silêncio, pensativa. – Alguém mandou que ficasse calado?

Laio voltou a abrir os olhos e desta vez procurou olhar melhor para aquele ser. Não estava entendendo o que o outro queria.

– Alguém mandou? – repetiu o fâmin.

Laio sacudiu a cabeça, então deixou-a cair no peito.

– Por que não fala, então?

– Não tenho nada... não tenho nada a dizer...

– Ou você é um espião ou então está procurando alguma coisa; pelo menos é o que o chefe acha – insistiu o fâmin.

– Ele está errado – respondeu Laio, prostrado.

– Por que continua calado? – continuou a criatura.

– Há coisas que se fazem... porque decidimos fazê-las. Eu morrerei... porque acho que é justo que assim seja...

– Não entendo – disse o fâmin.

Olhou para ele com uma expressão espantada e interrogativa, depois pegou uma vasilha suja, virou o prisioneiro e começou a

espalmar o conteúdo nas suas costas. Uma repentina sensação de frescor invadiu Laio fazendo com que se sentisse melhor.
— E você, por que está fazendo isso? — perguntou o rapaz ao fâmin.
— Você não pode morrer antes de contar a verdade, foi o que o chefe disse. Então eu o medico — respondeu a criatura.
— Há decisões que tomamos porque sentimos que é a coisa certa.
— O que quer dizer "coisa certa"?
— Não sei... algo que leva ao bem.

O ser voltou a mostrar uma expressão interrogativa, e mais uma vez Laio perguntou a si mesmo como um fâmin podia ter aqueles olhos.
— Qual é o seu nome? — perguntou o rapaz.
— Vrašta.
A palavra lembrou-lhe alguma coisa.
— Obrigado — murmurou.

A partir do quarto dia começaram a usar ferros em brasa. O homem continuava a fazer perguntas, então mandava o fâmin queimar Laio. O rapaz gritava, até implorava perdão, mas não falava.

— Não vai poder continuar desse jeito para sempre, você sabe disso — disse o homem a certa altura, aproximando o próprio rosto daquele do jovem. — Eu nunca me cansarei de torturá-lo e não deixarei que morra antes que me conte aquilo que quero ouvir. Podemos continuar deste jeito por anos a fio.

Laio permaneceu calado. Aquelas palavras já não o amedrontavam. O homem sorriu.

— Conheço muito bem vocês das Terras livres, meu rapaz. Só pode estar fazendo isso para proteger alguém, mas lhe garanto que a sua proteção de nada adiantará. Se alguém entrou nesta Terra, eu encontrarei. Pode ser até que já tenha encontrado. Você está sofrendo à toa, garoto, não é um herói, mas sim apenas um pedaço de carne sangrenta à minha mercê.

Laio já não sentia coisa alguma, nem medo nem ódio pelo seu algoz, nada. A vida era somente dor, comer e beber. Nada além disso. Já não tinha forças para pensar e também mais vontade de sobreviver. A única coisa que queria era continuar calado.

Toda noite Vrašta entrava na cela e o medicava. Laio acostumou-se com a sensação de alívio e frescor dos curativos nas feridas e passou a sentir alguma afeição por aquele ser monstruoso. Começava a perceber piedade naquelas mãos hirsutas que corriam pelas suas costas e a achar que o fâmin não cuidava dele somente porque assim lhe era ordenado.

Aquele monstro, além do mais, continuava a fazer perguntas:
– Todos os humanos fazem o que bem entendem?

– Só aqueles que têm bastante força para assumir suas próprias escolhas – respondeu Laio e pensou em Nihal, apesar de ela não ser propriamente humana.

– E os homens são todos como você?
– Ainda bem que não.
– Por que está tremendo?
– Estou com medo.
– O que é o medo?
– É aquilo que toma conta de você em combate, quando receia ser vencido.
– Quando estou lutando, eu não tenho medo de nada. Só penso em matar.
– Não tem medo de morrer?
– E por que deveria? Não há diferença alguma entre viver e morrer – respondeu Vrašta.
– Gosta de matar? – perguntou Laio.
– Não sei. Não há algo de que eu goste e algo de que não goste. Só existem as ordens. – Parou um momento, pensativo. – Alguns de nós, os Errados, não gostam de matar, se recusam a fazê-lo. Acatam as ordens como todos os demais, mas não são igualmente ferozes. Quando são descobertos, são mortos na mesma hora. Quando morrem, eles choram, mas dizem que é melhor morrer do que viver.
– Todos gostam de alguma coisa mais do que de outra. Você não gosta de espalmar essa pomada? Eu acho que sim.
– Não sei. Talvez.

– Estou fazendo isso por alguém – disse Laio ao fâmin, certa noite, no delírio da febre. – O homem que me atormenta está certo, só se faz uma coisa dessas para proteger alguém.

– Por quem? – perguntou Vrašta.
– Por uma amiga, a pessoa com a qual mais me importo no mundo.
– O que é uma amiga?
– Alguém que lhe faz muita falta, alguém que você ama e com quem se sente bem – explicou Laio, entre os gemidos do delírio.
– Você é meu amigo – concluiu Vrašta.
O fâmin ficou a noite inteira cuidando dele, apesar de ninguém ter mandado. O rapaz mencionou várias vezes os nomes de Nihal e Senar, e a sua voz chegou até os ouvidos daqueles que nunca deveriam ouvi-la.
Na manhã seguinte Vrašta foi chamado pelo chefe.
– Quero que você deixe o garoto fugir.
Vrašta não se perguntou a razão do pedido: era uma ordem, um fâmin não pode transgredir uma ordem.
– Dirá que quer acompanhá-lo; deixar-se-á levar até os amigos e, quando os encontrar, matará a todos.
O fâmin ficou em silêncio, pela primeira vez perturbado por uma dúvida. Sentia que não queria matar Laio, o seu amigo; fazem-se grandes coisas pelos amigos, certamente não os matam.
– O que está havendo com você? – perguntou o homem, depois de olhar atentamente para ele. – Será que você também vai começar a dizer que não quer mais matar? Será que estou diante de mais um Errado?
– Farei como está mandando – respondeu Vrašta. Era uma ordem, e as ordens não se questionam.
O homem relaxou na cadeira.
– Faça-o crer que quer ajudá-lo. É ingênuo, vai acreditar. Não o mate antes que se junte aos amigos. Então poderá massacrar todos como bem quiser.
Vrašta sentiu algo desagradável que se mexia no fundo do estômago, mas acenou de novo que iria obedecer.

Aquela sensação desagradável ainda estava lá, quando logo a seguir o fâmin abriu a porta da cela de Laio. Entrou e viu o rapaz pendurado na parede pelos braços, a cabeça caída em cima do peito. Haviam-no torturado de novo. Era de madrugada, o comandante dissera que fosse para lá na calada da noite e que o levasse embora com circunspecção, para que o rapaz realmente acreditasse que estavam fugindo às escondidas.

Vrašta aproximou-se de Laio e sacudiu-o. Laio abriu os olhos e seu rosto iluminou-se ao ver o fâmin.

– Veio medicar-me?

O nó nas tripas subira e estava agora apertando a garganta de Vrašta. O fâmin não conseguia entender direito aquela estranha sensação que nunca experimentara antes, mas não titubeou; repetiu exatamente aquilo que o comandante mandara dizer.

– Vou deixá-lo fugir. – Enquanto falava, desatou as correntes que prendiam Laio à parede. O rapaz olhava aturdido.

– Mandaram que fizesse isso? – perguntou.

Vrašta ficou indeciso.

– Não, estou fazendo porque quero – disse afinal. E no fundo era a verdade. Queria que Laio ficasse bem, queria que parassem de torturá-lo e fora dali ele pararia de sofrer.

– Irão matá-lo se fizer uma coisa dessas – disse o rapaz. Afastou o braço livre. – Esqueça!

O fâmin estava pasmo. Era uma coisa que o comandante não tinha previsto.

– Vou com você. Vamos encontrar juntos a sua amiga. Não poderão me fazer mal.

Então Laio aceitou. Vrašta livrou-o dos grilhões e envolveu-o num saco, carregou-o nos ombros e começou a procurar o caminho para sair da prisão. Fez o que o comandante lhe pedira, movimentou-se furtivo, fingiu avançar circunspecto, mas todos estes cuidados foram inúteis, pois o jovem já voltara a cochilar, confiante, em seus ombros.

Na manhã seguinte, Laio acordou apoiado numa árvore e apertou os olhos diante da claridade agressiva que iluminava o local onde se encontrava. Estava todo dolorido e suas costas ardiam. Levantou os braços e percebeu que estavam quase completamente enfaixados: obra sem dúvida de Vrašta, com suas pomadas e curativos. Virou-se e viu-se diante do fâmin, deitado ao lado, que o fitava. Dirigiu-lhe um sorriso agradecido.

– Se quiser, posso levá-lo até os seus amigos – disse a criatura.
– Partiram dois dias antes de mim e não faço a menor ideia de onde possam estar. Francamente, não sei como encontrá-los – respondeu Laio.
– Tenho um bom faro, se estiver com alguma coisa deles, algo que tenham manuseado bastante...
Laio ainda estava meio zonzo, custava a juntar as ideias, de forma que levou algum tempo antes de lembrar-se da bolsa com o dinheiro. Nihal mexera nela várias vezes durante a viagem. Fez um movimento brusco para pegá-la, mas uma dor aguda segurou seu braço.
Vrašta aproximou-se, prestativo.
– Está doendo?
– Tenho comigo uma bolsa que a minha amiga usava, mas não consigo pegá-la. Deveria estar guardada no meu casaco.
Vrašta anuiu sem demonstrar surpresa.
Laio lembrou-se então da carta de Nihal e sentiu-se um verdadeiro idiota. Se Vrašta sabia da bolsa, também devia saber do pergaminho. Era óbvio que o seu algoz devia tê-lo encontrado. Devia ter sido justamente por causa da carta, aliás, que o homem desconfiara da presença de mais alguém naquela Terra.
Vrašta revistou delicadamente o peito do rapaz e pegou a bolsa. Estava vazia e manchada de sangue. Levou-a ao nariz e então cheirou o ar.
– Não passaram por aqui, não vai ser fácil encontrá-los – disse.
Ficaram a manhã inteira na clareira, pois Laio estava cansado demais para seguir adiante. Vrašta voltou a medicá-lo, procurou água, trouxe comida, sempre sorridente e prestativo.

Durante o tempo todo da busca, Vrašta carregou Laio nas costas. O fâmin tinha boas pernas e um faro extremamente aguçado, e ambas as coisas foram muito úteis para seguir os rastros de Senar e Nihal. Atravessou correndo a imensa planície desolada, só se detendo para cuidar de Laio e dar-lhe água e comida.
O rapaz começou a conversar cada vez mais com o fâmin, com o tom afetuoso de um irmão mais velho. Certa noite contou-lhe de Nihal, do exército, da sua vida.
– Fico contente em não ter falado – disse afinal.

— Se tivesse falado, agora não estaria nessas condições — respondeu Vrašta.
— Mas teria traído a confiança dos meus amigos, e não há nada pior que a traição.
— O que significa "trair"?
— Significa mentir, dizer que faz uma coisa quando na verdade faz outra. Os meus amigos sabem que eu os protegeria a qualquer custo e que nunca lhes causaria algum mal. É preciso ser sempre sincero com os amigos.

Vrašta sentiu um aperto no coração, estava começando a entender: se fosse realmente amigo de Laio, não deveria fazer aquilo que estava fazendo. De uns tempos para cá o fâmin estava à mercê de sensações que não conhecia e que não conseguia identificar.

Antes de conhecer Laio, Vrašta nem sabia o sentido de palavras como "amizade" ou "gostar de alguém". A sua vida resumia-se ao combate. Já tinha lidado com milhares de prisioneiros e chegara até a torturar alguns deles. Não tirara prazer nem dor daquilo; eram ordens e os fâmins não podem transgredir as ordens.

Agora, no entanto, começava a entender que além dos deveres dos quais não podia eximir-se havia todo um mundo, uma vida que esperava por ele, feita de mil sensações que só naquele momento começava a vislumbrar. Eram sensações que o deixavam curioso, mesmo quando eram desagradáveis e dolorosas. Lembrou-se do que um Errado lhe dissera, antes de ele o matar:

"Nunca desejou viver, só viver? Agir conforme a sua própria vontade?"

Vrašta não entendera, porque não sabia o que era a vida. Agora, porém, já podia intuir e também sabia que não queria trair Laio. Eis o que era aquele peso no estômago, aquele nó na garganta: era não querer fazer alguma coisa.

Certa tarde, finalmente, Vrašta encontrou o caminho que os amigos de Laio haviam percorrido e compreendeu que estavam indo para Seférdi.

Naquela noite Laio dormitava respirando tranquilo ao lado do fâmin. Vrašta deu-lhe uns safanões; o rapaz espreguiçou-se resmungando:

– Algum inimigo por perto? – indagou, fazendo um esforço para ficar alerta.
– Eu traí você. – Logo que disse isto, Vrašta sentiu-se melhor.
Laio não entendeu.
– O que foi que disse? – disse, sonolento.
– Um homem ordenou que o libertasse, mandou-me encontrar os seus amigos e então matar a todos.
Naquela altura Laio estava bem acordado.
– Foi só por isso que me soltou?
– Eram as ordens.
– Você quer matar-me?
– Não – disse Vrašta de impulso.
Laio fitou diretamente o fâmin.
– Aqui estou eu. Se quiser matar-me, pode fazê-lo agora mesmo.
Vrašta baixou os olhos.
– Eu o traí... – repetiu.
– Você libertou-me não porque alguém mandou e não me trouxe até aqui para atraiçoar a mim e aos meus amigos. Você fez isso porque você mesmo quis.
Vrašta olhou incrédulo.
– Um fâmin não pode transgredir uma ordem. Os Errados que conheci não queriam matar, mas tinham de fazê-lo porque foi assim que o Tirano os criou.
– Você mesmo decidiu contar a verdade, assim como decidiu cuidar de mim, ninguém lhe ordenou. Você também pode fazer o que quiser, pode fazer suas escolhas.
– Eu não quero ser forçado a matá-lo... Não quero trair... Você é meu amigo – disse Vrašta amargurado.
Laio esticou a mão para ele e acariciou sua face. Aquele contato teve um estranho efeito no fâmin: de repente sentiu-se reanimado, consolado.
– Confio em você e sei que não irá matar-me. Agora que me contou tudo, nada mais tenho a temer. Leve-me até Nihal e Senar.

16
INDESCRITÍVEL HORROR

Diante dos olhos de Nihal abria-se uma longa rua de grandes pedras quadradas. Era muito larga para permitir que dois carros passassem facilmente por ela e levava ao centro da cidade. As pedras estavam fora de lugar e entre elas cresciam agora plantas retorcidas e cheias de espinhos. Tratava-se provavelmente da rua principal e no passado devia ter sido margeada por árvores imponentes. De algumas delas ainda se viam os restos dos troncos queimados: sinistros esqueletos que levantavam seus dedos mortos para o céu de chumbo. Numerosos corvos empoleiravam-se naqueles galhos enegrecidos e o grasnar deles era o único som que se ouvia na solidão da noite.

A rua estava abarrotada de escombros, vidros e tijolos, entre os quais se viam algumas armas, talvez caídas das mãos de quem ainda tentara salvar a cidade. Em volta, os restos de casas queimadas ou destruídas. Nihal seguiu por uma rua secundária. Encontrou a mesma destruição e os mesmos escombros. Havia até pedaços de pano, incrivelmente incólumes depois de todos aqueles anos.

A semielfo entrou numa casa. Uns poucos móveis ainda resistiam intactos, mas a maioria estava jogada no chão, apodrecendo no mais completo abandono. Havia uma mesa posta, como se esperasse pelos donos da casa. Nos demais aposentos o cenário não mudava: móveis quebrados, alfaias largadas no chão, papéis espalhados por todo canto, lençóis manchado de sangue.

Saíram e continuaram andando pelas ruas da cidade. Depararam-se com mais casas, mais marcas de incêndios e manchas sangrentas no chão e nas paredes.

– O sangue não deveria manter uma cor tão viva depois de quase quarenta anos – comentou Senar. – Alguém deve ter preservado esta desolação com algum feitiço.

Nihal perambulava pelos escombros, aturdida. Mostrava-se ausente, incapaz de qualquer reação, tudo lhe parecia alheio e distante. Nada havia naquela cidade que lhe dissesse alguma coisa, o silêncio da morte encobria qualquer som e impedia até que ela entendesse direito aquilo que via.

Desembocaram numa ampla praça. Nihal lembrou vagamente que era o lugar onde os mercadores se juntavam nos dias de feira. Costumava ficar apinhado de gente e no meio havia os jorros de uma fonte, um cândido chafariz circular com uma esguia coluna de mármore preto fincada no meio. Agora a praça estava entulhada de esqueletos retorcidos de metal daqueles que deviam ser os restos das bancas. As pedras do chão estavam enegrecidas pelo fogo, mas no centro ainda erguia-se, incrivelmente nívea, a fonte que Nihal guardava na memória. O chafariz estava cheio de água turva e palustre e ressoava com a lúgubre ladainha do coaxar das rãs.

Continuaram andando e chegaram aos muros do palácio real. Estava reduzido a escombros e o terreno reluzia com os cacos do cristal de que o edifício era feito. Ao desmoronar, a torre derrubara o telhado do prédio principal, deixando à mostra a sala do trono. As colunas do amplo salão erguiam-se intactas para o céu, cândidas no esplendor do cristal, mas a única abóbada que sustentavam era a das nuvens cinzentas. No fundo, solitário no meio daquela ruína, distinguia-se o trono, uma poltrona de cristal com o assento revestido de veludo, nesta altura desbotado, mas que se adivinhava ter sido de um vivaz escarlate. Nihal imaginou Nâmen sentado naquele trono, no ápice do poder, enquanto comunicava aos reis ali reunidos que não iria tomar posse das terras conquistadas com a guerra pelo pai, mas sim que iria devolvê-las aos respectivos monarcas. No meio dos escombros, aquele trono era um espetáculo desolador e ridículo: o símbolo do poder erguido em cima de destroços. A lembrança daquela civilização tinha sido varrida do mundo e Nihal, que tão pouco sabia daquele povo e só guardava em si imagens de morte e farrapos de sonhos, havia ficado como única e última depositária.

Vaguearam algum tempo pelos aposentos do palácio até chegarem a mais um amplo salão, provavelmente destinado aos banquetes. Uma parede no fundo estava milagrosamente intacta e mostrava um enorme baixo-relevo. Nihal reconheceu nele os seus similares, atarefados em seus afazeres cotidianos. Alguma coisa, num canto, chamou a sua atenção. Era um símbolo, um brasão. O emblema do seu povo. Nihal olhou melhor para o baixo-relevo e reparou que aquele símbolo estava gravado nas armaduras de todos os guerreiros do exército. Observou-o longamente e fez questão de marcá-lo na memória.

Em outra sala, viram-se diante dos destroços daquilo que devia ter sido um observatório, testemunho do interesse dos semielfos pelo cosmos e seus mistérios. Numa parede havia os restos de um mapa estelar e, no chão, destruído, um telescópio. Os invasores tinham estilhaçado as lentes e amassado em vários lugares o metal. O soalho estava repleto de papéis e pergaminhos, muitos dos quais queimados. Em alguns deles ainda se podia ler frases em línguas desconhecidas ou anotações sobre o movimento das estrelas e dos planetas: o trabalho de uma vida, espalhado como cinzas ao capricho dos ventos.

Continuaram a errar pelas salas e encontraram uma estátua. Representava uma mulher, uma semielfo, congelada num movimento que parecia ser de uma dança. Seu rosto expressava uma alegria e uma serenidade profundas, mas o corpo jazia no chão de braços quebrados. Foi então que os sentimentos até aquele momento reprimidos superaram a aparente indiferença de Nihal. Diante daquela mulher, a jovem deixou-se cair vencida pela prostração e começou a chorar.

— Vamos embora, você já conseguiu o que queria, precisamos continuar a nossa viagem — disse Senar. Agachou-se ao lado dela e ajudou-a a levantar-se.

— Eu precisava vir para cá — disse Nihal entre os soluços. — Sim, precisava mesmo, para lembrar o que aconteceu e não esquecer os mortos.

— Não poderia esquecê-los nem mesmo se quisesse — comentou Senar. — E eu tampouco depois daquilo que vi — acrescentou sisudo.

Saíram do palácio e procuraram afastar-se daquele lugar fúnebre. Acabaram pegando uma rua pela qual ainda não tinham passado. De repente Nihal sentiu-se segurar por Senar, que a apertou ao peito para que não olhasse.

— O que foi?

– É melhor você não ver – respondeu o mago.
– Solte-me.
– Não precisa ver mais isso – disse ele. A sua voz tremia. – Não olhe.

Nihal desvencilhou-se e virou-se.

Ao longo da rua havia toda uma série de patíbulos, uma perspectiva infinita de cadáveres pendurados nas forcas, balançando no ar. Em toda volta podiam-se ver centenas de corvos, empoleirados como demônios a vigiarem os mortos. Havia homens, mulheres, crianças, os rostos irreconhecíveis, as roupas esfarrapadas, as órbitas vazias e mesmo assim cheias de horror.

– Alguém quis que os sinais da chacina permanecessem no tempo, alguém usou alguma fórmula proibida para impedir que os anos apagassem este pesadelo – disse Senar, sombrio.

Um grito de horror saiu da boca de Nihal.

Senar acudiu e forçou-a a desviar o olhar.

– Nunca deveríamos ter vindo para cá. Venha, vamos embora – disse enquanto a segurava, apertando seu rosto contra o próprio peito.

Avançaram entre as duas fileiras de cadáveres, então começaram a correr até finalmente saírem da cidade. Naquela altura Senar soltou Nihal e se sentou no chão para tomar fôlego.

Depois de uns instantes de silêncio, o mago levantou-se e deu o braço a Nihal, que continuava a soluçar.

– Vamos embora – disse.

Nihal deixou-se guiar por Senar e retomaram o caminho. Já era noite. Não iria ser fácil encontrar um abrigo no pântano. Quando chegaram a um local onde o terreno era um pouco mais sólido, Senar achou que como refúgio noturno aquilo podia servir. Aprontou uma espécie de ninho com as capas e acendeu uma pequena fogueira.

– Agora, só pense em recobrar as forças – disse a Nihal. – Eu ficarei de vigia.

– Mas você também precisa descansar... – protestou ela baixinho.

– Não tanto quanto você, e além do mais não estou com vontade – respondeu Senar seco, para logo agasalhá-la com a sua capa. Já era primavera; se haviam calculado certo, deviam estar em meados de abril, mas as noites continuavam geladas.

Senar agachou-se ao lado do fogo e ficou sozinho com seus pensamentos, entre o coaxar das rãs e o fedor sufocante que subia da podridão do lamaçal. Sentia-se exausto, vazio. Diante das vítimas que balançavam das forcas, tivera a impressão de ouvir os gritos dos mortos que clamavam por vingança. Tinha sido tomado por uma raiva que até então nunca conhecera. Pela primeira vez compreendera o que havia impelido Nihal à guerra. Pela primeira vez na vida experimentara o desejo de matar.

Continuaram a viajar, tristonhos e calados. Andaram mais dois dias pelo pântano, então começaram a ser envolvidos pela escuridão. Era uma escuridão estranha, diferente da noite. Começou certa manhã e logo pareceu que o sol decidira pôr-se. As nuvens assumiram a cor amarelada e mortiça típica do entardecer na Terra dos Dias, mas na verdade ainda nem era meio-dia.

— Estamos nos aproximando da Terra da Noite — disse Senar.

Seguiram em frente e, à tarde, o lamaçal envolvido na penumbra cedeu lugar a uma floresta sombria. De repente Nihal ouviu um barulho.

Parou, aguçou os ouvidos e levou instintivamente a mão à espada. Senar também se deteve e ficou à escuta. Durante algum tempo nada mais se ouviu; em seguida, novamente um frufru. Desta vez Nihal percebeu de onde vinha o ruído e dirigiu-se para lá, de espada em punho. Com um pulo abriu caminho entre as moitas.

Caiu em cima de uma criatura que, no momento, não teve tempo de observar direito. Só sentiu embaixo dos dedos a consistência de cerdas hirsutas. Jogou-a ao chão, imobilizou-a e encostou a lâmina na sua garganta. Na mesma hora ouviu outro ruído, bem perto, como se houvesse outra criatura.

— Pare, ele é amigo! — disse uma voz quase infantil, mas com um tom de sofrida urgência.

Nihal pôde ver melhor o ser que jazia sob a lâmina da sua espada: era um fâmin e mantinha os olhos fixos nela. Ela se perdeu naquele olhar e sentiu desaparecer a ira e a vontade de matar. Tinha visto naquele olhar alguma coisa que não sabia explicar.

— E você, de onde diabo saiu? — perguntou Senar.

Nihal soltou a presa e virou-se para o mago. Diante dele estava Laio, pálido e com o casaco sujo de sangue, mas sorridente.

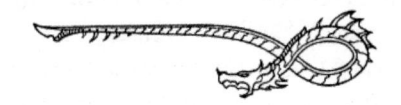

17
IDO NA ACADEMIA

Ido experimentou a nova espada em combate e o resultado foi bastante satisfatório. Os fantasmas evaporavam sob os golpes poderosos da sua arma e tudo acontecia da melhor forma possível. Com algum pesar, no entanto, o gnomo não pôde pôr à prova a arte de Soana com o seu alvo principal. Já fazia algum tempo, com efeito, que ele perdera os rastros do Cavaleiro vermelho.

Ido fazia o possível para guardar na memória as palavras da maga – "por mais que ele tenha prejudicado você e Nihal, não é um inimigo como os demais" –, mas não era fácil. Quando entrava em combate, a primeira coisa que fazia era olhar à sua volta à procura de um reflexo rubro, sem nunca encontrá-lo. Muito em breve voltou a entediar-se. As batalhas seguiam-se umas às outras, todas iguais, e a situação tornava-se cada vez mais deprimente.

Uma primavera tardia começava finalmente a amornar os dias quando, na Terra do Sol, foi convocada uma assembleia do Conselho para a qual também foram convidados os generais.

Estavam todos lá, uma verdadeira multidão: os monarcas das três Terras livres, os generais mais importantes e os magos do Conselho. Os membros da assembleia eram pouco menos de cem, mas a reunião desenvolveu-se com ordem e rigor. Uma atmosfera de morte e desolação pairava no congresso e tornava os ânimos mais calmos do que de costume.

Quatro meses depois do aparecimento dos fantasmas nos campos de batalha, as coisas estavam indo de mal a pior. Mais da metade da Terra da Água havia caído nas mãos do Tirano, e o restante estava seriamente ameaçado. A maior parte das tropas disponíveis estava amontoada ao longo daquela instável fronteira, mas o número dos soldados não era mesmo assim suficiente para deter o avanço

inimigo. Não havia jeito de enviar mais tropas, pois a Terra do Sol também estava ameaçada e precisava de homens para a sua defesa.
— Não podemos continuar desta forma. Acabaremos nos enfraquecendo em ambas as frentes, com o risco de o Tirano invadir a nossa Terra — disse Sulana, a rainha da Terra do Sol.
O silêncio dominou a sala da assembleia. Os relatórios dos generais não deixavam margem a qualquer previsão otimista e àquela altura só uma ideia circulava pelas fileiras dos presentes: muito em breve a Terra da Água teria de capitular.
— Não deixarei que o meu reino seja derrotado.
As palavras de Gala, o monarca da Terra da Água, ecoaram de repente no congresso.
— A minha mulher morreu defendendo este reino, milhares de ninfas sacrificaram a própria vida para salvá-lo e é em honra delas que tenciono continuar a lutar para protegê-lo.
— Vossa Majestade, estamos lutando, mas as nossas forças não são suficientes, como já tivemos ocasião de demonstrar... — protestou Mavern.
— Precisamos atacar de uma vez por todas — disse Gala, sem deixar que o general acabasse de falar. — Vamos organizar uma grande ofensiva que nos permita retomar o fôlego por algum tempo.
Ido sacudiu a cabeça. Compreendia as razões daquele homem, mas a ideia era uma loucura. Gala, afinal de contas, não era um soldado, mas sim o rei de uma Terra pacífica.
— Não adiantaria. Estamos no limite, seria o canto do cisne — objetou Soana.
— Preferem que a Terra da Água seja simplesmente sacrificada? Preferem perdê-la de uma vez por todas? Os homens deste reino estão lutando lado a lado com vocês, embora nunca tenham sido homens de armas. Se a Terra da Água cair nas mãos do inimigo, não poderão mais contar com o nosso apoio, e só os deuses sabem até que ponto precisamos de homens, ainda mais agora que o Tirano descobriu a maneira de arregimentar continuamente novos guerreiros.
— Acho que Sua Majestade está certa — interveio Theris, a ninfa que representava a Terra da Água. — Nas nossas condições atuais, a perda de mais uma Terra seria catastrófica. Precisamos nos arriscar e tentar, pelo menos para ganhar tempo e arrumar as nossas defesas.

Acabaram votando em favor do ataque. Ido não parecia muito esperançoso. A Terra da Água já estava reduzida à metade e nela já reinavam o desespero e a miséria. Apesar das palavras de Gala, as tropas que aquela Terra tinha a oferecer não eram lá grande coisa, uma vez que em sua maioria eram formadas por homens sem qualquer experiência de combate. Salvá-la do Tirano só iria servir para reanimar o ânimo dos soldados. O gnomo, entretanto, não manifestou as suas dúvidas na assembleia. Seria inútil e cruel tripudiar em cima de quem só estava à procura de uma migalha de esperança, e uma milha ganha do inimigo era afinal melhor do que nada.

A ofensiva foi marcada para o mês seguinte.

Certo dia um mensageiro chegou ao acampamento e perguntou por Ido.

– O Supremo General Raven requer a sua presença na Academia – disse logo que foi levado à tenda do gnomo.

Num primeiro momento Ido ficou perplexo, depois simplesmente irritado. Se Raven o convocava, era sem dúvida por alguma razão antipática. Sempre houvera ranço entre os dois. Raven jamais conseguira confiar em Ido, e o gnomo detestava o general porque este sempre aproveitara qualquer oportunidade para atrapalhá-lo, desde que se alistara no exército das Terras livres.

De qualquer maneira, se o Supremo General ordenava, não havia outro jeito a não ser obedecer. De forma que Ido montou em Vesa e dirigiu-se mais uma vez a Makrat, para a odiada Academia.

Teve de enfrentar a costumeira rotina antes de Raven ter a bondade de recebê-lo, e só depois de uma hora de inútil e irritante espera foi admitido à presença do homem.

Como de costume, Ido limitou-se a uma rápida mesura. Nunca se ajoelhara diante daquele sujeito emproado e não iria certamente começar a fazê-lo agora.

– Não acha que poderia parar com essas atitudes infantis? – disse Raven, enfastiado.

O homem não estava segurando o seu amado cachorrinho e até a armadura que vestia era inesperadamente sóbria, pelo menos para os seus padrões.

— Já deveria estar acostumado — respondeu o gnomo.
— As patentes exigem algum respeito, ora essa.
Ido bufou.
— É uma conversa desagradável para ambos, que tal tentarmos encurtá-la ao máximo?
— A situação militar não é das mais felizes, você sabe tão bem quanto eu. Os homens escasseiam, ainda mais se compararmos com o número ilimitado de guerreiros do Tirano. A situação está crítica e exige medidas drásticas.
— Não está me contando nada de novo. Se bem me lembro, falamos a respeito disso no Conselho.
Era evidente que Raven mal conseguia controlar a raiva, e Ido quase se arrependeu de tê-lo provocado daquele jeito.
— Muito bem, uma vez que quer chegar logo ao que interessa... Conversei com os mestres da Academia e chegamos a uma conclusão. Também mandaremos entrar na luta os alunos que chegaram a um estágio avançado de adestramento.
Ido não pôde evitar de esbugalhar os olhos.
— Está falando de moços que ainda não começaram o treinamento particular com um Cavaleiro?
— Exatamente.
— Mas são quase meninos que nunca entraram num campo de batalha, não vejo que utilidade...
— Serão devidamente treinados e, como já disse, a situação dramática não nos deixa alternativas. Precisamos de homens, de todos os que podemos encontrar. Um soldado com algumas noções de combate é melhor do que lavradores e pastores que seguram uma espada pela primeira vez, aos quais, aliás, já tivemos de recorrer em outras ocasiões. De qualquer maneira, os jovens que já estão sendo treinados por Cavaleiros também serão chamados a lutar.
— Tudo bem, mas o que tudo isso tem a ver comigo? — perguntou Ido, impaciente. Enquanto formulava a pergunta, uma dúvida já se ia formando na sua mente.
Não vai me dizer que...
— Você foi escolhido para a seleção e o treinamento dos garotos — informou-o Raven.
Ido ficou imóvel, aboblhado.

– Obviamente, também terá a tarefa de guiá-los em combate. Vão ser as suas tropas pessoais, uma turma de uns cem rapazes, aos quais terei o cuidado de juntar trezentos soldados mais experientes.

Ido olhou pela janela. Esperava ver no mínimo algum burro voador. Mas só havia nuvens.

– Afinal, você fez um excelente trabalho com aquele demônio de cabelos azuis; acredito que você seja a pessoa mais apropriada para o cargo – concluiu Raven.

Um silêncio absoluto tomou conta da sala, até Ido soltar uma fragorosa risada.

– A situação é dramática, não tem nada de cômico! – exclamou Raven. – Ou será que não se considera à altura da tarefa?

Ido voltou a ficar sério. Não achou oportuno continuar a provocar o Supremo General. Embora o considerasse um imbecil posudo e cheio de empáfia, afinal continuava sendo o seu comandante.

– O problema não consiste no fato de eu estar ou não estar capacitado – disse o gnomo com um sorriso comedido –, mas sim no de você considerar-me digno...

– Acha que me tornei Supremo General por acaso? Acha mesmo que sou bobo? – empertigou-se Raven. – Estamos em guerra, numa situação muito difícil, como já disse. Sabe muito bem que não confio plenamente em você, e pode imaginar como para mim é penoso ter de oferecer-lhe este encargo, mas preciso de um guerreiro competente e astucioso, com muita experiência, e as circunstâncias exigem homens como você. O bem das Terras livres vem antes de qualquer rixa ou ódio pessoal.

Ido ficou parado no seu lugar, de queixo caído, incapaz de rebater. Raven já não lhe parecia o mesmo de antigamente.

– Será auxiliado por Parsel na escolha dos rapazes – continuou o general – e, obviamente, terá direito a um alojamento próprio na Academia. Se não tiver outras gracinhas a me contar, isso é tudo. Parsel o espera do lado de fora.

Nem deu a Ido a chance de responder. Virou-se e foi embora com a costumeira empáfia.

Ido deixou a sala das reuniões muito contrafeito. Estava orgulhoso com o novo encargo, mas irritado consigo mesmo pelo papel de bobo que fizera. O fim do mundo devia realmente estar próximo:

ele estava obcecado por um inimigo qualquer e deixara-se vencer num duelo, e de repente Raven tornara-se uma pessoa razoável.

Ido já ouvira falar em Parsel, Nihal o mencionara mais de uma vez. Ao que parecia, havia sido o único mestre que a tratara decentemente durante a sua permanência na Academia.

O professor era um homem alto e desengonçado, moreno, de grandes bigodes e maneiras ríspidas. Ido teve alguma dificuldade em comungar o sujeito rude que tinha à sua frente com a imagem que havia construído através das lembranças de Nihal, mas não chegou a ficar abalado com isso. A Academia estava cheia de pessoas que olhavam para ele enviesado e o tratavam com descaso. Era por isso que ele a detestava.

Para início de conversa, os que a frequentavam eram em sua maioria garotos mimados, filhos de emproados guerreiros. Nihal havia sido uma rara exceção, e Laio, a regra. Para você ser admitido, o seu pai tinha de ser no mínimo um Cavaleiro ou quem sabe um alto dignitário da corte. Os pés-rapados não eram bem-vindos. Como se não bastasse, praticamente eram todos homens. Homens e abastados. Quer dizer: trocando em miúdos, uma turma de garotos vaidosos que não faziam outra coisa a não ser se julgarem continuamente uns aos outros. Claro, havia exceções, mas entre aquelas paredes a maioria dos alunos era formada por bonecos desmiolados. Pelo menos até entrarem em combate, quando sucumbiam ou eram forçados a mudar para sempre.

Depois da morte de Dola, a história de Ido espalhara-se pelo ambiente militar e, por isso mesmo, ele era duplamente hostilizado: por ser um antigo inimigo e por ser um gnomo. O breve passeio com Parsel pelos corredores da Academia confirmou-lhe a lembrança negativa que tinha daquele lugar. Todos aqueles que encontraram no caminho olharam-no com desconfiança.

Parsel mostrou-lhe o que iria ser o seu alojamento nas semanas seguintes: um aposento pequeno e espartano. A pouca luz que o iluminava vinha de uma única janela, estreita e muito alta no muro. Ido não pôde deixar de se lembrar da cela em que havia sido trancado quando se entregara espontaneamente ao Conselho, depois de repudiar o Tirano. O gnomo sentiu-se sufocar.

– É tudo o que temos a oferecer – comentou Parsel secamente.
Ido sorriu amarelo.
– Continua sendo melhor do que as tendas em que costumo ficar.
Conversaram rapidamente acerca das tarefas que esperavam por eles. Parsel marcou um encontro para o dia seguinte, quando iriam começar a seleção, e depois saiu.
O gnomo não precisou esperar muito tempo para se lembrar do segundo motivo pelo qual detestava a Academia. Bateram à porta e Malerba entrou coxeando.
Ido nem conseguia olhar para ele. A primeira vez que o encontrara tinha ficado horrorizado. Não conhecia a história daquele ser, mas bastava vê-lo para compreender que se tratava de um gnomo que havia sido submetido a terríveis torturas. Por baixo daquele aspecto disforme, Ido intuía a fundamental semelhança entre os dois e a raiva quase chegava a sufocá-lo. Pensava no seu povo reduzido àquelas condições, nos laboratórios cheios de gnomos usados como cobaias nas experiências do Tirano. Durante vinte anos, em lugar de proteger o seu povo, tinha se conformado com os planos de Aster, ajudara-o a torturar os seus similares nas masmorras do Castelo. Era um pensamento intolerável e, por isso mesmo, igualmente insuportável era a companhia daquele ser.
Quando viu Ido, Malerba sorriu com sua boca desdentada. Talvez, na sua mente doentia, percebia haver alguma coisa em comum entre eles.
– O grande guerreiro...
Ido virou-se para o outro lado.
– Pois é, o grande guerreiro... Faça o que tem de fazer e saia logo daqui.
Ouviu a risadinha de Malerba, parecida com a de uma criança feliz, e algumas palavras desarticuladas, sem sentido. Então o ser aproximou-se e começou a acariciar-lhe o braço.
– Estava esperando... bonito... bonito... contente. O grande guerreiro...
Ido esquivou-se daquele contato. Sabia que era cruel, mas a proximidade de Malerba era dolorosa demais.
– Está bem, obrigado, mas agora chega. Pode ir embora.

O gnomo saiu andando para trás, como um camarão, de olhos fixos em Ido, e em seguida fechou a porta devagar.

Ido observou as paredes despojadas do cubículo, a cama espartana e ouviu o vozerio confuso de Makrat que vinha da estreita janela. *Um começo e tanto...*

Enfrentou o seu novo trabalho na manhã seguinte. Parsel veio pessoalmente acordá-lo bem cedo.

– Pensei que já o encontraria de pé. Quanto antes terminar a história, melhor – queixou-se o mestre.

Começou mal e continua pior ainda...

Ido levantou-se e aprontou-se depressa. Nem pensou em comer alguma coisa, aquela azeda observação matinal tirara-lhe o apetite, e desceu logo para a arena.

Parsel já estava lá. Entre a névoa úmida distinguiam-se as figuras de uns trezentos rapazes, mais ou menos metade dos estudantes da Academia. Tinham idade e aparência as mais diversas, e Ido desconfiou de que não fossem jovens soldados próximos da formatura, mas sim um bando de alunos pegos ao acaso.

– Foi você que os escolheu? – perguntou a Parsel.

O mestre sacudiu a cabeça.

– Os meus não chegam a uma dúzia. Os demais foram escolhidos pelos seus próprios professores.

Ido bufou. Tudo indicava que seria um trabalho demorado e enfadonho.

Ido e Parsel dividiram os rapazes em dois grupos e começaram a selecioná-los. Tratava-se de fazer com que lutassem entre si, de forma a operar uma primeira escolha. O exame de cada aluno levava pelo menos meia hora e os dois procuraram, portanto, trabalhar em ritmo acelerado, paralisando mesmo assim as funções corriqueiras da Academia.

O mau humor não demorou a tomar conta de toda a escola. Os professores estavam irritados com a interrupção das suas atividades, e muitos dos alunos não aceitavam de bom grado a avaliação dos mestres. Quando não estava ocupado com as seleções, Ido não saía do seu aposento. Aquele ambiente pesado exasperava-o.

Por outro lado, não podia certamente sentir-se satisfeito com suas novas obrigações. Tarefa de muita responsabilidade? Prova de profunda estima pela sua capacidade? Que nada! Raven só tinha conseguido arrumar-lhe mais um aborrecimento.

Quanto aos seus futuros alunos, não faziam outra coisa a não ser olhar para ele com ar enfastiado. Era evidente que aqueles mocinhos incapazes não tinham o menor respeito por ele.

Ido tentou, mesmo assim, levar a cabo a tarefa com imparcialidade. Ficava observando os rapazes, procurava ignorar os comentários e os olhares enviesados, chegava até a dar alguns conselhos, em geral recebidos com resmungos não propriamente agradecidos.

Quando dispensava alguém, podia ver amiúde rostos desfigurados por caretas raivosas.

É incrível como eles parecem desejosos de arriscar a vida quando nunca entraram em combate, e ao mesmo tempo se tornam repentinamente pávidos logo que começam a sentir o cheiro da batalha.

Dos cento e cinquenta alunos que Ido examinara numa semana, só ficaram sessenta. Parsel, por sua vez, selecionara uns cem e ainda se tratava apenas da primeira escolha. Na fase final, os dois mestres iriam duelar com cada um dos rapazes para testar suas capacidades.

Depois do primeiro estágio da seleção, o clima na Academia tornou-se ainda mais tenso. Quando Ido circulava nos corredores, para onde se virasse podia ver grupinhos de rapazolas que conversavam baixinho. O gnomo estava cansado daqueles comentários todos e dos olhares hostis que lhe eram dirigidos.

Além do mais, Parsel não recebia o mesmo tratamento. Houvera alunos descontentes do seu julgamento, mas tudo se resolvera sempre com uma amistosa conversa, enquanto as decisões de Ido nunca deixavam de gerar amargas polêmicas.

O gnomo, entretanto, não era o tipo de guardar para si este gênero de angústias; quando tinha uma pedra no sapato, procurava livrar-se dela o mais rápido possível.

De forma que, certa tarde, a situação degenerou.

Ido estava tomando a sua sopa na sala do refeitório, procurando alhear-se do costumeiro burburinho em volta. Sabia que, se prestasse atenção, iria ouvir conversas bastante desagradáveis e não tencionava perder tempo com brigas inúteis. Só queria cumprir a tarefa e sair quanto antes daquele lugar. Dois alunos, no entanto, falavam alto e estavam perto demais dele. Sabia quem eram, examinara-os na tarde anterior. Um dos dois, um magricela de cabelos tão loiros que até parecia albino, fora dispensado antes da prova final.

— Descartou-me...
— Não ligue, você vai ter outras oportunidades no futuro.
— A guerra não vai ficar esperando por mim!
— A guerra não vai acabar tão cedo.
— Está dizendo isso porque você foi escolhido. Aquele debiloide não entendeu patavina de mim, nadinha mesmo. Sempre fui o melhor espadachim da minha turma.
— Fale baixo, ele pode ouvir...
— Que ouça, então, o idiota. Quem me dera eu ter ficado na turma do mestre Parsel!

Ido deixou a colher na tigela e virou-se para o aluno.
— Repita o que acaba de dizer — disse com a maior calma.
Os dois rapazes voltaram a comer.

O gnomo então levantou-se, foi até eles e cutucou no ombro o estudante que havia sido rejeitado.

Um calafrio percorreu o corpo do rapaz, que no entanto se virou aparentando indiferença. Tinha olhos extremamente claros, mãos nervosas e uma irritante expressão jactanciosa.

— É com você mesmo que estou falando. Tenha a coragem de dizer a mim também o que acaba de contar ao seu amigo. Diga na minha cara.

O silêncio dominou o refeitório.

O rapaz ficou alguns momentos em dúvida, depois assumiu uma expressão de desafio.

— Afirmei que o senhor errou ao descartar-me na seleção — disse com arrogância. O amigo deu-lhe uma cotovelada mas ele ignorou.

Ido sorriu.

— Não podia imaginar que você era mais sabido do que eu, que já luto há quarenta anos, para avaliar as qualidades de um bom guerreiro.

— A experiência não pode certamente melhorar um combatente medíocre.

Numa mesa próxima, um mestre levantou-se.
– Dohor! Esses são modos de se dirigir a um superior?
– Não, deixe que o menino desabafe – disse Ido sem parar de sorrir. Virou-se novamente para Dohor. – Já lhe disseram que é bom guardar a coragem para a batalha antes de usá-la para bancar o fanfarrão?
Dohor pulou de pé.
– Não sou fanfarrão! Estou plenamente ciente das minhas forças e sei que estou pronto para lutar. Todos aqui podem confirmar que sou o primeiro da turma, todos reconhecem a minha habilidade com a espada e todos pensam como eu: que ser julgado por alguém como o senhor é uma coisa indigna.
O silêncio tornou-se constrangedor.
– Esta linguagem é intolerável! – voltou a trovejar o mestre.
– Pode deixar comigo – respondeu calmamente Ido. Virou-se mais uma vez para Dohor. – Achei que tinha deixado tudo bem claro desde o momento em que me apresentei. Não dou a mínima para janotas como você, que combatem com o livro de técnica no bolso, pessoas com a cabeça cheia de solenes idiotices sobre duelos e honra. Mas vejo que você é mais parvo do que imaginava. Muito bem, não confia no meu julgamento? Longe de mim não querer pôr à prova as minha avaliações! Pegue a sua arma e venha comigo lá fora.
O rapaz ficou em seu lugar.
– Você é surdo? Estou lhe dizendo para acompanhar-me até a arena, onde poderá mostrar o que sabe fazer.
Dohor olhou para o seu mestre, sentado à mesa junto com os demais professores, mas só conseguiu ler no rosto dele uma expressão perplexa.
Quem interveio foi Parsel:
– Ido, o rapaz teve indubitavelmente uma atitude lastimável e será punido. Você, no entanto, não se rebaixe ao seu nível...
– Não estou me rebaixando – replicou Ido, irritado. – Ele quer uma segunda oportunidade. Que seja, ele a terá. Se for o grande guerreiro que afirma ser, demonstre vindo para fora comigo. Aliás, venham todos e julguem vocês mesmos. – Fitou novamente Dohor.
– Estarei esperando por você. Dentro de dez minutos, na arena. – Em seguida saiu do refeitório e foi ao alojamento buscar a sua espada.

Enquanto percorria os corredores desertos, não se sentia nem irado nem ofendido. Estava calmo, talvez somente um pouco decepcionado. Poderia continuar lutando a vida inteira, mas nem por isso iria ganhar o respeito dos outros.

Levou menos de dez minutos para aprontar-se. A arena já estava cheia de gente, mas Dohor ainda não chegara.

Finalmente apareceu, pálido como um trapo. Vestia um apertado jaleco de couro e usava na cintura uma espada que aparentava ser o clássico cimélio de família. Ido acertara em cheio: o pimpolho mimado de algum altivo e emproado comandante.

Parsel fez uma derradeira tentativa de mediação:

– Ido, vai acabar fazendo um papel ridículo... Afinal, é só um garoto que perdeu o sentido das medidas, só isso. Os demais mestres não estão vendo com bons olhos essa sua inesperada atitude.

– Se no meu lugar estivesse qualquer um de vocês, todos louvariam a sua atitude e aplaudiriam os seus métodos educativos. Poupe-me o sermão, você sabe muito bem que estou fazendo a coisa certa e que não se trata apenas de um garoto que perdeu o sentido das medidas.

Parsel calou-se e desistiu dos seus propósitos.

O aluno postou-se no meio da arena e ficou parado, sem saber exatamente o que fazer.

– Então? Vai querer lutar ou não? – provocou-o Ido.

– O senhor não está em posição de combate...

– Os fâmins nunca ouviram falar a respeito... Um grande guerreiro como você deveria estar cansado de saber. Vamos lá, mexa-se.

Dohor começou com uma poderosa estocada que Ido evitou facilmente com um leve deslocamento do corpo. Enquanto desferia o golpe, o garoto já devia perceber que a estratégia não iria dar certo, tanto assim que logo a seguir tentou corrigir com um golpe lateral. Ido limitou-se a pular e Dohor perdeu o equilíbrio. O gnomo apontou então a espada na garganta dele.

– Veja só, parece que venci. Mas talvez você não tenha prestado a devida atenção, não teve tempo para mostrar as suas notáveis qualidades. Vamos fazer uma coisa, que tal a melhor de três?

O rapaz começava a se dar conta do problema em que se metera, pois anuiu não muito convencido.

Os dois separaram-se. Mais uma vez Ido ficou parado no lugar e Dohor tomou a iniciativa do ataque. Tentou um golpe de cima para baixo, mas o gnomo esquivou-se dando um passo para o lado. Desde que aquela farsa começara, não tinha usado a espada uma única vez. Dohor tentou de novo, e de novo, mas Ido era tão fugidio quanto um mangusto. Então, de repente, o gnomo deu um rápido golpe na espada do adversário e ela voou para longe. Mais uma vez encostou a arma na garganta do rapaz.

– Ao que parece a sua mão não é assim tão firme... Dohor arquejava apavorado, a uma braça dele.

– Duas em três, meu rapaz. Parece que venci. Mas não ligue. Sinto-me magnânimo hoje e portanto vamos fazer o seguinte: se você vencer a próxima, vai merecer um lugar na minha tropa. Concorda?

– Eu... – tentou objetar o rapaz, com olhar suplicante, mas Ido não lhe deu tempo para terminar a frase.

– Ótimo, vejo que você concorda. Sou magnânimo, mas não bobo, e desta vez quem vai tomar a iniciativa sou eu.

Ido e Dohor voltaram a afastar-se. Logo que o gnomo reparou que o rapaz estava pronto, em posição de defesa, partiu para o ataque. Como de costume, confiou nos movimentos do pulso. Suas perninhas, que tanta hilaridade suscitavam naquele bando de garotos mimados, estavam bem firmes no chão, e a parte superior do corpo também permanecia praticamente imóvel. Somente o braço se mexia.

Dohor não sabia como reagir, tentava defender-se, mas a espada de Ido era rápida demais e golpeava de várias direções. O rapaz esforçou-se ao máximo, mas só conseguiu recuar, até ficar encostado nas prateleiras de armas à margem da arena. Foi tomado pelo pânico, tropeçou, caiu no chão. Mais uma vez a espada de Ido cutucou seu pescoço.

– Dia infeliz? Como é que um sujeito tão bom não consegue responder a nenhum dos meus golpes? Como isso se explica?

Já quase a ponto de chorar, Dohor ficou calado, ofegante, ainda deitado no chão.

– Não, não precisa procurar outras palavras. Eu mesmo explicarei o que acontece. Acontece que você não passa de um soldado imaturo, de um pobre coitado que se superestima como um idiota.

Acontece que você poderia até ter talento, se não fosse tão fátuo e seguro de si. Ainda tem muito a aprender quanto à técnica com a espada, para não falar da guerra em geral. Em lugar de choramingar porque não o escolhi, agradeça-me, pois salvei a sua vida. Num verdadeiro combate, não duraria nem mesmo o tempo deste duelo.

Ido guardou a espada na bainha e voltou ao refeitório, cercado pelo silêncio geral, só rompido pelos soluços de raiva e vergonha de Dohor.

Depois do episódio da arena, a atmosfera na Academia mudou por completo. Os jovens olhavam para Ido com medo, os mestres evitavam-no. Não era exatamente o que o gnomo esperara, mas o medo era de qualquer forma melhor que o escárnio, e portanto podia se contentar com o resultado conseguido.

A façanha daquela tarde, no entanto, também teve alguns desagradáveis efeitos secundários. Ido percebeu isso no dia em que começou a segunda fase da seleção, durante a qual cada aluno escolhido deveria enfrentar o seu mestre.

O gnomo fez a sua entrada na arena em trajes de batalha, com a longa espada pendurada na cintura. Os alunos já estavam perfilados, uns oitenta ao todo. Reinava o mais absoluto silêncio e Ido ficou surpreso. Deu uma rápida olhada e só viu rostos assustados.

Começou explicando em que consistia a prova, demorou-se em inúteis conversas, mas continuava a sentir-se pouco à vontade, cercado por todos aqueles olhos que o fitavam alarmados. Decidiu afinal que era melhor ir direto ao assunto:

– Você, na primeira fila, dê um passo à frente.

– Eu? – respondeu o rapaz, perplexo.

– Não sou estrábico e estou olhando para você. Então quer dizer que é você mesmo, não acha?

Ido tinha escolhido um aluno bastante habilidoso, um rapazola já crescido, moreno e de pele escura. Achara por bem começar com alguém razoavelmente jeitoso, só para quebrar o gelo.

O rapaz aproximou-se com passo inseguro. Sob a cor pardacenta da pele notava-se uma evidente palidez.

Ido não sabia exatamente qual seria a melhor coisa a fazer.

– Em guarda – disse secamente.

O rapaz obedeceu, meio a contragosto.

O gnomo começou a atacar e o aluno deu a impressão de estar inteiramente abobalhado. Movimentos descoordenados, golpes imprecisos e fora do compasso, um verdadeiro mostruário de tudo o que estava errado na esgrima, até que a sua espada voou para longe depois de uns poucos assaltos.

– E então?! – exclamou Ido, sem entender direito.

O rapaz ficou no meio da arena, de braços caídos ao longo do corpo. Parecia apavorado.

– Queira perdoar... eu...

Ido podia sentir o pavor do garoto de longe. Podia até ouvir as batidas descontroladas do seu coração. Começou a entender.

– Tudo bem, vamos fazer de conta que nada aconteceu. Você está nervoso. Já sei...

Na verdade não conseguia aceitar a situação, mas sabia que insistir no papel de mestre intransigente não iria levá-lo a lugar algum.

– Antes de cada um de vocês se levantar para vir para cá como um bichinho apavorado, vamos deixar bem claro o seguinte: não estou aqui para comer ninguém, nem para humilhar qualquer um de vocês. Esqueçam tudo aquilo que viram nestes últimos dias. É claro que não espero que me vençam. E é igualmente claro que não pretendo envergonhá-los ao derrotá-los. Fiquem calmos e só tentem fazer o melhor que podem. Está bem?

Quase não deu para ouvir o "sim" da garotada.

Ido suspirou. *Que porcaria de encargo eu fui arrumar...*

– Vamos lá, pegue a sua espada e vamos recomeçar. Ataque, estou esperando.

O rapaz procurou reanimar-se, segurou a espada e tentou atacar. Ido, por sua vez, quase não se mexeu. Limitou-se a se defender, sem mesmo fazer muito esforço, de todos os golpes. Depois de uns dez minutos de combate inútil e enfadonho, abaixou a arma.

– Foi tão terrível assim? – perguntou com um sorriso forçado.

O garoto pareceu apreciar a tentativa e, com uma tímida expressão de compreensão, disse um "não" que mais parecia um suspiro de alívio.

– Ótimo. O próximo.

Ninguém se mexeu.

— Vamos lá, o próximo — repetiu com a voz mais peremptória.

Apareceu logo um loirinho magricela mas muito esforçado; Ido já reparara nele durante a primeira fase das seleções. Não era um grande espadachim, mas sem dúvida um ótimo soldado, cheio de ardor e determinação.

O rapaz assumiu um ar concentrado e ficou em posição de ataque. Ido sorriu; finalmente tinha diante de si alguém consciente daquilo que estava fazendo. Começou a duelar com prazer, orgulhoso do seu papel de professor.

A escolha final demorou mais uns três dias e no fim Ido acabou ficando com um manípulo de cento e vinte jovens recrutas, menos da metade do grupo inicial.

Quando viu o pessoal perfilado pela primeira vez, sentiu-se vencer pelo desânimo. Dispunha de mais duas semanas para transformar aqueles garotos em guerreiros, e a tarefa parecia-lhe, no mínimo, muito árdua. Levara meses com Nihal. Claro, naquele caso tratava-se de treinar um Cavaleiro, mas também era preciso lembrar que a semielfo era particularmente dotada. Agora, por sua vez, tinha diante de si uma turma de garotos com uma propensão para as armas apenas sofrível.

Parsel pareceu ler seu pensamento.

— Não precisam tornar-se o núcleo mais forte do exército. Somente bons guerreiros capazes de ajudar as tropas de assalto — disse.

Ido suspirou.

Ido decidiu que os rapazes deveriam receber o treinamento longe da Academia, e a turma transferiu-se para um acampamento na Terra da Água. A decisão foi motivo de uma longa e cansativa disputa com Raven.

O Supremo General criou mil empecilhos, resmungou e disse que afinal de contas os rapazes eram alunos e que portanto o lugar deles era ali, na Academia.

— Precisam tornar-se guerreiros, precisam acostumar-se com certas dificuldades e cenas sangrentas. No *front* terão a oportunidade de familiarizar-se com o ar que se respira na guerra, de forma que estarão mais preparados quando o dia do ataque chegar — replicou Ido.

— Você só está querendo sair daqui — respondeu Raven. — Não suporta este lugar, eu sei, e não está vendo a hora de ir embora. O verdadeiro motivo é este.

— E o único motivo de você criar tantas dificuldades é porque gosta de me atrapalhar.

Parsel viu-se forçado a intervir e apoiou inesperadamente a ideia de Ido. Só assim o gnomo pôde finalmente dar as costas à Academia.

Logo que botou o nariz fora do portão, pareceu-lhe voltar a respirar e sentiu-se melhor ainda quando a própria Makrat ficou para trás. Voou devagar, montado em Vesa, enquanto a caravana dos alunos prosseguia lentamente embaixo dele. Quanto mais se afastava da capital, mais ele tinha a impressão de revigorar-se; até mesmo a tarefa do treinamento parecia-lhe agora menos enfadonha.

Paravam muitas vezes e Ido aproveitava a ocasião para umas rápidas aulas de estratégia, para repassar as noções que os garotos tinham aprendido na Academia. O gnomo sabia por experiência própria que a estratégia era a matéria menos estudada pelos cadetes, que sempre pareciam não pensar em outra coisa a não ser entrar na briga.

Falou então aos rapazes das numerosas batalhas de que participara, explicou a formação dos exércitos e as estratégias escolhidas. Achou a coisa até divertida, era quase como reviver o passado, e experimentou um estranho prazer ao relembrar suas façanhas. Os garotos, além do mais, ouviam-no atentos e não perdiam uma única palavra. Vez por outra alguns deles soltavam uma exclamação admirada ou então faziam perguntas. Ido estava começando a sentir alguma afeição por aqueles garotos.

O gnomo também demorava-se na descrição do inimigo, das suas armas, dos seus guerreiros. Os rapazes já tinham ouvido falar dos fâmins e dos pássaros de fogo, mas eram assuntos sobre os quais a Academia preferia não dar maiores detalhes uma vez que só iriam ser tratados na véspera da primeira batalha, quando se concluía a fase inicial do treinamento.

Os dias de viagem, no entanto, não se resumiam apenas às aulas para as recrutas. Finalmente Ido podia dedicar-se ao seu treinamento. Pensava com ansiedade na batalha que dentro em breve iria empenhá-lo e lembrava com cada vez mais insistência as imagens do Cavaleiro vermelho, que quase esquecera durante os dias passados na Academia. Às vezes ia para o bosque, com Vesa, para treinar, embora não precisasse, a fim de aumentar a própria agilidade. Estava obcecado com a ideia de vencer aquele Cavaleiro, pois o epíteto com que o qualificara no meio da batalha – "covarde" – ainda ecoava em seus ouvidos.

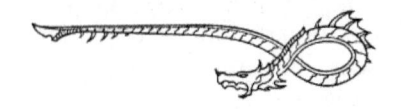

18
O ERRADO

A felicidade de Nihal ao rever Laio logo transformou-se em preocupação. O rapaz estava extremamente pálido, com os braços enfaixados e o casaco todo manchado de sangue.
— O que houve com você? — perguntou enquanto se aproximava.
Laio sorriu.
— É uma longa história.
Como primeira providência, Nihal quis atar o fâmin. Sentia emanar dele sentimentos estranhos, parecidos com aqueles que percebera perto das celas onde os seres estavam trancados, porém mais intensos. A semielfo não conseguia entender de onde surgiam, não compreendia como um fâmin pudesse ser tão desconsoladamente manso e triste.

Depois comeram alguma coisa e, durante a refeição, Nihal e Senar acabaram sabendo de tudo o que acontecera com Laio. O escudeiro descreveu com brio a sua fuga do acampamento, a chegada ao desfiladeiro, a captura, os tormentos, tudo nos mínimos detalhes. Pela expressão do garoto, Nihal compreendeu o orgulho que sentia ao merecer finalmente a admiração deles e reparou que muitas vezes dirigia-se a Senar como que à espera de um reconhecimento. E afinal chegou a hora de falar em Vrašta.
— Acho melhor eu cuidar dessas feridas — disse Senar quando o relato terminou.

Laio fitou-o e só desviou o olhar depois de o mago conceder-lhe um sorriso. Virou-se então para Nihal.
— Está zangada?
Nihal hesitou, antes de responder:
— Não estou bem certa.
— Não foi um capricho — disse Laio, e Nihal percebeu que a voz dele deixara de ser cristalina como antes, era a voz de um homem.
— Quero ser dono do meu próprio destino, foi por isso que fugi.

Além do mais, acredito que posso ser mais útil aqui com você do que no acampamento ou em qualquer outro lugar.
– Entendo... mas veja só como você ficou... – murmurou Nihal.
– Foi o preço da minha escolha. A vida é assim mesmo – disse, antes de afastar-se com Senar.

Os ferimentos não eram graves, a não ser aquele no ombro que corria o risco de infeccionar, mas eram muitos e Senar teve de esforçar-se bastante para cuidar deles todos. Quando o mago acabou, Laio já estava entregue a um sono tranquilo.
Senar juntou-se então a Nihal, perto da fogueira.
– O que tenciona fazer com o fâmin? – perguntou.
– Não vejo outra solução, precisamos matá-lo – respondeu ela com frieza.
– Não acredita no que Laio contou?
– Os fâmins são máquinas de matar, nada mais do que isso.
Nihal estava com vontade de matar desde o momento em que deixara Seférdi e tinha agora a oportunidade de apagar o seu desejo. Tinha reparado no corpo de Laio enquanto Senar o curava: não havia um único farrapo de pele que não tivesse sido marcado pelo açoite ou queimado pelos ferros em brasa. De todas as aberrações, a tortura era aquela que mais abominava.
– Laio sente afeição por aquele ser – disse Senar. – Se o fâmin quisesse nos matar, não iria confessar tudo. Sei que ainda está furiosa devido ao que vimos em Seférdi, mas acho melhor você reconsiderar...
Nihal mandou que se calasse com um gesto de raiva impaciente.
– Sabe tão bem quanto eu que os fâmins são nossos inimigos.
– Sei, mas este salvou a vida de Laio – replicou Senar.
– Pois é, para vir até aqui e nos matar.
– Fale com ele – disse Senar, tranquilo. – Interrogue-o e tente descobrir quais são as suas intenções. Depois poderemos decidir o que fazer.

Só de saber que aquele ser estava por perto, Nihal não conseguia dormir, de forma que decidiu falar com ele sem mais delongas. Despertou-o com um pontapé e ficou parada diante dele. Sua mão correu instintivamente à empunhadura da espada e ela teve de se conter para não matá-lo. Mas havia alguma coisa perturbadora naqueles olhos. A tristeza que ela sentia emanar do fâmin refreava-a, impedindo que desembainhasse a espada e cortasse logo a cabeça da criatura.

– Precisamos ter uma conversa – disse ela.

O fâmin limitou-se a fitá-la, tranquilo.

Nihal sentou-se.

– Você tem nome?

– Vrašta.

A semielfo estremeceu. Era uma palavra da fórmula proibida. Aquele som já bastava para dar-lhe arrepios.

– É uma palavra que o Tirano usa em suas magias – explicou justamente o ser. – Todos os fâmins têm nomes desse tipo, de forma que quando são chamados ficam dominados pelo feitiço e não podem desobedecer.

– É assim que seus comandantes lhes dão as ordens?

– Assim mesmo – disse Vrašta. – Se for uma ordem normal, o fâmin pode até não obedecer, mas quando somos chamados pelo nome não temos mais escolha.

– Veio aqui para nos matar, não é verdade? – perguntou Nihal.

– Não quero machucar Laio – respondeu Vrašta.

– Conheço vocês – começou dizendo Nihal. – Quase três anos atrás dois dignos companheiros seus vieram à minha casa e mataram o meu pai diante dos meus olhos. Acharam graça, riram bastante enquanto o faziam. Sei reconhecer o prazer, a volúpia de matar, e reconheci aquela volúpia nos olhos deles. Vocês são todos iguais: gostam de sangue.

– Eu não gosto de nada. Só me interessa saber que Laio está bem.

– Aproveitou-se de Laio porque ele é ingênuo, mas comigo não funciona. Eu sou um Cavaleiro de Dragão e sei muito bem do que vocês são capazes.

– Por que não me matou, então?

A pergunta pegou Nihal desprevenida. Não conseguia entender direito aquele ser. Sentia que o odiava, mas por outro lado também o considerava parecido consigo mesma. Não lembrava nem um pouco os fâmins que estava acostumada a enfrentar.

— Não sou como vocês — respondeu afinal. — Eu não mato só pelo prazer de matar.

— Você é um semielfo. — Aquelas palavras fizeram estremecer Nihal. — Sei disso porque muitos homens se gabam de ter acabado com vocês — explicou Vrašta.

— Quem exterminou a minha raça foram vocês.

— Não, você está errada — respondeu o fâmin. — Já se passaram muitos anos, mas alguns daqueles que assistiram à chacina ainda vivem e são agora grandes comandantes. Escutei várias conversas deles sobre Seférdi. Muitas cidades da Terra dos Dias foram destruídas pelos fâmins, mas quem quis assolar Seférdi foram os homens.

— Mentira! — exclamou Nihal.

— Levaram consigo uma tropa de fâmins só para criar o pânico, mas eram quase todos homens e entre eles havia muitos magos. O último rei dos semielfos havia banido os magos da Terra dos Dias que queriam vingar-se. Entraram na cidade com os guerreiros mais fortes e deram início à chacina; um dos magos mais poderosos, então, lançou um feitiço sobre Seférdi para que os cadáveres enforcados não apodrecessem e ficassem para sempre pendurados onde estavam.

Nihal desembainhou a espada e apontou-a contra o peito dele.

— Confesse que isso tudo é mentira! — gritou.

— É a pura verdade — disse Vrašta, tranquilo. Nihal sentiu que a criatura não tinha o menor medo da morte. — Nós matamos, mas quem nos manda fazer isso são os homens. Sozinhos, não somos capazes de fazer coisa alguma. Eles nos mandam exterminar e nós exterminamos; eles nos criaram para que gostássemos de matar e nós gostamos; eles ordenam e nós não podemos recusar.

Nihal fremia de raiva, mas sabia que era verdade. Já tivera a chance de encontrar os traidores quando combatia e também estivera com eles na hospedaria onde haviam parado alguns dias antes. Encostou a espada na garganta do fâmin.

— Na verdade você não conhece os fâmins, pois do contrário não teria essas dúvidas — continuou Vraštą. — Existem alguns fâmins que nós chamamos de Errados. Os homens não sabem exatamente o motivo, mas acontece que os Errados não gostam de matar. Falam em sentimentos, dizem que não é justo matar e outras coisas parecidas.

— Fâmins assim não existem — desabafou Nihal, mas na mesma hora em que dizia aquilo a dúvida já se insinuara em sua mente. Aquilo explicava os sentimentos dos fâmins presos nas celas, as emoções que percebia em Vraštą.

— Os Errados dizem que sofrem quando matam. Não querem, mas têm de fazê-lo porque os homens ordenam. Quando um homem nos chama pelo nome, o que sentimos ou queremos deixa de ter significado. — O fâmin fez uma pausa, pensativo. — Sei que não quero matar Laio, só isso.

— Há muitos Errados? — perguntou Nihal.

— Ainda não, mas estão aumentando. Os homens detestam-nos. Mandam-nos lutar e se divertem dando-lhes ordens cruéis, chamando-os pelo nome para que sofram mais. Alguns, no fim, preferem ser mortos.

— Você não é um deles — disse Nihal.

— Não — respondeu o fâmin, mas Nihal leu claramente a dúvida no rosto de Vraštą.

Era um Errado, Nihal podia sentir, mas não queria admitir, assim como não queria acreditar nas palavras dele. Os fâmins eram monstros e ela já os exterminara aos milhares em combate. Mas mesmo assim sabia que Vraštą estava falando a verdade. Mas onde ficava, então, a verdade? Onde ficava o bem e o mal? Seriam então os homens os verdadeiros monstros? Quem matava por livre escolha, como ela, não seria então pior do que os que o faziam porque eram forçados a fazê-lo?

Vraštą fitou-a nos olhos.

— Mate-me — disse.

Nihal ficou em silêncio, pasma.

— Eu não quero matar Laio. Ele me fez conhecer a vida. É amigo meu, explicou-me o que é amizade. Mas se alguém me chamar pelo nome terei de matá-lo e a você também. E não quero. Mate-me.

Nihal apertou o queixo em busca de uma solução que naquele momento não encontrava.

— Sim, claro, não é preciso que você me peça. Preparou-se para desferir o golpe. Segurou a espada com ambas as mãos, de olhos fixos na garganta do fâmin. Iria acabar com ele ali mesmo e não se falaria mais no assunto. Aquele ser era um perigo, precisava ser eliminado. A espada tremeu entre suas mãos.

— Mate-me — voltou a dizer Vrašta. A voz dele era agora humana, perdera os tons guturais que sempre traziam à memória de Nihal a morte de Livon. Quem lhe pedia a morte não era um assassino, apenas um prisioneiro. Nihal abaixou a espada.

— Não. Por enquanto, não quero.

— Mas eu sou uma ameaça... — protestou Vrašta.

— Não deixarei que mate a mim nem aos meus companheiros — disse Nihal. — Enquanto eu estiver por perto, você será inofensivo. — Em seguida afastou-se, acompanhada pela dor do fâmin.

Na manhã seguinte, quando todos já estavam acordados, Nihal comunicou a sua decisão:

— Vrašta irá conosco, será uma espécie de prisioneiro. Não podemos mandá-lo de volta porque falaria a respeito de nós, e se o matarmos... — hesitou. Não gostava de confessar que não tivera a coragem de matá-lo. Viu o olhar esperançoso de Laio e reanimouse. — Se o matarmos, mandarão certamente outros nos procurar e correremos o risco de sermos encontrados.

A explicação não fazia lá muito sentido, mas ninguém achou conveniente criticar.

— Se for o caso, poderemos fingir que nos mantém prisioneiros, isso poderá facilitar a nossa passagem em território inimigo — concluiu Nihal. Não esperou perguntas, esquivou-se dos olhos de Vrašta, que era o único insatisfeito com a decisão, e ficou de pé. Então retomaram a marcha.

Só levaram mais um dia para chegar à Terra da Noite. Até então a luz nos pântanos havia sido crepuscular, mas de repente viram-se cercados pelas trevas. Era uma escuridão estranha. Não havia es-

trelas no céu e tampouco a lua, só uma insólita luminosidade difusa, como numa noite de plenilúnio.
– Chegamos – disse Laio. Nihal virou-se para ele. – Esta é a minha Terra, a Terra da Noite.
Laio fora levado embora daquele lugar quando estava com mais ou menos dois anos e não se lembrava praticamente de nada. A sua família ficara por lá até enquanto conseguiu manter oculto o seu repúdio pelo regime do Tirano, para apoiar a resistência local. Mas, ao surgirem as primeiras suspeitas em relação a eles, os pais tinham preferido proteger a criança e fugir. Haviam encontrado abrigo na Terra da Água, onde o pai construíra a tenebrosa morada na qual Nihal se hospedara. A mãe de Laio morrera durante a segunda gravidez e o menino ficara sozinho com o pai. Pewar costumava falar com o filho daquela Terra que amava, mergulhada em perene escuridão. Junto com os contos, Laio guardara em si a saudade que os imbuía e sempre desejara voltar a ver a sua Terra natal.

Na primeira noite, acampados no pântano e protegidos pela escuridão, Nihal consultou o talismã. Percebeu que o poder dele aumentara. Afinal de contas, metade das pedras já estava firme no engaste. Com efeito, as informações foram muito mais precisas do que de costume: Nihal viu o sul e árvores retorcidas, de galhos esticados para o céu. Uma floresta moribunda.
– Meu pai falou-me muitas vezes a respeito – disse Laio, depois de ouvir a descrição de Nihal. – Há uma grande floresta para o sul, chamada Floresta de Mool. Era uma das matas mais bonitas de todo o Mundo Emerso, mas desde que o Tirano chegou está morrendo lentamente.
Encaminharam-se para o sul. Depois dos primeiros dois dias de marcha, tiveram ideia do que queria dizer viver numa noite sem fim. Era quase impossível dormir com alguma regularidade e acabaram adormecendo de forma aleatória. Além disso, se já era difícil avançar nos pântanos na luz do dia, imagine agora no escuro, sem ver onde estavam pisando. Como se já não bastasse, a orientação era tão difícil que Senar foi forçado a recorrer à magia, com o risco de ser descoberto por outros magos. Perderam várias

vezes o rumo, dando grandes voltas que os levavam ao mesmo lugar. Então as provisões acabaram e tiveram de contentar-se com aquilo que encontravam pelo caminho: raízes e ervas variadas. Vez por outra Vrašta conseguia capturar algum pequeno animal.

Após superarem o rio Looh, viram-se diante de uma planície quase estéril, coberta por uma lanugem sem viço que se esforçava para merecer o nome de grama. Bastante desanimados, prepararam-se para atravessá-la.

Foi por aqueles dias que Vrašta, pela primeira vez, deu sinais de inquietação. Até aquele momento estivera tranquilo e prestativo; só Nihal conhecia o seu tormento interior. O fâmin carregava Laio nas costas, colocava o seu faro à disposição dos companheiros de viagem, marchava sem jamais demonstrar cansaço. À noite, ficava de vigia mesmo quando ninguém lhe pedia. Com o passar dos dias a voz da criatura tornara-se menos gutural e já parecia quase humana, e seus olhos tinham um brilho mais límpido.

— O que o está angustiando? — perguntou Nihal certa noite, enquanto partilhavam o turno de vigia diante da fogueira.

O fâmin olhou para ela, atônito.

— Como assim?

— Sinto que está triste, que está sofrendo.

Vrašta suspirou.

— Estou pensando no meu destino. Ao ficar com Laio, comecei a perceber uma porção de coisas que não entendia e não sei ao certo se realmente queria entendê-las. Talvez tivesse sido melhor eu nunca descobrir o mundo.

Nihal ficou em silêncio.

— Talvez eu seja como os Errados — continuou Vrašta. — Quando me lembro o que me contavam, acho que agora posso entendê-los. Gostaria de não ser o que sou, gostaria de nunca mais ser forçado a matar, mas sei que algum dia terei de fazê-lo. Prefiro morrer. Está disposta a matar-me se eu lhe pedir?

Nihal pensou longamente antes de responder, afinal:

— Não permitirei que nos faça mal.

Certo dia, enquanto avançavam na estepe, Senar reparou que Vrašta ficava o tempo todo cheirando o ar.

– Alguma coisa errada? – perguntou o mago, mas o fâmin sacudiu a cabeça.

Na terceira semana de viagem alcançaram a Floresta de Mool. A pálida luminosidade que pairava sobre aquela Terra de sombras deixava à mostra um emaranhado de galhos desfolhados que teciam tramas negras no céu e se espalhavam a perder de vista. Mesmo asfixiada daquele jeito pelas garras do Tirano, a floresta ainda mantinha uma parte da antiga magnificência.

Nem tudo estava morto, com efeito. À medida que adentravam pela mata, começaram a encontrar alguns arbustos cobertos de folhas. Tinham uma aparência doentia, mas resistiam. Certo dia encontraram uma clareira cercada por árvores frondosas e decidiram parar para descansar.

Vrašta saiu à procura de algum animal e Nihal aproveitou para voltar a interrogar o talismã. Preferia fazê-lo quando o fâmin não estava por perto. A semielfo fechou os olhos e percebeu pelas visões que o santuário não estava longe. Talvez, pela primeira vez, iriam chegar lá sem encontrar obstáculos.

Quando Vrašta voltou, Nihal e Senar logo perceberam que havia algo errado.

– Está tudo bem? – perguntou Nihal e levou instintivamente a mão à espada.

– Tudo – respondeu Vrašta, mas desviou o olhar.

– Tem certeza? – Sacou a espada e apontou-a contra a sua garganta.

– Deixe-o em paz, será possível que ainda não consiga confiar nele?! – exclamou Laio, aproximando-se.

Nihal abaixou a espada. Sabia que Vrašta não receava a morte, que aliás a desejava. Daquele modo não iria conseguir nada com ele.

– Acho melhor retomarmos o caminho – disse.

De forma que desistiram do descanso e seguiram em frente.

Caminharam por um bom tempo, até ficarem exaustos. Pararam então numa clareira mais ampla e despojada do que a anterior. Laio não tinha ainda recuperado completamente as forças e haviam marchado por dezoito horas, quase sem parar. Vrašta continuava inquieto.

Dali a duas horas, somente Nihal ainda estava acordada. Senar entregara-se ao cansaço e dormitava; quanto a Laio, dormia na mais completa paz. Ao que parecia, até Vrašta estava descansando. De repente o fâmin arregalou um olho vermelho na escuridão e levantou-se com um pulo. Respirava ofegando, os olhos já não estavam límpidos e tristes, mas sim ofuscados de fúria.

Logo que o viu, Nihal levou a mão à espada.

– Estão me chamando – murmurou Vrašta. A voz estava rouca, quase um grunhido.

Nihal acordou Senar e Laio, em seguida sacou a espada.

– Quem está chamando? – perguntou a Vrašta.

– Já estão perto – respondeu ele. A sua voz era cada vez mais feroz.

– Seja o que for, vá logo ao santuário – disse Senar.

Nihal virou-se e o viu preparando-se para a luta. Laio estava ao seu lado, sonolento, mas de espada na mão.

– O que quer dizer? – perguntou Nihal.

– Você não pode morrer. Se formos atacados, fuja logo para o santuário – repetiu o mago.

– E vou deixá-los aqui?

– A nossa obrigação é protegê-la – respondeu Laio.

Nihal hesitou.

– Não banque a difícil – insistiu Senar num tom mais decidido, então aguçou os ouvidos.

Nihal ouviu a respiração ofegante de Vrašta atrás dela, a respiração de uma fera acuada. Virou-se e viu seus olhos vermelhos de furor.

– Saia logo daqui! – gritou Senar. Agora já se ouviam claramente passos que se aproximavam entre as árvores.

Vrašta segurou Nihal pelo braço e levou-a para longe dos amigos, onde não pudessem vê-la. Ela desvencilhou-se e só conseguiu uma marca roxa.

– O que deu em você? – gritou.

– Vieram atrás de mim – explicou Vrašta, com uma voz tão feroz que era quase impossível distinguir as palavras. – Pude vê-los ontem, de longe. São os meus colegas da prisão. Estão me chamando. Sabem que os atraiçoei e agora querem que mate Laio, que mate vocês todos. – Deu um sorriso raivoso.

Nihal segurou a espada, mas não deu o golpe. Não tinha medo de Vrašta como inimigo, só receava aquela terrível mudança. O fâmin sacudiu a cabeça e por um momento seus olhos voltaram a ser os de antes, mas havia neles tamanho terror que Nihal ficou com ainda mais medo.

– Trouxe-a aqui para que me mate – disse com uma voz que às vezes voltava a ser quase humana, mas que se misturava com grunhidos assustadores. – Não queria que me matasse na frente de Laio.

– Não posso...

– Mate-me! – gritou Vrašta.

– Você salvou Laio, viajou conosco, até caçou para nós... Não posso... – Tinha matado milhares de fâmins, mas aquele que estava diante dela não era um inimigo. Aquilo não passaria de um assassinato.

– Não quero matar Laio, não quero matar... Acabe comigo! – gritou Vrašta, e sua voz ecoou na floresta.

Nihal ouviu o barulho de espadas e alguns estampidos. Os seus amigos tinham começado a lutar. Ouviu passos apressados entre as árvores, berros guturais e viu Vrašta mudar diante dos seus olhos. Agarrou-a com força e seu rosto transformou-se numa máscara feroz.

– Mate-me. Por que não quer fazê-lo, semielfo maldita? Será que me odeia tanto assim? Daqui a pouco já não serei eu mesmo!

Agora Nihal também podia ouvir o nome de Vrašta ressoar na floresta. O fâmin apertou a cabeça com as mãos e exerceu uma pressão tão grande nas têmporas que o sangue começou a escorrer entre seus dedos. Levantou-se, fitou-a com olhos alucinados e implorou que o matasse.

Nihal pulou de pé, fechou os olhos e afundou a espada até o cabo no ventre de Vrašta. Quando voltou a abri-los, o fâmin estava de joelhos numa poça de sangue e olhava para ela, feliz. Seus olhos estavam mais uma vez límpidos, seu rosto apaziguado sorria.

– Obrigado... – murmurou e tombou no chão.

Nihal permaneceu imóvel. Pela primeira vez entendia o que de fato queria dizer matar. A espada tremia entre suas mãos e ela sentiu-se manchada de sangue inocente. Não ouviu os passos dos inimigos que investiam contra ela e, quando quatro fâmins surgiram entre os galhos despojados, foi pega de surpresa. Levantou a espada diante de si.

Nunca hesitara antes na frente do inimigo; já chegara a recear a batalha, uma vez, mas nunca tivera medo de matar. Desta vez era diferente. Estava farta de sangue, a ideia de voltar a derramá-lo dava-lhe nojo.

Os fâmins lançaram-se contra ela e um machado machucou-a no ombro. Nihal deu um pulo para trás, de espada levantada.

– Não quero lutar com vocês! Vão embora! – gritou.

Em cada um daqueles rostos ferozes ela podia quase ver refletido o sorriso de Vrašta; cada um dos adversários podia ser um Errado que só obedecia às ordens porque não podia agir de outra forma. Como poderia então lutar com eles?

Preferiu fugir. Correu o mais rápido que pôde, ficou toda arranhada nas moitas, caiu, voltou a levantar-se e continuou correndo. Ouvia as passadas dos inimigos bem atrás dela.

Mais um golpe rasgou-lhe o corpete nas costas. Não, era inútil tentar fugir, tinha de enfrentá-los. Virou-se. Quando a viram parada, em posição de combate, os fâmins hesitaram.

– Não quero matá-los. Se seguirem pelo seu caminho, eu não os matarei – disse Nihal.

Como resposta só conseguiu grunhidos de escárnio. Nihal fechou os olhos e começou a lutar. Não queria ver os rostos, tinha medo de reconhecer neles um resquício de humanidade. Levou algum tempo para abater o primeiro, depois investiu contra o segundo, foi ferida novamente mas continuou a combater, até que no chão só havia os corpos dos fâmins mortos. Recomeçou a correr, perseguida pelo nojo que tinha de si mesma.

De repente parou. Percebeu que tinha chegado à meta.

Diante dela havia uma espécie de caverna, as paredes eram formadas pelos troncos de árvores mortas e o teto era feito de galhos trançados. Nihal entrou e continuou a correr; quanto mais corria, mais completa se tornava a escuridão à sua volta.

Teve a impressão de continuar correndo por uma eternidade. O ar assumira uma estranha consistência, envolvia-a como um cobertor, como se fosse água. Tropeçou em alguma coisa e caiu no chão. A queda ajudou-a a superar a crise de tensão: o nó que sentia na garganta se desfez e ela pôde entregar-se a um pranto desenfreado.

Mil pensamentos pululavam na sua mente: a imagem de Vrašta que morria sorrindo, a chacina que acabava de levar a cabo no bosque, os seus amigos que lutavam sozinhos, Laio ferido e torturado, Senar.

Chorou longamente. Continuou a soluçar até pensar que nunca iria parar, que iria ficar para sempre ali, no escuro, derramando suas lágrimas.

Quando de repente ouviu uma voz:

— Quem é você?

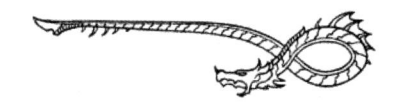

19
GORIAR OU DA CULPA

Laio fez o possível para livrar-se da sonolência e ficou em posição de combate, de espada na mão. Podia ouvir os passos chegando cada vez mais perto.

– Tem certeza de que pode lutar? – perguntou Senar. – Os seus ferimentos ainda não sararam completamente.

Laio sorriu, mas não arredou pé.

– Estou cansado de ser um peso morto. Não vim até aqui para ser protegido.

Senar retribuiu o sorriso, virou-se e preparou a fórmula que iria recitar quando o inimigo chegasse.

Os passos tornaram-se mais rápidos e distintos, acompanhados por uma voz que gritava a plenos pulmões o nome de Vrašta. A voz de um homem. Laio segurou a espada com firmeza. A última vez que entrara em combate não dera uma prova lá muito convincente da sua bravura, mas agora seria diferente.

Sete fâmins surgiram das árvores diante deles e investiram pela clareira. Senar lançou sobre eles um encanto que logo deixou um fora de combate. Os demais ficaram desnorteados e isso permitiu que o mago organizasse a defesa. Atraiu quatro dos fâmins sobre si, ergueu uma frágil barreira defensiva e a batalha começou.

Laio aproveitou a confusão para golpear um dos inimigos de surpresa. Começou então a lutar. Foi como se num instante tudo o que tinha aprendido na Academia lhe voltasse à memória. Defendia e atacava com precisão, compenetrado. Sabia que entre os adversários podia haver alguns Errados, mas esforçou-se para não pensar no assunto.

O primeiro fâmin ainda estava no chão e o escudeiro pôde dedicar-se ao segundo. Era forte e muito mais esperto do que ele no combate, mas Laio podia contar com o ardor e a agilidade. Foi ferido num braço, aproveitou uma distração do fâmin e acertou-o.

Quando viu o inimigo cair, Laio exultou. Havia conseguido. Tinha defendido Nihal.

De repente um golpe de espada atingiu sua perna e o escudeiro compreendeu que ainda tinha umas contas a resolver com o segundo fâmin. Recomeçou a lutar. Estavam ambos feridos, mas o escudeiro acabara de sair de uma longa convalescença. As dores dos antigos ferimentos voltaram a atormentá-lo, a sua vista ficou embaçada e cada movimento pareceu-lhe mais difícil do que o anterior.

Com a força do desespero deu um vigoroso golpe e o fâmin desmoronou no chão. Laio caiu de joelhos, sem fôlego. Levantou os olhos e viu Senar ainda empenhado com dois fâmins; os outros dois estavam aos seus pés.

– Já estou chegando! – gritou Laio para o mago e começou a levantar-se. Naquela mesma hora sentiu uma dor repentina nas costas e seu corpo deixou de obedecer-lhe.

– Acho que desta vez você chegou ao fim da linha como herói – disse uma voz.

Laio desfaleceu sem um lamento. O homem que chefiava a tropa dos fâmins pegara-o por trás e agora estava de pé em cima dele, com um largo sorriso estampado no rosto.

Senar ouvira o grito de Laio e se virara bem na hora para vê-lo tombar no chão. Foi tomado pela mesma raiva que o dominara em Seférdi, não conseguiu ver mais coisa alguma, a não ser o corpo do rapaz prostrado e o sorriso daquele homem, daquele traidor.

Esquivou o golpe do inimigo com um pulo e precipitou-se em auxílio do escudeiro que estava de olhos fechados e com uma larga mancha de sangue nas costas.

Os fâmins se detiveram e o homem chegou perto de Senar.

– Não adianta tentar se defender – disse e então levantou a espada para acabar com ele.

De repente gelou, com o braço parado no ar. Uma estranha salmodia saía dos lábios do mago, um raio verde faiscou das suas mãos e o homem tombou no chão, já sem vida.

Um silêncio mortal tomou conta da clareira. Os fâmins ficaram parados. Já não havia quem pudesse dar ordens, eles não sabiam o que fazer. Senar começou a recitar uma fórmula, primeiro baixinho, e então em voz cada vez mais alta, e nas suas mãos apareceu um pequeno globo de prata luminoso. O globo cresceu e, quando ficou suficientemente grande, Senar soltou-o.

Aquilo que acabava de recitar pela primeira vez na vida, instigado pelo ódio que descobrira dentro de si, era uma fórmula proibida.

A luz espalhou-se pelo espaço em volta, num raio de dez braças, e quando esmoreceu só havia cinzas e corpos carbonizados. Nada de árvores, nada de inimigos.

Naquele silêncio irreal Senar só podia ouvir a própria respiração ofegante. Teve a impressão de ter superado os limites da loucura, de ter mergulhado nos abismos do inferno. Voltou a ser ele mesmo quando teve plena consciência de ter matado, pela primeira vez na vida, e ficou ainda mais horrorizado ao descobrir que não só não se arrependia como também sentia um prazer selvagem, quase um incontido contentamento feroz. Olhou para Laio.

Uma vistosa ferida de espada atravessava de um lado para outro as costas do rapaz e o rosto dele estava lívido. O mago en-costou a mão na cabeça do escudeiro. Ainda estava vivo, nem tudo estava perdido.

Senar olhou à sua volta tentando não perder tempo com o que sobrara do homem e dos fâmins. Tentou raciocinar. O feitiço ao qual recorrera poderia ter sido visto a muitas léguas de distância, ainda mais numa Terra de perene escuridão. Alguém devia ter reparado nele, era melhor se afastar dali. Não podia cuidar de Laio, pois já não dispunha de energia suficiente. Primeiro o combate com os fâmins e depois a fórmula proibida tinham sugado todas as suas forças mágicas. Só restava sair quanto antes dali. O melhor a fazer seria esconder os cadáveres, mas não dava tempo e Senar ficava horrorizado só de olhar para eles. Segurou então Laio entre os braços e começou a correr em busca de algum lugar seguro.

Correu como louco, por um bom tempo, e várias vezes teve a impressão de voltar para lugares pelos quais já passara. Encontrou afinal uma toca, um buraco no chão. Não tinha uma aparência muito animadora, mas era suficiente para abrigar os dois. Primeiro colocou nela Laio, depois também entrou e ajeitou o amigo no chão.

Aquela devia ter sido a toca de algum animal, pois o chão estava cheio de ossos e num canto havia uma espécie de nicho de folhas. Senar deitou Laio ali em cima, encostou-se na parede e tentou recuperar as forças.

Logo que fechou os olhos, voltou a reviver claramente as imagens da batalha: Laio que tombava no chão, o sorriso do homem que o matara, toda a chacina que ele mesmo executara. Nunca tinha matado ninguém até então, nem mesmo o mago que atentara contra a vida de Nereu, e sentiu-se perdido, transtornado só de pensar na facilidade com que acabara de fazer aquilo tudo. Na sua mente ressoavam as palavras ouvidas no passado, de Soana e dos outros mestres: *matar um homem é a maior subversão contra a natureza, a magia do Tirano fundamenta-se no homicídio.* Tinha recorrido a uma fórmula proibida, uma das piores, havia vendido a sua alma ao inferno. E no fundo do peito ainda se regozijava com aquilo. Foi totalmente vencido pelo horror.

Depois de mais ou menos uma hora sentiu-se pronto para um encanto. Primeiro enviou uma mensagem a Nihal, em seguida curvou-se sobre Laio e recitou a fórmula mais poderosa que as suas fracas forças lhe permitiam. Foi então que se deu conta da gravidade do ferimento: atravessava as costas inteiras e era muito profundo; além do mais, Laio tinha sangrado bastante. Senar começou a cuidar dele, mas descobriu que a ferida era refratária à magia. Não se deu por vencido e continuou a recitar o encantamento, concentrando nas mãos, agora quentes e luminosas, toda a energia de que ainda dispunha.

– Quem é você?
Era a voz de um homem, mas tinha em si alguma coisa de desumana. Era tenebrosa, como se chegasse dos recantos mais escuros da noite, a voz dos mortos que se fazia ouvir do fundo das criptas. Nihal não respondeu.
– Por que veio aqui, neste lugar sagrado?
Nihal continuou chorando, em silêncio.
– Refreie a sua dor e fale comigo – disse a voz.
Nihal teve a impressão de sentir um braço que cingia seus ombros. Acalmou-se e fez um esforço para abrir os olhos, mas estava

cercada pela mais total escuridão. Era como se estivesse mergulhada no nada.
— Estou num santuário? — perguntou afinal.
— Este é Goriar, o santuário da Escuridão: a escuridão do Esquecimento, a escuridão da grande consoladora, a Morte que seda qualquer dor, a escuridão de um Sono sem sonhos no qual a alma repousa — respondeu a voz.
— Então preciso de você, pois o meu coração só deseja o nada agora — disse Nihal.
— Qual é o seu nome?
— Sheireen — respondeu, usando o nome que odiava. — Dê-me o esquecimento, sou uma assassina.
Nihal teve uma sensação estranha, como se alguém acabasse de sentar-se diante dela. O braço deslocou-se dos ombros para o rosto e a mão cálida e tranquilizadora roçou na sua face.
— Conheço você — disse a voz. Nihal segurou nas mãos o amuleto, que agora brilhava no escuro. — Vejo que trouxe consigo a minha irmã Glael, tirando-a da solidão.
— Você é o irmão de Glael? — perguntou a jovem.
— Luz e Sombra são a mesma coisa, Sheireen. Ela é a minha metade e ela me nega e afirma ao mesmo tempo. Sem a Sombra a Luz não poderia brilhar tão reluzente, mas sem a Luz a Sombra nunca seria tão nítida.
Nihal baixou os olhos.
— Eu tinha vindo até aqui por causa da pedra, tencionava implorar que me desse, mas agora já não sei o que fazer. As minhas mãos estão manchadas de sangue inocente. Já não sou digna de receber o amuleto.
Achou que as trevas se fechavam ainda mais em volta dela.
— Percebo que o seu coração está cheio de dor e também sei que está dizendo a verdade. A sua espada viu mil mortes, e entre elas também as de quem era inocente. Mas mesmo assim, no fundo da sua alma, você continua pura.
— Não queria matar Vraŝta! — gritou Nihal. — Já era um amigo, estava tornando-se um companheiro, salvou Laio. Eu não queria!
— Eu sei — disse Goriar.

– Não queria matar os fâmins na floresta, não queria matar uns inocentes! – As lágrimas voltaram a riscar sua face. – Desejo o esquecimento. Por favor, faça isso.

A sensação protetora que até então experimentara parou de repente. Sentiu-se sozinha e abandonada.

– Já lhe foi oferecido por Thoolan, mas você recusou – disse a voz.

– O que desejo agora é a inconsciência e sei que pode dá-la a mim – rebateu Nihal.

– Não é disso que você precisa – disse Goriar.

– Quero parar de sentir-me tão suja! Quero parar de sentir-me tão cruel, tão culpada!

A mão segurou seu queixo e forçou-a a levantar a cabeça. Nihal sentiu no rosto o sopro de uma respiração quente. Quando Goriar falou, a voz dele estava muito perto:

– A dor que sente agora e o sentimento de culpa são indispensáveis. Não pode evitá-los. Ao deixar Thoolan, você foi informada de que iria sofrer, mas escolheu mesmo assim seguir em frente. O que a atormenta agora não é nada. Dentro em breve mais coisas irão acontecer, coisas que dilacerarão o seu coração, mas será através desta dor que você aprenderá a viver.

– Sei que estava errada, quando acreditava estar agindo certo ao matar os fâmins, mas agora é tarde demais – disse Nihal.

– É verdade, mas dos escombros desta consciência você pode erguer novas certezas. Já sabe que o mal imbui qualquer coisa, que não foi trazido para cá pelo Tirano, mas sim que está desde sempre presente no mundo.

– O que devo fazer? – perguntou Nihal.

– Cabe a você descobrir. Eu nada posso dizer.

– Sou como os assassinos do meu pai...

– De nada adianta você se demorar nessa dor. Precisa encontrar uma saída, um caminho que a liberte dessa escuridão, rumo à luz.

Nihal começava a acalmar-se.

– Passei a vida inteira sem saber para onde ir... – murmurou.

– É a própria essência da busca que você decidiu empreender. Só quem se sente perdido pode realmente encontrar o caminho.

– E agora?

– Agora precisa pensar, sobre si mesma, sobre o mundo e sobre a sua missão. Eu só posso lhe dizer que a sua alma não se perdeu e por isso mesmo sinto que posso entregar-lhe a pedra.

Nihal enxugou os olhos e a face. De repente viu aparecer diante de si a pálida imagem de um homem. Sobressaía como um vago brilho acinzentado no fundo escuro da caverna e sorria majestoso e comedido. Tinha uma mancha escura no meio do peito.

– Se hoje você não tivesse compreendido aquilo que lhe custou tanto sofrimento, eu não poderia dar-lhe isto. – A mancha escura separou-se do peito e pairou no ar, rumo a Nihal.

"É a pedra que você queria, a quinta gema, e pagou por ela o preço da dor que nasce da consciência. Ela é como uma pequena chama que a levará longe destas trevas. Use-a com discernimento e faça com que cresça dentro de você."

Nihal esticou o braço para a pedra.

– Nunca se esqueça do sofrimento de hoje. Agora só falta completar o ritual – disse Goriar. O seu sorriso tornara-se bondoso.

Nihal segurou a gema na mão e recitou a fórmula enquanto colocava a pedra no lugar. As trevas dissolveram-se e o talismã brilhou de uma nova luz. De repente a semielfo estava sozinha no meio de uma galeria de árvores mortas.

Nihal ficou algum tempo parada na galeria. Estava esgotada, como se aquelas poucas horas tivessem sido longos anos de vida. Precisava de um pouco de calma e sossego. De repente deu-se conta do tempo transcorrido e lembrou-se de Laio e Senar. Estavam em perigo. Senar não era um guerreiro e Laio era somente um escudeiro ferido.

Levantou-se com um pulo e começou a correr de espada em punho.

A floresta estava mergulhada no silêncio. Quando Nihal chegou à clareira onde tudo começara, parou e olhou em volta, atônita.

Nunca tinha visto tamanha destruição. Num raio de dez braças as árvores haviam desaparecido, como se tivessem sido carbonizadas num inferno de chamas. Oito corpos enegrecidos pelo fogo jaziam no chão. A escuridão não deixava reconhecer os traços, mas Nihal tinha certeza de sete serem fâmins, enquanto o último parecia ser um homem.

Chegou perto, receando que se tratasse de um dos seus amigos, mas logo viu a armadura que não era nem de Laio nem de Senar. Estava rasgada no meio. Nihal compreendeu que a chacina devia ser obra de Senar. Ele e Laio deviam portanto estar salvos. Uma fúria como aquela, no entanto, parecia alheia ao Senar que conhecia. O mago não se limitara a defender-se do inimigo: realizara uma matança. Nihal achou aquilo um presságio preocupante.

Foi então que percebeu a fumaça azulada que pairava em volta dela: uma mensagem. Tirou da sacola as pedras para o encanto e leu. O recado era breve e lapidário: "A toca no bosque. Rápido."

Nihal levantou-se imediatamente e procurou o rastro dos amigos. Só encontrou algumas pegadas profundas e confusas, como de quem está arrastando os pés. Começou a correr.

Não demorou muito para encontrar a toca. Enfiou cuidadosamente a cabeça nela.

– Vocês estão bem?

Não teve resposta, mas Nihal vislumbrou num fúnebre reflexo a imagem de Senar agachado em cima de Laio. Todos os indícios encaixaram-se na sua mente e tornaram-se terrivelmente claros. Jogou-se para dentro da toca.

– O que aconteceu? – gritou. Mas a pergunta foi supérflua, pois viu a ferida nas costas de Laio e seu rosto exangue.

– Não dá tempo para explicar, ajude-me! – exclamou Senar.

Nihal estava como que abobalhada, não conseguia tirar os olhos da mancha de sangue no casaco do escudeiro.

Mais sofrimento espera por você lá fora, Sheireen. Haverá coisas que muito a farão sofrer ao sair daqui... Coisas que dilacerarão o seu coração, e sei disso porque vi... As palavras de Thoolan e Goriar turbilhonavam na sua mente.

Senar agarrou-a pelos ombros.

– Vai ou não vai ajudar?

Nihal anuiu, reprimiu as lágrimas, concentrou-se e começou a esforçar-se para curar o amigo.

Senar e Nihal recitaram fórmulas por horas a fio. O mago parecia incansável; o suor escorria farto pela sua face, mas o rosto permanecia concentrado, as mãos firmes.

Nihal não pôde deixar de pensar no que teria acontecido se não se tivesse demorado tanto na galeria das árvores. Naquelas horas teve tempo de lembrar todas as coisas que compartilhara com o escudeiro: o dia em que se conheceram, as experiências na Academia, a viagem para encontrar Pewar e a maneira com que Laio soubera impor a própria vontade ao pai. Lembrou cada batalha, a hora de entrar na luta, quando Laio trazia a espada que acabava de amolar ou quando apertava os cordões da sua armadura e lhe dizia para tomar cuidado. A imagem que guardava dele nada tinha a ver com o rapaz que jazia sob as suas mãos. Aquele não era Laio, não podia ser ele.

No meio daquilo que devia ser noite, não fosse pelo fato de estarem numa Terra onde a escuridão era permanente, Nihal percebeu que Senar estava esgotado. Seu corpo balançava e as mãos tremiam. Só então viu que ele também estava ferido: tinha um braço ensanguentado.

– É melhor você descansar um pouco – disse.

O mago não respondeu nem parou. A luz que emanava dos seus dedos ia ficando cada vez mais fraca.

Nihal segurou a mão dele.

– Não pode ser útil, cansado desse jeito. Descanse.

– Eu...

– Deixe comigo, não se preocupe.

Conseguiu convencê-lo a afastar-se de Laio. Logo que Senar apoiou a cabeça no solo caiu no sono.

O novo dia chegou sem luz, na escuridão que envolvia aquela Terra. Senar foi o primeiro a acordar e por um momento teve a impressão de tudo não passar de sonho. Então viu Nihal sonolenta, ao lado de Laio, e compreendeu quão inelutável era a realidade. Sentia-se descansado no corpo, mas velho e cansado na alma. Afastou delicadamente Nihal e avaliou as condições de Laio. Tinha parado de sangrar, mas a ferida não melhorara. A respiração do rapaz era irregular.

Naquele momento Senar compreendeu e teve a coragem de aceitar o que iria acontecer. Nada mais podia fazer pelo escudeiro. Se os seus encantamentos não surtiam efeito, queria dizer que em breve o fantasma de Laio iria combater nas tropas do Tirano. Recomeçou a cuidar dele, pois prometera a si mesmo que tentaria até o fim, mas sabia que era inútil.

Quando Nihal acordou, Senar não teve a coragem de olhar para ela.

– Como está ele?

– Ainda é cedo para saber – respondeu o mago. – Que tal você sair à procura de ervas medicinais?

– Quando acha que vai acordar? – perguntou Nihal à noitinha.

Senar olhou para ela. Parecia ter escolhido ignorar a verdade, tentando acreditar que Laio estava fora de perigo. Não encontrou palavras para responder.

– Ainda não me contou o que aconteceu na clareira – insistiu ela.

– Laio matou dois fâmins, então o homem que estava com eles golpeou-o pelas costas – respondeu o mago com a voz cansada.

– Quando ele acordar, terei de dar-lhe os parabéns. Está realmente se tornando um grande guerreiro – comentou Nihal com um sorriso.

Senar apoiou a cabeça na parede de terra; quanto tempo poderia ainda durar aquele fingimento?

– Não acha que seria o caso de tentar algum outro encanto? – perguntou ela.

– Já tentei tudo.

A semielfo mudou de expressão.

– Como assim?

– Não conheço qualquer outra fórmula de cura. Fiz o possível. Não há mais nada que eu possa fazer.

– Mas ele ainda não acordou... – protestou Nihal.

Como resposta, Senar limitou-se a olhar para ela, impotente.

– Não fique abatido. Tenho certeza de que tudo vai dar certo – disse ela, mas na sua voz já não havia a segurança de antes.

– Nihal, não faz sentido esperar por uma coisa que não pode acontecer – murmurou Senar.
– Quem disse? Não está se lembrando de todas as vezes que salvou a minha vida? O meu ferimento em Salazar era muito mais grave do que o de Laio.
– A sua ferida era diferente, e além do mais você está errada: Laio está muito pior do que você jamais esteve.
Nihal segurou Senar pelo casaco e sacudiu-o.
– Você é um conselheiro, um dos magos mais poderosos deste mundo. Deve haver alguma coisa que ainda possa fazer, ora essa! Você conhece milhares de encantamentos!
Senar não mudou de expressão.
– A ferida dele não pode ser curada – disse baixinho.
Nihal deu-lhe um bofetão.
– É o meu escudeiro, salvou a minha vida! É meu amigo! Não posso permitir que morra!
Senar não respondeu e desviou os olhos.
Nihal continuou, com mais veemência:
– Precisa fazer alguma coisa! Não pode desistir enquanto ele estiver respirando, não pode deixá-lo morrer!
– É a coisa que mais desejaria na vida, mas quanto mais recito fórmulas mais sinto a sua vida se esvair. É como tentar conter um rio caudaloso apenas com as mãos.
Nihal começou a chorar.
– Não... não quero... – murmurou com uma voz que nem parecia a dela.

A esperança brotou de novo no terceiro dia. Logo que acordou Nihal distinguiu dois pequenos pontos luminosos na escuridão da toca. A mão correu rápida à espada, receando que algum inimigo os tivesse descoberto, mas logo compreendeu que a luz era o reflexo nos olhos de alguém, o reflexo da vaga claridade que penetrava no esconderijo através de uma fenda na toca.
– Laio! – gritou. Precipitou-se sobre ele e afagou sua cabeça.
Um fraco sorriso animou os lábios do rapaz.
– Nihal...

Senar também acordou e, ao ver o escudeiro vivo e consciente, também acreditou que nem tudo estava perdido. Por alguns instantes todos eles encontraram conforto naquela esperança. Laio estava muito fraco e mal conseguia falar. Era continuamente acometido por acessos de tosse que lhe tiravam o fôlego e pareciam sufocá-lo. Perguntou logo acerca de Vrašta. Nihal não soube o que responder. Senar também olhava para ela interrogativo, de forma que acabou dizendo que o mandara controlar se ainda havia inimigos nas redondezas e que não demoraria a voltar. Laio pareceu acreditar, mas Senar assumiu uma expressão desconfiada. Por sorte de Nihal, nenhum dos dois quis levar o assunto adiante.

Nihal e Senar voltaram a recitar fórmulas de cura, achando que o pior já tinha passado e que o amigo não demoraria a se recobrar. A ferida, no entanto, não apresentou qualquer melhora, aliás começou a infeccionar.

– Lembra as ervas que usou quando Nihal ficou ferida? – perguntou o mago a Laio.

O escudeiro sussurrou uns nomes e fechou os olhos, como que para recobrar as forças.

– Vá procurá-las e traga quanto mais puder, junto com a água. Fique atenta, ainda pode haver inimigos por aí – disse o mago a Nihal.

A jovem saiu furtivamente da toca.

Senar voltou ao trabalho, mas viu que Laio ficara pensativo.
– O que está havendo comigo? – perguntou de repente.
O mago receava a pergunta. Ficou calado.
Depois de um curto silêncio, a débil voz de Laio se fez ouvir novamente:

– Já fui ferido, na prisão onde me torturaram. Mas agora é diferente... – Fez uma pausa para tomar fôlego. – É como se já não tivesse corpo, nem sinto a dor do ferimento... Sinto-me como se estivesse a ponto de adormecer.

Senar continuava calado.

— Quais são as minhas condições? — insistiu o rapaz, tentando pôr um pouco mais de energia na pergunta. — Fale a verdade, eu preciso saber!

Senar continuou a cuidar dele.

— A sua ferida é longa e profunda, não consigo fazer com que sare. Está ficando infeccionada e já não tenho mais fórmulas para recitar.

Laio ficou por alguns momentos em silêncio. Tinha uma expressão ainda mais séria do que antes.

— Acha que vou sair desta? — perguntou afinal.

— Não sei, acredito que sim — disse Senar com um sorriso forçado.

— Se vou morrer, quero saber — murmurou Laio.

Senar lembrou o combate na clareira, pensou na segurança que vira nos olhos do escudeiro e em como de repente reconhecera nele um homem.

— Não há nada que eu possa fazer — disse afinal.

O mago viu Laio fechar as pálpebras para segurar as lágrimas, mas uma delas saiu das pestanas e escorreu pela face.

— Se eu fosse um homem de verdade não estaria com medo... — acabou dizendo o escudeiro.

— Somente os idiotas não têm medo de morrer — rebateu Senar.

— Nihal nunca teve medo de morrer.

— E não vê nenhum motivo de alegria nisso.

Laio tentou sorrir.

— Lutou muito bem na clareira, para não mencionar tudo o que fez por nós quando foi capturado. O seu medo não pode apagar o que você foi capaz de fazer.

— Gostaria de acreditar nisso... — disse Laio. Mais um acesso de tosse engasgou-o.

— Ninguém vai poder dizer, agora, que você não é um verdadeiro homem — concluiu Senar, e desta vez quem teve de conter as lágrimas foi ele.

Laio sorriu, parecia quase calmo.

— Não conte a Nihal que chorei.

— Não contarei.

Nihal já perdera a noção do tempo. Devia ter passado pouco mais de um dia desde que Laio voltara a abrir os olhos, mas não tinha certeza. Tinha a impressão de estar enfurnada naquele buraco e naquela escuridão havia séculos. Senar ocultara a entrada da toca com uns galhos e acendera uma pequena fogueira mágica que espalhava uma luz azulada. As folhas e os arbustos amontoados na entrada, no entanto, impediam a circulação do ar e lá dentro fazia um calor insuportável. Havia vezes, além do mais, em que Nihal percebia o ruído de passos na terra acima deles. Provavelmente devia ser algum animal, mas a semielfo não estava tranquila. Logo que alguém descobrisse a matança na clareira, os inimigos iriam ao encalço deles.

Senar dormia encolhido num canto; tombara no chão enquanto ainda cuidava de Laio, pálido e esgotado como Nihal nunca o vira antes. Haviam aplicado um emplastro de ervas na ferida do escudeiro e também continuavam insistindo com os encantos. Em volta do ferimento aparecera um halo amarelado que começara a espalhar-se rapidamente pelas costas todas. Nihal recitava as fórmulas mágicas sem muita convicção.

Laio estava de olhos fechados.

— Pare de curar-me — disse de repente.

— Como...?

— Chega de encantos, por favor — insistiu Laio.

— E como pensa sarar se eu não cuidar de você? — disse ela, fazendo um esforço para sorrir.

— Já não sinto mais nada do pescoço para baixo, mal consigo mexer os dedos... Eu lhe peço, pare com isso.

Nihal obedeceu. Tirou as mãos da ferida e ficou em silêncio.

— Que viagem mais inútil a minha... — murmurou Laio.

Nihal estava a ponto de chorar.

— Não diga bobagens.

— Queria tanto ajudar, mas, longe disso, nas Terras livres só fui um estorvo, então deixei que me agarrassem e corri o risco de fazer com que o inimigo os descobrisse. Agora sou a causa da sua permanência forçada aqui. — As palavras acabaram num acesso de tosse e as folhas embaixo do seu rosto mancharam-se de sangue. Quando recomeçou a falar a voz estava ainda mais fraca: — Só juntei-me a vocês para que assistissem à minha morte.

– Você não vai morrer.
– Queria chegar até o fim, com você, e ajudá-la a vestir a armadura no dia da última batalha, como me escreveu na sua carta.
– Retomou o fôlego. – Queria vê-la finalmente vencedora e feliz. Nem mesmo consegui protegê-la.
– Você salvou a minha vida, consolou-me quando estava sozinha, foi um verdadeiro amigo. Fez muito... Senar contou-me dos fâmins na clareira. Você é um guerreiro, um herói. – Agora Nihal chorava.
Laio sorriu, depois voltou a ficar sério.
– Diga a verdade: Vrašta morreu?
Nihal anuiu.
– Já imaginava... – disse Laio com tristeza, em seguida ficou calado por alguns instantes. – Pode abraçar-me? – disse enfim a Nihal.
O escudeiro tentava sorrir, mas Nihal viu o medo nos olhos dele. Levantou-o devagar, segurando-o entre os braços. Laio apoiou a cabeça no ombro dela.
– Não está doendo... Agora estou bem – disse ele. A sua respiração estava calma e regular.
Nihal segurou-o bem apertado por um bom tempo, até sentir o corpo dele imóvel entre os braços.

20
UM MOTIVO PARA CONTINUAR

Nihal teria gostado de tributar a Laio as honras que cabiam aos Cavaleiros, queimando seu corpo numa pira funerária como havia sido feito com Fen. Mas a Terra à qual se encontravam estava entregue a uma perene escuridão e era impossível acender mesmo uma pequena fogueira sem chamar a atenção. De forma que Nihal só podia oferecer a Laio uma simples sepultura capaz de protegê-lo dos inimigos naquela que havia sido a sua Terra natal e para onde o escudeiro mal tivera tempo de voltar.

Esperaram mais um dia antes de sair do esconderijo, em parte porque a dor pela perda tirava-lhes a força e a vontade de retomarem o caminho, e também porque sentiam a terra acima das suas cabeças tremer sob as passadas dos inimigos. Estavam sendo perseguidos, grupos de fâmins enxameavam pela floresta à procura deles.

No dia seguinte Nihal ajeitou o corpo de Laio e colocou entre suas mãos a espada com que lutara como herói alguns dias antes. Cortou uma mecha dos próprios cabelos e deitou-a no peito dele, para que uma parte dela ficasse com o amigo.

Quando saíram cuidadosamente da toca, tudo em volta era silêncio. Evidentemente a caçada deslocara-se para algum outro lugar. Nihal começou a acumular a terra diante da entrada com as mãos. Arranhou os dedos, quebrou as unhas, mas continuou cavando e amontoando terra e seixos até ocultar por completo a abertura e selar para sempre a toca que iria guardar os restos de Laio.

– Já chega – disse Senar de repente, segurando-a pelos ombros. Sentou-se diante do túmulo, concentrado. – Pensei muito a respeito durante esse tempo todo que ficamos ao lado dele. Se eu não fizer alguma coisa, irá tornar-se um fantasma. – Baixou os olhos. – Não conheço fórmulas para salvar os vivos, mas talvez conheça uma capaz de trazer a paz ao espírito dos mortos. Algum tempo atrás li uma fórmula proibida que permite selar de forma inviolável as almas dos falecidos. Comentei com Flogisto, mas ele disse que era melhor eu esquecer o assunto, pois era fruto do mal. Mas não posso deixar que Laio se torne um fantasma e combata nas fileiras do Tirano. Vou tentar selar o seu espírito.

Virou-se para Nihal, como que a buscar o seu consentimento para aquilo que tencionava fazer, mas o rosto da jovem continuou impenetrável.

— Vai ser demorado e acho que depois terei de ficar algum tempo sem poder usar a magia. Só lhe peço que fique atenta, no caso de alguém se aproximar.

Nihal anuiu. Senar chegou mais perto do túmulo e tentou lembrar a fórmula que lera somente uma vez. Depois de já ter recorrido à magia proibida na clareira, estava disposto a repetir o erro para salvar o espírito de Laio.

Quando começou a pronunciar a fórmula, uma ladainha que gelava o sangue nas veias, Nihal abaixou a cabeça e tapou os ouvidos com as mãos. O mago continuou a recitar, com a alma cheia de raiva e desespero. E foi justamente graças a este desespero que a fórmula dobrou-se à sua vontade e a barreira começou a tomar forma sob seus dedos. Iria impor ao túmulo um selo que só se quebraria no dia em que o Tirano fosse aniquilado; o espírito de Laio voltaria então a ser livre. O feitiço levou uma hora e esgotou todo o seu poder mágico, despojando-o da esperança que até aquele momento lhe servira de arrimo. De repente Senar sentiu que a magia o abandonava, ficou desamparado e perdido, suas mãos ficaram geladas e a fórmula se concluiu. Laio estava salvo.

— Acabei — disse, triste e esgotado.

Nihal não fez comentários.

Ficaram mais algum tempo diante do túmulo. Senar foi o primeiro a sair daquela espécie de torpor.

— O que é puro não pode resistir neste mundo — disse, sem saber se falava consigo mesmo, com Nihal ou com o amigo que estavam a ponto de deixar. — Talvez você fosse o único capaz de salvar o Mundo Emerso, as suas mãos eram limpas e o seu espírito, inocente.

Levantou-se e forçou Nihal a fazer o mesmo.

— Precisamos ir, acho que ouvi alguém se aproximando.

Retomaram o caminho.

Marcharam em silêncio, na escuridão, um atrás do outro, de sentidos aguçados. Não foram poucas as vezes em que tiveram de esconder-se no bosque, atrás das moitas, porque haviam ouvido passos ou barulhos suspeitos. Estavam cansados de matar e não tinham a menor vontade de combater. A espada que balançava e batia em sua perna parecia agora a Nihal um peso morto. Senar estava ferido, mas tendo esgotado os poderes mágicos não podia curar-se e limitava-se a usar algumas ervas como aprendera a fazer com Laio.

Levaram mais três dias de marcha para chegar ao Ludânio, o grande rio que cortava no meio a Terra da Noite. Anunciou-se como um largo álveo ressecado, cheio de pedras pontudas. No passado devia ter sido um rio imponente, mas agora não passava de um regato quase seco, que mal dava para se avistar ao longe, correndo naquele leito pedregoso com mais de duas milhas de largura. Atravessaram-no o mais rápido possível, pois, a céu aberto, eram uma presa fácil.

Então chegaram propriamente à água. O rio malcheiroso e turvo escorria preguiçosamente entre a grama amarelada das margens. A Nihal lembrou o regato dos esgotos que havia em volta de Salazar, no qual mergulhara ao fugir, depois da morte do pai. Não pararam para descansar, seguiram imediatamente em frente e atravessaram o outro lado do leito seco. Daquela vez a marcha a céu aberto durou um dia inteiro e, quando ficaram de novo entre as árvores moribundas daquela que havia sido a Floresta de Mool, respiraram aliviados.

Continuaram a avançar pelo bosque, só parando quando estavam exaustos. Mesmo assim às vezes, enquanto um dos dois dormia, deviam retomar a marcha, pois tinham ouvido o barulho de vozes ou de passos. Completaram aquela viagem desalentadora em silêncio, mas não era o silêncio de quem não tem nada a dizer. Ficavam calados porque compartilhavam da mesma dor e sabiam que nenhuma palavra poderia confortá-los.

A viagem continuou assim por dez dias. Avançaram por uma mata cada vez mais espessa de árvores mortas e moitas secas e espinhentas, mas pelo menos não foram mais surpreendidos por vozes e passos repentinos. Tudo indicava que o inimigo tinha decidido procurar por eles em algum outro lugar.

A escuridão os exasperava com aquela eterna sombra insuportável. O ar parecia cheirar a bolor e podridão, como se a treva fosse capaz de mofar qualquer coisa. De forma que, quando chegaram novamente à luz, tiveram a impressão de poder voltar a respirar. No décimo dia, com efeito, vislumbraram uma leve claridade iluminando o oeste, como uma pálida e paradoxal alvorada que não despontava a oriente mas sim a ocidente.

– Já estamos quase na fronteira – disse o mago. – Acho melhor você consultar o talismã.

À medida que avançavam, a claridade tornava-se mais intensa, conferindo contornos mais definidos àquilo que os cercava: as árvores sobressaíam com precisão contra o céu e já era possível distinguir algumas cores. Era como nascer de novo, num mundo que parecia diferente de como o lembravam; na luz, até mesmo a desolação em que estavam mergulhados parecia mais tranquilizadora. A floresta deu os primeiros sinais de alguma animação, como se estivesse acordando depois de um longo sono: manchas de verde surgiam de repente entre samambaias amareladas, galhos cobertos de folhas apareciam na ramagem ressecada.

No dia seguinte a luz estava mais intensa e a vegetação mais viçosa. Estavam marchando em silêncio. Senar na frente e Nihal atrás, quando o mago parou de repente.

– Alguma coisa errada? – perguntou Nihal com a mão já apoiada na espada.

Senar virou-se, no rosto o primeiro sorriso depois de muitos dias.

– Espere aqui – disse e desapareceu entre as moitas.

– Aconteceu alguma coisa? – voltou a perguntar Nihal, de espada na mão.

– Não se preocupe! – respondeu uma voz distante.

Nihal ficou sozinha no bosque, segurando a espada, sem saber o que fazer. Olhava preocupada para as moitas entre as quais o mago desaparecera, e quando deixou de ouvir qualquer barulho chamou, mas não teve resposta.

– Senar! – voltou a gritar. – Senar!

Então ele reapareceu entre os arbustos. Tinha alguns arranhões no rosto e as mãos riscadas de sangue; mantinha-as fechadas junto ao peito e segurava alguma coisa.
Nihal correu para ele.
– O que está acontecendo? – perguntou irritada.
Senar voltou a sorrir e esticou os braços abrindo as mãos. Nihal viu alguma coisa vermelha.
– O quê...
– Será que depois de tanto tempo já não se lembra de quando íamos catá-las na floresta? – perguntou Senar. – São framboesas.
Aquelas frutinhas trouxeram à sua memória muitas lembranças. Olhou Senar e teve a impressão de revê-lo do jeito que era quando se conheceram, antes de aquela história toda começar. Acariciou-lhe a face com a mão.
– Não quero que se machuque de novo por minha causa... – disse, enquanto roçava num arranhão com a ponta dos dedos, e em seguida o abraçou.

Sentaram-se no chão para comer as framboesas. Enquanto aquele sabor intenso, doce e ao mesmo tempo um tanto azedinho, enchia-lhes a boca, Senar voltou a ficar sereno, depois de muito tempo. Tinha perdido a esperança e quisera mergulhar na dor até o fundo, mas agora sentia que era preciso voltar à tona e pensar de novo nos motivos da viagem. O mundo no qual vivia não era perfeito e tampouco ele próprio, principalmente agora. Mas ainda havia alguma coisa ou alguém que precisava ser salvo, que não merecia desaparecer. Não devia deixar-se dominar novamente pelo ódio, precisava manter-se confiante sem nunca se render. Acreditando nisso, quem sabe se no fim não acabariam criando realmente uma nova época, uma realidade melhor.
Olhou para Nihal que comia framboesas em silêncio.
– Não se deixe abater – disse de repente. – Estamos passando por um momento muito ruim, mas se nós também ficarmos entregues ao desânimo então tudo acabou.
Nihal parou de comer.
– Não consigo deixar de pensar em Laio, em tudo o que enfrentamos juntos. Sinto a falta dele...

Senar baixou os olhos.
— Laio morreu depois de alcançar o seu objetivo. Conseguiu protegê-la, derrotou os seus medos e tornou-se um guerreiro. — Fitou-a nos olhos. — Precisamos seguir em frente e aceitar a dor, antes de mais nada, por ele. Quando deixou Thoolan para trás, você fez uma escolha, optou pela vida. Não torne inútil essa decisão.
Nihal contou então para o mago a morte de Vrašta e a batalha antes de chegar ao santuário.
— Estou cansada de sangue, de morte, de guerra. Estou cansada de matar — concluiu, e o tom da sua voz estava mais sereno.
Senar desviou o rosto e voltou a olhar para o chão. Nihal observou-o, preocupada, e também baixou os olhos.
— Se não fosse dramático, seria quase engraçado... — murmurou o mago.
— O quê?
Senar fitou-a.
— Na clareira onde eu e Laio os enfrentamos, matei um homem e os fâmins que estavam com ele — hesitou. — Usei um feitiço proibido. — Nihal levantou imediatamente a cabeça. — Não fiz isso para defender a mim mesmo ou a Laio, fiz levado pela vontade de matar, porque desejava que nada sobrasse deles. — Proferiu as palavras com raiva, mas também com uma espécie de trágica calma. Sabia que Nihal iria entender, pois compartilhava a mesma dor. — Como está vendo, enquanto você descobria o horror de matar, eu experimentava pela primeira vez a volúpia de fazê-lo — concluiu o mago com um sorriso cheio de amargura.
Nihal ficou olhando para ele, em silêncio.
— Também sou um assassino agora, mas não vou deixar que isso me impeça de seguir adiante, pelo menos enquanto houver alguém que precise de mim.
As suas palavras morreram no ombro de Nihal, que o abraçava, segurando-o com força.
Ele também abraçou-a, acariciou-lhe as costas, acompanhou a curva suave da espinha, subiu de novo para os ombros, para então demorar-se com doçura no pescoço, roçando em seus cabelos. Naquela hora sentiu que precisava dela, desejou senti-la o mais perto possível de si. Estava a ponto de beijá-la quando, de repente, Nihal desvencilhou-se do abraço e afastou-se. Estava com a face

vermelha e não teve a coragem de olhar para ele. Senar também abaixou o rosto e fechou os olhos. Recuperou a calma, chamou a si mesmo de tolo e botou umas framboesas na boca, sempre de cabeça baixa.

— Que tal acamparmos aqui mesmo?... — perguntou Nihal baixinho, com a voz aturdida, quase espantada.

Acabaram de comer em silêncio. Pela primeira vez depois de quase um mês viram um pôr do sol e a escuridão baixou sobre a perturbação de ambos.

À noite, depois de um jantar parco e calado, desdobraram o mapa e procuraram analisar a situação. Estavam perto da fronteira com a Terra do Fogo; graças aos contos de Ido, sabiam que havia por lá pelo menos uns cem vulcões e que todos eles eram forjas. O povo do mestre de Nihal construíra as cidades nos vales, entre um e outro vulcão, e as ligara com pontes e galerias.

— As vias de comunicação devem estar sendo vigiadas e cheias de inimigos — observou Senar.

Nihal suspirou.

— Alguma ideia?

Senar fitou algum ponto indefinido na escuridão diante dele.

— Nenhuma.

Depois de alguns instantes de silêncio, de repente Nihal empertigou-se.

— O sistema de abastecimento de água! — exclamou.

Senar olhou para ela, sem entender.

— Ido falou-me a respeito — continuou ela. — Foi construído pelos gnomos da Terra dos Rochedos para os habitantes da Terra do Fogo. É um sistema de canais subterrâneos que atravessa toda a região e a liga à Terra dos Rochedos.

— Mas não sabemos onde fica a entrada — objetou o mago.

— Sabemos sim — respondeu Nihal com um sorriso. Indicou um local no mapa. — Ido me mostrou. Não fica longe da fronteira com a Terra da Noite.

Senar olhou para ela.

— Está dizendo que vamos ter de ficar embaixo da terra? — disse sem o menor entusiasmo.

— Não há outro jeito — respondeu Nihal. — Ou pelo menos é o jeito mais seguro.

Até então, sempre haviam mantido turnos de vigia, mas naquela noite Senar não resistiu. Entre o cansaço da viagem e as emoções da tarde, tinha ficado totalmente esgotado. Bem no meio do seu turno, foi vencido pelo sono e adormeceu com a maior serenidade, com a cabeça apoiada num tronco. Infelizmente, não poderia ter escolhido hora menos apropriada.

Só se salvaram devido aos sentidos aguçados de Nihal. Ela acordou de repente, desperta por uma sensação de perigo que não conseguia identificar. Sacou logo a espada e sacudiu Senar.

— O que foi? — perguntou ele, bocejando.

— Não sei... — respondeu a semielfo. Ficou atenta. — Você já recuperou os seus poderes?

— Não totalmente, mas acho que já posso dispor de umas fórmulas ofensivas dignas deste nome — disse o mago.

Nihal levantou-se com um pulo.

— Fuja! — gritou, e ambos saíram correndo.

Os inimigos logo apareceram e seus berros e passos apressados ressoaram claramente na floresta. Nihal não tivera tempo de contá-los, mas distinguia pelo menos três vozes e ouvia passos chegando de quatro direções diferentes.

A semielfo alcançou Senar e segurou-o pela mão. Não queria perdê-lo, iriam fugir juntos. Correram em disparada, às cegas. Para qualquer lado que se dirigissem, parecia haver moitas e arbustos barrando o caminho. Os perseguidores eram fâmins, Nihal sentia isso, e esta era a razão pela qual não queria lutar. Estava horrorizada com a ideia de voltar a matar.

Os passos e os gritos tornaram-se cada vez mais próximos. Nihal sentiu-se agarrar pelo tornozelo, perdeu o contato com a mão de Senar e caiu no chão. O mago parou e naquela mesma hora o fâmin preparou-se para dar o golpe de machado. A jovem, no entanto, foi mais rápida: virou-se, apontou a espada e teve tempo para trespassar o adversário. O fâmin desmoronou e Nihal pulou imediatamente de pé. Continuaram a fugir.

– Acha que ainda estamos longe das cisternas da Terra do Fogo? – perguntou Senar, ofegante.

Uma flecha assobiou acima das suas cabeças. Senar evocou uma frágil barreira que mal conseguia protegê-los.

– Umas duas milhas – respondeu ela sem parar de correr.

– Não temos a menor chance...

Um barranco interrompeu a corrida e os dois rolaram por algumas braças encosta abaixo. Nihal conseguiu agarrar-se a uma raiz saliente e segurou Senar. Ouviram os passos se aproximando acima deles.

– Posso tentar... – murmurou Senar.

– O quê? – arquejou Nihal.

– O Encantamento de Voar – respondeu o mago.

– Acha que vai conseguir?

– Não temos muita escolha. Preciso conseguir concentrar-me sobre a fronteira e o local exato que você mostrou no mapa.

Senar fechou os olhos. Os passos ficavam cada vez mais perto e ouviam-se vozes cada vez mais ameaçadoras. O mago recitou a fórmula e num piscar de olhos os dois jovens desapareceram.

De repente estavam num lugar cheio de luz, uma planície deserta sem qualquer resquício de vegetação. Depois de tantos dias na escuridão, ficaram ofuscados.

A primeira a reabrir os olhos foi Nihal. Virou a cabeça e viu a floresta. Estava a umas cem braças atrás deles. Ouviu a respiração ofegante de Senar ao seu lado.

– Você está bem? – perguntou.

O rapaz precisou de alguns momentos para recuperar o fôlego.

– Estou, mas por hoje parei com os encantamentos.

– Ainda não estamos muito longe, precisamos fugir. – A semielfo levantou-se e forçou Senar a fazer o mesmo.

Recomeçaram a correr. O local onde estavam era até mais perigoso do que o outro de onde acabavam de sair; não havia abrigos, nada que pudesse servir de esconderijo, o terreno era plano e deserto e eles eram uma presa fácil.

– Gostaria de ter me saído melhor, mas não me lembrava do local exato e não conheço a região – desculpou-se Senar, ainda arquejando.

– Pelo menos saímos de lá – rebateu Nihal.

Os poços que permitiam a entrada aos canais subterrâneos da Terra do Fogo não deviam estar longe, mas, quando olhava em volta, Nihal só conseguia ver confusamente os contornos das coisas naquela luz insuportável onde tudo parecia fundir-se como que numa miragem. De repente notou alguma coisa que se destacava no horizonte, densas nuvens negras e altas montanhas. Senar arrastava-se atrás dela, exausto.
— Acha que ainda falta muito? — perguntou o mago.
— Não faço a menor ideia... — respondeu Nihal num sopro.
De repente a semielfo sentiu o chão abrir-se embaixo dos seus pés. Ela e Senar caíram, mergulharam na escuridão. A última coisa que Nihal sentiu foi uma forte pancada na nuca, depois mais nada.

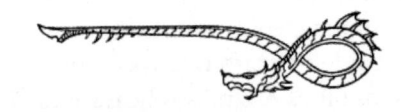

PARA O FUNDO

Na cidade de pedra todas as coisas são da cor da montanha. Aqui, mais do que em qualquer outro lugar, fica patente a engenhosidade e a grandeza da arte dos gnomos. As ruas, sempre cheias de pessoas alegres e festivas, ressoam com o burburinho das crianças e, ao meio-dia, o rei manda tocar um sino cujo som espalha-se rapidamente para todos os cantos da cidade.

Geografia do Mundo Emerso, parágrafo XXXVII,
da Biblioteca Real da cidade de Makrat

21
OS GUERREIROS DE IDO

Ido e os seus alunos levaram uma semana para chegar ao acampamento e logo descobriram que a frente de batalha tinha recuado ainda mais. Como era de esperar, os rapazes ficaram perturbados. O sangue, os feridos, os mortos amontoados, as espadas embotadas pelo uso, o medo... eram todas as coisas que no ambiente protegido da Academia jamais tinham tido a possibilidade de imaginar.

– Esta é a guerra, aquela coisa suja que na Academia querem apresentar como um lindo balé de espadas. Não há regras quando você luta, nem lealdade. Só há vida ou morte. Esqueçam a honra e os manuais de esgrima, só procurem guardar na cabeça o motivo pelo qual combatemos – disse aos alunos que o fitavam amedrontados.

Também deu umas voltas com o seu pelotão pelas aldeias, entre os escombros fumegantes e os cadáveres deixados a apodrecer nas ruas. Mostrou aos rapazes o desespero dos sobreviventes, os órfãos e as viúvas, os olhos arregalados sobre o nada de quem perdeu tudo.

Alguns desviavam o olhar, outros à noite soluçavam em suas tendas. Era justo que fosse assim. Devia ser assim. Um guerreiro que não encontra amparo no horror pela guerra e pela injustiça não pode lutar dando o melhor de si.

Diante das lágrimas de um dos seus mais jovens discípulos, Ido foi duro e objetivo:

– Pense bem antes de chorar. Procure assimilar no coração aquilo que vê e pergunte a si mesmo a razão de este horror acontecer. E depois de pensar direito, pergunte a si mesmo o que pode fazer para que esta tragédia não se repita. Descobrirá então que não está usando a espada só porque seu pai lhe deu uma antes mesmo de você aprender a andar, ou porque quer ser mais forte do que os outros ou para que as moças o admirem quando passeia na rua, mas sim por um motivo muito mais elevado e digno.

Ido procurava transmitir aos alunos tudo o que aprendera durante os seus longos anos de guerra, e aquele trabalho o exaltava, porque não se tratava apenas de treinar soldados, mas sim de formar homens que algum dia poderiam ter em suas mãos o governo da paz, se porventura ela chegasse. *Talvez fosse melhor eu fazer isso mais vezes, quem sabe com mais alunos*, surpreendeu-se a pensar certo dia. Afinal de contas, não seria uma boa maneira de resgatar o seu passado?

Depois chegaram as longas horas de treinamento prático, dos embates de todos contra todos para que aprendessem a se movimentar entre inimigos que atacam de todos os lados. Ido era um mestre severo. Esperava dos discípulos o rigor e o empenho que exigia de si mesmo. De forma que, entre combates e aulas teóricas, acabava deixando-os exaustos.

— Ser guerreiro não é nada fácil — dizia quando alguém se queixava.

Além do adestramento, Ido também acompanhava os últimos preparativos para a batalha. A primavera já estava no fim e a data marcada para o ataque se aproximava. Houve muitas reuniões de planejamento e Ido, com o seu grupo de mais ou menos quatrocentos homens, entre os quais os jovens da Academia, foi escalado para a primeira linha. Os aspirantes-a-Cavaleiro, que já podiam montar dragões, iriam por sua vez ajudar no combate contra os pássaros de fogo. Naquela altura o acampamento era um verdadeiro caos: uma ensurdecedora balbúrdia entre ordens gritadas e o contínuo rumorejar das dúzias de dragões amontoados nos estábulos.

Quando Ido comunicou aos seus homens a data do ataque e a posição que iriam ocupar na formação, percebeu o medo espalhando-se entre as fileiras.

— Não somos verdadeiros guerreiros — protestou alguém.

— São sim. O treinamento que lhes dei é mais do que suficiente e ainda podem contar com as noções da Academia — replicou Ido.

— Sim, claro, mas ficar logo na primeira linha... — queixou-se outro.

— Para isso mesmo foram selecionados e treinados. Vocês não

são soldados comuns, não se esqueçam. – Ido passou lentamente em revista os rostos amedrontados dos rapazes. – Precisam vencer seus receios. Fizeram uma escolha bem precisa quando entraram para a Academia. Decidiram arriscar a sua vida por um ideal e agora chegou o momento de pagar o preço desta escolha. O medo é uma reação normal e justa. Mostra a medida do seu amor pela vida, e nesta profissão precisamos amar a vida. Mas os temores precisam ser mantidos sob controle. Vocês todos são partes de um único corpo e, como na vida, a morte de um permite que os outros sigam em frente. É só nisso que precisam pensar. Não lutem em vão. Seja como for, já dispõem de todos os instrumentos necessários para não serem mortos.

O tempo passou rápido. A fria primavera daquele ano amenizou-se lentamente nas primeiras quenturas do incipiente verão e o dia da batalha finalmente chegou.

A base fervilhava de homens e máquinas de guerra. Antes mesmo do alvorecer já se ouvia o matraquear de ordens e disposições, enquanto os dragões eram levados de um lado para outro do acampamento.

Ido acordou cedíssimo, com o coração a mil. Não se sentia assim desde quando, ainda muito jovem, combatia nas fileiras do Tirano. Levantou-se e chamou a si mesmo de bobo.

O ar estava carregado de eletricidade. Era uma grande batalha e todos percebiam isso.

Ido foi ver sua tropa e encontrou todos acordados e agitados.

– Entendo a sua ansiedade, mas precisam esforçar-se para manter a calma. Afugentem os pensamentos de morte ou qualquer outra coisa que possa distraí-los da batalha. Agora só existem as suas espadas e o inimigo, e mais nada. Concentrem-se no domínio do seu próprio corpo, mantenham-se lúcidos, não se deixem dominar nem pelo medo nem pela euforia da matança. Não é para isso que foram chamados a lutar.

Viu cento e vinte rostos que anuíam, muito sérios, de olhos arregalados.

Ido sentia falta de um escudeiro, desde que Laio fora embora, de forma que pediu ajuda a um dos seus alunos, o rapazinho loiro que se oferecera para duelar com ele. Então ficou sozinho, a polir a espada. Era um hábito, quase um ritual que sempre repetia antes do combate. Ajudava-o a relaxar e a encontrar a devida concentração. Depois do encantamento de Soana a arma tinha adquirido uma transparência opaca, parecia mais leve e reluzia na penumbra da tenda. Passar um pano na lâmina, no entanto, não o ajudou a acalmar-se. Sentia uma ansiedade surda, algo que se assemelhava de modo inquietante com a irrequieta vontade de lutar que experimentava quando ainda militava nas hordas do Tirano.

Mesmo quando se juntou a Vesa, o seu estado de ânimo não melhorou. O dragão estava tão irrequieto quanto o seu Cavaleiro.

– Será que estamos ficando velhos? – brincou Ido enquanto lhe acariciava as escamas vermelhas. – Já houve um tempo em que era suficiente olharmos um nos olhos do outro para ficarmos tranquilos.

O dragão bufou e o gnomo ficou mais uns instantes com ele, o suficiente para a necessária concentração antes da batalha.

Levou mais de uma hora para todos ocuparem os devidos lugares e Ido aproveitou esse tempo para dirigir-se à sua tropa e formá-la da melhor maneira possível. Vislumbrou muitos rostos conhecidos nas fileiras. Soana estava lá, ocupada a evocar encantos para as armas, com mais um grupo de magos em volta. Mais longe havia Mavern, que tinha sido colocado no comando da tropa dos Cavaleiros de Dragão mais jovens. Mais adiante via-se Nelgar, naquele dia escolhido como comandante. E então os olhos de Ido repararam em algo estranho.

Havia um guerreiro que não conhecia, montado num baio. Vestia uma armadura azulada, finamente cinzelada, e segurava uma longa espada cheia de frisos. Quando o guerreiro levantou a celada do elmo, Ido o reconheceu e sentiu um aperto no coração. Cabelos castanhos encaracolados, um rosto ingênuo de menino. Gala.

O gnomo achava que o assunto estava encerrado. Durante uma das últimas reuniões, Gala levantara-se pedindo para participar da batalha.

– A minha mulher morreu por este reino e até agora eu não fiz coisa alguma a não ser ficar planejando nos aposentos seguros do meu palácio. Enquanto isso o meu povo não para de morrer. Não posso continuar só olhando – dissera.
Todos sabiam que desde a morte da mulher Gala já não era o mesmo. Amara-a muito e vê-la desaparecer daquele jeito, dissolvida no ar pela lança de Deinóforo no dia da primeira batalha contra os fantasmas, simplesmente acabara com ele.
– Majestade, vós não sois um guerreiro e o reino precisa da vossa liderança. Não podeis dar-vos ao luxo de morrer – tentara convencê-lo Mavern.
– E se a minha Terra for derrotada? O que sobraria de mim? O meu lugar é ao lado do meu povo.
Naquele dia não haviam conseguido demovê-lo dos seus propósitos, mas Ido acreditava que no fim Theris, a ninfa que representava a Terra da Água no Conselho dos Magos, conseguira convencê-lo.
– Tentamos tudo, acredite.
Ido virou-se. Nelgar estava ao seu lado.
– Ele foi irredutível – explicou o superintendente.
Ido suspirou.
– De certa forma, dá para entender. Querer compartilhar o destino com o seu povo é muito nobre, mas também é imensamente bobo. Na verdade aquele homem só quer morrer.
– Não há nada que possamos fazer, a não ser deixar que a sua sina se cumpra. Hoje entrará na luta. Só nos resta esperar que sobreviva. Tentaremos defendê-lo da melhor forma possível.

A alvorada encontrou o exército em formação de combate. O céu era como uma capa de chumbo e havia no ar um chuvisco leve mas insistente. O acampamento ressoava com o rumorejar surdo da água que tamborilava nas tendas e nas armaduras.
Ido respirou fundo. Diante deles o inimigo perfilava-se como uma maré cinzenta entremeada pelos pontos pretos dos Cavaleiros de Dragão. Um, dois... três. Três Cavaleiros. Pelo menos quanto a isso estavam parelhos. Mesmo daquela distância, o gnomo podia distinguir claramente Deinóforo, vermelho de fogo. Estava na frente de todos, caberia portanto a ele comandar as tropas inimigas.

O gnomo continuou olhando. Centenas de fâmins irrequietos e atrás deles os animais alados que não paravam de levar ao céu seus gritos estrídulos. Finalmente, os fantasmas. Muitos, como de costume. Ido não se demorou a olhar para eles, ainda não conseguira acostumar-se com aquela visão. A sua mente se recusava a aceitar aquele horror.

Deram a ordem de aprontar-se. Ido desembainhou a espada e de repente reencontrou a calma.

Finalmente.

Os fâmins soltaram seu brado de guerra. Alguns rapazes atrás de Ido deram sinais de inquietude.

— É só para impressionar, não se preocupem — disse para afugentar os seus medos.

Um momento de silêncio antecedeu o início da luta. Era sempre assim. Um silêncio que parecia uma eternidade, durante o qual cada um era invadido por milhares de pensamentos. A vida, a morte, os amigos, os amores... Na mente de Ido só havia lugar para uma mancha vermelha de fogo.

Então veio a ordem de atacar, e a batalha teve início.

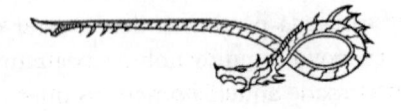

22
DUELOS

O choque entre os dois exércitos foi violento e a batalha desenrolou-se sangrenta desde o começo. Como já se esperava, Ido teve de enfrentar os pássaros de fogo ao mesmo tempo que liderava os seus homens. No começo o ataque das novas tropas do gnomo foi indeciso; os rapazes hesitaram diante daquela maré de chamas que avançava, de forma que Ido foi forçado a defendê-los dos primeiros assaltos.

– Não posso protegê-los para sempre! Vamos lá, ânimo! – incitou-os.

Abriu-lhes o caminho com uma labareda de Vesa, depois voltou a cuidar da situação no céu.

Não gostava de lutar na chuva. Era um esforço a mais para Vesa e a água diminuía a visibilidade. Só levou alguns momentos, no entanto, para Ido concentrar-se unicamente na batalha. Tinha agora plena consciência de si mesmo, sentia o reconfortante peso da espada na mão e, na empunhadura, a superfície áspera onde havia sido gravado e depois raspado o juramento ao Tirano.

Lutou com o empenho costumeiro levando o caos às fileiras dos pássaros de fogo. Ao lado dele, Mavern tampouco se poupava. No chão, a rinha continuava furiosa. De vez em quando, porém, o gnomo não podia deixar de lançar o olhar além das linhas, à procura de um vislumbre vermelho. Finalmente o viu, distante e indistinto. Deinóforo ainda não entrara em campo. Guiava os seus da retaguarda, dava as ordens e observava o cenário.

Ido bem que queria avançar logo contra ele, mas achou por bem adiar o confronto. Não podia prejudicar o desenrolar da batalha apenas devido à gana pessoal de duelar com aquele adversário. Lutou longamente no céu, depois decidiu que podia deixar os pássaros por conta de Vesa. Deu uma palmada no pescoço do dragão e pulou no chão controlando a posição dos seus homens.

Levou-os então à carga, espada em riste, e avançou com fúria contra a maré de fantasmas que invadia a planície, cinzenta como a própria chuva.

A luta corpo a corpo continuou por horas a fio, com os Cavaleiros enfrentando os pássaros de fogo no céu e a infantaria rechaçando pouco a pouco os inimigos para trás. Não demoraria muito para o sol se pôr.

Tudo estava correndo bem e Ido sentia-se quase exaltado. Pelo visto, os seus homens não haviam sofrido muitas baixas. Deinóforo estava agora mais perto, imóvel no seu dragão negro, na chuva. Uma baforada de fumaça avermelhada saía com regularidade das ventas dilatadas do animal. Mas o Cavaleiro continuava a olhar impassível diante de si sem mexer um músculo sequer.

Não quer vir? Então eu mesmo irei buscá-lo. Mal tinha formulado o pensamento quando uma labareda passou raspando nele. Olhou para cima. Um Cavaleiro estava pondo duramente à prova os alunos da Academia montados nos dragões.

– Vesa! – chamou. Pulou no animal e investiu contra o Cavaleiro inimigo, com Mavern ao seu lado.

Talvez fosse porque estavam todos muito atarefados ou talvez porque no meio de uma batalha tão furiosa era impossível ficar protegendo um rei que a dor tornara insano, mas acontece que até aquele momento Gala havia sido extraordinário. No começo os generais tinham feito o possível para protegê-lo, mas ele parecia possesso.

Nunca recebera um verdadeiro treinamento militar e não podia certamente ser chamado de guerreiro, mas estava sendo animado pela força do desespero. Investira contra o inimigo sem qualquer hesitação. E até que se saíra muito bem. Matara muitos adversários. Aproximara-se da primeira linha e, mesmo ali, na garupa do seu cavalo, tinha levado adiante a sua matança. Mostrava-se tão forte e invencível que muito em breve os generais tinham deixado de seguir seus movimentos. Afinal de contas aquele homem tinha escolhido o próprio destino na mesma hora em que decidira enfrentar a batalha. E, sendo assim, que o seu destino se cumprisse.

Mas ninguém sabia o que Gala estava procurando, no que consistia realmente a sua busca. Era fácil imaginar, mas ninguém tinha pensado naquilo. A não ser o inimigo.

Gala ficava o tempo todo de olhos fixos em Deinóforo. Quando o viu muito perto galopou rumo a ele.

– Estou aqui para desafiá-lo, maldito! – gritou.

Jogou contra ele uma lança que pegara no chão, ao se aproximar, e errou de longe. Refreou o cavalo.

– Como quiser – respondeu calmo o Cavaleiro. Pulou para o chão e deixou que o seu dragão voltasse sozinho para ajudar as suas tropas no céu. – Deve estar fazendo isso pela sua mulher... – comentou enquanto sacava a espada escarlate.

Gala não respondeu. Estava cheio de raiva e sentia-se forte o bastante para vingar a morte de Astreia.

– É justo – acrescentou Deinóforo. – Afinal, o que nos impele a agir é justamente a vingança.

Levantou a espada em sinal de saudação e Gala fez o mesmo. A arma tremia entre suas mãos. O rei soltou então um brado e investiu contra Deinóforo.

Trocaram algumas estocadas de ensaio e provavelmente Gala achou até que estava se saindo muito bem. Na verdade Deinóforo quase não se mexia, brincava de gato e rato. Mantinha-o a distância com movimentos elegantes, detendo um golpe atrás do outro, sem nunca atacar. Gala, por sua vez, atacava como um possesso, sem parar, enquanto lágrimas de raiva escorriam pela sua face de menino. O rosto de Astreia, o dia em que ela morreu e os mil momentos passados juntos, a Terra da Água ainda exuberante, imagens de tristeza e alegria misturavam-se na sua mente e incitavam-no a lutar até ver o inimigo morto no chão. Talvez, então, ele também pudesse jazer em paz e juntar-se à mulher que tanto amara.

Mais uma estocada do rei não acertou no alvo e o duelo teve uma pausa repentina. Gala respirava ofegante, enquanto Deinóforo mostrava-se totalmente dono de si.

– Pois bem, dei-lhe a oportunidade de desabafar. Agora é a minha vez. Acabou a brincadeira – disse o Cavaleiro.

Então tudo aconteceu num piscar de olhos. A espada de Deinóforo rodopiou traçando reflexos rubros na penumbra do entardecer e Gala tentou inutilmente detê-la. Uma derradeira estocada rasgou-lhe o ventre. Nem teve tempo de gritar. Caiu de joelhos aos pés do inimigo.

— Morreu com honra, pois foi vencido pela mão do mais forte guerreiro no campo de batalha — disse Deinóforo, e em seguida deixou Gala numa poça de sangue.

O dragão negro pousou a poucos passos de distância. O homem montou nele e voou até Nelgar.

— Já está escurecendo, não faz sentido continuar — disse com a espada na bainha.

Nelgar ficou parado, no ar, incapaz de dizer nem uma palavra sequer.

— O rei de vocês está morrendo e daqui a pouco a noite vai chegar. Concedo-lhes que levem o corpo embora. Poderemos continuar a batalha amanhã.

Em seguida, como chegara, desapareceu. Silenciosamente, as suas tropas retiraram-se, voltando a tomar posição nas mesmas linhas que ocupavam de manhã. Um silêncio de morte tomou conta do campo enquanto os últimos raios de sol abandonavam a terra.

Levaram Gala para a sua tenda. Ainda estava vivo quando foram buscá-lo no campo. Chamaram uns sacerdotes e a própria Soana, mas todos assumiram uma expressão pesarosa ao perceberem o tamanho da ferida que Deinóforo infligira.

Gala passou a maior parte da noite delirando e gritando de dor.

— Matem-no! Que alguém o mate e vingue Astreia! — berrava nos raros momentos de lucidez.

A isso seguiu-se a imobilidade dos últimos estágios da agonia, a respiração transformou-se em estertor e finalmente só houve frio e silêncio.

Ido ficara do lado de fora da tenda. Já parara de chover e o acampamento era um verdadeiro lamaçal.

— A Terra da Água não tem mais rei — disse Nelgar, lacônico, ao sair da última morada de Gala.

Ido cobriu o rosto com a mão. Primeiro Astreia, agora Gala. Ninguém sobrara para governar aquele pequeno reino, àquela altura espremido contra os Montes do Sol. Haviam assumido a respon-

sabilidade de ajudar o rei, de protegê-lo, e longe disso deixaram-no só, à mercê da sua loucura.
Não se pode deter um homem desesperado.
Pois é, talvez fosse verdade, mas nem mesmo haviam tentado. Ido nem desconfiara que naquela batalha Gala tinha o mesmo objetivo que ele próprio. Tinham ficado no encalço do mesmo homem. Tudo parecia tão claro agora.
O gnomo apertou os punhos e pensou nas últimas palavras de Gala.
Eu irei matá-lo por você, amanhã, e você e a sua mulher poderão finalmente descansar em paz.
Antes de voltar à sua tenda, Ido passou em revista as suas tropas. Só haviam sofrido umas vinte baixas, quase todos meninos.
Não tinha muito a dizer, elogiou o comportamento dos veteranos, assim como dos novatos, mas estava mais abatido do que de costume, não estava inclinado a conversas. Voltou então para a barraca e deitou-se. Na manhã seguinte a batalha iria recomeçar bem cedo e ele precisava descansar.
Não conseguiu adormecer. Pensava em Deinóforo e no seu absurdo código de honra. O Cavaleiro tinha chegado perto de Nelgar de espada na bainha e pedira uma trégua por um inimigo morto. Um gesto de piedade totalmente inesperado. Os gritos do rei moribundo voltaram à sua mente. Algo fazia com que o gnomo se sentisse muito chegado ao rei menino, os dois compartilhavam o mesmo ódio. Haviam procurado o mesmo inimigo durante a batalha. Gala o encontrara e isso provocara a sua morte. Era mais um inocente sacrificado.
"Matem-no! Que alguém o mate e vingue Astreia!"
Aquelas palavras de Gala eram para ele. Havia errado em não atacar Deinóforo, em ficar ocupado com os fantasmas e os fâmins. Deveria ter investido logo contra o Cavaleiro de Dragão Negro, sem perder tempo. Mas no dia seguinte não iria cometer o mesmo erro. Só então conseguiu adormecer, enquanto lá fora a chuva recomeçava a encharcar o acampamento.

Quando Ido acordou ainda chovia. Era muito cedo e o gnomo dedicou-se à espada. Estava muito calmo naquela manhã, como sempre lhe acontecia quando estava prestes a tomar alguma decisão importante.

Deu um cuidadoso polimento na armadura toda manchada de lama no dia anterior e fez uma rápida visita a seus alunos. Quando alcançou as tropas, tudo estava exatamente como no dia anterior. Parecia até que nada tinha acontecido naquelas vinte e quatro horas: as mesmas linhas nas quais os exércitos estavam posicionados, a mesma chuva fina que escorria nas armaduras e enlameava o terreno. Só que, no exército das Terras livres, havia mais tristeza. A morte do rei tinha enchido de desânimo o coração de todos.

Ido mantinha os olhos fixos em Deinóforo, parado na mesma posição do dia anterior.

Foi dada a ordem de ataque e Ido avançou acompanhado dos seus. Desta vez Deinóforo também esporeou o seu dragão e começou logo a lutar. O combate seguiu desde o começo um caminho diferente. As tropas das Terras livres custavam a revidar os ataques do inimigo e os primeiros soldados começaram a morrer sob os golpes dos fantasmas e dos fâmins.

Deinóforo estava por toda parte, com o seu dragão fustigava os adversários lá de cima, mantendo-se, porém, afastado da luta.

Desta vez, Ido não hesitou. O seu objetivo estava bem claro na sua mente e iria alcançá-lo a qualquer custo. Centenas de pássaros de fogo impediam que se aproximasse do homem, mas isso não era um problema para o gnomo, que além do mais não estava sozinho para enfrentá-los. De forma que diminuiu paulatinamente a distância, sempre sem tirar os olhos do inimigo, chegando cada vez mais perto das amplas voltas que o dragão negro dava sobre a planície.

Ido quase esquecera os seus homens no chão. Vez por outra, incitava-os dando-lhes algumas instruções, mas Deinóforo centralizava todos os seus pensamentos e muito em breve o gnomo sentiu-se sozinho no campo de batalha, como muitos anos antes.

– Os seus homens, Ido! Cuide dos seus homens! – gritou alguém de longe, mas ele não ouviu.

Estava cansado de esperar, cansado de perder tempo com aqueles malditos pássaros. Forçou Vesa a dar uma guinada e dirigiu-se sem mais demora para o inimigo. Deu-lhe um primeiro golpe de advertência, como já acontecera da primeira vez em que seus caminhos se cruzaram.

Deinóforo defendeu o golpe e virou-se para ele.

– Vejo que faz muita questão de medir forças comigo.

Ido não respondeu. Um som estranho ressoou surdo sob a celada de Deinóforo. Estava rindo.

– Afinal, é um adversário de todo respeito, apesar da sua covardia – acrescentou o Cavaleiro.

Ido atacou esquecendo qualquer indecisão. Deinóforo estava pronto e defendeu-se sem maiores dificuldades. A dança das espadas começou enquanto os dragões tentavam ferir-se mutuamente.

Daquela vez Ido estava furioso, mas também dono de si e não cometeu erros. Era como se estivesse olhando para o duelo de longe e podia prever facilmente qualquer movimento do inimigo. Eram iguais. Mesmo estilo de combate, mesma gélida calma na ação.

Afastaram-se sem qualquer resultado prático, com os dragões que arquejavam pelo esforço.

– Pensando bem, eu também tenho velhas contas a resolver com você – disse Deinóforo. A sua voz estava levemente ofegante. – Você traiu o meu Senhor, dedicou-se à causa desses vermes da terra.

Ido riu.

– O que eu fiz não é traição, mas sim arrependimento, recuperação da loucura.

Retomaram o combate, precisos e impecáveis como antes. O ritmo ficou mais rápido, as espadas moviam-se frenéticas na chuva. Nenhum dos dois, no entanto, conseguiu acertar: cada golpe, de ambos os lados, era invariavelmente defendido.

Voltaram a separar-se, mas desta vez Ido tentou algo novo. Lançou Vesa contra o dragão negro e incitou-o a morder a pata do animal inimigo. Agora que estava mais perto do adversário, o gnomo voltou a atacar de surpresa, cada vez mais rápido.

As cavalgaduras, no entanto, já não garantiam a mesma firmeza e Ido custava a manter o equilíbrio.

Que diabo! Como é que Nihal consegue lutar nestas condições?

Afinal, Vesa teve de largar a presa, mas arrancou um pedaço de pele do dragão negro.

– Acha que conseguiu alguma coisa, Ido? – gritou Deinóforo com escárnio.

A ferida do dragão sarou diante dos olhos do gnomo.

Os dois avaliaram-se por alguns instantes, com a respiração ofegante. Estavam cansados e ainda não tinham conseguido acertar um golpe válido uma única vez. Ido sentiu a espada tremer em suas mãos.

Preciso acabar com isto!

Investiu contra o inimigo gritando e o duelo recomeçou com irritante monotonia. A batalha continuava selvagem embaixo deles, mas os dois não a ouviam.

Os gestos tornaram-se mais imprecisos, alguns golpes acertaram no alvo de ambas as partes, mas sem conseguir feri-los. Os dragões revoavam um em volta do outro numa dança infinita. Então um golpe de Deinóforo cortou um dos cordões da armadura de Ido e o gnomo afastou-se.

– Já começou a recuar? – escarneceu o Cavaleiro.

Preciso acabar com isto... estou cansado.

Ido examinou atentamente a armadura do adversário, que não deixava à mostra qualquer pedaço da pele: devia ser uma couraça mágica, como a de Dola. Contrariando os seus hábitos, o gnomo decidiu jogar a sua última cartada: a força. Segurou a espada com ambas as mãos.

O inimigo investiu contra ele e Ido enfrentou-o com todas as energias de que ainda dispunha. Quando o gnomo conseguia acertar nela, a couraça do adversário soltava estranhos reflexos.

Nesta altura, porém, estavam ambos bastante cansados e os golpes iam ficando cada vez mais imprecisos. Deinóforo arriscou uma estocada direta, que Ido tentou desviar, mas a espada do Cavaleiro mudou na mesma hora de direção.

O gnomo viu a arma vir ao seu encontro, na direção da sua cabeça, dos seus olhos. Apontou instintivamente a espada contra a mão inimiga.

Viu um clarão e ouviu um grito desumano, então teve a sensação de músculos, ossos e tendões rasgados pela sua lâmina. Sentiu ao mesmo tempo uma terrível fisgada de dor na cabeça, um sofrimento indescritível que o deixou sem fôlego. Tudo ficou vermelho, como se o mundo inteiro se manchasse repentinamente de sangue, e em seguida preto ao precipitar para um espesso e escuro nada. Tentou abrir os olhos enquanto era tragado por aquele vazio. Vislumbrou a mão vermelha que voava no ar e então rodava para o chão, ainda segurando a espada. Finalmente foi vencido pela dor e mergulhou na inconsciência.

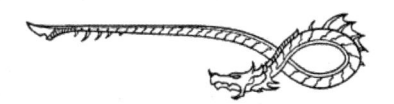

23
NA ÁGUA E NO ESCURO

Antes mesmo de abrir os olhos, Nihal teve a desagradável sensação de mergulhar numa escuridão que lhe enchia a boca, a garganta. Percebeu um peso no abdome e só então procurou entender o que havia acontecido. Quando descerrou as pálpebras e olhou em volta teve a confirmação: trevas. Logo agora que tinham finalmente voltado à luz, depois de um mês de escuridão. Apalpou o ventre e sentiu uma mão, tateou em volta até encontrar uma cabeleira desgrenhada. Senar.
– Senar... – chamou baixinho. – Senar...
Ele se mexeu.
– Tudo bem? – perguntou a voz cansada do mago.
– Tudo, e você?
Senar tirou a mão e Nihal ouviu o frufru das roupas dele no escuro.
– Acho que está tudo certo – disse o mago. – Você faz ideia de onde acabamos nos metendo? – perguntou após alguns instantes.
– Dê alguma luz e logo saberemos.
Senar apoiou-se na parede de pedra.
– O que houve com os truques mágicos que antigamente você também fazia? A corrida e o encanto deixaram-me esgotado... Cuide você mesma da iluminação.
Nihal evocou uma tímida chama azulada. Brilhou na palma da sua mão e uma tênue claridade espalhou-se por algumas braças em volta deles. Estavam numa espécie de galeria, deviam ter ficado rolando por algum tempo após a queda, pois havia um montículo de terra solta ao lado deles. O túnel era baixo e estreito, tanto assim que para percorrê-lo teriam de avançar de quatro, e era certamente artificial: as paredes mostravam as marcas de pás e picaretas.

— Só pode ser uma das galerias para o abastecimento da água — disse Senar.

— Mas não há água nenhuma...

— Ido partiu desta Terra há mais de vinte anos, muitas coisas podem ter mudado desde então, quem sabe alguns canais tenham ficado fora de uso.

Nihal virou-se para Senar. O mago estava pálido e cansado.

— Talvez seja melhor pararmos aqui mesmo, por enquanto. Podemos continuar depois de recuperarmos as forças — propôs, e o mago concordou.

A jovem, no entanto, só conseguiu ficar parada por umas poucas horas, depois decidiu sair em exploração. Deixou Senar entregue a um sono reparador e começou a examinar aquela parte da galeria pela qual haviam entrado. Não precisou andar muito, pois só tinham rolado por uma dúzia de braças; naquele ponto o corredor parecia dar uma guinada para cima e a subida tornava-se bastante íngreme. Pôde ver, lá no topo, o buraco no qual haviam caído, e a luz repentina que por ele filtrava ofuscou seus olhos.

Nihal ficou por alguns momentos olhando para a luz, em seguida voltou ao local de onde partira e explorou o duto na outra direção. Avançou bastante, mas não foi uma coisa fácil, pois a passagem ia se estreitando cada vez mais. Parou na primeira bifurcação, com medo de perder-se, e aguçou os ouvidos. Ouvia-se um barulho distante, ritmado, como o chocalhar da água ao sair da bica de uma fonte. Respirou aliviada; queria dizer que tinham de fato encontrado os canais.

Quando Senar acordou sentia-se melhor e, apesar dos protestos de Nihal, quis logo continuar a viagem. Quanto mais cedo partissem, mais cedo iriam ver de novo o sol.

No começo tiveram de avançar agachados um atrás do outro, de quatro. Quando chegaram à bifurcação, decidiram seguir na direção do barulho da água. Continuaram a arrastar-se daquele jeito e, com o cansaço, também aumentou a preocupação, pois não encontravam água nenhuma. Ouviam-na escorrer perto deles e tentavam rastrear o ruído, mas embora já estivessem rastejando havia mais de duas horas não conseguiam encontrá-la. As paredes estavam secas e o caminho parecia estar brincando com eles, levando-os bem perto, e então divertindo-se a mudar de direção para afastá-los da meta. Continuaram por um bom tempo, subindo, descendo; em alguns trechos tiveram de segurar-se para não cair, em outros tiveram de escalar, mas nenhum dos seus esforços foi bem-sucedido, pois a água continuou sendo uma longínqua miragem pelo resto do dia.

– Não podemos continuar a avançar ao acaso. Se pelo menos encontrássemos esta maldita água, poderíamos acompanhar o seu curso – disse Nihal quando pararam para descansar.

Mais uma vez, haviam perdido a noção do tempo, não tinham a menor ideia acerca das horas e já não sabiam desde quando estavam se arrastando naquele buraco.

Tiveram de continuar a sua busca no dia seguinte, e no sucessivo também, sempre engatinhando penosamente na pedra. A fraca chama mágica de Nihal não era suficiente para iluminar o caminho e várias vezes acharam que estavam perdidos, pois cada túnel era idêntico ao anterior.

De repente a jovem perdeu o apoio de uma das mãos e o mago ouviu-a gritar enquanto caía. Alcançou logo o lugar onde ela desaparecera, debruçou-se e não pôde deixar de reanimar-se ao ouvir que a queda acabava com um mergulho. A água, finalmente. Senar deixou-se cair sem demora e, quando voltou à tona, Nihal estava ao lado dele e sorria.

Estavam num amplo salão circular, todo cheio de água, a não ser por uma pequena plataforma lateral à qual se podia chegar subindo alguns degraus. A água entrava por uma abertura a umas trinta braças acima das suas cabeças e mergulhava naquela espécie de cisterna como cachoeira, para em seguida sair através de cinco canais que se abriam nas paredes em forma de estrela. Nihal e Senar subiram na plataforma para recuperar as forças.

Os mantimentos estavam escasseando e as raízes que tinham apanhado na Terra da Noite estavam molhadas. Comeram-nas assim mesmo, procurando fazer economia. Ali embaixo, a água certamente não faltaria, mas encontrar alguma comida não seria nem um pouco fácil.

Decidiram seguir por qualquer um dos cinco canais. Eram todos iguais e não havia como adivinhar para onde levariam. Nihal consultara o talismã, mas só conseguira ver uma grande quantidade de água e uma espécie de ilhota; a direção era imprecisa, talvez para o oeste.

Senar recitou um encantamento para orientar-se. Sacou o punhal que ganhara de Nihal no dia em que se haviam conhecido e pronunciou algumas palavras. Um raio luminoso faiscou da ponta da lâmina indicando o oeste. A luz, no entanto, caiu exatamente no meio entre dois canais, de forma que foram forçados a escolher ao acaso um dos dois.

Decidiram alternar-se no fogo mágico. Depois de três dias de descanso, Senar recobrara os seus poderes, e quando o fogo era mantido aceso por ele podiam ver com maior clareza o lugar onde se encontravam.

Não havia dúvidas de que estavam diante de uma obra notável: léguas e mais léguas de pequenos e grandes canais onde a água escorria límpida e clara, todos com um passadiço lateral que permitia percorrê-los sem se molhar. Evidentemente, no passado, o aqueduto havia sido objeto de uma cuidadosa manutenção e os corredores deviam ter esta finalidade. As grandes cisternas apareciam a intervalos regulares; algumas eram majestosas, altas e decoradas com gravuras e baixos-relevos. As mais imponentes tinham até poços que davam para a superfície e através dos quais filtravam ar e luz, proporcionando algum alívio a Nihal e Senar.

Numa destas construções, onde um feixe de luz rasgava a escuridão brindando as águas claras com convidativas transparências, decidiram parar para descansar. Deitaram-se na plataforma e aproveitaram o calor dos raios solares.

De repente Nihal levantou-se.

– Estou com vontade de tomar um verdadeiro banho – disse.

– Feche os olhos.

O mago ficou imóvel, olhando para o rosto de Nihal na contraluz.

– Ficou surdo? Vamos lá! – disse ela, e Senar reparou que um leve rubor acendia-lhe a face.

O mago sorriu meio constrangido e cobriu os olhos com as mãos. Ouviu o frufru das roupas de Nihal: o baque seco do couro do corpete, os cordões desatados e as calças que caíam no chão, a capa que deslizava dos ombros. A cada ruído pressionava com mais força as mãos sobre os olhos. Voltou a pensar na tarde de uns dias antes, quando se demoraram a comer framboesas e ele tentara beijá-la. Ficou surpreso ao ouvir seus passos na pedra, porque aquele som delicado, tão diferente da marcha, parecia não ser dela. Eram os passos de uma mulher.

Lenta e involuntariamente seus dedos entreabriram-se, mas Senar não quis olhar. Ouviu o barulho da água que se abria à passagem do corpo dela, para em seguida fechar-se sobre seus ombros. Afinal, o mago ficou de pé e deixou cair os braços ao longo do corpo. Nihal nadava com leveza e agilidade. Parecia magra, mais do que ele pudesse imaginar. Era a primeira vez que a via assim.

Nihal nadou até a cachoeira no fundo da cisterna, subiu numa espécie de pedestal e ficou um bom tempo embaixo do jato. Foi então que Senar reparou nas costas da amiga: uma mancha preta cobria uma boa parte delas.

– O que houve? – perguntou, mas logo se arrependeu, porque Nihal virou-se de chofre, e Senar, antes de ela mergulhar de novo na água, pôde ver em seus olhos um lampejo de raiva.

– Eu lhe pedi para não olhar!

Senar levou novamente as mãos aos olhos.

– Agora é tarde.

Senar percebeu que ela continuava a se mexer dentro da água, mas já menos tranquila do que antes.

– Pensei que tinha mergulhado... não podia imaginar... – Sabia que estava todo vermelho e só esperava que as mãos fossem suficientes para esconder seu rosto.

– Já não há mais nada para ver – disse Nihal.

Senar afastou os dedos.

– O que tem nas costas? – perguntou.

Desta vez foi ela a desviar o olhar.

– São as asas de um dragão, é uma tatuagem.

– Quando foi que fez?

– Quando me tornei Cavaleiro. É uma tradição. Todo Cavaleiro tem uma tatuagem – explicou enquanto continuava a nadar.

– Não gostou?

– Não sei – respondeu ele. – São grandes demais, ocupam praticamente todas as suas costas.
– Agora vire-se – intimou Nihal. Tão lépida quanto entrara, saiu da água. – Ao completar dezoito anos dei a mim mesma dois presentes: um vestido de mulher e esta tatuagem. Agora já pode olhar.

Senar abriu os olhos: ela se envolvera na capa, e no tecido escuro só se destacavam o rosto, as orelhas pontudas e os cabelos azuis.

Fardada daquele jeito, Nihal deitou-se ao lado de Senar, sob o raio de sol.

– Já lhe contei que sempre quis voar? – perguntou.
– Não, mas eu sempre soube – respondeu ele.

Nihal fitou-o nos olhos e sorriu.

– É por isto que mandei tatuar duas asas: são de dragão, porque Oarf é o meu companheiro e os nossos destinos ficarão juntos para sempre; estão fechadas porque ainda não levantei voo. Algum dia encontrarei o meu caminho e as asas nas minhas costas abrir-se-ão. E eu poderei voar.

Por alguma estranha razão aquelas palavras encheram o coração de Senar de tristeza.

– Laio gostava, dizia que era a tatuagem certa para mim – acrescentou Nihal.

A lembrança do amigo perdido envolveu-os e eles ficaram deitados em silêncio.

A alegria do descobrimento da água teve curta duração. Haviam acreditado que depois de encontrar os canais o resto do caminho iria ser fácil, mas não foi nada disso. Havia centenas de dutos que se cruzavam numa rede extremamente complexa e, depois de se entremearem com os ângulos mais estranhos, todos eles se pareciam.

Senar e Nihal percorreram algumas milhas até chegarem a uma cisterna; seguiram adiante e encontravam outra cisterna. Muito em breve já não sabiam se estavam andando em círculos ou chegando a novos lugares; parecia que a água não fazia outra coisa a não ser descrever amplas voltas para finalmente chegar a lugar nenhum.

Nihal tentava confiar no talismã, mas a imagem continuava sendo a mesma do primeiro dia: muita água e uma ilhota. Era tudo aquilo que ela conseguia ver. Como se não bastasse, havia o calor. No começo os canais pareciam frescos e bem arejados, mas não demorou muito para o calor se tornar sufocante e a umidade insuportável; o ar parecia denso e naquela escuridão abafada os dois se derretiam e achavam cada vez mais difícil respirar.

Além do mais, quanto mais avançavam, mais o estado dos corredores piorava, tanto que, em alguns trechos, Nihal e Senar foram forçados a caminhar com a água até os joelhos. Muitas vezes eles tinham sorte e a água corria calma, mas podia haver corredeiras e eles tinham de segurar-se nas paredes escorregadias para não serem arrastados.

Nas galerias mais profundas, que começaram a explorar no quarto dia, os sinais da decadência tornaram-se mais visíveis. Muitos passadiços haviam desaparecido, em alguns lugares as paredes tinham desmoronado, os escombros entulhavam o que sobrava dos túneis e os baixos-relevos das grandes cisternas já não passavam de amontoados bolorentos.

Nihal foi a primeira a dar sinais de impaciência. A penumbra exasperava-a, a umidade e o calor deixavam-na sem fôlego e, pior, começava a ficar desanimada, pois, afinal, àquela altura era evidente que estavam perdidos. Erravam sem uma meta precisa e a semielfo tinha a impressão de que todo o caminho percorrido fora inútil.

— Não podemos continuar assim — disse certa noite. Já estavam fechados naquele lugar havia uns dez dias e tinham dado cabo de todas as reservas de comida. Acabavam de partilhar a última raiz. — Está claro que não podemos procurar o santuário aqui, embaixo da terra. Precisamos encontrar uma saída, mesmo que nos leve direto para os braços do inimigo.

Senar anuiu, não muito convencido.

— Eu sei — continuou Nihal depois de reparar na expressão dele. — Parece uma tentativa desesperada. Mas este é um aqueduto, afinal, e a água tem de acabar em algum lugar, não acha? Com um pouco de sorte vamos encontrar uma saída.

Continuaram andando, sem comer, naquele calor abafado, por um tempo que lhes pareceu interminável. Vez por outra o solo tremia e ouviam-se ribombos e longínquos estrondos, como se a terra se queixasse.

– Este é um lugar de vulcões, Ido contou que há mais de cem. Acho que estes ruídos são normais – comentou Senar depois de mais um tremor. – E isso também explica o calor, é o fogo que arde nas entranhas da terra.

Nihal anuiu, sem no entanto achar muito consolo na explicação.

Certo dia, enquanto engatinhavam num corredor particularmente estreito, Nihal viu alguma coisa que a deixou desconfiada.

– Espere aqui – disse a Senar.

Não lhe deu tempo para protestar e deslizou lentamente na água, rumo ao objeto que chamara a sua atenção. Parecia um embrulho, mas emanava um cheiro insuportável de carniça.

– Será que... – Senar tapou a boca com a mão.

Na água havia o cadáver de um homem. A julgar pelo fedor e a decomposição, devia ter morrido havia vários dias. Tinha sido despojado de tudo o que possuía e só vestia uma tosca veste de linho.

Nihal recuou alguns passos e tentou sacar a espada, mas o local era apertado demais para permitir-lhe liberdade de movimento. Ficaram imóveis, à escuta de eventuais barulhos, mas nada ouviram além do chocalhar da água.

– Amigo ou inimigo? – perguntou Senar.

– Não faço ideia... Tiraram dele todas as armas.

Retomaram a marcha no mais absoluto silêncio, mas sabiam que isso não bastaria para salvá-los do inimigo que estava à espreita na sombra. Quem matara o homem no canal devia conhecer muito bem o aqueduto, e talvez estivesse olhando para eles naquela mes-ma hora, à espera do momento mais propício para atacar.

O cadáver encontrado no canal não foi o único. Naquele mesmo dia, um pouco mais adiante, toparam com outros e, quando chegaram a mais uma cisterna, viram boiar abaixo deles uns vinte corpos lentamente levados pela correnteza. Muitos haviam sido despojados das armas, como o homem do canal, outros ainda seguravam as espadas ou vestiam armaduras leves. Tudo indicava que houvera uma batalha.

Nihal e Senar pararam e ficaram mudos, olhando para a cena, então a jovem quebrou o silêncio. Sacou repentinamente a espada e chocou-a contra a pedra.

— Quem se esconde no escuro? Apareçam! Se estão querendo nos matar, que o façam logo! – gritou com todo o fôlego que tinha nos pulmões. O esforço fez com que caísse na água e fosse levada pela correnteza.

Senar pulou atrás e conseguiu agarrar o braço dela antes que fosse tragada pela cachoeira que mergulhava na cisterna. Empurrou-a mais uma vez para o passadiço, apertou-a contra a parede e fitou-a com severidade.

— O que deu em você? Acalme-se, de nada adianta gritar!

A respiração de Nihal tornou-se menos ofegante e ela entregou-se aos braços do mago.

— Não podemos continuar deste jeito...

— Só estamos cansados – disse Senar –, vai dar tudo certo.

Mas Nihal percebeu que era uma mentira caridosa e inútil. Alcançaram mais outra cisterna e descansaram na plataforma. Era muito estreita e eles mal cabiam naquele espaço.

— Acho melhor você dormir direito esta noite. Pode deixar, eu cuidarei da vigia – propôs Senar.

— É fácil falar... Dormir num lugar que parece ter mil olhos que nos espiam e só esperam o momento certo para nos atacar... Sem mencionar a fome, o calor e esta escuridão insuportável – rebateu Nihal.

— Eu também não aguento mais, acredite. Mas de nada adianta perder a cabeça. Eu lhe peço, tente pelo menos dormir um pouco – disse Senar. O seu tom decidido convenceu finalmente a semielfo.

Nihal encolheu-se ao lado do mago, apoiando a cabeça no seu ombro. Senar ficou então de vigia, sozinho. A chama iluminava num raio de umas poucas braças e fora daquele círculo de luz as formas perdiam-se na escuridão. A água diante dele era tão preta que parecia piche. Os sentidos do mago estavam tensos, atentos; tentava perscrutar aquela noite artificial para divisar nela o sinal da presença inimiga, mas tudo parecia tranquilo e silencioso. O som ritmado e constante da água não demorou a deixá-lo irritado; parecia querer hipnotizá-lo, enquanto ele precisava ficar acordado e dono de si.

Depois, pouco a pouco, o barulho já não lhe pareceu tão ritmado e monótono; ao som baixo do fluir da água juntavam-se outros ruídos que se fundiam como as vozes de um coral. Eram vários barulhos, diferentes e imprevistos. Senar acabou achando que não passavam de invenções da sua mente, não podia haver outra explicação. Tentou divagar, pensar em outras coisas só para ficar acordado. Mas nada feito: os ruídos continuavam.

Teve então a impressão de ouvir vozes; não eram palavras, mas sim sons indefinidos. E então risadas abafadas, maldosas. Estavam rindo dele, daquele jovem mago sozinho na noite, risível como um pintinho molhado e assustado. As vozes tornaram-se mais distintas e a elas juntou-se o barulho de passos. Um tropel sobre as pedras úmidas. Um, dois, três, cem passos, mil homens. Não, não havia ninguém.

É a sua imaginação. Fique calmo.

Houve um vislumbre de luz e Senar arregalou os olhos. Tinha de fato visto aquilo? Agora tudo estava novamente escuro. Apoiou a cabeça na pedra e fechou os olhos. Mais barulho de passos. Aguçou a vista e afinal a viu: uma luz intensa no meio das trevas. Pulou de pé.

– O que foi? – perguntou Nihal, sonolenta.

– Temos companhia – respondeu Senar, baixinho. Sua mão iluminou-se, pronta a lançar um encanto.

Nihal levantou-se e procurou a espada, mas nem teve tempo de desembainhá-la. Sentiu uma mão agarrar seu braço e torcê-lo. Antes de cair no chão viu Senar diante dela, pego por trás por um homem que lhe apontava um punhal na garganta. A luz explodiu em volta deles, com violência. Nihal tinha o rosto achatado no chão, mas percebeu o brilho de mil lanternas.

– Veja só, temos hóspedes aqui embaixo – disse uma voz.

Nihal tentou desvencilhar-se. Então recebeu um golpe na cabeça e não viu mais nada.

Senar ensaiou uma resistência mais eficaz. Lançou um primeiro encanto e conseguiu neutralizar o homem que o segurava. Começou a fugir, mas foi cercado e golpeado nas pernas. Caiu, incapaz de respirar devido à dor. A fome e o cansaço despojaram-no de qualquer capacidade ofensiva. O encanto que acabara de lançar fora o seu canto do cisne.

24
O OLHO

Quando Ido se recobrou, estava mergulhado nas trevas. Sentia-se fraco e parecia-lhe ter um prego cravado na cabeça. Tentou mexer-se, mas os braços estavam pesados e só conseguiu levantar os dedos. Ouviu um ruído, como de alguém se aproximando.

– Onde estou? – perguntou num murmúrio.
– Em Dama, na Terra do Mar.
Era uma voz conhecida, mas não conseguiu identificá-la.
– Quem é você? Não consigo ver...
– Sou Soana – respondeu a voz.

Ido estava confuso. A última coisa de que se lembrava era da batalha na Terra da Água, não conseguia entender como tinha chegado à Terra do Mar. Soana percebeu as dúvidas do gnomo e recomeçou a falar:

– Você foi ferido no segundo dia da batalha e desde então ficou inconsciente. A Terra da Água está quase completamente perdida, o exército retirou-se para cá.

– Perdida?
Soana não respondeu.
Não era surpresa. Sempre souberam que se tratava de uma tentativa desesperada. Sem Gala, além do mais...

– Há quanto tempo estou dormindo?
– Há quatro dias.

Ido foi acometido por uma vaga sensação de vertigem. Devia estar muito mal mesmo, nunca lhe acontecera antes ficar quatro dias desacordado.

– Que tipo de ferida...? – Parou, falar era um sofrimento.
– Na cabeça. É por isso que não pode ver. Tem uma atadura que lhe cobre os olhos. Agora, no entanto, a última coisa de que precisa é falar. Pense apenas em descansar.

Ido teria gostado de dizer que já descansara o bastante, que já era hora de saber mais e que de qualquer forma não conseguiria adormecer com todas as perguntas que lhe zanzavam na cabeça, mas antes mesmo de formular este pensamento voltou a mergulhar num sono sem sonhos.

Quando despertou, na manhã seguinte, sentia-se muito melhor. Tentou abrir os olhos, mas isso resultou estranhamente difícil. Conseguiu finalmente descerrar as pálpebras e reparou que tudo parecia incrivelmente luminoso. Soana continuava ali, diante dele.
A maga sorriu.
– Como está se sentindo?
– Bem melhor, acho.
Ido procurou ficar sentado e, com algum esforço, conseguiu. Soana ajeitou logo uma almofada nas costas dele.
O gnomo apalpou com cuidado a cabeça. Tinha uma larga atadura que lhe cobria o olho esquerdo. Estava a ponto de tocá-lo, mas Soana segurou sua mão afastando-a.
– Ainda é cedo.
Ido obedeceu, apesar das mil interrogações que o atormentavam. Estava começando a relembrar alguns detalhes, principalmente o duelo com Deinóforo, mas não conseguia lembrar como tinha acabado.
– Tenho muitas perguntas – começou dizendo.
Ela mudou de expressão, mas depois voltou a sorrir.
– Fique à vontade.
– Antes de mais nada, o que houve comigo?
– Foi ferido durante o combate com Deinóforo.
Outra vez, maldição...
– Levaram-me embora interrompendo o duelo... – disse sombrio.
Soana meneou a cabeça.
– Você decepou de um só golpe a mão direita dele. Ele fugiu e você foi trazido de volta inconsciente, por Vesa.
O gnomo sorriu. Pelo menos tinha conseguido arrancar um pedaço daquele bastardo. E, além do mais, a mão direita... aquela com a qual esgrimia.
– E quanto aos meus homens? – perguntou.
Soana ficou séria.

— É uma história complicada, Ido, e não cabe a mim contá-la... Agora você está cansado; quando estiver melhor terá todas as respostas.
— O que aconteceu com os meus homens? — insistiu Ido. Aquela reticência começava a deixá-lo preocupado. Nem sabia, ainda, o tipo de ferimento que sofrera.
— Nelgar vai lhe contar tudo quando vier visitá-lo — explicou a maga. Então saiu, deixando-o sozinho com suas dúvidas.

Nelgar apareceu naquela mesma tarde. Mostrou-se muito atencioso, perguntou a Ido como se sentia, se tinha comido direito e um montão de coisas parecidas.
— Há umas coisas que eu preciso saber — foi logo dizendo Ido.
Assim como Soana, diante daquela afirmação, Nelgar também assumiu uma expressão nada animadora.
— Esqueça essas caretas e fale logo. Acho que já sou bastante crescido. Conte-me, antes de mais nada, dos meus homens.
— Dos rapazes da Academia só sobraram trinta.
Ido achou que o seu coração ia parar.
— E os veteranos que estavam comigo?
— Salvaram-se uns cinquenta.
— Não é possível...
Nelgar suspirou.
— Você nem pode imaginar que tipo de batalha foi aquela... Primeiro você ficou empenhado com Deinóforo, então foi ferido...
— Conte-me tudo — disse Ido num sopro.
— Enquanto você e Deinóforo estavam lutando, chegaram mais dois Cavaleiros de Dragão Negro, dois seres idênticos que combatiam como dupla. Foi então que começou a nossa derrota. Claro, você tinha tirado Deinóforo de campo, pois com efeito ele não apareceu mais depois que teve a mão cortada, mas você também estava fora de combate e os seus homens naquela altura estavam meio perdidos. Não tivemos nem tempo para nos reorganizar. A batalha seguiu furiosa pela noite adentro e só acabou no dia seguinte.
Nelgar hesitou; antes de continuar a contar soltou um profundo suspiro que pareceu arranhar a sua garganta.

— Mavern foi morto pelas mãos daqueles dois na manhã do terceiro dia, e naquela altura ficou claro que não teríamos mais a menor chance; quem assumira o comando dos seus homens depois que você foi ferido fora ele. Foi então que muitos dos seus rapazes tombaram. No fim não tínhamos outra escolha a não ser a retirada... que na verdade foi mais uma fuga desordenada do que uma retirada. Só a ajuda das tropas da Terra do Mar impediu que o exército do Tirano chegasse até a fronteira. Uma parte da região nordeste ainda está livre, mas o resto da Terra da Água está perdido.

Ido baixou os olhos para os lençóis imaculados. Não era uma surpresa; afinal, ele sempre soubera que acabaria daquele jeito, mas aquilo não servia de consolo. Pensou em todos aqueles que haviam morrido durante os três dias, em Gala que se retorcia em agonia, no rosto triste de Mavern; depois lembrou os jovens rostos dos rapazes da Academia, a expressão cheia de admiração com que haviam olhado para ele no primeiro dia de combate. Mortos. Quase todos mortos. Tentou livrar-se daquele pesadelo.

— E agora? — perguntou.

— Por enquanto só podemos lamber as nossas feridas. Provavelmente iremos fortalecer as nossas posições na região ainda livre da Terra da Água, uma vez que poderemos usar os homens de Zalênia, mas a situação é desesperadora. Não há mais nada a fazer além de resistir e aguardar. A nossa última esperança é a viagem de Nihal, mas não sei se conseguiremos aguentar até a sua volta.

Ido sentia-se triste e cansado, como um velho que carregasse na alma muitos anos de dor. Mudou de assunto:

— Ninguém quer contar-me que tipo de ferida sofri.

Nelgar suspirou novamente.

— Deinóforo arrancou um dos seus olhos — disse de uma só vez. — Teve sorte, faltou muito pouco para a lâmina trespassar de lado a lado a sua cabeça. Ficou dois dias entre a vida e a morte, Soana teve de puxá-lo pelos cabelos para trazê-lo de volta.

Ido lembrou. A dor, depois tudo vermelho.

— Como assim arrancou?

— Arrancou no sentido de não deixar quase nada do seu olho esquerdo. Tivemos de tirar o que sobrou. Agora você só tem o direito.

Um silêncio pesado tomou conta do quarto. Ido não conseguia falar, nem pensar. Levou a mão ao olho esquerdo e não sentiu qualquer volume sob as ataduras. Não havia mais olho.

– Sinto muito – disse Nelgar, cabisbaixo.

Passaram-se muitos dias. Soana permaneceu à cabeceira de Ido até o gnomo se cansar de ficar deitado na cama. Estava fraco, mas nunca gostara de ficar doente. Decidiu voltar a andar quanto antes, apesar de a maga não concordar com a ideia.

– Se acelerar demais o tempo da cura, só irá conseguir o resultado contrário.

– Estou bem, não preciso ficar de cama como um inválido.

A teimosia do gnomo acabou levando a melhor: ele levantou-se e saiu.

Descobriu que não estava no que se poderia considerar um verdadeiro acampamento militar. Dama era uma aldeia como outra qualquer, só que transformada em base logística. Havia um contínuo vaivém de homens e provisões, mas era evidente que a guerra estava longe. Nelgar também fora embora e a população do lugar era formada quase exclusivamente de feridos, como ele. Ido tinha a impressão de estar num leprosário. Via homens sem pernas ou sem braços, feridos na cabeça ou no peito, e todos olhavam para ele com uma expressão de pena e compaixão.

Ainda tenho pernas e braços. A perda de um olho não é lá grande coisa, dizia a si mesmo, evitando aqueles olhares compadecidos.

Mas o seu coração começava a entender que aquela era uma mentira. Visto com um só olho, o mundo era completamente diferente. O sol, as matas, as barracas e os feridos, tudo parecia irreal. Ido não conseguia aceitar aquela nova realidade. Os objetos fugiam das suas mãos, pareciam estar perto ou longe demais, e só conseguia segurá-los depois de algumas tentativas.

Vai passar. Não há de ser nada. Só preciso me acostumar.

E era também um mundo menor, como se de repente o cenário tivesse encolhido à volta dele. Sempre havia alguma coisa acontecendo fora do seu campo visual e, não raro, ele acabava chocando-se com os objetos enquanto andava. Apesar de fazer o possível para não se importar, aquela falta de jeito o irritava.

Levou algum tempo antes de ter a coragem de olhar-se no espelho. Trocavam as suas ataduras com regularidade, mas até então Ido não tivera a chance de ver a sua nova cara.

Certa tarde decidiu que já era hora.

Desenfaixou com cuidado a cabeça, pois a ferida ainda doía. Era como se ainda sentisse o olho esquerdo, percebia-o como um prego fincado acima do nariz. Muitos já lhe haviam contado a mesma coisa: os feridos continuam sentindo a perna mesmo depois de ela ser amputada. Ido não acreditava que pudesse acontecer o mesmo com os olhos; de certa forma, só nos damos conta deles depois que os perdemos.

Depois de tirar a atadura, pegou o espelho que Soana trouxera. Viu a cicatriz avermelhada que rasgava quase metade do seu rosto, os pontos negros ao longo da pálpebra, o sangue agrumulado na linha das pestanas.

Não soube se reconhecer naquela nova imagem de si mesmo. Nem mesmo conseguiu entender direito o que sentia. Pensamentos obscuros, até então mantidos à margem da consciência, começaram a enxamear na sua mente.

Muitas coisas vão mudar. Você nunca mais poderá manejar a espada como antigamente. Só está vendo metade do que via antes e um inimigo poderia esconder-se na metade sombria. Nunca mais voltará a ser o guerreiro que foi.

Certo dia, enquanto passeava na aldeia, Ido divisou um rosto conhecido, um rapaz que se arrastava apoiado numa muleta. O gnomo lembrava-se muito bem dele. Era Caver, o aluno que se oferecera para duelar com ele durante a última fase das seleções. O gnomo não se havia enganado a respeito dele, o rapaz lutara como um leão no primeiro dia da batalha.

Ido chamou-o e chegou perto dele.

– Senhor! – exclamou Caver com um sorriso.

Procuraram um lugar apartado onde pudessem conversar com tranquilidade, mas ficaram algum tempo em silêncio, como se afinal não tivessem muita coisa para contar.

– Como foi que se feriu? – acabou perguntando Ido.

— Foi no segundo dia, enquanto o senhor estava empenhado com Deinóforo. Houve um momento em que as tropas ficaram perdidas na sua ausência e foi então que um fâmin me acertou.

Sorriu com tristeza.

Ido voltou a pensar naquele dia. Investira contra Deinóforo e esquecera qualquer outra coisa, como se estivesse sozinho no campo de batalha. Um comportamento bastante comum, no passado, mas que agora lhe parecia repulsivo. Sentiu vergonha.

— Deixei-me levar pelo arrebatamento... — admitiu cabisbaixo.

— O senhor foi extraordinário! — rebateu o rapaz. — Fico com pena de não ter tido a chance de ver o momento em que cortou a mão dele, contaram-me que foi incrível. O senhor livrou-nos do mais formidável dos nossos inimigos. Depois que foi ferido, ele nunca mais apareceu.

Em seguida pediu que Ido lhe contasse o duelo. O gnomo começou o relato e voltou a ter o prazer de sentir-se olhado com admiração. Mas não podia deixar de sentir-se constrangido. Os seus homens haviam morrido e ele não estivera lá, abandonara a tropa à própria sorte para levar adiante a sua batalha pessoal. Uma atitude inqualificável.

— E o que tenciona fazer agora? — perguntou Ido, afinal.

Caver deu de ombros.

— Acho que não vou querer voltar à guerra. Vi coisas que nunca poderia ter imaginado. Nenhum ideal poderá jamais justificar cenas como aquelas. De qualquer maneira, disseram-me que a minha perna nunca voltará a ser a mesma de antes. Creio que só me resta voltar para casa, mesmo sabendo que não será fácil aceitar a rotina de antigamente. Os meus companheiros estão todos mortos.

Pois é, era uma dor que Ido conhecia muito bem. Nos últimos quarenta anos tinha visto desaparecer embaixo da terra quase todos os que lhe eram queridos. Só lhe restava Nihal agora.

Despediram-se enquanto o sol se punha, pálido, no horizonte. Ao voltar para o alojamento, Ido sentia o cansaço de um sobrevivente, de um veterano heroico mas sem mais utilidade. Algo mudara por completo após a luta com Deinóforo. Talvez uma história estivesse chegando ao fim ou, quem sabe, ele tivesse de encontrar um novo começo.

25
QUEM NUNCA PAROU DE LUTAR

— Maldição! — Nihal recobrara os sentidos. Tinha uma insuportável dor de cabeça e as suas mãos estavam presas por cordas imundas. Ela e Senar haviam sido trancafiados, atados e jogados na pedra úmida de um buraco fedorento. De repente a semielfo percebeu que havia alguma coisa errada, como se algo destoasse do quadro geral. Virou a cabeça para o seu flanco. A espada. Haviam levado a sua espada.

Desde que a recebera como presente de Livon, nunca havia ficado sem a espada por vontade própria. Agora as mãos de algum estranho deviam estar avaliando-a, talvez algum inimigo já a estivesse usando na cintura. O pensamento era para ela intolerável. Não se tratava apenas da sua espada, era tudo o que lhe restava de Livon, aquela arma era o seu pai.

— Maldição!

— Pelo menos você estava dormindo quando os inimigos chegaram — disse Senar. — Eu fiquei mais de meia hora dizendo a mim mesmo que os passos que ouvia eram fruto da minha imaginação. Se eu tivesse vigiado direito, agora não estaríamos aqui.

O *mea culpa* de Senar não aliviou nem um pouco a aflição de Nihal. Ainda bem que não tinham tirado dela o medalhão; sentia o contato do metal frio contra o peito, sob o corpete.

— Quem está nos mantendo prisioneiros? — perguntou.

— Não faço ideia. Ainda estamos no aqueduto. Não vejo motivo para o pessoal do Tirano manter uma base aqui embaixo.

Não fazia muita diferença, afinal. Seja lá quem fossem os seus captores, o que importava era o fato de eles estarem presos. Fim da missão. De vez em quando Nihal tentava livrar-se dos nós que lhe prendiam as mãos e os pés, mas sem resultado; as cordas haviam sido atadas com perícia e ela estava exausta. A vista começava a anuviar-se devido à prolongada falta de comida e ao insuportável calor que quase a impedia de respirar.

Depois de algumas horas a porta da cela se abriu e a luz ofuscou-os. Não conseguiram distinguir coisa alguma, mas ouviram vozes.
– Estão aqui.
– Estou vendo.
Uma voz de mulher que Senar achou familiar.
– Ele é um mago, mas está em péssimas condições, e ela algum tipo de guerreiro, pelo menos acho.
– Tire-os então, não tenho a menor intenção de enfiar-me nesse buraco.
Dois braços fortes agarraram Senar e puxaram-no para fora. Depois fizeram o mesmo com Nihal.
– Vamos ver, então, o que temos aqui – disse a voz de mulher. Então emudeceu. – Não é possível...
Senar levantou os olhos e conseguiu ver a pessoa que estava falando.
– Você...
Aires pendurou-se no pescoço dele.
– Senar!
Nihal não estava entendendo, mas não gostou nem um pouco de ver aquela mulher desconhecida abraçando Senar com tanto entusiasmo.
Ficaram agarrados daquele jeito por um bom tempo e, quando se separaram, ambos riam até chorar. Ela não parava de fitá-lo, dizendo:
– Não é possível... É você mesmo, Senar!
Os olhos de Nihal iam se acostumando com a luz e ela pôde finalmente ver melhor a desconhecida. Era linda. Tinha longos cabelos pretos, reluzentes como madeira esmaltada, e grandes olhos negros, profundos e penetrantes. Os trajes masculinos que vestia não conseguiam apagar a sua feminilidade exuberante. Uma mulher, uma verdadeira mulher. Onde Senar a conhecera? E como se explicava toda aquela familiaridade? Ela parecia comê-lo com os olhos, e ele certamente correspondia com a mesma volúpia. A irritação aumentou.
Depois daquelas manifestações de afeto, Aires ordenou que os libertassem. Quando viu que Senar mal conseguia manter-se de

pé, perguntou o que acontecera com ele. Nem lhe deu tempo para responder. Levantou a túnica do mago e reparou no sangue que lhe manchava as calças na altura do joelho.

— Os meus não brincam em serviço... – disse. – Cuidaremos de você. – Deu uma boa olhada nele, segurou seu rosto entre as mãos. – Parece que não come há muito tempo.

— Pois é... – anuiu Senar.

— Antes de qualquer outra coisa, então, vamos comer – disse a mulher e levou-os consigo.

Nihal pôde então observar à sua volta. Ainda estavam no aqueduto, numa das cisternas maiores. Nas paredes tinham sido cavados nichos e patamares que abrigavam pelo menos umas trinta barracas, habitadas por uma fauna bastante heterogênea. Havia alguns homens, mas a maioria era formada por gnomos que olhavam para os prisioneiros com curiosidade. Nihal ficou imaginando em que tipo de lugar se haviam metido.

Enquanto caminhavam, a mulher e Senar não pararam um só momento de confabular. Aires levou-os a uma cabana maior do que as demais e mandou-os sentar-se em volta de uma mesa, sob a luz de uma tocha que projetava sombras mutáveis nas paredes e nos barris amontoados num canto. Deu então umas ordens a dois gnomos que logo a seguir voltaram com dois pratos de arroz meio grudento. Nihal e Senar assaltaram aquilo com tamanha voracidade que a anfitriã ficou sem palavras.

— Há quanto tempo não comem, afinal?

Senar só levantou rapidamente o rosto do prato para responder:

— Eu diria há mais ou menos seis dias, e sem nunca parar a nossa marcha dentro deste maldito aqueduto.

— Já sabia que você era um osso duro de roer, mas não podia imaginar até que ponto... – comentou Aires.

Depois de eles se fartarem, Aires tirou do bolso um longo cachimbo, acendeu-o e começou a fumar. A coisa surpreendeu Nihal: nunca tinha visto antes uma mulher fumando.

— Agora você é todo meu – disse Aires com uma voz maviosa que tornou Nihal ainda mais nervosa. – É a última pessoa que esperaria encontrar por aqui.

— Pensei que ainda estivesse no mar — respondeu Senar.
— Mentiroso — disse ela, dengosa. — Não deve ter se lembrado de mim uma única vez, desde que nos separamos. — Lançou um olhar de soslaio para Nihal, que ficara vermelha como um pimentão. Aires sorriu. — Imagino que você seja Nihal.

A semielfo ficou ainda mais irritada. Aquela mulher a conhecia, enquanto ela não tinha a menor ideia de quem a outra fosse.

— Sabe quem sou?

Aires fitou-a sorrindo.

— Senar falou-me de você — respondeu dando uma tragada no cachimbo. — E acho que por sua vez nunca lhe falou de mim — acrescentou, acompanhando as palavras com um olhar enviesado.

Nihal reparou que Senar também ficara vermelho.

— Por que está dizendo isso? — perguntou o mago.

— Conheço os meus fregueses — rebateu Aires. — Seja como for, Nihal, eu sou Aires. Ficava no leme do barco que levou Senar até a voragem. — Virou-se novamente para o mago. — Mas chega de apresentações. Conte-me, antes, como conseguiu sobreviver. Quando o vi se afastando com o seu barquinho, tinha certeza de que iria morrer.

Senar começou a narrar a sua aventura, com fartura de detalhes. Nihal conhecia-o bem demais para não perceber que estava procurando a aprovação nos olhos de pantera da mulher.

— O buraco no bote foi obra de Benares — contou Aires no fim.

Senar arregalou os olhos.

— Não é possível.

— Mas é isso mesmo! — exclamou ela, esvaziando o cachimbo. — Confessou quando chegamos às Ilusivas. Foi o fim da sua permanência no meu navio. Escorracei-o aos pontapés.

Senar ficou surpreso com a calma da mulher. Lembrava o beijo apaixonado que ela dera em Benares, no dia em que o tiraram do navio que iria vendê-lo aos militares, e todo o tempo que os dois tinham passado no camarote, no começo da viagem.

— Pelo que sei — prosseguiu Aires —, continua nas Ilusivas, onde o deixamos. Não passava de um bobo — acrescentou, mas já se ouvia alguma emoção na sua voz. — Antes de ser capturado não era assim, antigamente nunca iria trair um companheiro.

– Como é que não está mais navegando? – perguntou Senar.
– Culpa sua – respondeu ela, fitando-o. – Estragou a minha vida. – Então levantou-se e foi tirar de uma prateleira na parede uma garrafa cheia de um líquido arroxeado. – Lembra? – perguntou a Senar.

O mago sorriu.
– Claro.

A mulher pegou três copos e encheu-os. Esvaziou o dela de um só gole, enquanto Senar saboreava o licor devagar.

Nihal examinou o líquido com desconfiança, provou-o e sentiu-se queimar por dentro. Era muito forte... Nada a ver com a cerveja com que estava acostumada.

Aires voltou a sentar-se, de copo na mão.
– Depois de deixá-lo, acabamos seguindo o seu conselho. Demos uma volta para evitar o monstro e chegamos às Ilusivas para consertar o barco e reabastecer. Pensava bastante em você – disse com olhar malicioso. – Podia jurar que estava morto e não conseguia esquecer tudo o que nos disséramos nas Ilusivas e durante a viagem.

Nihal tragou um generoso gole da bebida arroxeada.
– Comecei a pensar que talvez você não estivesse tão errado, quando falava de uma vida dedicada a alguma coisa maior do que a mera procura de aventura – continuou Aires. – De qualquer maneira, pedimos conselho a Moni. A vidente disse-nos que podíamos passar por outras ilhas, onde não havia tempestade. Foi assim que começamos a explorar aqueles mares. Foram tempos gloriosos, de alguma forma: terras desconhecidas, povos longínquos...

"Durante quatro meses não fizemos outra coisa a não ser viajar em exploração, vimos tudo o que poderia ser visto por olhos humanos. Quando ficamos cansados de navegar sem rumo, visitamos as terras além do Saar. Voltamos à costumeira rotina, mas eu não estava satisfeita. Depois de todos os lugares que tínhamos visitado, das aventuras pelas quais passamos, achava que já não tinha mais coisa alguma a fazer na vida. Tudo me parecia banal, aborrecido. Navios a serem abordados, inimigos a serem vencidos, sempre de espada em punho. Houve muitos homens, mas eles também acabavam me cansando. Voltava a pensar em você, na sua morte, e ficava perguntando a mim mesma o que podia ser tão horrível, na terra firme, para convencer um sujeito como você a sacrificar a sua vida pelos povos do Mundo Emerso.

"Naquela altura o mar já se tornara uma jaula para mim e então decidi desembarcar. No começo foi apenas por curiosidade: queria conhecer o seu lugar de origem, ver as pessoas pelas quais você sacrificara a vida. Meu pai não gostou, mas não tentou me impedir. Comecei visitando as Terras livres. Achei a Terra do Sol um verdadeiro horror: todas aquelas pessoas que só pensavam em fazer festa, as mulheres carregadas de joias, como se fossem divindades... Em seguida fui para a Terra da Água, mas ela também me decepcionou: homens e ninfas que se olhavam enviesados, mal conseguindo esconder a raiva, generais emproados... Não entendia por quem você tinha decidido sacrificar a sua vida.

"Só me restava, então, entrar no território inimigo. Certa noite ultrapassei a fronteira com a Terra do Vento e foi então que comecei a entender. O sangue e os mortos não me assustam, você sabe disso. Mas naquele lugar havia uma crueldade que eu nunca conhecera no mar. Pessoas escravizadas, aquelas feras imundas, os fâmins, soldados que matavam por diversão, execuções em massa... Era o triunfo da maldade pelo prazer da maldade, do sadismo. E além do mais aquela torre nojenta, o Castelo, que dominava tudo. Podia ser vista de qualquer lugar.

"Andei sem uma meta precisa por muito tempo. Visitei a Terra dos Rochedos e cheguei finalmente a esta Terra de vulcões, onde o ar é irrespirável. Aqui, pela primeira vez, entrei em contato com pessoas subjugadas pelo Tirano. Eram homens escravizados, pisoteados em sua dignidade, não tinham a coragem de rebelar-se e faziam tudo que lhes era ordenado, até mesmo quando se tratava de matar um amigo. No começo só senti desprezo por eles, achei que mereciam a escravidão. Depois, no entanto, pensei nas palavras que me disse nas Ilusivas, no dia em que foi falar com Moni: 'Por que os fracos precisam sucumbir?'"

Aires ficou algum tempo de olhos fixos em Senar, e o mago, intimidado, desviou o olhar. Ela recomeçou a falar:

— Tentei olhar dentro daquelas pessoas e o que encontrei levou-me aqui: vi a semente da liberdade. Eram forçados a viver como escravos, estavam sendo dobrados no corpo e no espírito, mas ainda assim, bem no fundo do coração, continuavam livres, eu podia sentir isso. Sempre acreditei que a liberdade era tudo na vida. Deixar morrer a semente da liberdade que todo homem guarda no coração seria um crime. De forma que decidi ficar aqui mesmo, conheci mais pessoas que pensavam como eu e, com elas, organizei a resistência contra o Tirano, para proteger aquela semente, para fazê-la brotar.

"Não precisei fazer muito esforço. Já existiam grupos isolados de rebeldes, gnomos em sua maioria, mas homens também; o que faltava era uma estrutura capaz de reuni-los e coordená-los. Quando me falaram no aqueduto, compreendi logo que era o coringa de que precisávamos. Enfurnamo-nos aqui embaixo e começamos a nos mexer. Alguns dos gnomos tinham trabalhado por aqui e conheciam todos os canais e as cisternas. Cavamos novas galerias, construímos as barracas, organizamos as defesas. Alguns de nós partiram para formar novos grupos. Foi assim que a resistência começou. Vivemos nestes subterrâneos e só saímos para fazer alguma incursão. Atacamos de repente e logo voltamos a nos esconder. Às vezes as pessoas nos ajudam, às vezes nos traem. Mas continuamos seguindo em frente."

Aires interrompeu-se para tomar mais um gole de Tubarão.

– Engraçado, não acham? Quem diria que eu acabaria fazendo uma coisa dessas? Pouco mais de um ano atrás eu estava no meu navio, com você, tecendo a apologia da vida egoísta, e agora aqui estou neste buraco, falando de liberdade e liderando um punhado de pobres coitados empenhados numa luta sem esperança...

Nihal ouvira aquele longo relato em silêncio e agora olhava para Aires com admiração. Até aquela mulher que havia sido pirata e, pelo que contava, tinha sido uma despreocupada aventureira, tinha um ideal que a guiava, sabia o que estava fazendo e por quê. Comparada com ela, sentiu-se pequena e inútil, com sua espada ensanguentada, as suas dúvidas e a sua incapacidade de viver, de encontrar o próprio caminho.

– Pensando bem, continua sendo exatamente a mesma – comentou Senar. – Quando me falava da sua vida no mar, dava para ver que era justamente aquilo que tinha no coração. Podia ver isso no amor que mostrava pelo seu barco e na fidelidade dos seus homens.

Aires fitou-o com olhar inquiridor.

— Você não, você já não é o mesmo. Está me parecendo triste, abatido, dá para ver nos seus olhos. Já não é o rapaz que conheci. O que foi que aconteceu?
Senar abaixou a cabeça e Aires mudou de assunto:
— Como vieram para cá? O lugar de um conselheiro não deveria ser em Makrat?
— Deixei de ser conselheiro — disse Senar, e em seguida explicou que aquela viagem forçara-o a sair do Conselho.
— Então deve ser alguma coisa realmente séria. Qual foi o motivo da viagem? — perguntou Aires.
Nihal percebeu que estava na hora de intervir.
— Não podemos dizer.
Aires virou-se para ela e fitou-a com um olhar indecifrável.
— Por que não?
— Porque muitas vidas dependem da nossa missão, e o segredo é a melhor arma de que dispomos.
A mulher olhou para Senar.
— Tem a ver com a guerra contra o Tirano — limitou-se a acrescentar o mago.
Aires deu de ombros.
— Se a coisa é tão séria, eu mesma prefiro não ficar a par do assunto.
Continuaram a falar durante horas, mas Nihal ficava à margem da conversa e das lembranças dos dois. Senar parecia feliz por ter reencontrado aquela mulher e olhava para ela com afeição, enquanto Aires perscrutava-o rapidamente com seus olhos de gato, como que tentando penetrar nos cantos mais profundos da sua alma. Nihal ficou tristonha e irritadiça pelo resto da tarde.

Depois de sair da barraca de Aires, Nihal sentiu a necessidade de ficar algum tempo sozinha. Desceu para a plataforma e mergulhou as pernas nuas na água. Na cisterna não havia aberturas para o exterior, pois era melhor que o refúgio não ficasse em comunicação com o mundo lá em cima. Apesar de o tempo passado com aquela mulher parecer-lhe interminável, Nihal calculou que ainda devia ser noitinha.

Já estava lá havia algum tempo, mexendo lentamente as pernas, só pensando no barulho da água e nos círculos que descrevia com os pés, quando ouviu alguém atrás dela.

– O que está fazendo?

Nihal não se virou.

– Nada. Só descansando.

Senar sentou-se ao lado dela.

– E você, o que estava fazendo?

Estava com Aires, eis o que estava fazendo...

– Dormi um pouco, estava exausto – respondeu o mago.

Nihal continuou a mexer os pés. Percebia que Senar também estava abatido e ficou imaginando o motivo daquela tristeza, justamente agora que havia reencontrado essa mulher pela qual, ao que parecia, tinha tanto apreço.

– Por que nunca me falou a respeito de Aires? – perguntou.

Senar corou e não respondeu.

– Era o timoneiro... Afinal parece que se dão muito bem – insistiu Nihal.

– Não sei... Devo ter esquecido... – resmungou Senar, e então deitou-se de costas e ficou olhando para a abóbada da cisterna.

Nihal achou que o amigo nunca lhe parecera tão longínquo e ao mesmo tempo tão próximo quanto naquele momento. Deitou-se também e os dois ficaram olhando para a rocha acima deles em silêncio.

Ficaram com Aires quatro dias e ela mostrou-lhes a comunidade sobre a qual reinava. As suas ordens também eram acatadas pelos moradores de duas cisternas contíguas. Os rebeldes eram organizados em pequenos grupos, cada um com o seu chefe. Os membros de grupos diferentes não se conheciam, só os chefes mantinham os contatos. Desta forma, se alguém caísse nas mãos do inimigo, não poderia revelar muitos segredos. A organização era como uma fera de muitas cabeças. Para cada comunidade que se extinguia, havia muitas outras escondidas nas entranhas da terra para levar adiante a tarefa.

A missão delas consistia em prejudicar continuamente o Tirano. Na maioria das vezes, as forjas que pontilhavam aquela Terra eram o alvo dos seus ataques. Já existiam antes de a Terra do Fogo ser ocupada pelo inimigo e ficavam perto dos vulcões que marcavam o perfil atormentado do território. As armas ali forjadas eram desde sempre as melhores e as mais resistentes. Depois que Moli fora trucidado pelo filho Dola, no entanto, quase toda a população havia sido reduzida à escravidão e forçada a trabalhar nas fundições. Dali saíam os milhares de espadas com que o exército do Tirano espalhava a morte nos campos de batalha.

Os rebeldes atacavam as forjas, libertavam os prisioneiros, matavam os guardas e saqueavam as armas.

– Não é grande coisa – explicou Aires –, mas incomodamos bastante. Estamos em toda parte e atacamos sem parar, de forma que a produção acaba ficando mais lenta.

Aquela pausa de esquecimento, no entanto, não podia durar para sempre, e Nihal foi a primeira a lembrar a missão que esperava por eles. Na noite do quarto dia disse a Senar que tencionava partir na manhã seguinte. Observou cuidadosamente o rosto do amigo, para descobrir nele qualquer indecisão que denunciasse a afeição por Aires e a lástima por ter de sair daquele lugar, mas não percebeu nada.

– Eu também queria tocar no assunto – respondeu o mago. – Quanto antes acabarmos a missão, melhor.

Senar comunicou a decisão a Aires, sozinho.

– Não podem partir desse jeito – disse Aires com calma, soltando uma baforada do cachimbo.

– Por favor – insistiu Senar –, não procure deter-me. Precisamos realmente partir quanto antes.

Ela o fitou tranquila.

– Não tenho a menor intenção de detê-los. Só estou dizendo que não podem ir embora sozinhos. Iriam perder-se dentro de umas poucas horas, ficariam errando sem rumo pelos canais e acabariam morrendo de fome. Justamente como estava para acontecer quando os encontramos.

– Para dizer a verdade, até que um guia viria a calhar – admitiu Senar.

– Precisa dizer-me para onde estão indo – rebateu ela.

Senar suspirou.

– Não posso.

– Não quero saber o motivo – explicou Aires – e tampouco me interessa o que tencionam fazer. Só quero saber onde, pois do contrário não poderei levá-los.

Senar arregalou os olhos.

– Você mesma quer nos acompanhar?

Aires deu uma profunda tragada e em seguida soltou a fumaça com toda a calma.

– Conheço este lugar muito bem e o farei com muito prazer.

– Não sei se os seus homens irão gostar disso... Você é quem manda aqui e deve ter muitas responsabilidades.

– Nunca deixei de fazer o que bem entendia. – Sorriu. – Justamente porque sou a chefe tenho toda a liberdade para acompanhar um velho amigo. De qualquer maneira, já escolhi o meu substituto.

– Para dizer a verdade, não sabemos ao certo para onde ir – disse o mago. – Ao que parece, estamos procurando uma espécie de lago, com uma ilhota no meio.

Aires apoiou os pés na mesa e virou a cabeça para trás, como se estivesse examinando um mapa imaginário no teto da cabana para identificar o local mencionado. Depois baixou os olhos.

– Só existe um lago, nesta Terra, para o oeste, a muitas milhas de distância. Chama-se Lago de Jol e não é propriamente um lugar agradável. Muitos séculos atrás, naquele local, havia um enorme vulcão. A última erupção foi-lhe fatal: foi literalmente para os ares e obscureceu durante anos toda a Terra do Fogo com os seus detritos. No seu lugar formou-se o lago, mas as brasas daquele inferno ainda dormitam sob a superfície. No meio ergue-se uma ilhota, que na verdade é um pequeno vulcão. Está em perene atividade e a sua lava acaba na água, levantando uma imensa nuvem de vapor que oculta o lago. As suas águas são tóxicas e tão salgadas que até um pedaço de chumbo boiaria nelas.

Senar lembrou os santuários que já tinham visitado e achou que aquele lugar infernal era perfeito para guardar a pedra do fogo.

– Muito bem, receio que seja justamente esse o lugar para onde terá de nos levar.

– Como quiser – disse ela.

Senar já estava a ponto de sair quando Aires o deteve.

– O que há com você, Senar? – perguntou à queima-roupa. Ele parou no limiar, mas não se virou.
– Nada.
– Não banque o esperto comigo. Só ficamos juntos três meses, mas o conheço bem. Você já não é o rapaz que levei à voragem, há algo diferente, algo que o faz sofrer. É por causa de Nihal? Vocês formam o casal perfeito, vê-se logo que foram feitos um para o outro.

Senar sorriu e aproximou-se.

– Durante esta viagem ocorreram coisas que nunca deveriam ter acontecido, vi verdades que eu nem imaginava possíveis, que preferiria ter ignorado. Foram estas as coisas que me mudaram – disse com a voz cansada. Aires estava a ponto de falar, mas ele a deteve. – Eu mesmo superei uma fronteira que achava impensável ultrapassar. Cheguei a perguntar a mim mesmo se realmente existe alguém neste mundo que mereça ser salvo, se não estamos todos a caminho da perdição.

A expressão de Aires mudou, foi como se de repente tivesse desistido de todas as suas defesas.

– Eu consigo chegar à redenção, e você a perde – comentou.

Senar sorriu, um sorriso triste.

Aires deu mais uma longa tragada no cachimbo.

– Se não fosse por você, provavelmente eu não estaria aqui agora. Seja lá o que você fez, precisa perdoar-se. Dilacerar a si mesmo amargurando-se com o sentido de culpa de nada adianta.

Senar sorriu para ela, com gratidão, e fez o possível para que ela acreditasse tê-lo convencido. Mas não era bem assim. Iria seguir em frente com a sua luta, pois sempre haveria alguém merecedor de salvação. Mas a lembrança da clareira e dos corpos carbonizados iria acompanhá-lo pelo resto da vida. Juntamente com a certeza de que nada voltaria a ser como antes.

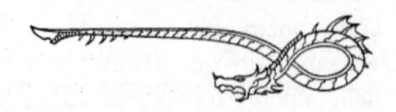

26
UMA LIÇÃO PRECIOSA E INESPERADA

Partiram na manhã seguinte e Aires deixou logo bem claro que a viagem seria difícil e o caminho bastante longo. A expedição não poderia começar de forma mais incômoda, pois tiveram de enfiar-se num longo túnel apertado onde só dava para avançar de gatinhas.

– Alguns dutos são arriscados, são conhecidos pelos homens do Tirano. Estes mais estreitos são muito mais seguros – explicou Aires.

Caminhavam rapidamente, Aires era uma guia competente que se movimentava com agilidade na rede de galerias. Parecia conhecer com perfeição toda passagem e todo atalho, não só no território dela como também em todo o aqueduto. Mesmo nos cruzamentos de até dez canais, a mulher não hesitava um só instante e seguia em frente com a maior segurança.

Nunca encontraram o inimigo, mas várias vezes foram forçados a mudar de rota de repente. Aires parava de chofre e ficava imóvel, como se farejasse o ar, ou então se agachava no chão encostando o ouvido na pedra. Então mandava-os seguir por outro caminho.

– Vez por outra o inimigo manda alguém em exploração; foi por isso que tivemos de destruir alguns canais – explicou certa tarde a Nihal e Senar.

A semielfo descobriu que suportar Aires era muito menos difícil do que imaginara. A não ser quando falava com Senar dirigindo-lhe olhares de fogo que pareciam feitos para provocá-lo, era uma companheira de viagem agradável. Se nos quatro dias de permanência na cisterna dignara-se a olhar para Nihal apenas umas poucas vezes, agora que estavam na mesma jornada começou a dirigir-se a ela com mais frequência.

Certo dia insistiu em desafiá-la num duelo com a espada. Nihal aceitou com entusiasmo, pois morria de vontade de dar-lhe uma lição de uma vez por todas.

Decidiram medir forças na plataforma de uma cisterna. A primeira das duas que caísse na água ou ficasse ferida seria a perdedora. Foi uma luta encarniçada e Nihal investiu contra a mulher com todo o vigor possível, tentando aproveitar todos os truques que tinha aprendido nos campos de batalha. Aires, no entanto, não fazia por menos; tinha grande agilidade, estava cheia de recursos e, principalmente, não hesitava em usar golpes sujos. Nihal logo compreendeu que os duelos com os quais a pirata estava acostumada deviam decidir-se na base da surpresa e da trapaça.

No fim, após um combate longo e apaixonante, Nihal levou a melhor. Jogou Aires na água depois de encostá-la na parede com toda uma série de ataques incessantes. A vitória, no entanto, não lhe proporcionou a alegria com a qual contava. Achara o combate divertido, chegara a sentir admiração pela adversária e sentia-se agora mais em paz com aquela pantera que lhe parecera tão antipática.

O passo decisivo na mudança de relacionamento entre as duas aconteceu certa noite, quando Nihal estava sentada ao lado do fogo, de vigia. Estava perdida em seus pensamentos, mas mesmo assim percebeu a chegada de Aires que se aproximava silenciosamente por trás.

Muitas vezes, quando a via caminhar diante dela, Nihal se lembrava daquilo que Elêusi lhe dissera acerca de como uma mulher devia andar. Naquela época não conseguira entender direito, mas logo na primeira vez que vira Aires rebolar compreendera como uma verdadeira mulher deve se mexer e achara aqueles movimentos quase hipnóticos.

Nihal ficou parada.

– O seu turno acabou, agora é a minha vez – disse Aires espreguiçando-se.

– Pode dormir mais, se quiser. Não me incomodo em ficar mais um pouco – disse Nihal.

Naquela noite ela não estava com sono. Receava que, se fechasse os olhos, fosse novamente perseguida pelos fantasmas. Desde que Laio morrera, vivia com o terror de vê-lo também, cinzento e de olhos vazios, entre as presenças que perturbavam as suas noites.

– Fique à vontade – disse Aires, dando de ombros. – Eu já descansei o bastante, vigiaremos juntas.

Tirou o cachimbo do alforje que sempre trazia consigo, acendeu-o e começou a fumar. Até aquele gesto, que a Nihal sempre parecera viril, feito por ela assumia um toque de sensualidade.

– Tinha sobre você uma ideia totalmente errada – começou Aires. – Pela descrição de Senar, imaginava-a bastante diferente.

– E como me imaginava?

– Muito mais... decidida. Já estava vendo uma fúria, e longe disso encontrei uma mocinha cheia de temores.

Nihal ficou amuada. Aquela descrição incomodava-a: ela era um guerreiro e não uma mocinha.

– Não é uma crítica – continuou Aires. – Uma mulher é sempre uma mulher, é bom que mantenha a sua feminilidade. Mas eu imaginava uma espécie de amazona, grandalhona e toda cheia de músculos.

Houve uma pausa de silêncio. Nihal não estava à vontade, enquanto Aires continuava a fumar tranquila e despreocupada.

– Por que não pergunta logo? – disse de repente a mulher.

Nihal olhou para ela.

– Perguntar o quê?

– Você sabe. Para acabar com a dúvida que a está roendo.

– Não há dúvida nenhuma – respondeu a semielfo, mas percebeu que tinha corado.

Aires suspirou.

– Durante o período que passamos juntos no navio eu tinha um amante, o homem que mencionei a Senar no dia em que os meus rapazes encontraram vocês. Estava sendo tão boba que só conseguia pensar nele e portanto não tinha tempo a perder com o seu namorado.

– Como é? – insurgiu Nihal, vermelha como um pimentão.

– Senar – disse Aires com calma. – O seu namorado.

– Senar é o meu melhor amigo, só isso.

– Amigo? – repetiu Aires, cética.

– O meu único amigo – frisou Nihal, com um tom de ternura na voz.

– Olhando para vocês, ninguém diria...

— Não tenho tempo para coisas desse tipo, preciso concentrar-me na missão — respondeu Nihal olhando para o fogo.
— Não concordo — replicou Aires. Deu uma longa tragada no cachimbo. — Sempre sobra um tempinho para os homens.
— Não no meu caso — disse Nihal. — Esta não é apenas uma missão para mim. É a minha vida.
— Senar contou-me que a sua vida era combater.
— Talvez no passado, mas agora... — murmurou Nihal sacudindo a cabeça. — Deve haver alguma outra coisa, algo que dê uma forma ao resto todo, que lhe dê um sentido.
— Um motivo para viver... — comentou Aires.
Nihal anuiu.
— É isso que você procura? Um motivo?
— Quando você falou em liberdade, no primeiro dia — tentou explicar Nihal —, gostei muito do que disse. Você realmente acreditava naquilo. Eu também gostaria de crer em algo com a mesma convicção, de ter um ponto firme no qual me segurar.
— Não estou entendendo — disse Aires. — Você é um guerreiro, luta contra o Tirano. Já tem um motivo, não acha?
— Não, não acho — respondeu Nihal, desanimada. — Estou fazendo esta viagem por dever, não por minha vontade. Combato porque não sei fazer outra coisa. Sigo em frente sempre esperando encontrar alguma outra coisa, mas nunca encontro. Todos os pontos de referência que considerava firmes e seguros revelaram-se instáveis e desmoronaram sob os meus pés. Talvez não haja coisa alguma na qual se segurar, pelo menos no meu caso. — Levantou os olhos, meio constrangida com aquela involuntária confissão, e viu que Aires a fitava com expressão desconcertada.
— Talvez não tenha procurado direito.
— E você, como encontrou aquilo em que acredita?
— Não faço ideia. Só sei que de repente a verdade surgiu diante de mim, tão forte que não pude recusá-la. Provavelmente já estava dentro de mim e a certa altura tornou-se aparente. Você passou a vida inteira lutando, pelo que pude entender — continuou Aires. — Já perguntou a si mesma se o sentido da vida consiste realmente na luta? E se fosse outra coisa? Se estivesse bem ao seu lado sem que você conseguisse perceber?
Nihal não soube o que dizer. Ficou muda, olhando para o fogo.

– Não acredite que somente os mais altos e nobres ideais sejam capazes de dar aos homens o motivo para viver. Às vezes é preciso partir de pequenas certezas para construir grandes convicções e pequenos desejos podem impelir a grandes façanhas. Já pensou nisso?

Nihal continuou de olhos fixos no fogo, em silêncio.

– E Senar? – perguntou Aires de chofre.

Nihal corou de novo.

– O que tem?

– Acha que pode confiar nele? Acredita nele?

– Claro que sim! É a única pessoa na qual posso confiar cegamente.

– Então não é verdade que não tem certeza alguma, pois uma está justamente dormindo ao seu lado – concluiu Aires. Então botou o cachimbo na boca e recomeçou a fumar calmamente.

A viagem levou mais treze dias antes de eles chegarem à meta, o Lago de Jol. O canal que percorriam deu de repente uma guinada para cima e, através de uma abertura que parecia extremamente longínqua, divisaram uma luz fraca.

– Agora as coisas vão ficar um tanto mais complicadas – disse Aires. Tirou do saco que trazia consigo uma corda e uma espécie de pequena picareta. – Eu vou na frente para fixar a corda, em seguida vocês sobem. Tentem acostumar-se progressivamente com a luz, pois do contrário ela irá ofuscá-los. – Então começou a escalar a rocha sem demora, enquanto a água escorria impetuosa abaixo dela.

Ao vê-la subir ágil como um esquilo, Senar sorriu. Era a mesma Aires que trepava nos mastros e no cordame do navio fossem quais fossem as condições do mar.

O sorriso do mago, no entanto, foi de curta duração. Depois de meia hora, com efeito, Aires voltou e disse que podiam subir; tinham de segurar-se na corda e puxar-se para cima com a força dos braços. Ao ouvir as instruções, Senar olhou preocupado para a água abaixo deles.

Nihal içou-se sem maiores problemas. Senar, no entanto, não se saiu com a mesma facilidade. A sua longa túnica atrapalhava e, depois de correr várias vezes o risco de cair, o mago chegou seriamente a pensar em como se metera numa situação daquelas. Afinal, conseguiu alçar-se para cima e, em uma hora, voltaram à luz do dia.

Quando emergiram, tiveram a impressão de ter chegado ao inferno. A primeira coisa que repararam foi na fumaça, com espessas nuvens e um acre cheiro de enxofre; quase não dava para respirar devido ao calor e ao mau cheiro. Então a vista tornou-se mais nítida e foi possível avistar ao longe uma série de pontos vermelhos luminosos que sobressaíam no céu amarelo. Quando ficaram acostumados com a luz, perceberam pouco a pouco que os pontos vermelhos eram crateras de vulcões. Cada uma delas expelia violentos jatos de cinzas e lava, e grandes colunas de fumaça subiam ao céu como imensos penachos negros.

Não havia qualquer tipo de vegetação em volta, só a rocha nua, corroída pela chuva vistosamente colorida: amarela, arroxeada, laranja. O solo também soltava vapores mefíticos, mas cândidos como nuvens num céu de verão.

– Nem toda a Terra do Fogo é assim – explicou Aires enquanto os guiava. – Esta é uma das piores zonas, juntamente com os Campos Mortos. Para o norte, no entanto, a paisagem melhora. Contam até que pelas bandas de Assa havia um bosque muitos anos atrás. Quanto a mim, gosto desta desolação. – Deixou o olhar va-gar à sua volta. – Não saberia dizer por quê, mas sinto esta terra selvagem como se ela fosse a minha pátria, assim como antigamente era o mar.

Começaram a andar seguindo o curso impetuoso do rio que os levara até ali; precipitava nas entranhas da terra no local exato em que eles haviam voltado à superfície. Era o emissário do Lago de Jol e também o único rio com um trecho a céu aberto; quanto ao resto, na Terra do Fogo a água era toda subterrânea e só voltava à tona nos arredores das cidades. Muito famoso era o aqueduto de Assa, uma enorme construção que cercava a capital e abastecia seus habitantes.

Apesar do ímpeto da sua correnteza, o rio não passava afinal de um ribeirão. Corria entre rochas coloridas nos matizes de vermelho e amarelo, atormentadas na forma e continuamente remodeladas pela erosão. Ao entrar em contato com a pedra quente, a água evaporava criando aquela cortina impenetrável de fumaça que no começo impedira a visão.

Não tiveram de caminhar muito para chegar ao lago. Ele também estava coberto por uma espessa capa de fumaça, tão branca e densa que parecia a neblina de uma manhã invernal. O calor era sufocante e o ar cheio de odores acres. Como acompanhamento para o panorama, ouvia-se o surdo e constante rumorejar dos vulcões que, com aquele som majestoso, pareciam reivindicar a posse do lugar. Também podia-se ouvir uma espécie de chocalhar, que lembrou a Senar o gotejar da fonte no jardim onde se despedira de Ondine, mas que na verdade era o lento borbulho do lago em ebulição. Grandes bolhas de gás subiam do fundo e estouravam lentamente na superfície verde-esmeralda, que se tornava de um azul intenso onde a profundidade era maior. Era justamente ali que o vulcão que Aires mencionara surgia das águas.

Não devia ter mais de cinquenta braças de altura e tinha uma boca pequena e arredondada, de onde saía uma lava densa que escorria devagar para o lago.

— Como já disse, as águas são venenosas e têm um alto teor de salinidade – disse Aires quando pararam na margem. Apanhou uma pedra e lançou-a no lago. Depois do baque inicial, a pedra voltou lentamente à tona e ficou boiando na superfície.

Senar e Nihal ficaram olhando, pasmos.

— O lugar é este? – perguntou o mago, afinal.

Nihal fechou os olhos para então reabri-los.

— Este mesmo.

— Muito bem – disse Aires. – Levei-os aonde queriam. Agora não me interessa saber o que tencionam fazer, pois, pelo que entendi, é melhor eu ignorar os seus planos. Vou embora, esperarei por vocês na última cisterna onde paramos.

Dito isso, virou as costas e voltou na direção pela qual tinham vindo, deixando Senar e Nihal indecisos na margem.

— E agora? – perguntou Senar.

— O santuário fica dentro do vulcão – explicou Nihal com calma.

— Que maravilha! – comentou Senar. – Como vamos chegar lá?

— Com a magia – respondeu Nihal.

O mago reparou que a voz dela tinha um tom estranho, desprovido de qualquer calor.
— Tudo bem?
— Evoque uma passarela — continuou Nihal dizendo com a mesma voz átona.

Senar ficou alguns instantes olhando para ela, em seguida obedeceu. Uma estreita passarela tomou forma sobre a superfície da água e a semielfo subiu nela. Senar deu um passo para acompanhá-la.
— Você não — deteve-o Nihal.
— Por quê? Estive com você em praticamente todos os santuários.
— Desta vez não pode entrar. Estou indo ver alguém ao qual fui consagrada.
— Mas... — tentou protestar o mago, mas Nihal já desaparecera entre as nuvens de fumaça que pairavam no lago.

Senar sentou-se na margem e ficou imóvel, à espera. Então era isso: Shevrar esperava por ela.

Nihal avançava com a sensação de estar obedecendo a uma ordem, a um chamado estranhamente familiar ao qual não podia resistir. O talismã, por baixo do corpete, indicava claramente a localização do santuário; Nihal quase podia sentir na pele o fulgor das pedras.

Bem no meio do lago, na ilha, iria encontrar o criado predileto de Shevrar, o guardião do deus obscuro e misterioso ao qual a mãe a consagrara.

Nihal chegou rapidamente ao sopé do vulcão. Deu a volta na ilha e no começo só viu lava por toda parte, nenhuma brecha que indicasse uma entrada. Então, aguçando a vista, divisou uma pequena plataforma cercada de lava, mas de rocha sólida. Alcançou-a.

Diante dela, envolvida pelas chamas, havia uma porta sobre a qual, riscada a fogo, lia-se uma escrita: *"Flaren."* O lugar que guardava Flar, o santuário de Shevrar.

De repente Nihal perdeu toda a sua segurança. Sentia que o fogo a chamava e teve medo. O que podia querer dela? Não conhecia aquele deus, não amava o seu nome, que só lembrava guerra e destruição. Teria preferido não passar por aquele portal de fogo, mas tinha de fazê-lo. Deu mais um passo e superou o limiar em chamas. No meio do caminho parou perplexa: o fogo roçava na sua carne mas não a queimava. O que queria dizer que era bem-vinda naquele lugar.

Seguiu em frente até chegar a uma imensa sala circular cujas paredes eram da cor do sangue e incrivelmente luminosas. Línguas de fogo levantavam-se até o teto como colunas, e no fundo, suspensa no ar acima de uma pira, refulgia a cor rubra de Flar. Nihal achava que o calor devia ser insuportável, mas ela nada sentia, estava aliás perfeitamente à vontade naquele lugar para o qual, desde muito antes, havia sido destinada. Ainda bem que não trouxera Senar, ele não iria suportar aquele calor e talvez nem pudesse passar incólume pela entrada.

Nihal avançou e o eco dos seus passos preencheu o silêncio.

– *Rassen, Sheireen tor Shevrar* – disse uma voz.

Um homem vestido de chamas ajoelhou-se diante dela.

Já tinha ouvido aquele idioma antes, mas não havia entendido o significado. Desta vez, no entanto, reconheceu a saudação do guardião e respondeu:

– *Rassen tor sel, Flaren terphen.* – Para então ficar ela própria surpresa com as palavras que acabara de pronunciar.

O guardião levantou a cabeça, olhou para ela e sorriu. Era um jovem lindo, seus olhos ardiam como tições e até o cabelo era de fogo. Quando voltou a falar, usou a língua do Mundo Emerso:

– Finalmente chegou, Consagrada.

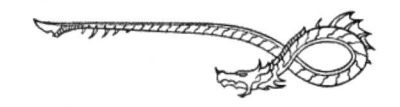

27
FLAREN OU DO DESTINO

— Você é um servidor de Shevrar, não é? – perguntou Nihal.
— Sim, eu também sou a ele consagrado, mas não como você, que de qualquer forma é uma criatura deste mundo. Eu sou um ser por ele criado a fim de vigiar este lugar – respondeu o jovem.
De repente Nihal sentiu-se livre do encanto que tomara conta dela quando se aproximava do santuário. Por instinto, quis manter distância entre ela e aquele ser.
— Só estou aqui por causa da pedra, não como Consagrada – disse.
— Justamente por ser Consagrada, Sheireen, você está aqui pela pedra – respondeu o jovem com mais um sorriso.
Nihal olhou para ele interrogativa.
— Quando sua mãe, no mais total desespero, pediu ao meu deus para salvá-la, Shevrar fez de você a predestinada, como estava nas predições.
— Não sei quem é Shevrar – rebateu Nihal. – Reis falou-me a respeito dele e disse que era o deus da Guerra. Só sei que a minha habilidade na luta se deve ao fato de ter sido a ele consagrada.
O jovem sacudiu a cabeça.
— Ele não é apenas o deus da Guerra, Reis não explicou direito. Na cegueira do seu ódio, Reis só consegue ver destruição no meu deus, mas ele não é somente fogo e guerra. Ael também tocou no assunto com você, não se lembra? Mas usou palavras diferentes. Disse que ele é o princípio e o fim, a morte e a vida. Esta é a verdadeira essência dele, e nesta essência você vive a sua missão.
— Consagrou-me para esta missão? Pensei que queria que eu lutasse...
— Assim como muitos outros, você só consegue ver o ódio, é por isso que o mundo está a caminho da perdição. Na verdade, cada dor esconde uma alegria e cada fim um princípio. Quando

alguns anos atrás o Tirano assumiu o poder, um sábio da época revelou uma profecia que lançou sobre ele como uma maldição. Era o último dos sacerdotes de Shevrar, pois já naquele tempo os semielfos estavam esquecendo os próprios deuses, os deuses dos seus antepassados elfos. Ele disse que os desígnios que o Tirano almejava nunca iriam realizar-se, pois o derradeiro fim ainda está muito longe e é alheio à natureza de Shevrar. Por isso a Consagrada, uma semielfo, iria deter a sua mão sacrílega. Você é a Consagrada, Sheireen. – O guardião calou-se.

– Qual é o fim último do Tirano? – perguntou Nihal após alguns instantes.

Flar meneou a cabeça.

– Ainda não é hora de você saber. Só fique sabendo que ele se rebelou contra os deuses, começando por Shevrar, esquecendo-se do eterno fluir das coisas.

Nihal ficou meio perdida.

– O que preciso fazer, então? Por que Shevrar salvou somente a mim de todos os semielfos?

– Para que finalmente chegasse aqui e recebesse das minhas mãos Flar, e para com ela vencer o Tirano.

– Mas por que logo eu? – rebateu Nihal, inquieta. Sentia a sombra do destino pesar sobre si, a sombra da morte e da vingança da qual ela queria tanto livrar-se.

– Porque sua mãe rogou por você.

– Só isso? Quer dizer que a resposta que procuro é apenas isso?

O jovem levantou-se e fitou-a nos olhos. O dele era um olhar de infinita sabedoria e condescendência.

– Quando foi salva, no meio do sangue do seu pai e da sua mãe, os deuses, começando por Shevrar, quiseram dar com você uma esperança a este mundo ferido. A sua missão é a esperança numa nova era de paz.

– De qualquer forma, é justamente aquilo que Reis me disse na sua cabana menos de um ano atrás: sou a arma com que esses deuses, que ninguém mais venera, conseguirão a sua desforra sobre o Tirano – disse Nihal com amargura, de olhos virados para o chão.

– Só será uma vingança se você assim o quiser. Os deuses não governam o coração dos homens, e nem mesmo o destino pode dominá-los plenamente. Você é a única, Sheireen, capaz de devolver alguma luz a este mundo, mas a decisão final cabe a você. Quando chegar diante do Tirano, ninguém poderá dizer-lhe o que fazer. O seu destino não é uma jaula, é só uma diretriz aconselhada.

– Mas o fato de ser a última tirou-me qualquer possibilidade de escolha – rebateu Nihal.

Flar sorriu.

– Thoolan estava certa: você não sente a sua missão, não quer fazer aquilo que está fazendo.

– Tenho de fazer, você mesmo disse. Sou Sheireen, para este fim consagrada.

– Pelo menos em parte isso é verdade, mas você mesma se levantou no Conselho para assumir esse fardo – replicou o jovem, continuando a sorrir. – O sentido da sua existência não se resume ao seu destino e não creia que o meu deus não deseje alegria a você também. Como Consagrada, o que está fazendo é justo, mas o escopo da sua ação é algo que eu não posso revelar e tampouco o meu deus. Este fim está dentro de você e naquilo que a cerca, e é a essência da sua busca.

Nihal estava desanimada. Queria dizer que a sua procura não estava no fim, que ainda tinha de errar muito pelos caminhos do mundo. Nem mesmo a certeza que Flar apenas enunciara poderia lhe bastar? Pois afinal o guardião dissera que havia muito tempo ela estava fadada a fazer esta viagem, que juntaria as pedras e finalmente derrotaria o Tirano. Era a resposta. Mas ela sempre soubera disso, sentia no coração, e portanto não podia ser aquilo o que procurava.

– Bem pensado – disse Flar. – Aquilo que os outros decidiram por você não pode ser o escopo da sua ação. A missão já havia sido determinada antes mesmo de você nascer, antes de seu pai e sua mãe abrirem os olhos neste mundo. A essência da sua vida, portanto, não consiste nessa viagem.

Nihal suspirou.

– Também está escrito que derrubarei o Tirano? – perguntou.

Desta vez o guardião riu e a sua beleza resplandeceu ainda mais fúlgida.

– Sheireen, o coração e a mente das criaturas deste mundo são tão profundos que nem mesmo o meu deus pode penetrá-los até o âmago. Não sei o que acontecerá no dia em que ficar diante do Tirano. Só sei isso. – Calou-se por alguns instantes, depois virou-se para a fogueira e chamou a si Flar. A pedra pairou no ar até pousar na sua mão, brilhando, vermelha como sangue.

"Esta pedra está destinada a você há muito tempo. Outros, antes de você, já a seguraram entre os dedos, outros consagrados. Agora é sua, juntamente com a vida das pessoas desta terra."

Nihal estava insatisfeita, não conseguia entender plenamente o sentido daquelas palavras.

– Pegue-a – encorajou-a o jovem.

Nihal esticou a mão e agarrou a pedra. Era da cor do sangue e milhares de chamas animavam o seu interior; tinha a impressão de apertar entre os dedos a própria essência do fogo. Tirou o medalhão debaixo do corpete, ele também estava brilhando.

Estava a ponto de cumprir com o ritual quando Flar ajoelhou-se diante dela.

– Quando o dia da última batalha chegar, nos veremos de novo – disse.

Nihal recitou as palavras do rito e, como das outras vezes, pareceu que o santuário inteiro fosse sugado dentro do medalhão. De repente a grande sala ficou escura e sombria, e o calor tornou-se insuportável. A semielfo compreendeu que não poderia demorar-se naquele lugar, o ar estava impregnado de vapores venenosos e saiu correndo.

A passarela continuava lá, porém mais trêmula do que antes. Nihal subiu nela e percorreu-a o mais rápido que pôde. Logo que pulou da plataforma, a lava voltou a cobrir a entrada de Flaren, apagando a porta e as escritas flamejantes.

– Como foi? – Senar ficou de pé com um pulo, visivelmente aliviado, logo que viu a figura de Nihal aparecer confusamente entre os vapores do lago. Estava cansado, a magia deixara-o esgotado.

Nihal parou diante dele e mostrou o medalhão. Brilhava naquele mundo de sombras e as pedras pareciam animadas de vida interior.

Senar suspirou.

– Quem estava lá?

— Um serviçal do deus ao qual fui consagrada — respondeu ela.

Enquanto voltavam, Nihal relatou as palavras do guardião e falou a respeito da profecia.

Juntaram-se a Aires, que nada quis saber daquela história toda.

— Acabou? — limitou-se a dizer e Nihal anuiu. Então a mulher levantou-se e retomaram a marcha.

Quando entraram de novo nas entranhas da terra já estava anoitecendo na Terra do Fogo, uma escuridão pontilhada pelos mil fogos das erupções.

A viagem para os confins da Terra foi bem mais complicada. Aires não conhecia direito a região na qual se aventuravam e, às vezes, ficou em dificuldades. A certa altura correram até o risco de se perder. Vaguearam por um dia inteiro, com a mulher à frente, que virava continuamente a cabeça de um lado para outro na tentativa de orientar-se. Só conseguiram salvar-se porque chegaram a uma cisterna onde havia rebeldes. Foi assim que, depois de três semanas de viagem, puderam finalmente descansar.

A cisterna era menor do que aquela chefiada por Aires, mas até que tinha algum conforto. O chefe da comunidade era Lefe, um gnomo arguto e vivaz que fez Nihal se lembrar do seu mestre. O gnomo jamais havia encontrado Aires pessoalmente, mas conhecia sua reputação.

— Será que alguém ainda não conhece Aires, a mulher vinda do mar que nos devolveu a vida e a esperança! — exclamou logo que ela se apresentou.

Naquela noite dormiram num amplo quarto e em três camas de verdade. Até Nihal descansou serenamente, sem ser incomodada pelos seus costumeiros pesadelos.

Na manhã seguinte, quando Senar e Nihal acordaram, Aires não estava no aposento. Voltou logo a seguir, trazendo pão e leite para a refeição matinal.

— Não posso mais ajudá-los — disse a mulher, sem rodeios. — Não conheço esta zona do aqueduto, já fiz com que corressem o risco de se perder.

Estas palavras foram recebidas em silêncio.

– Não ficarão sozinhos – continuou. – Um dos homens de Lefe irá acompanhá-los até a saída dos canais. Infelizmente eles acabam antes da fronteira e terão de atravessar a pé os Campos Mortos.

Foi uma despedida triste. Até mesmo para Nihal, que começara a ter simpatia por Aires, embora não aguentasse os olhares langorosos que vez por outra a mulher lançava a Senar.

Foi justamente a semielfo a tomar a palavra:

– Não posso contar-lhe da nossa missão, mas há mais um favor que preciso pedir-lhe.

Aires cravou seus olhos negros como a noite nos de Nihal e prestou atenção.

– Quero que reúna um exército.

Aires parou de mordiscar o pão e fitou-a incrédula.

– O exército é coisa de vocês, se não estiver errada. Agora têm até os reforços do Mundo Submerso.

– Ouça. – Nihal aproximou-se e falou baixinho: – Dentro em breve, daqui a dois ou três meses no máximo, desencadearemos um ataque contra o Tirano.

Aires não pôde evitar uma gargalhada, mas a risada morreu na sua garganta quando viu as expressões sérias de Nihal e Senar.

– É uma loucura – disse sem meias palavras. – Você não pode estar falando sério. Estamos em guerra há quarenta anos e durante esse tempo todo não fizemos outra coisa a não ser perder terreno. Somos inferiores em armas e homens. Eles têm os fâmins, para não mencionar os mortos... Atacar em massa seria suicídio.

Nihal olhou em volta. Não parecia haver olhos e ouvidos indiscretos por lá, mas era melhor ser prudente.

– Não posso contar-lhe o motivo da nossa viagem, nem predizer o seu desfecho, mas se porventura conseguirmos levá-la a bom termo desencadearemos o ataque decisivo contra o Tirano e eu lhe garanto que não será suicídio, pode acreditar em mim.

Aires suspirou.

– O que quer, exatamente?

Nihal relaxou.

– Nesses dois ou três meses que temos pela frente, terá de aprontar uma formação capaz de lutar como um verdadeiro exército. Assaltem as fundições, peguem todas as espadas, as armaduras, os elmos e os escudos, todas as armas que puderem, enfim. Planejem um treinamento bélico de verdade, recrutem homens. Alastrem ainda mais a revolta, se possível.

Aires sacudiu a cabeça.

– Já tentei, assim como muitos outros antes de mim. Mas o pessoal está cansado, aflito e desanimado, não há como espalhar mais a revolta.

– Tente de novo – interveio Senar. – Seria bom que em cada Terra houvesse um núcleo preparado para a batalha.

Aires estava em dúvida.

– De quantos homens precisaremos?

– Terão de enfrentar os homens e os gnomos que lutam nas fileiras do Tirano. Não haverá fâmins nem fantasmas, no entanto – respondeu Nihal.

Desta vez Aires ficou atenta.

– O que está querendo dizer com isso?

Nihal meneou a cabeça.

– Isso é problema meu, só pense em juntar bastante homens para uma batalha dessas. No devido tempo, quando a hora chegar, nós avisaremos.

Aires virou-se para Senar.

– Com alguma das suas diabruras mágicas, imagino.

O mago limitou-se a sorrir.

– Atacaremos em todas as frentes – prosseguiu Nihal. – Terá de ser uma ação fulminante, porque só teremos um dia para realizá-la. Isso tudo, no entanto, precisa ser mantido em segredo. Peço que comece a agir da forma mais discreta possível, para que nenhum inimigo possa descobrir os nossos planos. Nunca mencione o ataque, treine os homens mas sem dizer-lhes o que irá acontecer.

– Em dois meses não dá para fazer muita coisa e não posso certamente trabalhar sozinha. Vou ter de contar para alguém.

– Poucas palavras, e mesmo assim somente quando for indispensável – interveio Senar. – O segredo é a chave da nossa missão. Agora que, embora vagamente, você sabe dos nossos planos, as nossas vidas ficaram em suas mãos e com elas o futuro de todo o Mundo Emerso.

Aires não se deixou impressionar por aquelas palavras. Um sorriso cúmplice iluminou seu rosto.

– Está bem – disse. – Você já sabe, Senar, que sempre gostei de desafios. Farei o possível e, quando me chamarem, podem ter certeza de que lá estarei.

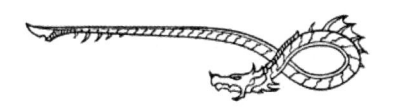

28
TERRAS DESOLADAS

Nihal e Senar partiram logo depois do almoço. O seu guia era um rapaz magro, ruivo e sardento, um dos raros humanos que militavam nas fileiras dos rebeldes. O resto da viagem pelo aqueduto foi monótono e exasperador. Os canais eram todos idênticos, a umidade e o calor insuportáveis, e a escuridão tornava-se cada vez mais impenetrável. O guia era taciturno e ágil como uma doninha; viram-no várias vezes pular e desaparecer dentro de algum duto e tiveram de chamá-lo para que não os deixasse para trás. Eles mesmos não queriam muita conversa, pois a presença do rapazola sar-dento não os deixava à vontade. Ficaram durante quase toda a viagem calados, cada um perdido em seus pensamentos.

– Chegamos – disse o rapaz, rompendo de repente o longo silêncio. Indicou um longínquo ponto luminoso. – O aqueduto acaba aqui. Lá em cima está Hora, a Boca Meridional. Continuem andando para o oeste e não demorarão a chegar à fronteira – acrescentou.

Em seguida, furtivo como sempre, sumiu sorrateiro sem nem mesmo dar tempo para eles agradecerem ou perguntarem informações a respeito do caminho a seguir.

De uma hora para outra Nihal e Senar estavam mais uma vez sozinhos.

Arrastaram-se a duras penas para a luz e emergiram no sopé de um enorme vulcão cujo ribombar enchia o ar por várias milhas. Era completamente diferente daquele que haviam visto perto do Lago de Jol. Tratava-se de uma montanha espantosamente alta, enegrecida pela fuligem e a lava, imponente como uma poderosa divindade. Parecia realmente um gigantesco deus que jazia deitado. Uma protuberância não muito íngreme esticava-se para o sul, mas no mais só havia encostas a pique. As margens da cratera eram vermelhas como sangue e jatos de lava jorravam impetuosos para o céu.

Aguçando a vista para o norte, Nihal e Senar puderam divisar mais uma montanha que, mesmo de tão longe, aparentava ser ainda mais majestosa que aquela sob a qual estavam agora. Outro vulcão, provavelmente o mais imponente de toda a região.

– Aires contou-me que Assa, a capital, surge no sopé de um vulcão enorme, visível de quase todos os cantos desta Terra. O nome dele é Thal, e deve ser aquele – explicou Senar.

Nihal olhou para o imenso cone ao longe e ficou pensando no antigo mestre. Assa era o lugar onde por muito tempo ele morara, a cidade para a qual desejara regressar durante os longos anos de exílio na Terra dos Rochedos, aonde voltara para matar o rei usurpador, tornando-se ele mesmo um assassino. Onde estaria agora Ido? Em que batalhas estaria lutando, montado em Vesa? Nihal rezou para que tudo estivesse bem com ele, desejou voltar a vê-lo em breve, logo que voltasse a pisar o solo das Terras livres.

Levaram um dia inteiro só para conseguir dar a volta no Hora, então pegaram a estrada que conduzia ao oeste, como lhes havia sido indicado, a caminho de uma região que não devia ser nem um pouco tranquilizadora, pelo menos a julgar pelo nome com o qual a chamavam: Campos Mortos. Era difícil imaginar algum lugar mais morto do que aquele que estavam atravessando. Não havia um só fiapo de grama, o ar estava impregnado de mil cheiros nauseabundos e o sol perenemente encoberto por uma densa capa de nuvens escuras. Havia mesmo assim alguma coisa animadora naquela paisagem desolada, algo que a tornava menos triste do que aquela pela qual passaram na Terra dos Dias. A desolação diante deles, pelo menos, não era fruto da loucura destrutiva do Tirano. Do seu jeito, aquele território ainda estava intacto, selvagem: o seu solo sempre fora estéril e morto, o seu ar mefítico e a sua beleza consistia justamente nisto. Era o reino da natureza em seu estado primordial, o lugar onde os espíritos naturais eram puros e poderosos. Era o reino do fogo e da água, que ali dominavam absolutos sem que nem mesmo o Tirano pudesse usurpá-los.

– Diante de um lugar destes, chego a pensar que os homens, os gnomos e todos os demais seres que habitam este mundo não passam de meros intrusos – disse Senar, enquanto se arrastava com esforço.

Nihal concordou. Diante do poder incontestável com que a natureza se manifestava naquele lugar, todas as suas guerras e todo o sangue derramado pareciam uma coisa de nada. Achou que agora podia entender melhor aquilo que Flar dissera ao mencionar o infinito fluir das coisas. Era todo um círculo que nunca terminaria e, num futuro talvez até próximo, ninguém mais se lembraria do Tirano. As vicissitudes dos homens iriam consumir-se numa lenta agonia, até se perderem no esquecimento. E no fim de todos os tempos, daquele lugar sobrariam apenas o fogo, as rochas das montanhas, a água dos rios, as ondas do oceano e o vento que varria a terra nua.

Depois de mais quatro dias de viagem chegaram aos Campos Mortos e logo perceberam que o nome era mais do que apropriado para aquela vasta extensão que, plana e amarela, chegava até onde os olhos podiam alcançar. Estava pontilhada por uma miríade de crateras fumegantes; umas soltavam baforadas de fumaça, outras jorravam lentos regatos de lava que se espalhavam pelo terreno, desenhando estranhas geometrias. Mais outras, a intervalos regulares, lançavam para o céu grandes jatos de água. Não havia qualquer coisa viva, somente o poder da natureza.

Atravessar os Campos Mortos acabou se revelando uma façanha muito mais complicada do que eles previram. O solo era muitas vezes vincado por amplas fendas e a lava que saía delas barrava o caminho. Havia, além disso, barrancos inesperados, e eles também eram forçados a contornar os vulcões e os jatos de água. E, finalmente, fazia muito calor e o ar era irrespirável. Não demorou para que o moral deles se quebrasse: molhados de suor e com os pulmões ardendo, arrastavam-se pelo caminho com uma lentidão que os deixava ainda mais desanimados. Só tinham o consolo de pensar que ali, pelo menos, não iriam encontrar inimigos. Com que finalidade iria o Tirano vigiar um lugar onde nem as moscas ousavam aventurar-se?

– Talvez fosse melhor avisarmos Ido de que estamos prestes a chegar – disse Nihal certa noite.

Estavam deitados no chão e contemplavam um rasgo de céu estrelado através de uma fenda entre as nuvens.

– Só faltam duas pedras.

– Não sei, a nossa viagem ainda não terminou... – respondeu Senar. Achava de mau agouro falar do fim da missão.

– Não será fácil preparar o ataque, precisamos alertá-los antes da nossa chegada para que possam tomar todas as medidas necessárias – insistiu Nihal.

Senar olhou para o céu.

– Ainda pode acontecer alguma coisa que nos atrase... – hesitou. – Poderíamos até nunca chegar lá...

Nihal levantou-se para fitá-lo e sorriu.

– Está com medo de que falarmos nisso nos dê azar?

Senar retribuiu o sorriso.

– Pode ser.

Estava inquieto desde que havia deixado Aires. Experimentara uma estranha sensação ao se separar dela, como se aquela despedida fosse a última, e desde então tinha a impressão de estar cercado por um halo de morte. Sacudiu a cabeça para afugentar tais pensamentos e virou-se para Nihal.

– Vamos imaginar que levemos a bom termo esta história toda – disse – e que acabemos com o Tirano. Já perguntou a si mesma o que faremos em seguida?

Nihal voltou a deitar-se olhando para o céu.

– Não sei – respondeu. – A verdade é que estou cansada de lutar. Se tudo acabar, acho que vou guardar a espada por um bom tempo.

Desta vez quem se levantou surpreso foi Senar.

– Não posso acreditar... Desde que a conheço, a única coisa que você sempre quis foi lutar, e agora está me dizendo que quer parar?

– Tive uma longa conversa com Aires, umas poucas noites atrás – respondeu ela. – Contou-me coisas que me fizeram pensar. Já passei muito tempo procurando a mim mesma no combate. Talvez seja hora de procurar em algum outro lugar, no repouso e na solidão, quem sabe... Não sei, só sei que já vi muito sangue, pelo menos por enquanto.

Senar tentou disfarçar a sua decepção.

Na solidão... Por que não pode procurar comigo, Nihal? Por que não quer que a ajude?

– E quanto a você? – perguntou ela.

– Também não sei, mas continuarei certamente a ser mago – disse. – Antes de mais nada, se me quiserem, voltarei ao Conselho. Sempre há bastante trabalho por lá, com guerra ou sem guerra. Voltarei aos meus afazeres costumeiros e apreciarei a paz, só para ver como é. Acho que vai ser bom – concluiu com um tom permeado de mais melancolia do que estava nas suas intenções. Voltou então a deitar-se, fitando as poucas estrelas que se viam entre as nuvens.

No terceiro dia de viagem chegaram bem ao meio dos Campos Mortos. Estavam cansados de andar naquela desolação onde nem um só fio de grama crescia. Almejavam encontrar alguma coisa viva e seus desejos foram satisfeitos, mas não do jeito que eles queriam. De repente, enquanto avançavam exaustos sob a capa de nuvens, escutaram vozes. Até então, os únicos sons que tinham ouvido eram o estrondo da água que prorrompia do solo, o borbulhar da lava que escorria das crateras e o sopro da fumaça que subia à superfície.

Esconderam-se atrás de uma estranha formação de pedra e esperaram com o coração disparado. Depois de intermináveis minutos, viram dois gnomos que se aproximavam em seus trajes de guerreiros e com insígnias que não deixavam dúvidas quanto ao exército no qual serviam. Nihal e Senar achataram-se o mais que puderam contra a pedra e quase pararam de respirar para ocultar sua presença. O que estariam fazendo aqueles dois inimigos num lugar esquecido até pelos deuses?

– A meu ver, já morreram.
– Também acho.
– Qual é o sentido desta busca, então?
– Olha, acho melhor não fazer perguntas demais. Sabe muito bem que ordens são ordens, e esta aqui em particular, além do mais, parece que veio lá de cima mesmo.
– Ele...?
– É o que parece.
– Esses intrusos devem ser realmente terríveis, se até Ele ficou incomodado...

Senar sentiu o coração pular dentro do peito e rezou para que parasse de bater tão forte, pois receava que os gnomos pudessem até ouvir aquele martelar tão violento.

– Os nossos espiões informaram que um conselheiro desapareceu de Makrat. Aconteceu há muito tempo, três meses antes que encontrassem aquele rapaz na Terra dos Dias. Parece que é o mesmo do qual muito já se falou a respeito, o que andou pelo Mundo Submerso.
– Contaram-me que o Tirano não esperava isso daquele garoto.
– Foi o que também me disseram. De qualquer maneira, acham que um dos fugitivos é justamente ele.

Estavam no seu encalço. Senar tentou dizer a si mesmo que estava tudo bem, que o mais importante era o fato de eles ignorarem Nihal. Procurou a mão da semielfo e encontrou-a no cabo da espada. Apertou-a.

– Os mortos encontrados na floresta haviam sido incinerados com uma mágica. Quem mais poderia dar cabo de sete fâmins e de um homem a não ser um conselheiro?
– Pode ser, mas como explica que já estamos procurando há um mês sem encontrá-los?
– Os homens da patrulha que os perseguia afirmam que desapareceram de uma hora para outra no meio da floresta. Deve ser poderoso aquele mago.

Pararam não muito longe da pedra que escondia os dois jovens.
– Quem estava com ele?

Senar esperou que não tivessem reconhecido Nihal.
– Um sujeito estranho, um guerreiro. Deu cabo de quatro fâmins.
– Alguém sabe quem é?
– Não fazem a menor ideia. Você não acha melhor voltarmos? O sol está se pondo e a base fica longe.
– Isso mesmo, vamos voltar. Afinal, já cumprimos com o nosso dever.

Deram meia-volta e começaram a se afastar.

Nihal relaxou e encostou a cabeça na pedra. Senar, no entanto, ficou tão tenso quanto a corda de um violino.
– Sabem de nós – disse ela fitando-o.
– Mas ainda bem que não sabem de você.

Nihal praguejou:
– Temos sido uns tolos, achando que tinham desistido da busca... E agora? Ainda falta passar pela Terra dos Rochedos e pela Terra do Vento.

– A única coisa sensata que podemos fazer é manter a calma. Obviamente há uma base inimiga nas redondezas. De agora em diante só viajaremos à noite e, se possível, disfarçados. Precisamos sair daqui quanto antes.

Naquele dia decidiram não parar e continuaram andando durante toda a noite. A base inimiga não ficava muito longe. Não devia ser a única, pois dela partiam vários caminhos. A razão da presença inimiga naquele território tão desolado permanecia um mistério.

Quando a alvorada começou a iluminar o oriente procuraram um lugar para se esconder e descansar, mas vaguearam longamente sem encontrá-lo. Só quando o sol já estava alto no céu conseguiram localizar um buraco no chão que podia servir de abrigo.

Continuaram a caminhada por vários dias e Senar recorreu ao mesmo feitiço que usara para mudar a aparência de Nihal na Terra dos Dias.

– Nesta altura é imprescindível que ninguém saiba que você é uma semielfo – disse.

Quanto mais avançavam, no entanto, mais inimigos encontravam em seu caminho. Os Campos Mortos pululavam de acampamentos e dos mais variados tipos de construções: torres de vigia que dominavam a planície, cidades muito parecidas com aquelas que tinham visto na Terra dos Dias, cidadelas fortificadas e, principalmente, estranhos recintos fechados, cercados de altas muralhas de cristal negro além das quais não se conseguia ver coisa alguma. Enquanto os contornavam, procurando manter-se o mais longe possível, Senar e Nihal podiam ouvir bramidos que ecoavam no ar enquanto o terreno tremia embaixo dos seus pés, como que sacudido por poderosas passadas.

– Parecem sons familiares – comentou certa vez Nihal. – Poderiam ser dragões.

Já de noite, passando perto de um desses recintos, ouviram um estranho alvoroço acompanhado de vozes agitadas e urros selvagens. Viram um enorme animal sobressair na escuridão, levantando-se sobre as patas e surgindo majestoso no meio da paliçada do acampamento. Soltou uma labareda para o céu e abriu suas amplas asas diáfanas no ar pesado daquele lugar. Ali estava a explicação para o grande número de acampamentos: aquele era o local onde os dragões negros eram criados.

– Há muitos magos por estas bandas, posso sentir perfeitamente a presença deles – disse Senar e estremeceu, pois, se era capaz de perceber a proximidade dos magos, eles também poderiam perceber a dele.

A partir daí a viagem transformou-se numa fuga constante. Sentiam todo o tempo o inimigo no seu encalço e nunca mais tiveram paz, nem de dia nem de noite.

Certa tarde, enquanto avançavam cautelosamente pela planície iluminada apenas pelo rubor incandescente da lava, Nihal ouviu um barulho. Parou de estalo, com a mão na empunhadura da espada. Senar também parou, à escuta. O ar estava cheio de sons, principalmente do estrondo dos vulcões, mas Nihal tinha ouvido algo diferente. Um ruído metálico... Fechou os olhos e pareceu-lhe perceber um ritmado tremor da terra embaixo dos pés. Talvez passos. Ou talvez não. De qualquer forma era um sinal de perigo.

Nihal sacou a espada.

– Acho que está chegando alguém.

Senar olhou em torno.

– Não há qualquer abrigo.

– Só nos resta a magia – murmurou Nihal.

– Seria melhor evitar. Logo agora que podemos estar sendo vigiados pelo inimigo.

– Não temos escolha – insistiu Nihal.

Senar concentrou-se e recitou a fórmula. Logo a seguir Nihal assumiu a aparência de um fâmin e Senar a de um simples soldado. A semielfo guardou a espada. Os seus sentidos não estavam enganados, agora podiam distinguir claramente os passos. Nihal podia até perceber o barulho metálico das armaduras usadas pelos inimigos.

Retomaram a marcha, de coração apertado. Os passos ficavam cada vez mais próximos. Algumas figuras, talvez umas quatro, apareceram na luz incandescente da lava. Três delas estavam curvadas até o chão e só podiam ser fâmins. Nihal estremeceu, estavam farejando o terreno. Vrašta costumava fazer isso antes de caçar, quando estava com eles.

As figuras aproximaram-se. O quarto era um gnomo, talvez algo mais do que um mero soldado, a julgar pela armadura cinzelada e pela capa.

Logo que os viu, o gnomo olhou para Nihal com a expressão ao mesmo tempo surpresa e irritada. Senar puxou o capuz em cima do rosto.

– Deixem-se reconhecer – intimou o gnomo.

Arrepios gelados começaram a correr pelas costas de Nihal. Rezou para que o amigo conseguisse mais uma vez encontrar uma boa desculpa.

– Viemos do acampamento, estamos em exploração para encontrar os dois fugitivos – disse o mago.

Nihal percebeu que a voz dele tremia. Enquanto isso um dos fâmins ficara de pé e começara a cheirar o ar, dirigindo a Senar um olhar feroz.

– O encarregado da ronda, hoje, sou eu, e pelo que sei ninguém mais foi mandado em exploração – disse o gnomo.

– Foi uma decisão de última hora, é por isto que o senhor não foi informado – replicou Senar.

O fâmin começou a rosnar, os outros levantaram os machados.

– Qual é o seu nome? – perguntou o gnomo. Sua mão já alcançara a espada.

Foi aí que Nihal segurou Senar e, correndo, arrastou-o embora. Os fâmins correram logo atrás deles.

– Que diabo...? – perguntou Senar enquanto fugiam pela planície.

– Não acreditou em você, não tínhamos outra saída a não ser fugir – respondeu Nihal.

Os perseguidores estavam ganhando terreno rapidamente. A respiração ofegante e os gritos guturais estavam cada vez mais próximos.

– Não adianta fugir! – exclamou Senar. – Já sabem quem somos, não vão demorar a nos apanhar!

Nihal continuou correndo, sem largar a mão dele.

– Precisamos enfrentá-los – disse Senar.

– Você não quer, sei o que isso significaria para você.

Senar soltou a mão de Nihal e parou na planície. Virou-se para os inimigos.

Nihal não teve outra escolha a não ser parar também e preparar-se para lutar. Enfrentou o gnomo enquanto Senar tomava conta dos fâmins. Mais uma vez, como já acontecera na clareira, foi uma chacina. Durante algum tempo haviam acreditado que poderiam esquecer a guerra, mas a morte seguira seus passos. Agora, olhando para os corpos dos inimigos espalhados no chão, percebiam que nada mudara. Continuavam sozinhos e perdidos.

No dia seguinte atravessaram a fronteira e deixaram finalmente a Terra do Fogo para trás. Parecia que já se passara um século desde a noite em que haviam conversado acerca do fim da missão. Só faltavam duas pedras, mas estavam sendo perseguidos e a recente matança iria atrair para eles uma multidão de inimigos.

— Chega de mortes, não vamos lutar mais — disse Nihal enquanto caminhavam. — Se continuarmos a nos movimentar só de noite, ninguém irá nos encontrar. É só ficarmos atentos.

Senar ficou calado. Quando decidiu quebrar o silêncio fez algo inesperado. Riu.

— Não precisa se preocupar comigo — disse. — Já desisti de bancar o cordeirinho e de ficar todo abalado com cada gota de sangue que escorre diante dos meus olhos. Lutarei de novo, pode ter certeza. Toda vez que for necessário.

Nihal nada disse, achando que o silêncio valeria mais que mil palavras.

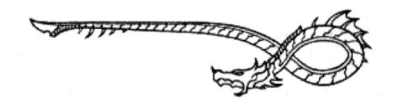

29
UM GRITO DE RAIVA

Ido andava meio irrequieto: estava cansado de ficar em Dama. Já era pleno verão e muito em breve deveria haver uma nova assembleia para decidir as próximas medidas contra o Tirano. Achava que já era hora de voltar à vida militar.

O gnomo estava surpreso com o fato de ninguém do exército ter aparecido até então. A sua licença não podia durar para sempre e esperava que a qualquer momento mandassem convocá-lo. Mas o tempo passava e nada de notícias.

De forma que, certa manhã em que se sentia melhor do que de costume, decidiu partir para Makrat. Sabia que as altas esferas militares estavam todas lá, inclusive Soana.

Vestiu-se como guerreiro e perguntou ao ordenança que cuidava dele onde estavam as suas armas. Teve uma desagradável surpresa. Ao lado da armadura, faltava alguma coisa.

– Onde está a minha espada? – perguntou irritado.

– Deinóforo quebrou-a – respondeu o rapaz, atemorizado.

Ido sentiu um aperto no coração. Aquele duelo solapara todos os pontos de referência da sua existência. A espada era a sua vida, não podia combater sem ela.

– Arranjei uma nova – apressou-se a dizer o ordenança, apontando para uma arma apoiada na parede. Não havia qualquer friso na empunhadura, devia ter pertencido a algum soldado raso que caíra em combate.

– Alguém guardou o que sobrou da minha espada? – perguntou Ido, em voz alta.

O rapaz estremeceu.

– A maga entregou-me antes de partir. Guardei no depósito, junto com as outras armas.

Ido saiu correndo para lá, com o assustado garoto troteando atrás. Só de pensar na sua espada jogada no meio da sucata, sentia o sangue ferver em suas veias.

Viu-a imediatamente, esquecida num canto. Ido sentiu um aperto no coração. A lâmina estava truncada a algumas polegadas da empunhadura e, assim como esta, estava vermelha de sangue ressecado. Dele ou talvez de Deinóforo. O gnomo pensou em todos os anos durante os quais a espada havia sido uma fiel companheira e teve vontade de chorar.

– Vou levá-la comigo – disse.

– Mas, senhor, está quebrada... – protestou o rapaz.

Ido ignorou-o e saiu do depósito com ar decidido.

Vesa, pelo menos, continuava no mesmo lugar, altivo como de costume. O dragão saíra praticamente ileso do duelo e recebeu Ido com uma baforada das ventas. Logo que montou na sua garupa, o gnomo voltou a experimentar as sensações das quais sentira falta nos dias de convalescença, e quase convenceu-se de que, afinal, não tinha sido tão grave.

– Vamos lá, parece que teremos de voltar à Academia para receber as nossas ordens – disse com um sorriso ao incitar Vesa a voar.

Logo que chegou, Ido notou que Makrat estava muito diferente. A notícia da derrota na Terra da Água repercutira por toda parte e as pessoas estavam assustadas. Numerosos soldados circulavam pelas ruas da cidade e os habitantes haviam deixado de lado a tagarelice e a despreocupação costumeiras: o vaivém e o burburinho tinham diminuído, havia menos mercadorias nos mercados e até as crianças mostravam-se mais comedidas em suas brincadeiras. A situação estava séria e todos sabiam disso.

Ido foi direto à Academia e pediu para ser recebido por Raven. Quanto antes se livrasse daquele aborrecimento, melhor. Teve de enfrentar a habitual espera antes de, finalmente, ter acesso à sala de Raven. O Supremo General estava sentado naquela espécie de trono, gélido, e nem o cumprimentou. Ido não queria provocar e ajoelhou-se sem demora.

O olhar de Raven correu pela atadura que encobria o olho.

– Como vai o ferimento?

– Está sarando. Não foi coisa grave.

Durante alguns minutos o silêncio reinou na sala.

– Então? O que quer?

– Parece-me bastante claro. Quero saber o que devo fazer. Deixaram-me em Dama sem qualquer ordem.
– Você está de licença.
– Já me recuperei.
– Vejo que não está querendo entender...
– Isso mesmo – disse Ido, impaciente. – Com efeito, não consigo entender.
– Está de licença por tempo indeterminado.

Aquelas palavras caíram em cima do gnomo com a violência de uma pancada. Era algo pelo qual não estava esperando.

– Já lhe disse que estou recuperado – protestou.

Raven levantou-se e chegou perto dele.

– Não era minha intenção ser tão brutal, mas você não me deixa escolha – disse ríspido. – Há duas razões pelas quais foi dispensado dos seus cargos de Cavaleiro.

– O que é isso? Mais uma patética tentativa de livrar-se de mim? Achei que tínhamos esclarecido de uma vez por todas as nossas divergências! – exclamou Ido.

Raven pareceu nem ouvir aquelas palavras.

– O seu comportamento em combate foi inqualificável. Deixou totalmente desgovernadas as suas tropas só para dedicar-se a um insignificante duelo pessoal, levou à morte mais de trezentos homens.

Ido sentiu o sangue subir à cabeça.

– Estava ferido; o que queria que fizesse, que os liderasse da enfermaria?

– Não é disso que estou falando e você bem sabe. Investiu contra Deinóforo no começo da batalha, esquecendo qualquer estratégia. Deixou os seus homens desamparados e entregues a si mesmos. Morreram quase todos naquele dia ou será que você não se lembra?

Num relance Ido viu os rostos daqueles que tinha treinado e pareceram-lhe todos terrivelmente jovens, uns garotos. Então lembrou-se de uma voz distante que o chamava de volta ao campo de batalha, a voz de Nelgar: "Volte, Ido, os seus homens!"

– Eu... – tentou defender-se, mas não encontrou palavras. Sabia disso desde o dia em que falara com o seu aluno.

– Provou sem sombra de dúvida que eu estava certo ao não confiar em você – prosseguiu Raven. – Continua exatamente o mesmo de quando lutava nas fileiras do Tirano, um animal sedento de sangue, e a sua sede ceifou muitas vidas.

— Não é bem assim, você sabe disso. Sim, eu errei, mas...

— Já chega. Não tolero erros tão grosseiros nem mesmo de recrutas, muito menos pensar assim de alguém que já enfrentou mil batalhas.

Ido não se mexeu, de punhos fechados. Quase não conseguia respirar, tinha a impressão de sufocar.

— De qualquer forma, este não é o único motivo da sua licença — disse Raven. Deu-lhe as costas e afastou-se alguns passos. — Foi gravemente ferido. Perdeu um olho. Nunca mais poderá ser o guerreiro que já foi.

Ido sentiu o sangue ferver em suas veias.

— Não diga bobagens — sibilou.

— Estou apenas dizendo a verdade. A falta de um olho não é uma coisa de nada para um guerreiro.

— Sou exatamente o mesmo de antes, quer que lhe mostre?

— Não seja criança. Para você tudo se resume a desembainhar a espada, sempre e por qualquer motivo. Acha que não fiquei sabendo da sua bravata aqui na Academia? Ido, não pode negar, já não consegue perceber direito as distâncias, o seu campo visual ficou reduzido. Nunca poderá voltar a combater como antes.

Ido tentou controlar-se, mas a raiva dentro dele era demais.

— Pegue essa maldita espada e demonstre-me que já não sou o de antigamente. Prove! Nós dois já deveríamos ter feito isso há muito tempo.

Raven permaneceu impassível.

— Ido, não me force...

— Estou lhe pedindo, maldição! — O berro de Ido fez estremecer os guardas na entrada.

— Está descontrolado — respondeu Raven, calmo. — Esta conversa já não faz sentido. Retire-se, voltaremos a falar no assunto quando recuperar o bom senso.

Raven deu as costas e dirigiu-se de novo ao assento. Ido não viu mais nada, sacou a espada gritando e investiu contra o Supremo General.

Raven defendeu-se do golpe com facilidade.

— Lembre-se de que sou seu superior, Ido. Não me provoque.

Como se não tivesse ouvido, o gnomo atacou de novo, e mais uma vez Raven defendeu-se sem quase perder a compostura. O Supremo General infligiu então um golpe lateral. Ido não o viu chegar, só ouviu um vago ruído atrás de si. Desviou-se e percebeu que um dos guardas tinha acudido.

— Está convencido agora? Não viu o meu golpe e tampouco viu o guarda chegar.

Ido deu mais um grito e voltou a atacar como um possesso, mas não conseguia ver muitos dos golpes que Raven e o guarda lhe endereçavam. Não entendia direito onde estava, não tinha uma noção clara do espaço à sua volta e não demorou a movimentar-se de forma desconexa. De repente foi golpeado nas costas e Raven aproveitou para desarmá-lo. A espada tilintou longe, no piso reluzente. Ido caiu de joelhos, ofegante.

— Não está em condições de lutar — sentenciou o Supremo General. — Sinto muito, Ido, mas não precisamos dos serviços de um meio Cavaleiro.

Raven saiu da sala. O barulho das suas botas no mármore soou odioso aos ouvidos de Ido.

O gnomo permaneceu no chão, sem fôlego. A espada jazia a algumas braças de distância.

Nunca mais será como antes. Nunca mais. Ele está certo. Sou apenas um meio Cavaleiro.

Soltou um berro de raiva que ecoou no alto teto abaulado da sala.

Ido entrou no aposento de Soana como uma fúria. Estava pálido e transtornado, e a maga assustou-se.

— O que está fazendo aqui?

Nem sabia da presença dele em Makrat, pensava que ainda estivesse se recobrando em Dama.

— Quero de volta o meu olho.

Soana não estava entendendo.

— O quê...?

Ido começou a folhear nervosamente os livros e a remexer como um possesso nas coisas dela.

– Você é uma maga, não é? Então procure dar-me de volta o meu olho, maldição! Deve haver algum maldito feitiço para fazer com que cresça de novo, para que eu possa voltar a ser o que era antes!

Soana aproximou-se e tentou detê-lo, mas o gnomo continuava a jogar livros e pergaminhos no chão.

– Ido, não há qualquer tipo de magia capaz de fazer o que está pedindo, existem limites que ninguém...

– Não é possível! Não é possível que tudo acabe assim! – Assaltou novamente as estantes, mas quando procurou pegar mais um livro, à sua esquerda, errou o alvo e só conseguiu empurrar uma pilha de volumes para o chão. – Maldição! – Com um grito de raiva e desespero deixou-se cair, em pranto.

Soana nunca o tinha visto chorar antes. Ficou parada, à espera de que Ido se acalmasse.

– Deinóforo tirou de mim até a possibilidade de lutar, a última coisa de que eu ainda dispunha. Sem o olho não poderei voltar aos campos de batalha, e o que sou eu sem a batalha? O que sou, além de um traidor?

Ficou soluçando no chão. Soana agachou-se e abraçou-o em silêncio.

Pouco a pouco Ido acalmou-se. O ferimento no olho voltara a sangrar e Soana medicou-o.

O gnomo não podia tolerar que alguém o visse naquelas condições.

– Desculpe – disse.

– Não se preocupe – respondeu a maga. – Acho que agora já está melhor.

Ido levou a mão ao olho. Nunca se acostumaria com aquela órbita vazia sob os dedos. Fora da janela o sol se punha lentamente sobre a cidade e o entardecer vinha amenizar o calor estafante do verão. Soana acendeu as velas.

– E agora conte o que aconteceu.

Ido descreveu o encontro com Raven.

– Não cheguei a ver o guarda. Apareceu diante de mim de repente. E tampouco via muitos dos golpes de Raven. É como se hoje, pela primeira vez, a perda do olho tivesse se tornado real. Nunca mais poderei combater. – Olhou para ela. – A batalha era a única maneira de eu remediar os meus erros.

Soana sorriu melancólica.

– Você não precisa de um novo olho, Ido, precisa de força de vontade e coragem. Poderá aprender a mover-se e lutar com um só olho, terá de aprimorar o ouvido e então voltará ao campo de batalha.

Ficaram em silêncio, enquanto a escuridão se tornava mais espessa em volta do halo das velas.

– Obrigado – murmurou o gnomo.

– Fique aqui por hoje – disse Soana. – Você precisa descansar.

Ido concordou.

Ido demorou-se algum tempo na casa de Soana. Precisava pensar e a companhia da maga infundia-lhe serenidade.

– Pedirei ajuda a Parsel – disse o gnomo certa noite, enquanto Soana aproveitava a brisa que entrava pela janela. O céu estrelado estava tão límpido que chegava a iluminar as silenciosas ruas de Makrat com sua luz prateada.

A maga sorriu.

– Então já está pronto.

– Há mais uma coisa que preciso fazer – acrescentou Ido, depois de alguns minutos de silêncio.

Soana olhou para ele interrogativa.

– Preciso saber quem é Deinóforo.

A maga suspirou.

– Não é nada do que está pensando – rebateu o gnomo. – Desisti do meu papel de vingador solitário, não combina comigo e me torna ridículo. Mas preciso derrotá-lo.

– Cuidado, o caminho que quer seguir é muito perigoso.

Ido podia perceber a luta interior de Soana, como se estivesse a ponto de contar-lhe alguma coisa sem saber, no entanto, se aquela seria a hora certa.

– É incrível como, em certas histórias da vida, algumas pessoas voltam sempre à baila – disse a maga, afinal. – E quase sempre são as pessoas erradas.

Ido fitou-a sem entender.

– Quando, depois de muitos anos, consegui finalmente reencontrar Reis, a minha mestra, ela me disse que queria ver Nihal. Eu tentei opor-me ao encontro, e ela falou então uma coisa que, na ocasião, não entendi direito. Disse que os fantasmas sob o comando de uma couraça escarlate iriam finalmente levar Sheireen ao seu destino, assim como você foi ao encontro do seu, também no rastro daquela mesma couraça.

Ido baixou os olhos.

– A batalha contra os mortos... – murmurou.

Soana anuiu e uma sombra passou pelo seu rosto.

– Não sei o que quis dizer com a segunda parte daquela frase... e não quero saber – concluiu tristonha.

O gnomo manteve-se calado por alguns instantes.

– Preciso ir vê-la.

– Está louca, Ido, já nem se parece com a minha mestra do passado. Está cheia de ódio, um ódio tão profundo que chegou a deformar até a sua aparência.

– Não importa. Já estive com muitas pessoas cheias de amargura e rancor. – O seu pensamento enfocou logo o irmão, mas Ido tirou a lembrança da cabeça. – Preciso descobrir quem é Deinóforo, preciso olhar no fundo da minha obsessão.

– Já sabe o que penso a respeito disso. Procure pelo menos tomar todo o cuidado.

Ido concordou.

No dia seguinte o gnomo deixou a casa de Soana e dirigiu-se com decisão para a Academia.

A primeira providência que tomou foi visitar Vesa: conseguira a permissão para deixar o dragão nos estábulos da instituição por algum tempo. A sua permanência naquele lugar tinha pelo menos servido para alguma coisa.

Em seguida procurou Parsel. Disseram-lhe que estava empenhado com os alunos, de forma que Ido deixou uma mensagem na esperança de que o mestre não demorasse demais a aparecer.

Encontraram-se fora da Academia, numa estalagem de Makrat. Quando chegou, Parsel tinha uma expressão meio constrangida.

– Não faça essa cara – foi logo dizendo Ido. – Não sou um inválido.

Parsel concordou e voltou às maneiras ríspidas que lhe eram peculiares.

Falaram da batalha, do duelo com Deinóforo, das perdas sofridas. Depois a conversa chegou ao encontro com Raven.

– Não sei viver sem lutar, acho que você me entende – disse Ido.

Parsel anuiu, não muito convicto.

– Recuso-me a acreditar que a perda deste olho seja o fim. Treinarei, ou pelo menos tentarei, até aprender a combater como antes, melhor do que antes, com o único olho que me resta.

Parsel continuou calado.

– Acha impossível?

– Acontece que você tem um ângulo cego muito maior do que um homem normal. É um problema que não vai poder resolver.

– E desde quando se luta somente com os olhos? Há a audição, o olfato, o tato... aprenderei a usá-los e será como ter olhos pelo corpo inteiro, nas costas, na ponta dos dedos... Mas não posso fazer isso sozinho. Preciso da sua ajuda. Acha que pode arrumar algum tempo para treinar comigo?

– Eu... – começou Parsel dizendo.

– Não somos amigos, eu bem sei. E também sei que no passado já desaprovou o meu comportamento. Mas estamos ligados por todos aqueles jovens que morreram por minha causa. – Ido parou olhando o outro nos olhos. – Peço que faça por eles. Ajude-me a consertar o meu erro.

Parsel não respondeu, manteve os olhos baixos e deixou o dedo escorrer por um bom tempo na orla do copo. Ido esperava ansioso.

– Então? – perguntou, afinal.

– Está bem – capitulou Parsel. – Você é um grande guerreiro, sei disso, e a sua perda seria muito sentida pelo exército. Só poderei ajudá-lo à noite, durante o dia estarei ocupado na Academia.

Ido bebeu de um só gole a sua cerveja.

– Preciso aprender a ver com o corpo todo, acho que a escuridão pode ajudar.

30
A VOLTA

Ido encontrou uma pequena casa dentro das muralhas de Makrat. Não era tão confortável quanto a de Soana, mas era mais do que satisfatória para os seus hábitos espartanos. O tempo do consolo tinha chegado ao fim, agora começava uma nova fase da sua vida em que teria de contar somente com as próprias forças.

Não demorou a descobrir que a vida civil era para ele um fardo muito mais pesado do que imaginara. Os dias passados perambulando pela cidade ou olhando para as paredes do seu quarto eram todos iguais e mortalmente monótonos. Então a noite chegava e Ido voltava a respirar. Encontrava-se com Parsel num bosque próximo de Makrat, onde treinavam por horas a fio.

O começo foi difícil. Era como se o mundo se mexesse depressa demais para ele, como se o espaço em volta estivesse repleto de seres invisíveis. Era incrível como a força do hábito tinha embotado os seus sentidos.

Na primeira fase do adestramento chegou a vendar até o olho são. Era a melhor maneira para desenvolver a audição e o tato. As primeiras semanas passaram sem resultados muito animadores e às vezes voltava para casa com pequenos ferimentos superficiais, mas em seguida a longa prática dos campos de batalha começou a dar seus frutos. Ido acostumou-se a distinguir os ruídos e a reconhecer de onde eles vinham, a perceber o espaço que o cercava confiando no som do vento entre os galhos, a intuir a direção dos golpes a partir do sopro da lâmina no ar e do rangido dos passos nas folhas secas. Tinha a impressão de ter voltado a ser criança, de ter reencontrado um entusiasmo havia muito esquecido. Melhorava noite após noite e, apesar de ainda não conseguir superar Parsel, sentia que a meta já não estava tão longe.

No começo do outono, quando achou que já podia considerar-se satisfeito com os seus progressos, decidiu dar-se ao luxo de alguns dias de folga. Chegara a hora de fazer uma visita a Reis.

Soubera por Soana que a maga morava na Terra da Água, perto das cataratas de Naël, na região que tinha resistido ao avanço das tropas do Tirano, e pedira todas as informações necessárias para encontrar o casebre.

Chegou à casa de Reis num dia cinzento e sombrio. Apesar das indicações de Soana, o gnomo teve de passar várias vezes pela cachoeira, ficando todo encharcado, antes de descobrir onde estava a cabana, mas, afinal, conseguiu localizá-la.

Era um esquálido casebre e Ido achou estranho que uma maga tão poderosa, a mulher que revelara a Nihal o meio para salvar o Mundo Emerso, morasse num chiqueiro como aquele. Bateu à porta, indeciso, mas ninguém atendeu. Encostou a mão na maçaneta e percebeu que a porta estava entreaberta.

Quando entrou, o fedor de mofo e de ervas bolorentas deu-lhe um nó na garganta. O interior da cabana pareceu-lhe ainda mais sórdido do que o lado de fora. À primeira vista, parecia mais o antro de uma bruxa do que a morada de uma maga; os livros que jaziam abertos no chão, cheios de runas de aparência maldosa, deviam estar repletos de fórmulas proibidas.

Belas amizades tem Soana...
– Quem está aí? – gralhou uma voz assustada.
Ido teve um arrepio.
– O Cavaleiro de Dragão Ido, amigo de Soana.

Apareceu uma figura ressecada e murcha, uma velha que parecia dobrada sobre si mesma. Era um gnomo, quanto a isto não havia dúvidas, mas muito mais baixa do que Ido, de uma altura fora do comum. Dava a impressão de estar sendo devorada pouco a pouco pela terra. O rosto não passava de um emaranhado de rugas, a única cor dos olhos era um círculo esbranquiçado. Tinha cabelos extremamente longos que se arrastavam no chão como um tapete.

A velha aguçou o olhar sobre o gnomo e o perscrutou por um bom tempo.

– O Cavaleiro gnomo... – disse afinal. – O mestre de Sheireen... Não tinha pensado na sua vinda aqui. O que deseja?

Ido sentiu um sentimento de repulsa por aquele lugar pútrido e por aquela mulher de modos irritantes.
– Preciso de informações.
– Uma maga nada sabe que possa interessar a um guerreiro.
Ido observou-a melhor; devia ter sido muito bonita, no passado, mas parecia que aquela beleza havia murchado como os feixes de ervas que empesteavam o ar irrespirável do casebre.
– Estou aqui para perguntar sobre Deinóforo, o Cavaleiro de armadura vermelha.
Reis teve um estremecimento. A maga Soana dissera a verdade, portanto.
– Não conheço ninguém com esse nome.
– Conhece sim. E não irei embora enquanto você não me contar o que sabe. Lutei contra ele alguns meses atrás – continuou Ido. – Isto – apontou para o olho esquerdo – é obra dele. Quero saber quem é.
Reis cravou os olhos esbranquiçados no rosto de Ido e o gnomo compreendeu que ela, assim como ele, naquele momento estava pensando em Nihal. Fitaram-se durante alguns momentos e Ido teve a perturbadora sensação de que a maga estava tentando reivindicar algum obscuro privilégio sobre a alma da sua aluna.
Depois Reis sorriu, um sorriso malévolo.
– Sente-se – disse ríspida.
Ido ajeitou-se numa cadeira empoeirada. A velha também acomodou-se num assento atrás de uma mesa entulhada de pergaminhos e ervas medicinais. No meio havia um pequeno braseiro cheio de cinzas.
– O nome Debar lembra-lhe alguma coisa?
Ao ouvir o nome o gnomo sentiu-se tomar por uma raiva antiga. Quando o conhecera, Debar era um rapaz simpático e promissor; moreno, de olhos claros, servira nas tropas de Ido e por algum tempo ele o abrigara sob suas asas protetoras, até Debar ser promovido e subir rapidamente na carreira militar. A família dele, no entanto, fora então acusada de traição baseada em uma porção de provas confusas. Os pais foram linchados, a irmã violentada; Debar havia conseguido escapar dos perseguidores, mas estava muito ferido e corria o risco de morrer. Quando Ido soube, tentou remediar aquela que lhe parecia uma imperdoável injustiça, mas já era tarde demais.

— Lembro-me perfeitamente dele — disse num tom sombrio. — A sua morte pesa na consciência dos homens das Terras livres.

— Debar não está morto — explicou Reis com a voz áspera e ressentida. — Debar é Deinóforo.

Ido gelou. Não lhe parecia possível. Não conseguia conciliar a imagem pacífica daquele rapazola com o guerreiro impiedoso com o qual lutara.

— Você está mentindo — disse num tom de voz quase inaudível. — Como pode afirmar uma coisa dessas?

A velha teve mais um estremecimento e ficou algum tempo calada.

— Muitos anos atrás, antes de eu descobrir a verdade sobre Sheireen e de encontrar o medalhão, fui capturada por um Cavaleiro de Dragão Negro e levada ao Castelo. Estávamos viajando sozinhos e, certa noite, vi o rosto dele sem o elmo e reconheci Debar. Aquele Cavaleiro, como você já deve supor, era Deinóforo.

Reis tremia, estava inquieta. No seu afã de ferir Ido, tinha, evidentemente, falado demais.

O gnomo ainda não conseguia acreditar no que acabara de ouvir. No relato daquela velha havia coisas demais que não se encaixavam.

— Qual era o destino que mencionou a Soana? — perguntou. — O que o Tirano queria com você?

— Nada, não era nada — respondeu ela, seca.

— Ora, até mandou um dos seus Cavaleiros escoltá-la...

— Não tem nada a ver com a sua busca, não é da sua conta.

— Ficou presa? — insistiu Ido.

— Faltou pouco. Consegui fugir.

— Não se consegue fugir das masmorras do Castelo. Aquele é um lugar de morte.

Reis rodou os olhos esbranquiçados, como se estivesse procurando uma saída.

— O que viu no Castelo? Por que não quer falar? — disse Ido, quase aos berros. Levou instintivamente a mão à espada. Se aquela megera sabia alguma coisa do Tirano, ele não iria sair dali antes de ela lhe contar.

— Não se atreva a ameaçar-me! — gritou a velha.

Ido desembainhou a arma.

– O que sabe do Tirano? – perguntou, desta vez escandindo as palavras num tom mais calmo. Reis não respondeu. Ele guardou então a arma e dirigiu-se lentamente à saída. Já estava quase na porta quando se virou. – Mandarei convocar o Conselho amanhã mesmo. Não vou deixar que o destino do Mundo Emerso fique nas mãos de uma traidora.

Com imensa surpresa de Ido, a velha começou a chorar.

– Por que quer forçar-me a lembrar aquilo que sepultei no fundo do meu coração? Por que quer conhecer a minha culpa?

Reis soluçava, mas Ido não tinha dó dela. Percebia alguma coisa obscura pairar em volta daquela velha, alguma coisa sórdida, o ódio que Soana mencionara.

– Fale! – intimou, enquanto voltava à mesa.

Reis fitou-o com olhos vermelhos de pranto.

– Uma longa sombra escurece o meu passado, como um mal assassino que sugou a minha alegria de viver.

Levantou-se e tirou algumas ervas de um vidro. Voltou a sentar-se, com um gesto da mão ateou um pequeno fogo azulado no braseiro jogando nele as ervas. Formou-se logo uma densa coluna de fumaça lívida que Reis governava com calmos movimentos das mãos.

O rosto de uma jovem foi lentamente tomando forma na fumaça. Apesar dos contornos confusos, dava para perceber que era de uma beleza estonteante. Era um gnomo. Ido só levou alguns momentos para perceber que devia ser Reis e ficou olhando, desconcertado, para a velha destruída pelos anos que estava diante dele.

– Nem sempre fui como você está me vendo agora – disse com efeito a maga. – Houve uma época em que a minha aparência era muito diferente. Foi então que conheci Aster. Era um jovem muito bonito e parecia dedicado a tudo que é generoso e bondoso. Era um conselheiro, como meu pai, e eu logo me apaixonei pela sua fúlgida beleza. Na minha ingenuidade, acreditei que ele também me amasse e entreguei-lhe o meu coração. Tudo o que eu queria era agradar-lhe, ajudá-lo a realizar os seus sonhos. Cheguei a interceder por ele junto ao meu pai, facilitei a sua ascensão. Levei muito tempo para entender. Tempo demais. E quando isto aconteceu, já era tarde.

Ido sentiu-se gelar. Não queria acreditar naquilo que a razão sugeria.
– Era tarde? Tarde para quê? Quem é Aster?
– Aster deixou de existir – respondeu a velha com um sussurro.
– Agora só há o Tirano.
Ido ficou petrificado, mudo.
– Quem afinal conseguiu abrir meus olhos foi o meu pai – prosseguiu Reis. – Pude ver todo o horror que se escondia sob a pele diáfana daquele lindo rosto, percebi que o seu aspecto angelical escondia o semblante de um monstro. Meu pai dobrou o meu coração recalcitrante com as suas palavras e livrou-me do jugo. Quando eu soube da verdade, quando compreendi que havia sido enganada, usada a serviço do mal, repudiei Aster e joguei na cara dele o meu ódio, pois nada de sincero havia no amor dele, pois só se aproveitara de mim para construir o seu poder. Portara-me de forma tão ingênua e tola que eu acabara caindo na sua armadilha, acreditando em suas lisonjas e seus abraços. Fugir dele e recusar aquele amor impuro, no entanto, não conseguiu espantar da minha alma o remorso que me dilacerava dia a dia, levando-me a odiar a minha formosura, a mesma formosura que atraíra a atenção daquele homem.

A fumaça dissolveu-se enquanto as lágrimas continuavam escorrendo pela face murcha da velha. Atordoado pela revelação, Ido esperou pelo fim do relato.

– O monstro não me esqueceu. Ordenou que me capturassem para levar-me ao Castelo.

A massa imponente do Castelo sobressaiu na fumaça e pareceu engolir qualquer outra imagem.

– Levaram-me até ele acorrentada. Agora que já não precisava de mim para agarrar o que queria com suas mãos ávidas, reclamava para si a minha beleza, o meu corpo. Comecei então a obra que agora está diante dos seus olhos. A minha beleza desapareceu, porque este era o meu desejo mais profundo. Pouco a pouco comecei a envelhecer cada vez mais rápido: as rugas deturparam o meu rosto, a pele ficou flácida e acabou caindo no meu corpo como uma roupa velha, os cabelos viraram estopa. Quanto mais velha e feia eu me tornava, maior era a minha felicidade. – Reis levou a mão ao rosto e deu uma estrídula risada, os olhos acesos numa espécie de furor. – Ele odiou-me por aquilo que fiz e com a sua

magia tentou devolver-me a antiga aparência, mas nada pôde contra o meu desejo. Bem sabia, o Monstro, que não poderia deixar-me livre e manteve-me ao seu lado contra a minha vontade. Fiquei jogada por muito tempo nas masmorras do seu palácio, mas acabei fugindo, pois nem mesmo o Tirano pode evitar a negligência de um carcereiro. Foi então que comecei a procurar no passado de Sheireen e descobri o talismã.
Reis fez uma pausa e fitou Ido com seus olhos velhos e alucinados.
– Quando o Tirano cair, será por minha mão. Eu, e somente eu, serei a responsável pela sua ruína – concluiu.
O gnomo ficou algum tempo olhando para ela, com desprezo, e sentiu um arrepio. O conhecimento da história daquela velha jogava uma sombra perturbadora sobre a missão de Nihal. E além do mais ainda havia alguma coisa que não fazia sentido, Reis não contara toda a verdade. Ninguém fugia do Castelo, e se alguém tão velho e fraco conseguira fazê-lo, só podia ser porque o Tirano permitira tal fuga. Mas com que finalidade?
– Guarde isso tudo para você – intimou a velha com a voz grave. – O que lhe contei não deve sair destas quatro paredes.
– É claro – concordou o gnomo, mas na verdade as suas intenções eram bastante diferentes.

Naquela noite, em Makrat, Ido estava muito menos concentrado do que de costume no treinamento. Continuava remoendo as palavras de Reis a respeito da história do jovem conselheiro desviado pelas forças do mal e não conseguia parar de pensar em Debar. Era uma cria dele, de certa forma; Ido ensinara muita coisa àquele jovem habilidoso e de aspecto simpático. Aí estava a explicação de a maneira de lutar do Cavaleiro ser tão parecida com a sua, e quanto mais pensava no assunto, mais se sentia sufocar de raiva.
Deinófobo tinha percorrido exatamente o caminho contrário ao dele e isto os tornava estranhamente parecidos. Havia alguma coisa que os unia, que os levava a contínuas afinidades. Ter lutado um ao lado do outro, ter optado por escolhas diametralmente opostas, estar ambos mutilados. Talvez fosse por isso mesmo que se sentia obcecado por aquele homem.

Chegou um golpe inesperado. O gnomo perdeu o equilíbrio e caiu.

— O que está havendo com você? Hoje está diferente — disse Parsel enquanto o ajudava a levantar-se. — Algo errado?

— Não, só umas coisas que zanzam na minha cabeça.

Ido foi falar com Soana e contou-lhe tudo a respeito de Reis. A maga ouviu com atenção, mas sem demonstrar qualquer surpresa.

— Já sabia? — perguntou o gnomo.

— Não, mas já imaginava. Sempre achei estranho aquele ódio tão feroz pelo Tirano. Todos nós o detestamos, mas não com a mesma violência. E tampouco podia explicar a mim mesma o aspecto tão decrépito de Reis: deve ter no máximo uns dez ou vinte anos mais do que você.

Ido sentiu um arrepio de repulsa.

— Não sei se podemos confiar nela... foi a amante dele, afinal — disse. — E esta história de fugir das masmorras... ninguém foge do Castelo, é impossível. O Tirano deve tê-la deixado fugir. Mas por quê?

Soana meneou a cabeça.

— O seu ódio é verdadeiro. Reis não está fingindo e nunca nos entregaria ao inimigo. O problema é outro. Está ofuscada pelo rancor, faria qualquer coisa para acabar com o Tirano.

Então, falando baixo, Soana revelou a Ido o que a maga tinha feito com Nihal, os pesadelos que lhe havia enviado. O gnomo apertou os punhos com raiva.

— É justamente disto que estou falando. Fui contrária ao encontro de Nihal com ela, e também fui contra a viagem, mas Reis tinha planejado tudo nos mínimos detalhes. Só nos resta aceitar o que ela decidiu por nós.

— Maldita... — sibilou Ido.

— De qualquer forma — continuou Soana —, a nossa última esperança tem a ver com ela. Talvez todo o seu ódio possa até gerar alguma coisa boa.

As semanas passaram rapidamente e muito em breve começou a fazer frio. Ido treinava todos os dias, com chuva ou com sol, e as coisas iam cada vez melhor. Voltara a ser o de antigamente. Percebera isso quando, pela primeira vez, derrotara Parsel. Já eram raras as ocasiões em que o instrutor conseguia superá-lo. Ido estava pronto. Decidiu então que já estava na hora de forjar de novo a sua espada.

Levou-a para um armeiro de Makrat, um homem que parecia ter mais músculos que cérebro.

– Acho que nem vale a pena reformá-la – disse o homem, depois de olhar para a lâmina e avaliar o seu estado. – Sairia mais caro do que comprar uma nova.

– Não quero saber quanto vai custar e estou disposto a pagar o preço que você pedir. Só quero que me devolva como ela era – respondeu Ido.

O armeiro podia não ser talentoso, mas sem dúvida sabia fazer seu trabalho brilhantemente. Dentro de uma semana a espada de Ido voltara realmente a ser como nova.

Quando o gnomo segurou-a na mão, sentiu-se reviver: assim como a espada, ele também era mais uma vez o de antigamente. Foi então ver Soana, que impôs à lâmina o mesmo encanto que usara com a velha arma.

Agora Ido já poderia enfrentar Raven e recuperar o cargo ao qual fazia jus.

O gnomo entrou na Academia em grande estilo, de armadura polida e espada na cintura, e pediu para ser recebido. Os guardas olharam para ele espantados.

Inesperadamente, Raven não se fez de rogado e logo apareceu em trajes ainda mais sóbrios do que os que usara nas mais recentes ocasiões. Pela primeira vez na vida, Ido prostrou-se e ficou ajoelhado diante dele, em atitude de submissão.

Raven pareceu ficar surpreso, pois Ido ouviu seus passos pararem de repente.

– Pode se levantar – disse afinal o Supremo General, e Ido obedeceu.

Quando o gnomo levantou o olhar, Raven já estava sentado, imperturbável como de costume.
— Então?
Ido abaixou a cabeça.
— Peço para ser readmitido na ativa.
— Acho que já lhe demonstrei que não está em condições para isso.
— Esqueça o desmiolado que começou a choramingar bem no meio da sua sala — disse Ido, sempre mantendo a cabeça baixa. — Morreu, está enterrado. Treinei muito, esforcei-me durante meses e sinto que voltei a ser o de antigamente. O erro que cometi em relação aos meus homens foi imperdoável, e o mínimo que você poderia fazer era expulsar-me. Aprecio o fato de ter me deixado uma porta aberta.
— Acha mesmo que esta falsa deferência poderá fazer com que eu mude de ideia?
Finalmente Ido levantou a cabeça e fitou-o diretamente nos olhos.
— Esta não é falsa deferência. Deveria conhecer-me bastante bem para saber disto. Eu nunca me humilhei, por motivo algum, e não estou certamente fazendo isso agora.
Raven e Ido fitaram-se por alguns segundos.
— Não posso confiar-lhe uma unidade — disse afinal o Supremo General.
— Entendo.
— Não se trata de crueldade, o seu erro foi muito grave.
— Só lhe peço que me permita voltar a lutar. Sabe que sou um excelente guerreiro e também sabe que a perda de um olho não pode ter prejudicado as minhas capacidades.
— Foi derrotado aqui mesmo, por mim.
— Treinei com afinco, pode perguntar a Parsel, que me ajudou. Dê-me mais uma oportunidade e juro que não irei decepcioná-lo.
Raven permaneceu por alguns momentos calado.
— Irá para a Terra do Sol, às ordens do general Londal. É um teste, Ido, somente um teste. Se não passar por ele, não terá outra oportunidade.
Ido prostrou-se mais uma vez.
— Obrigado — murmurou.

Raven aproximou-se dele.

– Tenho de admitir que reconheço o seu valor. Hoje você me deu uma prova dele – sussurrou.

Em seguida deu meia-volta e saiu da sala.

O *front* diante dele. Vesa fremia sob suas pernas. A espada na mão. Em lugar da chuva da última vez que descera em campo, havia agora uma insidiosa neblina. Ido não procurou Deinóforo. Mais cedo ou mais tarde iria encontrá-lo de qualquer maneira, tinha certeza disto, e aquele seria o dia em que resolveriam de uma vez por todas as suas pendências. Estava na retaguarda, mas não vinha ao caso. O que realmente importava era estar ali para recomeçar, para poder dizer que voltara a nascer.

Fechou os olhos e pôde rever os rostos dos seus homens. Eles também estavam lá, para ser resgatados, e ele não iria decepcioná-los. O coração batia calmo, a mente estava concentrada.

O grito do ataque encontrou-o preparado. Vesa abriu as imensas asas e Ido percebeu o ar frio bater no seu rosto. O primeiro inimigo veio direto contra ele, e Ido não teve a menor dificuldade em acabar com ele. Depois um leve ruído, um imperceptível deslocamento do ar. Virou-se e golpeou o adversário que estava a ponto de atacá-lo por trás.

Sim, tudo voltara a ser como antes.

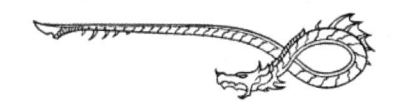

31
O CANTO DA CIDADE MORTA

Nihal e Senar fizeram uma breve pausa e a semielfo aproveitou para consultar o talismã acerca da direção a seguir. Cada vez que o tirava debaixo do corpete, o medalhão parecia brilhar com mais intensidade. As cores das pedras estavam cada vez mais vivas, iluminando com sua luz a escuridão da noite. O poder do amuleto tinha aumentado, Nihal podia sentir isso.

Fechou os olhos e a visão apareceu clara como nunca acontecera antes. O que viu deixou-a sem palavras. Era um bosque, ou pelo menos era o que parecia à primeira vista, mas a vegetação tinha uma cor estranha, como que de terra ou de pedra. Nihal concentrou-se ainda mais: era uma floresta petrificada. Havia moitas, árvores, folhas, até mesmo algumas flores, tudo de pedra.

Quando voltou a abrir os olhos, parte da visão devia ter permanecido em suas pupilas, pois Senar estava olhando para ela com espanto.

– O que viu? – perguntou.

– Algo extraordinário – respondeu e então contou sobre a floresta petrificada. A direção a tomar também estava clara: para o norte.

Só se deslocavam durante a noite, mas mesmo assim foram várias as vezes em que correram o risco de topar com patrulhas de fâmins que estavam no encalço deles. Queria dizer, então, que a notícia da sua entrada nos territórios ocupados já chegara até ali.

Durante os primeiros dois dias o panorama não foi muito diferente daquele que acabavam de deixar para trás. Já não havia vulcões imponentes, mas a terra mostrava as cicatrizes de centenas de crateras inativas. O vento da Terra do Fogo chegava com seu sopro destruidor até aquela região.

No terceiro dia viram ao longe uma linha escura que marcava o horizonte, lembrando a ambos o dia da destruição de Salazar: o exército inimigo que avançava contra a torre como uma maré escura. Recearam estar diante de acampamentos ou muralhas fortificadas. Quando chegaram mais perto, no entanto, descobriram que se tratava de algo bem mais imponente.

Eram montanhas, negras e pontudas, que se erguiam majestosas para o céu. Nihal lembrou-se então de algumas palavras ditas por Livon muitos anos antes. Parecia-lhe estar vendo o pai que trabalhava um bloco negro, com ela ao lado, curiosa como sempre.

– *Este é o cristal negro, a substância mais resistente que existe no mundo. O próprio Castelo é feito deste material* – *dissera Livon, enquanto batia com o malho no bloco preto em cima da bigorna.* – *Consegui de um contrabandista, um gnomo que conheço. O cristal negro só é encontrado na Terra dos Rochedos.*

A cada novo golpe, milhares de centelhas chispavam em volta da bigorna.

– *Há imensas montanhas por lá. São negras e resplandecem no sol como brilhantes. Dentro da pedra, com efeito, há veios de cristal negro que lhe dão esta cor.*

– *Você já viu?*

– *Quando era jovem. Naquele tempo a Terra dos Rochedos ainda não tinha caído completamente nas mãos do Tirano e fui até lá justamente para buscar o cristal negro para o meu mestre. As montanhas são realmente imensas, uma muralha escura contra o céu. Quando as vi pela primeira vez fiquei sem fôlego. Espero que algum dia você também possa ter a chance de vê-las.*

A oportunidade chegara e agora podia vê-las diante de si. Sobressaíam reluzentes contra o céu cinzento do alvorecer. Iluminadas por um halo ainda tênue, por enquanto só soltavam fracos reflexos.

Quando começaram a contorná-las, descobriram que nem mesmo aquele lugar havia sido poupado. Numerosas galerias penetravam na rocha e delas saíam gnomos acorrentados que empurravam carrinhos cheios de cristal negro. A população daquele lugar também havia sido forçada à escravidão, assim como a da Terra do Fogo, e extraía o precioso cristal com que eram forjadas as armas do inimigo.

Nihal e Senar margearam as montanhas mantendo-se o mais longe possível das minas. Os inimigos continuavam a persegui-los. Várias vezes tiveram de mudar de direção ou ficar por algum tempo escondidos para evitar as patrulhas de fâmins e gnomos.

Quanto mais avançavam, mais podiam perceber a extrema crueldade com que havia sido feita a destruição daqueles picos: completamente ocos por dentro, não passavam agora de paredões rochosos que podiam desmoronar a qualquer hora.

Quando penetraram numa região cheia de detritos devido à mineração, notaram uma coisa curiosa. Entre o cascalho e os blocos de pedra havia escombros que pareciam restos de casas: fragmentos de soalhos, portas, alguns pedaços de paredes ainda de pé. Tudo feito de pedra.

Acabaram decidindo que seria mais conveniente subir pelas montanhas. As encostas que davam para os vales eram exploradas para a extração do cristal negro e, portanto, a área pululava de inimigos. Depois de superarem os primeiros contrafortes, a solidão tornou-se a sua fiel companheira: as vozes, os gritos e os lamentos que vinham das minas abrandaram-se na quietude das alturas. De forma que puderam seguir viagem mesmo durante o dia.

Continuaram andando nas montanhas por um bom tempo, sem chegar a grandes altitudes, mas mantendo-se longe dos declives mais explorados pela extração. Foi assim que descobriram a joia secreta daquela Terra.

Estavam percorrendo um longo desfiladeiro entre duas montanhas, com a largura de menos de duas braças e de difícil acesso devido às pedras desmoronadas da parede, a qual os dominava ameaçadora, quando de repente desembocaram num vale. Completamente cercado pelas montanhas que formavam um círculo em volta, o local era animado pelo alegre chocalhar de uma pequena cachoeira que formava um laguinho de água límpida. Nihal e Senar olharam para cima e compreenderam afinal a origem dos escombros que haviam encontrado ao longo do caminho.

Os cumes dos montes abrigavam cidades, mas os edifícios não tinham sido construídos sobre a rocha. Os próprios picos haviam sido esculpidos para servir de habitações.

Na era de ouro, portanto, os gnomos moravam nas montanhas, naquelas cidades duras e eternas como a rocha. Agora, no entanto, o silêncio era absoluto e, na sua língua muda, falava do abandono daquelas construções. Muitas mostravam, com efeito, os sinais do tempo e do desleixo. As moradas mais altas estavam desmoronando corroídas pelo vento, destruídas. Os pináculos que as embelezavam já estavam sem ponta, seus contornos tornaram-se arredondados e deformados pela obra incessante das intempéries.

Senar lembrou já ter visto construções parecidas nas Ilusivas, mas então não compreendera o que fossem. Agora, no entanto, percebia que eram a cópia de um modelo grandioso, da obra erguida muitos séculos antes pelas mãos de um povo engenhoso.

Nihal e Senar não conseguiram conter-se. Emudecidos de espanto, galgaram um dos picos e visitaram a cidade de pedra. Era um emaranhado de casas construídas umas em cima das outras, de becos estreitos e tortuosos, de portas que apareciam por todos os lados. Tudo imóvel no silêncio, tudo parado. Mais do que abandonada, a cidade parecia fossilizada, como se algum mago tivesse jogado nela uma obscura maldição. Um chuvisco fino, triste e incessante começou a cair, a poeira das ruas logo tornou-se lama e todas as construções, já gastas pelo vento, pareceram derreter-se na água. Mas Nihal e Senar não se detiveram e prosseguiram com a visita.

Não havia sinais de devastação como em Seférdi. Tudo continuava no devido lugar, perfeito, sem sangue e sem cadáveres. Aquele lugar não se tornara deserto devido à fúria dos homens, mas sim pela obra silenciosa e incessante do tempo. Por toda parte percebia-se a engenhosidade dos antigos construtores. Nas paredes havia encanamentos que traziam a água até dentro das casas. Havia termas e estranhos sistemas de calefação, com espaços ocos que corriam pelos muros e por onde circulava o calor. Os gnomos, que agora eram escravos, no passado deviam ter sido ricos e felizes.

Nihal e Senar perambularam pelas vielas da cidade enquanto a chuva, prelúdio de um outono precoce, lavava a pedra diante dos seus olhos. Subiram até a cidadela, até o palácio real, desoladamente vazio. Só o barulho das gotas na pedra quebrava o silêncio irreal. E igualmente irreal pareceu-lhes o que de repente viram numa esquina.

Sentada numa cadeira, na chuva, havia uma velha. Balançava para a frente e para trás e cantarolava, alheia a tudo. Era miúda e usava uma veste de linho verde, toda esfarrapada e manchada. Nihal aproximou-se, mas a velha pareceu não prestar atenção e continuou a cantar, enquanto seus longos cabelos amarelados ficavam encharcados. Lembrava uma velha boneca esquecida.

Nihal pousou delicadamente a mão no ombro dela e a velha estremeceu; virou-se para fitá-la com olhos vazios.

– O almoço já está na mesa? – perguntou com um sorriso. – A feira deve ter acabado mais cedo hoje. – E voltou a cantarolar.

– Está sozinha aqui? – perguntou Senar.

– Não, não. Claro que não. O meu pessoal está lá dentro, a minha família...

Nihal deu uma olhada no interior e só viu um buraco escuro, fedorento e entulhado com todo tipo de lixo. Não havia vivalma.

– As estações já não são como antigamente... – suspirou a velha. – Deve ser por isso que a feira acabou mais cedo.

– Não há ninguém... – sussurrou Nihal a Senar.

– Já faz muito tempo que está aqui sozinha? – perguntou o mago, olhando para ela com doçura.

A velha continuou a balançar.

– Não estou sozinha, os meus estão dentro de casa... O almoço já está na mesa? – voltou a dizer enquanto olhava para Senar com expressão infantil.

O mago baixou os olhos e, em seguida, virou-se para Nihal.

– Temos bastante comida?

Nihal deu uma olhada no saco de viagem.

– As crianças estão muito quietas hoje – continuou a velha. – Normalmente são tão barulhentas que não me deixam descansar em paz... O que há de se fazer? São apenas meninos, precisam aproveitar a vida. Vocês são forasteiros? – perguntou a Senar.

– Somos – respondeu ele.

Nihal tirara do saco um pedaço de pão.

– Só temos isto para dar.

– Aconselho que visitem o palácio real, lá em cima. É maravilhoso – continuou a velha. – Ao meio-dia o rei manda tocar o sino. A cidade para e todos vão almoçar. O almoço já está na mesa?

Senar entregou-lhe o pão.

– Está sim, já está na hora de comer – disse baixinho.
– Grande rei o nosso, bondoso e magnânimo. Mandou construir novos canais, novos reservatórios para a água, e todos têm de comer sem se preocupar com a vida. Honra seja feita a Ler da Terra dos Rochedos, que longo possa ser o seu reinado. – A velha mordeu o pão com vontade, arrancando grandes pedaços.

Nihal e Senar afastaram-se, enquanto a mulher recomeçava a cantar.

– Como acha que conseguiu sobreviver sozinha? – perguntou Nihal.

Senar deu de ombros.

– Talvez ainda haja mantimentos guardados em algum lugar, quem sabe hortas, não faço ideia... Seja como for, não creio que vá durar muito.

A ladainha enchia os becos da cidade e ecoava de uma para outra parede, encobrindo até o barulho da água, e lentamente pareceu haver mil vozes cantando, mil almas perdidas vagando por aquela cidade morta. Enquanto Nihal e Senar iam se afastando, a chuva continuava a cair monótona e suas gotas incessantes corroíam a pedra.

32
TAREPHEN OU DA LUTA

Nas duas noites seguintes Nihal e Senar dormiram sob um teto, abrigando-se nas casas daquelas cidades. Havia muitas nas redondezas, todas desertas e em ruínas. A velha devia ser provavelmente o único ser vivo num raio de muitas milhas.

– Às vezes me parece que este mundo já morreu – disse Senar certa noite – e que nada podemos fazer para salvá-lo. O nosso sofrimento não poderá ser cancelado, nem mesmo se no fim vencermos o Tirano.

Nihal olhou para cima, para as fendas do teto de pedra.

– Fico me perguntando se conseguiremos reconstruir a partir dos escombros... – acrescentou o mago.

Nihal baixou os olhos.

– Não sei, às vezes acho que tudo isso nunca terá fim, que iremos sofrer para sempre. Já faz quarenta anos que o Tirano domina absoluto... talvez não haja como derrotá-lo.

– Não foi o que disse o guardião de Flaren – comentou Senar. – Ele afirma que tudo flui, que o bem se alterna com o mal numa espiral eterna. Se for assim, talvez derrotar o Tirano até sirva para alguma coisa. – As palavras perderam-se na escuridão.

Então chegou a hora de eles descerem das montanhas. Nihal sentia que o local para onde deviam ir ficava a ocidente e portanto tinham de desistir da proteção das montanhas negras. Escolheram o declive que lhes pareceu mais acessível e enfrentaram a descida. A planície apresentou-se aos seus olhos imensa e desolada. No fundo divisava-se uma mancha marrom-escura.

– É a floresta – disse Nihal. – É para onde precisamos ir.

Voltaram a viajar somente à noite, com a sensação de estarem sendo continuamente perseguidos. Ao alvorecer do décimo primeiro dia de marcha chegaram às proximidades da meta.

A floresta mostrava-se em toda a sua majestade. Era uma longa linha marrom que ocupava todo o horizonte sem que se pudessem avistar seus confins. Nihal e Senar embrenharam-se nela o mais rápido possível: ali iriam sentir-se mais protegidos.

No começo só encontraram cepos de árvores petrificadas. Uma parte da floresta também havia sido destruída, devido ao cristal negro de que eram formados alguns troncos. Depois a vegetação ficou mais cerrada e começaram a encontrar as primeiras árvores. Apresentavam todas as formas e variedades das árvores de madeira, mas eram inteiramente de pedra: tronco, galhos e folhas. Mesmo assim, pareciam vivas. Era uma floresta imóvel, como que congelada num momento da sua existência. Não havia ruídos de ramagens, não havia animais, nem mesmo água.

Nihal sentiu que aquele lugar era sagrado: percebia as forças naturais que, ocultas nos troncos, a chamavam. Dedicada aos antigos deuses, a floresta era um lugar onde as criaturas do Mundo Emerso podiam ficar em contato com a natureza, com os espíritos encarnados. Nihal e Senar atravessaram-na com a postura de devotados romeiros, de cabeça baixa e em religioso silêncio.

Certa tarde, Nihal parou.

– Estamos perto – disse. – Só falta mais um dia de viagem.

A semielfo fechou os olhos e apontou para o caminho a seguir. Começaram a andar mais apressados, como se no bosque petrificado estivesse traçada só para eles uma trilha invisível que levava ao destino. Estavam cansados e famintos, emocionados com a proximidade do objetivo. Por isso não perceberam alguns sons distantes, um confuso tropel de passos na pedra, um vago tilintar de espadas longínquas.

De repente Nihal parou.

– Chegamos? – perguntou Senar.

Antes de ela poder responder, um ruído metálico ecoou de um tronco para outro. Nihal desembainhou a espada.

– Não podemos nos dar ao luxo de lutar agora, precisamos alcançar o santuário! – exclamou o mago.

Nihal olhou diante de si.

– Por aqui – disse, e começaram a correr velozes entre as árvores.

Por alguns instantes nada mais ouviram e já estavam a ponto de respirar aliviados quando sentiram passos pesados aproximando-se cada vez mais depressa. Inimigos correndo. Em seguida começaram os berros atrás deles. Haviam sido descobertos.
— Acho que não sabem do santuário — disse Senar, ofegante. — Ainda falta muito?
— Não, posso sentir que estamos perto.
Senar já sabia o que devia fazer.
— Vou mantê-los ocupados, você corre para o santuário e pega a pedra.
— São muitos — respondeu Nihal. — Não vai conseguir. Vamos tentar despistá-los.
Senar parou.
— Não me subestime. Já se esqueceu do que aconteceu na clareira? — Logo a seguir deu-lhe as costas.
— Senar...
— Ande logo! — berrou ele. Virou-se para ela e sorriu. — Não se preocupe, sei cuidar de mim. Vemo-nos mais tarde.
A semielfo ficou alguns instantes parada. Então virou-se e fugiu.

Nihal tentava correr o mais rápido possível, mas não conseguia parar de dizer a si mesma que não deveria ter abandonado Senar. Voltou a lembrar o dia em que o deixara sozinho com Laio, mas tentou afugentar o pensamento.
Preciso dele. Não pode lhe acontecer nenhum mal.
Ninguém a perseguia: o que queria dizer que Senar estava desempenhando com perfeição o seu papel. Forçou-se a correr ainda mais depressa, enquanto já começava a ficar ofegante. Sabia claramente aonde ir e dirigiu-se para lá em disparada.
De repente percebeu que tinha chegado. Parou, procurou acalmar-se e olhou em torno. Diante dela havia uma pequena colina com uma abertura escura em um dos lados. Era por onde ela devia entrar. Quando chegou ali não titubeou, não tinha tempo para hesitações; segurando a espada diante dela, no escuro, avançou.
Viu-se num lugar estreito e úmido, uma longa galeria escura que mergulhava nas entranhas da terra. Justamente quando já estava pensando em recorrer à magia para ter um pouco de luz,

reparou no brilho embaixo do corpete. Tirou o talismã e as pedras emanaram um clarão que iluminou por algumas braças o caminho diante dela. Devia estar numa espécie de mina; o teto era escorado com toras de madeira bolorenta e as paredes da galeria mostravam as marcas de pás e picaretas. Ficou de quatro e começou a descer.

Na primeira bifurcação, sentiu-se tomar pelo desânimo. Olhou para os dois túneis e só depois de mil incertezas intuiu qual era o caminho a seguir. Recomeçou a descer, cada vez mais depressa.

A mina era um labirinto, um dédalo de corredores apertados. Nihal acabou ficando desorientada e teve a impressão de não ter feito outra coisa a não ser dar voltas inúteis desde que entrara. Estava agora avançando sem rumo, com as lágrimas que escorriam na sua face.

De repente o terreno sob suas mãos abriu-se e ela caiu no vazio. Quando voltou a levantar-se, descobriu estar num amplo salão. No chão, à sua frente, sobressaía uma enorme escrita, tão grande que ela custou a lê-la: *"Tarephen."* No meio da sala havia duas imponentes colunas e, entre elas, o altar onde estava colocada a pedra. Brilhava fulgurante.

– Dê-me logo a gema, sou Sheireen, a Consagrada! – berrou ela. Não havia tempo para salamaleques.

Ninguém respondeu.

– Já estou com seis delas – disse levantando o talismã, que rebrilhava mais do que nunca. – Se me der licença, pego a pedra e vou logo embora! – gritou de novo, mas as suas palavras perderam-se mais uma vez no silêncio.

Tudo bem, ela não tinha tempo para conversas ou brincadeiras, precisava pegar aquela maldita pedra. Aproximou-se do altar com passo decidido. Quando chegou perto, nem tinha ainda colocado o pé no primeiro degrau e a sala inteira foi sacudida por um forte tremor. Nihal parou e tudo pareceu voltar à normalidade. Preparou-se para subir e esticou a mão para a pedra. Mais uma vez um forte tremor pareceu sacudir a sala, desta vez com tamanha força que a semielfo caiu no chão.

Enquanto se levantava, viu que as duas colunas iam se transformando pouco a pouco em dois homens gigantescos cujas cabeças roçavam no teto. Tinham forma tosca, só vagamente esboçada, e um tamanho monstruoso, com pernas curtas e atarracadas, braços extraordinariamente compridos, mãos gigantescas. Na testa de ambos havia alguma coisa, uma gravura ou uma escrita. Nihal recuou e a espada tremeu entre suas mãos.

Agora não... agora não...

– Vocês são os guardiões?

Como resposta, um dos gigantes tentou acertá-la e Nihal mal teve tempo de evitar o golpe. Quando o ser voltou a levantar o punho desmedido, no seu lugar havia uma cratera. Nihal ouviu uma risada e uma figura que lembrava um sátiro apareceu em cima do altar.

– Eu sou o guardião.

Era impossível determinar o sexo e a idade dele; a altura não devia passar de uma braça, vestia uma curta túnica marrom e seus olhos eram de um azul cruel.

– Estou aqui por causa da pedra – disse Nihal, enquanto procurava recobrar a compostura.

– Sei por que está aqui – replicou o sujeito, com ar de enfado. – É por isso que chamei os meus amigos.

Nihal não estava entendendo, só sabia que aquele ser inspirava uma vaga sensação de ameaça.

– Já estou com as outras pedras, está vendo? – insistiu mostrando o amuleto. – Preciso delas para vencer o Tirano.

– Não dou a mínima para as pedras que já tem, nem para quem lhe deu – rebateu o guardião. – Para ficar com esta terá de lutar com os meus amigos. – Um dos gigantes deu um passo adiante.

Nihal recuou.

– O que isso significa?

O sátiro pulou do altar e postou-se na frente dela, os olhos azuis fixos nos violeta da semielfo. Segurava um longo bordão nodoso, com uma esfera luminosa na ponta. Sorriu, o sorriso de uma criança birrenta.

– Já faz séculos... muito mais, aliás, milênios, que a pedra que você quer fica guardada neste lugar, e há milênios só foi concedida a quem a mereceu e derrotou os gigantes. Se realmente a quer, não tem outro jeito a não ser lutar. – Sorriu de novo e deu uma meia cambalhota.

Aquele ser não se parecia nem um pouco com os guardiões anteriores. Nihal não conseguia decifrá-lo. Estava brincando com ela?

Quanto mais tempo passava, mais ela receava pelo destino de Senar.

– Deve certamente saber que os demais guardiões concederam-me a pedra. Isto não basta para convencê-lo de que sou a pessoa certa? – perguntou.

Tareph deu de ombros.

– Isso não me interessa. A minha pedra não é como as outras. Você precisa merecê-la. – Soltou mais uma risadinha, deu um pulo e lá estava ele, de novo em pé no altar. Moveu o bordão e um dos gigantes encostou-se ameaçadoramente em Nihal.

– Não tenho tempo a perder! – gritou ela. – Um amigo meu está arriscando a vida por mim! – Esquivou-se de um soco.

– Nem quero saber – disse o sátiro com um ganido de enfado.

– Já faz tanto tempo que estou trancado aqui, uma verdadeira chateação. Vamos lá, divirta-me!

O gigante avançou decidido, mas Nihal só tentava evitá-lo. Acabou percebendo que nunca iria convencer o guardião a eximi-la do embate. Tudo o que ele queria era fazer troça com ela, dar umas boas risadas e tratá-la como uma marionete. Não tinha a menor intenção de avaliar a sua capacidade, aquela não era uma verdadeira prova, o sátiro só queria divertir-se.

Nihal infligiu um primeiro golpe de espada na criatura que a atacava, mas não foi bastante rápida, ou quem sabe a estocada não foi bem planejada, pois não surtiu efeito algum.

– Um a zero para mim! – gritou o guardião. Fez um sinal e o outro gigante tomou o lugar do primeiro.

Nihal virou-se e tentou defender-se com a espada. Mas era inútil. Aqueles gigantes eram incomensuravelmente mais fortes do que ela e a sua arma nada podia contra eles. Além do mais, não conseguia concentrar-se, pensava no tempo que estava desperdiçando ali, em Senar que enfrentava os inimigos, sozinho.

De repente um braço do gigante acertou-a em cheio e jogou-a violentamente contra a parede. Por um momento Nihal só viu escuridão. Quando se recobrou, Tareph estava cavalgando o colosso e investia todo empertigado contra ela.

– Ora, desse jeito não posso testar a sua força – disse com uma risada estrídula. – É fácil demais. Empenhe-se mais!

Lá veio outro golpe que, no entanto, a semielfo evitou rolando no chão.

– Vou contar-lhe um segredo. – Riu sarcástico o guardião, enquanto o gigante preparava-se para golpear de novo. – Esses aqui são dois *golens* criados por mim. A escrita na testa deles significa "vida" e, enquanto permanecer ali, eles continuarão, justamente, vivos. São mais fortes que você e indestrutíveis. Não pode vencê-los com a espada nem de qualquer outra forma. Mas se conseguir apagar a primeira letra da escrita na testa deles aparecerá a palavra "morte" e eles se dissolverão no pó de que foram feitos. É a sua única maneira de vencê-los – concluiu com uma risada maliciosa.

Chegou mais um golpe, violento, mas Nihal evitou-o. Por mais que tentasse, a semielfo não conseguia concentrar-se e sabia que era justamente isso que a condenava à derrota.

Tinha ódio daquele sátiro colocado ali para vigiar a pedra, não desejava outra coisa a não ser derrubá-lo do *golem* e dar-lhe uma boa lição.

Tareph olhou para ela enviesado.

– A prova é esta, Sheireen, ou estava pensando que todos os guardiões seriam como Flar, prontos a prostrar-se diante de você?

A batalha continuava e Nihal limitava-se a esquivar, sem que uma só ideia lhe viesse à cabeça.

Onde está, Senar? Você já teria encontrado um jeito para me tirar desta situação absurda...

– Alguns olham dentro do coração, para julgar um Consagrado, mas outros, como eu, preferem avaliar a sua força, a sua capacidade de lutar, de encontrar a devida concentração mesmo quando a mente e o corpo gostariam de estar em outro lugar.

Nihal dirigiu o olhar para aquele ser e vislumbrou uma centelha de verdade e sabedoria nos seus olhos gélidos. Então ele sabia... Não era tão ingênuo e infantil, afinal. Sabia e mesmo assim a mantinha ali.

– Quer ou não quer vencer o Tirano? Acha que vai ser fácil? Naquele dia também pensará em outras coisas, naquele dia também, quando tiver todo o exército inimigo contra si, não conseguirá tirar da cabeça as coisas com que realmente se importa. Este combate não é tão inútil quanto parece...

Nihal fechou os olhos. Continuando assim nunca iria salvar Senar. Devia concentrar-se e derrotar aquele monstro, era a única maneira de sair de lá e voltar para junto do amigo. Devia manter-se calma.

Sentiu chegar mais um golpe. Abriu os olhos, pulou, esquivou-o. Aproveitou para agarrar o braço do monstro. O *golem* sacudiu-o, tentando fazê-la cair, mas não conseguiu. Aquelas sacudidas não passavam de brincadeira para um Cavaleiro acostumado a ficar em pé na garupa de um dragão em pleno voo.

Nihal arrastou-se até o ombro, esticou a mão e finalmente conseguiu apagar a letra. A palavra *emeth* virou *meth*, e o *golem* esfarelou-se sob suas pernas.

Só teve tempo de olhar de relance a expressão maliciosa do guardião, e ele já estava cavalgando o outro *golem*.

– Achou que era tão fácil? – disse, escarnecedor, e o colosso investiu contra a semielfo.

Mas agora Nihal tinha pleno domínio sobre si mesma, voltara a ser o competente guerreiro de sempre, frio e determinado, e não se abalou. Esquivou alguns golpes e então puxou o punhal da bota. Com um lançamento preciso acertou no primeiro *e* da palavra *emeth* e o segundo gigante também foi reduzido a pó. Desta vez Tareph foi pego de surpresa, não estava preparado para uma vitória tão fulminante, e caiu. Ainda estava se levantando quando sentiu a espada de Nihal encostada na sua garganta.

– A pedra, já! – sibilou a semielfo.

O guardião caiu na gargalhada, levantou o dedo e Nihal foi jogada para longe.

– Achou mesmo que podia competir com um guardião? – disse, recuperando a pose. – De qualquer maneira, venceu. A minha brincadeira acabou. É uma pena, estava começando a me divertir. – Ergueu a mão e a pedra levantou-se do altar para então cair na sua palma.

Acenou para a semielfo e a jovem aproximou-se.

– Mereceu – disse Tareph. – Lembre-se deste combate, quando estiver diante do Tirano, pois então ele terá nas mãos algo capaz de dominá-la. Para a sua salvação, daqueles que você ama e das pessoas deste mundo, no entanto, precisará manter-se calma e cumprir com o seu dever. – Entregou-lhe a pedra e Nihal ficou olhando para ela.

– Então? – perguntou o guardião. – Não estava com pressa? O seu amigo está esperando, cercado de inimigos e quase sem forças, a duas milhas daqui. A minha pedra levará você para lá.

Nihal fitou-o com gratidão.

– Faça o que precisa fazer – disse ele com um sorriso, o primeiro sem malícia.

Nihal recitou as palavras rituais e colocou a sétima pedra no encaixe. Tudo o que havia em volta foi sugado num turbilhão e do santuário sobrou somente a rocha nua. Poderia até acreditar ter sonhado, não fosse pela gema que reluzia no medalhão, ao lado das outras.

Começou a correr o mais rápido que podia, enquanto o amuleto apontava com clareza para onde ir.

Senar estava desempenhando a contento a sua tarefa. Logo que Nihal fora embora, tinha começado a lançar relâmpagos coloridos, brandas magias ofensivas para atrair os inimigos, desviando a atenção deles da semielfo.

De repente as árvores à sua volta racharam-se com um estrondo e pelo menos dez fâmins apareceram.

Demais para ele.

Petrificou o maior número possível com um feitiço, evocou uma barreira a fim de prender mais alguns, para então dedicar-se aos inimigos que sobravam. Ainda havia três, talvez pudesse dar conta deles.

Lutou com a espada, defendendo-se ao mesmo tempo com uma barreira mágica e tentando lançar algum encanto ofensivo. Não era fácil recitar várias fórmulas ao mesmo tempo e não demorou a sentir que as forças o abandonavam.

Apagou da mente todo pensamento alheio ao combate e qualquer remorso e dor desapareceram, assim como a fúria dos primeiros lances da batalha. Conseguiu dar cabo de um adversário. Havia mais dois. A barreira em volta dos fâmins começou a ceder, mas então um clarão esverdeado iluminou a escuridão acabando com um dos inimigos diante dele.

— Senar!
O mago virou-se e só teve tempo de ver Nihal que avançava de espada em punho antes de cair no chão, exausto, ouvindo o clangor de armas que se chocavam, o som da lâmina que penetrava na carne e, finalmente, um baque.
— Precisamos fugir. Ainda consegue correr?
Senar acenou que sim. Nihal passou um braço em volta dos seus ombros e ajudou-o a ficar de pé.
— Eles viram você, não podemos deixar que vivam — disse Senar enquanto se levantava.
Naquela mesma hora a barreira sumiu e os fâmins que até então haviam ficado presos enxamearam em torno deles aos berros.
Nihal puxou o mago e os dois começaram a correr em disparada entre as árvores.
Podiam ouvir os inimigos logo atrás enquanto setas começavam a cair em cima deles. Senar tentou levantar uma barreira, mas as suas forças mágicas estavam fracas demais.

Corriam em zigue-zagues, tropeçando e levantando-se o tempo todo. Forçaram-se a prosseguir, embora as pernas já não os sustentassem, mas a vantagem que tinham sobre os inimigos tornava-se cada vez mais exígua. De repente Nihal sentiu que o corpo de Senar se encolhia para agachar-se com um ganido de dor.
Virou-se na mesma hora e ficou horrorizada. Uma lança fincara-se na perna do mago, trespassando-a de lado a lado. O sangue que jorrava da ferida espalhou-se na pedra com mil respingos, enquanto Senar se dobrava sobre si mesmo.
Nihal levantou-o forçando-o a andar.
— Ânimo! Precisamos sair daqui! — gritou, com as lágrimas que já estavam riscando sua face.
Uma careta de dor desfigurou o rosto de Senar e o mago caiu de novo no chão.
— Deixe-me aqui... — murmurou.
Nihal olhou para trás e viu as figuras dos inimigos que iam chegando. Ainda havia uma última esperança: o Encantamento de Voar. Nunca tentara antes, mas agora não tinha escolha.

Fechou os olhos e recitou a fórmula que ouvira Senar pronunciar, enquanto tentava lembrar-se de algum lugar nas redondezas onde pudessem encontrar abrigo. A única ideia que lhe veio à cabeça foi o santuário. Não estava longe e talvez fosse um lugar seguro. Concentrou-se intensamente e pediu ajuda ao poder do talismã. Logo a seguir desapareceram.

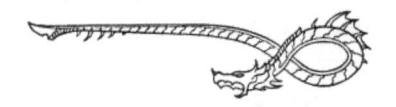

33
A VERDADE

Nihal só conseguia ouvir a respiração arquejante de Senar. O resto era o mais absoluto silêncio. Ficou algum tempo de olhos fechados, pois receava que ao abri-los poderia ver o fim deles: os fâmins que os cercavam, os gnomos de espadas na mão.

Quando afinal os abriu, viu que estavam diante da galeria que levava ao santuário. Não teve tempo para regozijar-se, pois Senar estava no chão, com a mão na lança cravada na perna, e compreendeu que não havia um só minuto a perder.

— Vamos! Aqui estaremos seguros, é o santuário — disse enquanto o levantava.

O mago reprimiu um grito de dor e tentou sorrir.

— Está se tornando uma maga de primeira — murmurou.

Nihal não respondeu e o ajudou a entrar. Antes de acompanhá-lo quebrou alguns galhos para camuflar a boca do túnel, na malfadada hipótese de que os inimigos passassem por lá. Tirou então o amuleto do corpete para iluminar o caminho enquanto avançavam.

Senar sofria muito mais do que deixava transparecer. Nihal segurava-o e tentava animá-lo, mas o mago tinha a terrível suspeita de que a ferida não pudesse ser curada. Como a de Laio. Desconfiava que a sua viagem tinha chegado ao fim.

— Conseguiu a pedra? — perguntou ofegante.

A semielfo anuiu.

— Foi difícil?

— Pare de falar, você está ferido.

Senar começava a sentir falta de ar.

— É só uma bobagem... — mentiu.

Os contornos das coisas tornavam-se cada vez mais indefinidos e tinha a impressão de tudo estar desaparecendo na escuridão à sua volta. A única pena que sentia era de deixar Nihal sozinha, logo agora que a jovem mais precisava dele. E sem ter mantido a promessa feita a Ondine.

— Procure aguentar, Senar, a sala onde peguei a pedra não está longe — continuou Nihal a dizer, mas até a voz dela chegava aos seus ouvidos como um eco distante.

Antes de morrer, Laio dissera que lhe parecia estar a ponto de adormecer. Era a pura verdade, era como entregar-se ao sono, até a dor se acalmava. As sensações esmaeciam perdendo-se no nada, a consciência de si mesmo se afastava.

— Agora falta realmente pouco, muito pouco. Vou cuidar de você logo, você vai ver, não vai demorar para se sentir melhor — encorajou-o Nihal.

Senar já não conseguia responder. Ouviu-a soluçar e percebeu que estava segurando-o com mais força.

— Não chore... — murmurou do abismo para o qual estava escorregando.

— Chegamos! — berrou ela quando desembocaram na sala. Só havia a luz do amuleto e aquela tênue claridade não era suficiente. Nihal acendeu um pequeno fogo mágico, depois colocou Senar no altar e examinou o estrago na perna. A primeira providência era arrancar a lança.

Encostou a mão no pescoço do amigo e suspirou aliviada ao perceber as batidas do coração. Não era tarde demais. Senar mal conseguia respirar e sua testa estava molhada de suor gelado.

— Não sou lá grande coisa como maga, mas posso curar este ferimento sem maiores problemas — murmurou no ouvido dele, enquanto rezava para que os poderes que moravam naquele lugar lhe dessem a força necessária.

Senar entreabriu as pestanas, mas o olhar não se fixou nela, parecia correr atrás de um sonho distante, de figuras fugidias.

— Fiz uma promessa... — começou.

— Fique quieto, não fale, deixe tudo por minha conta — interrompeu-o Nihal, comprimindo com um dedo os lábios dele.

— ... quando estava no ventre do mar fiz uma promessa...

Nihal examinou a lança para descobrir uma maneira de arrancá-la da perna sem machucar Senar demais. Mal tocou nela, o mago soltou um grito de dor.

— ... prometi que iria amá-la...

Nihal parou de estalo e aproximou a cabeça do rosto de Senar.

— ... porque sempre a amei, como você bem sabe...

– Não diga nada.
– ... amei você desde o dia em que a derrotei e fiquei com o seu punhal na cobertura de Salazar, e agora estou morrendo...
– Não vai morrer, não diga uma coisa dessas nem de brincadeira! – exclamou ela, mas Senar fechara os olhos.

Nihal tomou coragem, segurou a lança com firmeza e arrancou-a da ferida. O grito de Senar ecoou no vazio da sala. A semielfo começou a recitar a fórmula de cura mais poderosa que conhecia. Senar agora mal conseguia respirar. Quando encostou de novo a mão no pescoço dele, percebeu que o batimento estava fraco e lento. Seguiu em frente ainda mais decidida.

Nihal não se rendeu e continuou a recitar encantamentos durante toda a noite, um depois do outro, tentando até magias que nunca experimentara antes, mas que ouvira da boca de Senar ou Soana. Não se concedeu um único momento de pausa, nem se deixou desanimar pelo fato de o ferimento não dar sinais de melhora. Pela primeira vez na sua vida, lutou com todo o coração e com toda a coragem de que dispunha.

Pouco a pouco o sangramento parou, coagulando-se no rasgão, a respiração de Senar tornou-se mais firme e regular. De manhã o mago estava levemente mais corado e tudo indicava que a dor tinha diminuído. Nihal parou e enxugou o suor da fronte. Sentia-se completamente esgotada, mas Senar estava melhor. Talvez toda aquela luta não tivesse sido inútil, afinal.

A semielfo aventurou-se fora do santuário em busca de algumas plantas medicinais. Lembrava a aparência daquelas que Laio usara com ela, quando fora ferida no ombro, e procurou por toda parte. Mexeu-se furtiva e encontrou algumas ervas; estavam meio murchas, mas era melhor do que nada. Encontrou até um regato. A água estava lamacenta, mas Nihal não ligou e encheu o cantil que levava consigo.

Quando voltou e viu que as ramagens diante da entrada continuavam do mesmo jeito de quando saíra, suspirou aliviada. Ninguém tinha descoberto Senar.

O mago jazia no altar. A respiração voltara ao normal e as batidas do coração estavam firmes e regulares. Nihal examinou a perna.

A lança quebrara o osso e Senar perdera muito sangue, mas o ferimento não parecia mortal.
Nihal acendeu uma pequena fogueira e usou-a para esquentar a água. Depois fez uma compressa com as ervas que encontrara e aplicou-a em cima da ferida. Senar suspirou visivelmente aliviado. Continuou a cuidar dele até perceber que o mago adormecera. Só então concedeu a si mesma o merecido descanso e sonhou com ele e com a infância dos dois em Salazar.
Foi acordada pelo barulho de passos por cima da sua cabeça. Estremeceu e sacou a espada. Os passos, no entanto, seguiram adiante e ela ficou mais calma. Dirigiu então o olhar para o altar e viu que Senar estava de olhos abertos.
– Senar! – gritou.
O mago virou-se e sorriu para ela.
Nihal correu para ele e abraçou-o.
– Fiquei com tanto medo de que morresse...
– Eu também – admitiu Senar.

Nihal continuou cuidando dele pelo resto do dia. Senar sentia-se muito fraco, mas a perna já não doía, era como se tivesse ficado adormecida. Quando olhou para o ferimento deu-se conta de que se tratava de um rasgão feio, mas concordou com Nihal que não era letal.
– Você foi realmente muito boa – disse com um sorriso. – O seu verdadeiro caminho é a magia, esqueça as espadas!
Ela riu, sem parar de recitar o encanto de cura.
Queria dizer que a sua hora ainda não chegara, afinal, pensou o mago. Não se lembrava do que havia acontecido desde que Nihal o arrastara para o santuário; só sabia que passara muito mal, tanto assim que acreditara estar à beira da morte.
A noite passou tranquila. Jantaram, falaram e riram, ébrios de contentamento por terem superado o perigo.

Foi na manhã do terceiro dia de permanência no santuário que Senar, de repente, lembrou-se de tudo. Depois de tanto tempo de amor dedicado e silencioso, durante o qual tinha desistido de qualquer esperança de retribuição, tinha tido a coragem de fazer aquela confissão. Tinha mantido a promessa com a qual se despedira de Ondine, mas só fizera aquilo porque pensava que ia morrer.

Sentiu-se um idiota completo, desejou até que existisse um feitiço para voltar atrás no tempo, para poder cancelar aquela patética confissão.

Ficou o dia inteiro atormentando-se, incapaz de pensar em outra coisa, enquanto Nihal o medicava, enquanto comiam, enquanto conversavam. À noite, quando finalmente estavam diante do fogo que iluminava a sala com suas chamas, Senar resolveu falar.

Sentia-se melhor e achava que estava preparado para aguentar qualquer emoção, pronto a ouvir que era, sim, um grande amigo, mas que ninguém jamais poderia substituir Fen no coração de Nihal.

– Quanto àquilo que aconteceu no dia em que estava ferido... – começou dizendo Senar, aproveitando um momento de silêncio, mas logo ficou sem coragem de continuar, pois viu Nihal ficar vermelha. – Pois é... eu só queria... deixar bem claro... – Calou-se de novo.

Nihal não olhava para ele.

– Quando falei que... quer dizer, quando falei... aquilo... eu estava delirando – disse, afinal. – Pois é, não sabia o que estava dizendo... estava atordoado... desculpe. Esqueça as minhas palavras – concluiu e baixou os olhos para o fogo.

Quando voltou a levantar o olhar, Nihal estava diante dele, muito perto.

– Estavam entaladas na minha garganta havia muito tempo – confessou ele, enquanto via uma lágrima escorrer na face de Nihal. – Desde que nos conhecemos, acho. Mas nunca deveria ter tocado no assunto, menos ainda naquele momento. Desculpe. Faça de conta que não houve nada.

O rosto de Nihal roçava no dele, os cabelos azuis encostavam na sua testa. Senar baixou os olhos.

– Olhe para mim – murmurou ela.

Senar obedeceu. Nihal aproximou-se ainda mais e apoiou os lábios nos dele. Ficou assim por alguns segundos, em seguida afastou-se de leve.

– Eu também lhe quero bem e quero você para mim – disse ela.

Senar segurou a cabeça dela entre as mãos e beijou-a. Teve a impressão de fundir-se com ela, depois de desejar aquilo havia tanto tempo.

Ao encostar os lábios nos de Senar, Nihal voltara com a lembrança ao único beijo que até então dera na sua vida, a Fen, no santuário de Thoolan. Mas com Senar era diferente, era real. O que estava acontecendo era para ela novo e desconhecido, mas ao mesmo tempo antigo e conhecido. Nihal sabia perfeitamente o que fazer, como se o toque dos lábios de Senar tivesse despertado algo que desde sempre dormitava dentro dela. Só podia ser Senar, agora tinha certeza disso. Não se deu conta de como, mas de repente ela também estava deitada no altar, deitada ao lado do mago, enquanto continuavam a beijar-se. Ouviu um fraco lamento dele e lembrou-se da perna ferida.

– Desculpe, eu... – começou a dizer.

– Tudo bem – interrompeu-a Senar e recomeçou a beijá-la.

Nihal lembrou-se então do que Aires lhe dissera a respeito da verdade, quando lhe perguntara como alguém pode saber se encontrou o seu verdadeiro caminho: *De repente a verdade surgiu diante de mim com clareza, com tamanha força que não podia recusá-la.* Era o que Nihal também sentia naquele momento: a verdade aparecera em toda a sua espantosa clareza e ela não podia fazer outra coisa senão aceitá-la. Agora tudo fazia sentido, tudo adquiria uma razão de ser: a viagem, a angústia, a procura.

Sentia os braços de Senar que a apertavam na cintura e compreendia que podia finalmente descansar naquele abraço cheio de desejo. Era como se o seu corpo já não lhe pertencesse; sentia-se diferente, como se de repente uma parte dela se tivesse libertado. No toque das mãos de Senar sua pele renascia, seu corpo se moldava. Senar a estava chamando de volta à vida; quanto mais as mãos dele se demoravam no seu corpo, mais ela sentia que o laço que os ligava se tornava sólido e profundo. E, quando finalmente viu-se nua, compreendeu que aquela nudez era uma dádiva e que tinha valor porque quem lhe dera era ele.

Nos gestos que se seguiram disseram-se tudo o que tinham calado durante aqueles anos todos: que sempre haviam pertencido um ao outro, que não podiam viver separados, que nunca mais se sentiriam sozinhos, porque eram uma coisa só. E finalmente Nihal sentiu-se, pela primeira vez, única, completa, verdadeira. A sua procura chegara ao fim.

Nos dois dias seguintes Nihal não pensou em mais nada. Passava o tempo cuidando de Senar, sem se importar com o fato de os seus escassos poderes mágicos nada poderem contra uma ferida como aquela. Já não havia inimigos lá fora, já não havia missão a cumprir. Para ela o mundo começava e acabava na gruta onde se encontravam.

Foi por isso que não ouvia os passos que ribombavam cada vez com mais frequência no teto da caverna, nem escutava as vozes que ecoavam acima das suas cabeças.

— Precisarei de muito tempo antes de poder voltar a andar — disse Senar na manhã do sexto dia.

— Só precisa ser paciente — respondeu ela tranquila. — Sabe muito bem que como maga sou um fracasso, mas estou fazendo o possível.

— Nihal, o osso está quebrado e a sua magia é muito fraca para uma lesão tão grave, você sabe disso. Vou levar mais um mês antes de poder sair daqui.

— Então vamos esperar.

— Hoje as vozes dos fâmins pareciam mais próximas — continuou ele.

— Nunca irão nos encontrar aqui.

Senar apertou-a entre os braços. Nihal beijou-o, depois empurrou-o para trás, sorrindo. Quando viu a expressão dele, no entanto, o sorriso morreu em seus lábios.

— O que foi?

— Não podemos continuar parados deste jeito.

— Você não está em condições de andar, com essa perna quebrada não iríamos chegar a lugar nenhum.

— Pois é.

— Senar... — disse baixinho. Ela estava começando a entender.

— Sabe muito bem por que estamos aqui.

Nihal tapou os ouvidos com as mãos.

– Não quero ouvir!
– Muitas vidas dependem de nós e muitos já morreram devido a isso. Não podemos esquecer. – Afastou as mãos da cabeça dela. Nihal estava de olhos úmidos. – Você precisa ir – disse.
A semielfo reparou que a voz dele tremia, embora fizesse o possível para disfarçar.
– Não pode me pedir isso – rebateu meneando a cabeça. – Não me peça que o deixe logo agora que o encontrei! Eu não posso!
– Eu também não gosto, mas não temos outra escolha.
As lágrimas começaram a escorrer pela face de Nihal.
– Não me interessa o motivo pelo qual estamos aqui! Não me importo com as pessoas lá fora! Nós estamos aqui, agora, nada mais interessa. Não posso deixá-lo em território inimigo, além do mais ferido. Não posso! Não posso e não quero!
– Se realmente eu sou o que você andou procurando esse tempo todo, então justamente por isso terá de ir – explicou Senar.
– Não diga bobagens de oráculo!
– Não são bobagens! – exclamou Senar. Agora a sua voz era dura: – Você procurava uma finalidade que desse sentido à sua vida, uma razão para agir e a força para levar a cabo a sua missão. Se ficar aqui, a sua descoberta será inútil.
– O que há de errado em querer ficar aqui? Eu amo você. Não viu como este mundo é horrível? As pessoas se odeiam, se matam... Acabar com o Tirano não vai resolver coisa alguma. Enquanto nós dois ficarmos juntos, nunca estaremos sozinhos, poderemos criar o mundo que quisermos. Esta terra não merece o seu sangue, nem o meu sacrifício.
– Não é verdade e você sabe disso – rebateu Senar. – Laio ofereceu a sua vida para que você pudesse seguir em frente, e agora mesmo, enquanto estamos aqui, Ido e Soana continuam lutando para salvar este mundo. É por eles que você tem de ir, pois, do contrário, o sangue derramado até agora será apenas um inútil desperdício.
Nihal começou a soluçar, abraçou-o e apertou-o mais forte do que nunca.
– Eu suplico, não me peça para deixá-lo. Nunca vou conseguir sem você. Tive ânimo para chegar até onde estamos só porque você estava comigo. Preciso de você...

Senar apertou-a contra o peito. Respirava com dificuldade. E Nihal deu-se conta de todo o sofrimento que o dilacerava, de quanto aquela decisão lhe custava.

– Nada vai acontecer comigo, sou um mago poderoso, você sabe disto. Na última batalha estarei ao seu lado e, quando tudo acabar, poderemos finalmente aproveitar todas as alegrias que bem merecemos. Eu também quero ficar com você, mas se agora você continuar aqui não haverá mais um mundo onde viver... – Apertou-a ainda com mais força.

Nihal afastou-se e enxugou as lágrimas com o dorso da mão.

– Se ficar aqui realmente não é perigoso, por que então não posso ficar até você sarar?

– Porque o Mundo Emerso não tem tempo. As Terras livres estão sendo vencidas uma após a outra e não vai demorar para caírem todas sob o jugo do Tirano. Dediquei a minha vida à tentativa de salvar este lugar, não torne inútil aquilo que fiz...

– Você me deixaria aqui?

Senar ficou calado.

– Responda.

– Deixaria – murmurou, mas Nihal não acreditou nele. Sabia que preferiria morrer antes de fazer uma coisa dessas. Senar segurou-a pelos ombros. – Eu lhe peço, vá. Pode conseguir, mesmo sozinha. Não precisamos estar juntos para pertencer um ao outro, sabe? Quanto a mim, logo que ficar bom sairei daqui e irei encontrá-la na base. Por favor, Nihal...

A semielfo virou-se e chorou em silêncio.

Nihal perambulou pela floresta durante a manhã inteira e recolheu a maior quantidade possível de mantimentos. Juntou tudo na caverna e também deixou uma boa reserva de água. Calculou quantas provisões seriam necessárias para um mês e procurou exagerar. No fundo sabia muito bem que Senar estava certo, mas naquele momento só sentia ódio pela missão e pelo talismã que lhe pesava no pescoço. Se algo acontecesse com Senar durante a sua ausência, nunca iria se perdoar.

Passaram a tarde inteira fingindo que estava tudo bem, embora a tristeza da despedida próxima já estivesse no ar. Senar tentava mostrar-se alegre, mas Nihal sabia que estava com medo e que preferiria não deixá-la ir. Então a noite chegou.

– Fique com isto – disse Senar quando ela já estava pronta para partir. Segurava nas mãos o punhal de Livon, o que fizera com que se conhecessem.

Logo que o viu, Nihal percebeu quão real era de fato aquela separação e caiu em prantos.

– Por que quer que eu fique com ele? – perguntou soluçando.

Senar sorriu.

– Bobinha... Não precisa ter medo! Pare de chorar... – Enxugou uma lágrima. Depois tirou o punhal da bainha e Nihal reparou que a lâmina brilhava com reflexos esbranquiçados. – Fiz um encantamento: a lâmina vai continuar brilhando enquanto eu estiver bem, e a luz indicará onde estou.

Nihal pegou-o e colocou-o no lugar daquele que guardava na bota, aquele com que tinha matado Dola.

– Fique com este, então, e use-o se for necessário – disse entregando a arma. Abraçou-o e cobriu-o de beijos. – Não morra, Senar, eu lhe peço, não morra!

– Nem você... – disse o mago e deu-lhe um derradeiro longo beijo.

Quando afastou o rosto, Nihal viu que ele também estava chorando.

– Nihal, se porventura... eu não chegar a tempo para a última batalha... se não me encontrar na base... não procure por mim, não antes de ter acabado com o Tirano. Mas vou estar bem, você vai ver... Esperarei por você na base – disse com um sorriso.

Nihal levantou-se e foi andando pelo caminho que levava à superfície. Não se virou, pois sabia que se o fizesse nunca mais iria partir. Depois de alguns passos, a solidão tomou conta dela com seu aperto gelado.

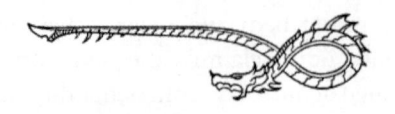

A ÚLTIMA BATALHA

34
MAWAS OU DO SACRIFÍCIO

Nihal avançava rapidamente na noite escura e sem estrelas. O pesado silêncio parecia-lhe mais opressor do que nunca. Nos primeiros dias tivera vontade de sacar continuamente o punhal para ver se a lâmina estava brilhando, se a sua viagem ainda fazia algum sentido. Apertara-o muitas vezes entre as mãos, hesitara e finalmente guardara-o em seu lugar. Adiantaria olhar? Se descobrisse que a lâmina estava apagada, que Senar tinha morrido ou que algo terrível acontecera com ele, o que poderia fazer? Era melhor não saber. Precisava continuar, seguir em frente, pensar somente naquilo que esperava por ela se, afinal, conseguissem derrotar o Tirano.

Depois de oito dias de viagem, numa noite de lua nova, chegou aos confins da Terra do Vento. A escuridão era total e para enxergar alguma coisa teve de recorrer a uma pequena mágica, na esperança de ninguém estar por perto para ver. O ar carregava até ela o perfume da pradaria da sua infância e Nihal hesitou. Estava a ponto de voltar a Terra que guardava as suas lembranças mais queridas e dolorosas, a Terra onde havia sido criada, onde conhecera Senar, onde Livon havia sido morto e Salazar arrasada, mais de três anos antes. Estremecia só de pensar nas condições em que poderia encontrá-la. Fosse por ela, preferiria não voltar, para só lembrá-la esplêndida e viçosa como a guardava na memória.

Calculou que devia estar mais ou menos na parte meridional da Floresta. Na luz lívida da alvorada descobriu o que sobrava dela. Quase todas as árvores não passavam de fantasmas ressecados, muitas haviam sido cortadas, tanto que a vista podia correr livre por clareiras com mais de uma milha de largura. Quando, ainda criança, Nihal ia para lá toda amedrontada, a vegetação era tão espessa que não dava para ver a um palmo do nariz e tudo se confundia num verde ofuscante. Já não poderia mais amedrontar ninguém aquele bosque.

Nihal sentou-se, o queixo apoiado nos joelhos, e sentiu-se vencer por todo o peso da solidão, enquanto o sol subia ao céu e a luz ia lentamente colorindo aquela paisagem desoladora. Voltou a lembrar as palavras que Senar lhe dissera durante a viagem: *Às vezes me parece que este mundo já morreu e que não podemos mais fazer coisa alguma para salvá-lo.* Quem iria devolver à floresta o seu esplendor? Os semielfos não iriam voltar e, com ela, a estirpe iria desaparecer para sempre; as Terras saqueadas, destruídas, iriam levar anos antes de voltar às glórias do passado, admitindo-se que aquilo fosse possível. O mundo que conheciam estava agonizando.

Depois de alguns minutos levantou-se e consultou o talismã, mas desta vez não teve qualquer tipo de visão: o amuleto limitou-se a indicar uma direção. Encaminhou-se, portanto, para o norte e errou por plagas estéreis, entre árvores derrubadas e terras queimadas, num território que naquela altura parecia incapaz de voltar a florescer. Reconheceu o lugar onde ela e Senar haviam pela primeira vez parado para catar framboesas, aquele onde tinham treinado juntos, outro, onde certo dia Soana a mandara procurar ervas medicinais, e ainda aquele onde brincara com Phos. Para o leste, dominando aqueles míseros restos, o Castelo erguia-se mais ameaçador do que nunca.

O amuleto brilhava através do corpete e mostrava o caminho. Nihal podia sentir o seu poder e percebia a presença dos espíritos. Era a primeira vez que não tinha uma visão prévia do lugar para onde estava indo, e o fato de não saber o que esperava por ela no santuário deixava-a um tanto apreensiva.

Não precisou esperar muito. Depois de três noites de marcha, Nihal soube que a meta estava próxima. À sua volta só havia os troncos meio carbonizados da Floresta, à sua direita sobressaía a sombra ameaçadora do Castelo e, mais ao longe, podia divisar os escombros de algumas torres. A semielfo receou poder reconhecer Salazar. Pelo que se lembrava, quatro dias de viagem eram suficientes para atravessar a Floresta, e Salazar ficava bem na orla da pradaria.

Não demorou a encontrar, com efeito, o local onde tinha sido consagrada maga. Nihal lembrava-se de uma pequena clareira circular, cercada de árvores, com uma pedra no meio e uma pequena nascente de águas claras num canto. As árvores em torno agora estavam queimadas, não havia mais grama, só terra cinzenta, e a nascente estava seca.

Nihal sentou-se na pedra e a lua apareceu entre as nuvens, pálida e cansada, uma foice minguada que não conseguia vencer a escuridão. A semielfo olhou diante de si e lembrou a hora em que Senar viera animá-la. Sentia-se exatamente como daquela vez: sozinha, amedrontada e desamparada. Agora, no entanto, não havia ninguém para consolá-la.

Os primeiros dias passaram sem problemas na caverna da Terra dos Rochedos. Senar começava a pensar que poderia realmente se sair bem. Quando havia deixado Nihal partir, estava convencido de que nunca mais iria revê-la. Só e ferido em território inimigo, achava que não tinha a menor possibilidade de sobreviver.

Contrariando qualquer expectativa, no entanto, já estava aninhado naquele buraco havia uma semana e nunca ouvira o barulho de passos, só o silêncio profundo da floresta petrificada. Decidiu, portanto, que já era tempo de acelerar o seu restabelecimento. Queria voltar para o lado de Nihal quanto antes.

No oitavo dia de permanência na gruta tudo estava tranquilo, talvez lá fora fizesse até um lindo dia, pois naquela gruta filtrava um pouco mais de luz do que de costume. Senar levantou a túnica e deu uma olhada na ferida. Teve de conter-se para não fazer uma careta de nojo. A coxa estava deturpada por um corte profundo, entreaberto e sujo de sangue coagulado. Toda vez que tentava mexer-se, a perna inteira era sacudida por fisgadas de dor. Sim, justamente como já previra: o osso estava quebrado.

Um osso quebrado e um corte profundo. Não era uma tarefa fácil para um mago debilitado. Não tinha muita escolha, só podia limitar-se a tentar acelerar a convalescença. De forma que começou logo a trabalhar: constatou que as suas forças permitiam-lhe evocar um encanto de cura bastante simples e passou a manhã inteira atarefado com aquilo.

Foi justamente por causa deste encanto que os eventos se precipitaram. Senar ficara sonolento, a magia deixara-o mais cansado do que ele previra. Entregara-se ao sono quase sem perceber.

No começo acreditou estar sonhando. O ritmo com que a terra vibrava acima dele chegava como um eco longínquo e confuso. Quando o barulho tornou-se mais distinto, o mago ainda estava perdido entre sono e vigília.

Só acordou de verdade ao ouvir o som estrídulo das espadas sendo desembainhadas: percebeu claramente o perigo e aguçou os sentidos.

Inimigos. E um mago.

Só levou um instante para perceber quão vã havia sido a sua esperança. O encantamento só servira para denunciar a sua posição. Levantou-se depressa, ignorando a dor lancinante na perna, e tentou uma fuga impossível para a parte mais profunda da caverna.

Foi então que eles entraram. Quatro fâmins, dois homens. Um dos dois era um mago.

Senar estava agora acuado contra a parede de pedra.

Está tudo acabado.

Deixou-se cair no chão. O mago inimigo nem precisou evocar um feitiço ofensivo. Aproximou-se lentamente de Senar e colocou o pé em cima da perna ferida. A dor foi lancinante e o grito do rapaz encobriu a risada escarnecedora do homem.

Então um raio arroxeado saiu da mão do mago e a escuridão envolveu Senar.

O caminho virava para o oeste e Nihal acabou numa região da Floresta na qual nunca penetrara antes. A semielfo recitou as palavras que Soana pronunciara num passado já distante.

O coração da Floresta não pertence aos homens mas sim aos espíritos. É um lugar sagrado, que os pés impuros das raças que habitam este mundo não podem violar. Ali abriga-se a vida oculta do bosque, e ela é um segredo, até mesmo para os magos mais poderosos. Há forças, neste mundo, que vão além de qualquer imaginação e que ninguém jamais conseguirá dominar.

Aquela parte da Floresta estava menos devastada que as demais. As árvores continuavam de pé e tímidas folhas amarelas enfeitavam os galhos. Nihal sentia que o fim da sua viagem estava próximo, que o santuário estava ali por perto.

De repente seus olhos cheios de surpresa viram-se diante de uma cena inesperada: uma enorme árvore que à primeira vista parecia ser um carvalho. Do tronco erguiam-se galhos robustos, que sobressaíam majestosos contra o breu da noite. Tinha milhares de folhas, de um amarelo intenso com reflexos dourados, e reluzia na escuridão. Aquela árvore estava viva, pujante e vigorosa naquele mundo de morte.

Não era uma árvore normal: não parecia extrair vida da terra, mas sim ela própria a gerava e espalhava em volta. No lugar onde suas raízes afundavam no terreno havia crescido uma relva tenra e espessa, de um verde vivo. Nihal ficou por um momento parada, surpresa diante daquela cena de exuberância vital, e sentiu no fundo da alma que ainda havia esperança se um esplendor como aquele pudera sobreviver no meio da desolação. Levou algum tempo antes de perceber que devia ser um Pai da Floresta, só podia ser isso. Lembrou o que a ajudara na luta contra Dola e reconheceu nesse a mesma força, a mesma espantosa pujança, a mesma vitalidade. Se o Pai da Floresta estava vivo, queria dizer que a própria Floresta ainda podia renascer. Enquanto aquele coração gigantesco continuasse a pulsar, ainda haveria esperança para a Terra do Vento.

Incrédula, Nihal aproximou-se do tronco e descobriu algo em que antes não reparara. Num dos galhos mais baixos estava sentado um pequeno ser luminoso. A semielfo aguçou a vista tentando entender do que se tratava e, quando o reconheceu, exultou. Finalmente um rosto amigo!

– Phos! – gritou, correndo para ele.

Phos não se mexeu, mas dirigiu-lhe um suave sorriso.

– É bom voltar a vê-la, Nihal – disse o duende.

– Então? Não quer cumprimentar-me? – protestou Nihal.

Era Phos, mas não parecia ele; era sisudo demais para ser o seu amigo duende, triste demais, melancólico demais. Sempre fora engraçado, com suas orelhas desproporcionais, os cabelos verdes desgrenhados, as irrequietas asas iridescentes. E agora, por sua vez, mostrava-se majestoso e comedido. Era Phos e ao mesmo tempo não era.

O duende continuou no seu lugar.

– Estava esperando por você, Sheireen – disse.

Nihal gelou. O talismã brilhava mais do que nunca no seu peito.
– Como sabe...
– Porque estava à sua espera, óbvio – respondeu ele.
Nihal começava a entender.
– Quer dizer que...
– A sua viagem acabou, esta é a última etapa, depois só lhe faltará a batalha final.
– Você é o guardião?
Phos acenou que sim, muito sério.
– Como pode? Você nem sabia quem eram os semielfos, nunca me falou dos santuários e... – Nihal parou e olhou para ele. – Por que nunca me falou a respeito dos santuários?
Phos cruzou as pernas e, naquela posição, por um momento pareceu ser de novo o velho amigo engraçado e brincalhão; as suas palavras, no entanto, eram pesarosas:
– Por muito tempo ignorei tanto a minha identidade quanto a minha missão. O meu pai havia sido guardião da pedra de Mawas por muitos séculos. Não parece, mas nós, duendes, somos extremamente longevos; eu já tinha nascido quando o último dos candidatos ao poder veio até aqui em busca da pedra, mais de mil anos atrás. Mas ele não era puro e meu pai recusou-se a entregá-la. Defendeu a gema até o fim, lutou corajosamente até ser morto por aquele elfo maldoso. Só então ele falou comigo, dizendo palavras que na época não compreendi: "Deixo-lhe como herança alguma coisa grande e terrível, que agora está adormecida no fundo desta floresta. Você a guardará e a protegerá, e, quando a hora chegar, caberá a você decidir."
Nihal também ficara séria, ouvindo calada as palavras de Phos.
– Então perguntei – continuou o duende – como poderia proteger algo que eu nem sabia o que era, e ele respondeu que na hora certa tudo me seria revelado. Foi assim que me tornei guardião e chefe dos duendes que aqui moravam. Vivi longos anos ignorando; nem mesmo quando nos encontramos soube da verdade. Quando, no entanto, você começou a procurar as pedras, alguma coisa despertou dentro de mim e comecei a ouvir as vozes dos demais guardiões que me lembravam das minhas obrigações. Só então conheci Mawas. Voltei para esta Terra que eu abandonara para encontrá-la

destruída, mas não me detive e vim direto ao santuário, onde fiquei esperando por você.

– Onde estão os outros duendes desta Terra, os seus amigos? – perguntou Nihal.

As orelhas de Phos abaixaram e seu rosto ficou mais triste.

– Estão todos mortos.

Nihal lembrou as pequenas criaturas esvoaçantes que guiara fora da Terra do Vento mais de três anos antes. Não podia acreditar que nunca mais as veria.

– Ficamos algum tempo abrigados na Terra do Sol – recomeçou a contar o duende –, na época em que nos encontramos de novo. Mas, como lhe expliquei então, os soldados matavam-nos, capturavam-nos para que trabalhássemos como espiões. Achei que talvez valesse a pena recorrer ao Conselho, mas ninguém me ouviu, riram de mim e mandaram-me embora. Voltei ao vilarejo, para o meu povo, mas a chacina continuava sem que pudéssemos evitar. Vi-os morrer todos, um depois do outro. Os bosques onde vivíamos foram destruídos, nós fomos perseguidos e escorraçados. Acabei sendo o único sobrevivente, na solidão da floresta onde decidíramos ficar. O único. – Olhou ao longe com uma expressão triste. – Não sabia o que fazer, depois que tudo foi destruído. Poderia ter me juntado a outros grupos de duendes, mas já sabia que o destino deles não seria diferente. Foi então que despertei e soube quem realmente era, e viajei para chegar aqui.

– Sinto muito...

Phos sorriu mais uma vez, um sorriso conformado.

– É o destino deste mundo: a destruição.

Nihal fitou-o.

– Não, não é bem assim. Estou viajando justamente para fazer com que tudo volte a ser como antes. Afinal, a minha missão tem o intuito de salvar este mundo!

– O que foi destruído está perdido para sempre, nunca mais poderá voltar – respondeu Phos.

Claro, eu sempre soube disso, pensou Nihal.

– Qual o sentido daquilo que estou fazendo, então? – perguntou.

– Aquilo que está fazendo não tem a finalidade de salvar alguma coisa, será que ainda não entendeu? – prosseguiu Phos, imperturbável. – O nosso mundo está fadado a desmoronar. Os semielfos não se levantarão dos seus túmulos, os meus companheiros não voltarão, a Floresta foi destruída e nem mesmo milhares de Pais da Floresta poderão devolver-lhe o esplendor. É preciso morrer para renascer.

Nihal não estava entendendo, limitava-se a fitar Phos com olhar interrogativo.

– É através da morte da semente que nasce a árvore – explicou o duende – e é das folhas mortas que surge a nova planta. Na natureza tudo morre continuamente para que algo novo possa nascer. Este mundo tem de morrer para que das suas cinzas possa florescer algo diferente. Eu sou parte do velho mundo, assim como esta floresta; não há mais lugar para nós aqui, porque tudo aquilo ao qual pertencemos desapareceu.

– Eu também pertenço ao velho mundo, já não há mais semi-elfos e muitos daqueles que amava desapareceram – rebateu Nihal.

Phos sacudiu a cabeça.

– Não, Nihal, você é a ponte lançada entre este mundo moribundo e o que surgirá. Você traz consigo, nas suas mãos, a chave que pode nos levar a renascer. Ninguém pode saber se você conseguirá descerrar as portas que nos separam do futuro, mas só você pode fazê-lo. A fênix levantará voo dos escombros que pontilharam o seu caminho e os habitantes deste mundo poderão ter uma segunda oportunidade; caberá a eles criar uma era de paz ou de guerra. Você traz consigo esta possibilidade, está a ponto de dar a este povo um novo início. A sua verdadeira missão, portanto, é esta. É uma tarefa difícil, pela qual muito teve de sofrer e muito mais sofrerá no futuro.

Nihal preferiu não se deter demais sobre estas palavras e esqueceu-as depressa para não ser forçada a compreender plenamente o seu significado.

– Onde fica o santuário? – perguntou.

– Diante dos seus olhos – disse Phos e levantou voo.

Nihal olhou para a árvore e percebeu que ela era o santuário. Dera-se conta do poder que ali existia na mesma hora em que chegara àquele lugar.

Phos aproximou-se do tronco, fez um sinal e a madeira antiga descerrou-se para revelar uma pedra branca extremamente brilhante guardada lá dentro.

– Não vai gostar do que vou pedir que faça, Nihal, eu sei disso, mas lembre-se do que acabo de dizer e entenderá que não há como evitar.

Nihal ficou visivelmente preocupada.

– A última pedra, Mawas, está diante dos seus olhos, no Pai da Floresta. Ela é a fonte das Lágrimas, como aquela que lhe dei alguns anos atrás. É o coração do Pai da Floresta, aquilo que o mantém vivo. Precisa pegá-la.

– Mas se é o coração dele e eu tiver de arrancá-la, o que irá acontecer com o Pai da Floresta?

– Tirá-la dele por algum tempo não irá matá-lo, mas para que você possa viver, depois de recitar o encantamento contra o Tirano, terá de despedaçar o talismã. As pedras serão destruídas na mesma hora, inclusive Mawas, e então o Pai da Floresta morrerá.

– E a Floresta? – perguntou Nihal. – Ela também morrerá, junto com o Pai da Floresta, e nunca mais poderá recuperar-se.

– Ela já está morta, você não percebeu?

Nihal sacudiu a cabeça.

– Não quero fazer isso, não posso – disse. – Passei a vida inteira só deixando atrás de mim um rastro de cadáveres, ficando como única sobrevivente. Disseram-me que assim tinha de ser, para que no fim conseguisse libertar esta Terra. Mas a que preço? O Pai da Floresta deu-me a Lágrima, que tantas vezes salvou a minha vida e protegia este lugar que eu amava. Não posso matá-lo.

Phos postou-se diante dela, à altura do rosto.

– Ainda não entendeu? Nada se consegue neste mundo sem sofrimento. Para que haja salvação, alguém tem de sacrificar-se.

– Mas por que devem ser os outros? – gritou Nihal, caindo de joelhos. – Laio morreu para permitir que eu pegasse a pedra na Terra da Noite, Senar arriscou a vida na Terra do Mar e agora está em perigo! Não quero mais sacrifícios! Estou cansada de ver sangue, morte, espadas...

A piedade iluminou o rosto de Phos e o duende acariciou a face de Nihal com sua minúscula mão.

– Mas você também sofreu, não foram somente os outros que se sacrificaram – disse. – Passou longos anos procurando a paz e, quando finalmente a encontrou, disseram-lhe que devia esperar mais um pouco. Empunhou novamente a espada e, embora a contragosto, empreendeu viagem para chegar até aqui. Você foi quem mais sofreu, mas lembre-se de que a dor sempre tem alguma razão de ser. E agora levante-se e dê o golpe mortal no Pai da Floresta. Pegue a pedra.

Nihal levantou o rosto e olhou a árvore que pulsava de vida. Esticou lentamente a mão e, ao fazer isto, viu que Phos fechava os olhos: compreendeu que, apesar de tudo o que dissera, ou tal-vez justamente por isso, o guardião não podia deixar de sofrer. Junto com o Pai da Floresta também desaparecia todo o seu mundo.

Nihal segurou a pedra entre os dedos e sentiu-a pulsar, resistir à mão que a arrancava da madeira. A semielfo teve de puxar com força, contra a própria vontade, e finalmente conseguiu tirá-la do lugar. Na mesma hora a madeira secou, as folhas caíram no chão, a luz que iluminava a árvore apagou-se e a grama que emoldurava as raízes murchou. A escuridão tomou conta da clareira e o carvalho tornou-se um arbusto sem vida.

Phos abaixou a cabeça e sentou-se numa das raízes. Nihal estava com a pedra na palma da mão. Parecia mais opaca: era branca, quase como a pedra central, estriada com veios cinzentos. Nihal recitou a fórmula e o talismã ficou completo. Viu-o brilhar com uma luz ofuscante e sentiu que era imensamente poderoso, tão possante que nada poderia controlá-lo. Ela chegara ao fim da viagem.

– O que vai fazer agora? – perguntou a Phos.

A pequena criatura deu de ombros e olhou para ela.

– Ficarei aqui, esperando pelo fim. A história das pedras e dos santuários do Mundo Emerso concluir-se-á no dia em que você evocar o encantamento, para o bem ou para o mal. Esperarei por esse dia, seja que ele nos traga felicidade ou sofrimento. Tudo o que me liga a este mundo está aqui.

– Pode vir comigo se quiser. Estamos, ambos, tristes e sozinhos, poderíamos compartilhar a nossa dor.

Phos meneou a cabeça.

– Eu já disse, quero ficar aqui. Esta é a minha casa e já não tenho mais nada a fazer. Você, por sua vez, tem um dever a cumprir. O seu sonho, o seu ideal, está à sua espera. Os nossos destinos são diferentes.

Nihal tirou o punhal da bota e ficou um bom tempo a observá-lo, com a tentação de desembainhar a lâmina.

– Você sabe onde ele está agora? – perguntou.

Phos baixou os olhos.

– O futuro tornou-se incerto até para nós, guardiões. Não sei onde está, nem se continua livre. A única coisa certa, no momento, é a sua esperança.

Nihal guardou o punhal na bota.

– Mantenha a fé – acrescentou Phos, com o sorriso radiante de antigamente, e disse-lhe adeus.

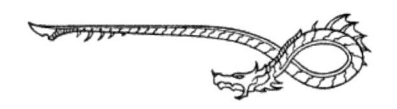

35
O TIRANO

Uma gota. Uma gota que caía bem perto dele. Um som cadenciado, estressante, que penetrava em suas têmporas como uma cunha. Não a via, pois a escuridão era total, mas podia ouvi-la, e aquele som o estava deixando louco. Até que havia ruídos bem mais terríveis naquele lugar: sobretudo gritos, berros desumanos, tropel de passos, clangor de espadas. No começo deixaram-no apavorado, mas agora todas as suas percepções estavam focalizadas naquela gota monótona que ameaçava deixá-lo insano.
De repente ouviu um barulho diferente que se aproximava. Passos. Sorriu. Reconhecia aqueles passos. Só podiam ser dele. Sabia muito bem que mais cedo ou mais tarde iria encontrá-lo de novo, mas não imaginava que viesse até lá embaixo. A primeira vez que se vira diante dele havia ficado transtornado. Seria possível que fosse aquele o Tirano? Naquele exato momento compreendera que nunca iria sair do Castelo, não depois de o Tirano mostrar-lhe o rosto, e estremecera ao pensar no momento em que Nihal ficaria cara a cara com ele.
A porta da cela abriu-se e a sua inconfundível figura apareceu no retângulo de luz. Estava sozinho. Nenhum dos seus homens, a não ser alguns dos generais mais fiéis, jamais vira o seu semblante. Avançou a passos lentos.
– Quanta honra! Nunca me atreveria a esperar que viesse visitar-me. Queira perdoar se não o cumprimento com uma mesura nem o convido a sentar-se, mas como pode ver a minha morada não é lá grande coisa. – Senar riu, mas a risada morreu na sua garganta. Sentiu alguma coisa escorrer da sua boca, sangue, quase certamente.
– Achei que um soberano como você não se rebaixasse a descer para um lugar tão nojento como este, que preferisse ficar em seus magníficos salões, no trono, a refletir sobre o seu desmedido poder.
– Já deveria saber que o poder e o seu aparato não me interessam.

Senar odiava aquela voz, aquela frieza. Parecia que o interlocutor não tinha qualquer sentimento: era imperscrutável.

O Tirano aproximou-se, acendeu um tênue fogo mágico e colocou-o diante do rosto do mago. Ofuscado, ele fechou logo os olhos. A chama extinguiu-se e a cela mergulhou novamente no escuro.

– Foram impiedosos com você.

– Pois é – respondeu Senar. – Parece que estão me matando pedaço por pedaço. Fico imaginando até onde quer levar a sua diversão antes de acabar comigo.

– Não sou eu – disse o Tirano com calma. – Quem cuida da tortura é o algoz.

Senar riu de novo, e mais uma vez a dor cortou a sua respiração.

– Claro – continuou quando conseguiu respirar –, você nada tem a ver com o caso, quem manda torturar-me para que conte o que quer saber não é você.

– Eu mandei que o interrogassem, não que o torturassem. Não ordenei ao carcereiro que queimasse a sua carne com ferros em brasa. – A voz do Tirano ecoava no escuro da cela.

– Mas o algoz fez isso porque sabe que você encontra prazer no meu sofrimento. Ele não precisa de ordens, tortura-me porque sabe que isso lhe agrada.

O Tirano voltou a falar com aquela voz pesarosa que Senar detestava. Por que não exigia mais respeito? Por que não o surrava? Qualquer tipo de violência seria melhor do que aquela calma irritante.

– Não experimento prazer ao vê-lo sofrer e o algoz sabe disso. Ele só faz assim por diversão pessoal; mesmo que o mandasse parar, ele continuaria. Pensei que já soubesse que a natureza dos homens, dos gnomos, das ninfas e dos duendes é maldosa e cruel.

– O que está querendo dizer? Que os maus são os outros?

– Não – disse, pacato, o Tirano. – Só quero que entenda quão poderoso pode ser o ódio. Você deveria sabê-lo melhor que qualquer outro.

Senar gelou.

– Admiro você, sabia? – continuou o Tirano. – É um homem com o qual posso comparar-me, por isso lhe mostrei o meu rosto, porque queria enfrentá-lo de igual para igual. Não são muitos aqueles com quem posso fazê-lo.

– Porque rasteja na lama. Só os vermes ficam à sua altura – respondeu Senar.

Nem assim o Tirano perdeu a calma.

– Os homens são feras sedentas de sangue, só esperam a hora certa para degolar o seu próprio irmão.

Senar estremeceu e pensou na clareira. Sacudiu a cabeça. Não podia deixar-se encantar. Gostaria, pelo menos, de poder ver o rosto do outro, mas a escuridão impedia.

– Por que veio aqui? – perguntou. Estava cada vez menos à vontade e começava a ter medo.

– Há quanto tempo está aqui? – perguntou o Tirano.

Senar não fazia ideia. Pelo que sabia, podia estar trancado lá dentro há um ano ou quem sabe há apenas uma hora.

– Eu vou dizer: faz quase um mês. Ficou este tempo todo sem dizer coisa alguma. Não posso esperar mais.

Um silêncio ameaçador tomou conta da cela.

– Não sei o que o leva a este obstinado silêncio – prosseguiu o Tirano. – Francamente, é uma atitude que não entendo.

– Não pode entender porque desconhece a lealdade e o sacrifício – disse Senar.

– Não me subestime – rebateu o Tirano. – Conheço você, entendo você muito bem, aliás. Somos muito parecidos. – Senar ouviu os seus passos ecoarem na cela. – Você, por sua vez, não me conhece e acredita que eu só almeje o poder, que este seja o motivo que me levou a agir. Ou então por vingança, pelas injustiças que sofri. Mas está enganado. Eu também, antes de chegar aonde estou, perambulei muito tempo sem meta, procurei uma resposta para as perguntas que agora você mesmo se faz. Por que acha que entrei no Conselho? Queria mudar o mundo, não desejava outra coisa. A resposta, na verdade, estava bem diante do meu nariz, tão clara quanto a que você encontrou, mas não queria aceitá-la. Há muita coisa boa neste mundo, ainda há pessoas que merecem ser salvas... Basta acreditar nisso, não posso desistir... É o que eu não me can-sava de dizer a mim mesmo.

Senar percebeu que tinha começado a tremer. Tinha a nítida sensação de algo que estava tentando se insinuar na sua mente e sentiu um arrepio de medo. Por que o Tirano estava falando com ele daquele jeito?

— Mas, no fim, tive de me render, assim como espero que você faça, pois não se pode negar a verdade para sempre. Não há coisa alguma a ser salva. E vou lhe dizer mais. A natureza das raças desta terra é assassina, o que elas mais querem é odiar e matar. É por isso que a guerra sempre esteve e continuará presente nestas plagas: porque todas as raças se rendem à volúpia da matança, e, quando se experimenta o sabor do sangue, nunca mais se pode passar sem. Está me entendendo?

Senar tentou sacudir a cabeça, mas uma fisgada de dor o impediu. Parecia-lhe poder intuir o que iria acontecer dali a pouco, o que já estava acontecendo, e foi tomado pelo terror. Procurou na lembrança algum encantamento que lhe permitisse resistir àquela tortura, mas não encontrou.

— Sei que você ama alguém, posso sentir. O amor é o que de mais efêmero possa existir. Não é para nós. Talvez a mulher em que está pensando agora tenha acreditado, por um momento, no êxtase do prazer, que o amava, mas isso não passa de ilusão. Digo isto porque eu também amei muito e em vão. Abandone este amor se não quiser sofrer e junte-se a mim.

— Deixe-me em paz! — gritou Senar. Percebeu que o Tirano estava agora ao lado dele, muito perto.

— Todo este sofrimento não faz sentido, você também o sabe. Eu posso penetrar na sua mente e tenciono fazê-lo se continuar a não falar. Não para infligir-lhe dor, mas sim porque o que comecei é importante demais para permitir que alguém tente deter-me. Mas irá sofrer e esta é uma coisa que não quero. Tenho admiração por você, já lhe disse. Conte-me por que estava na minha Terra, diga-me o que estava tramando. O seu silêncio não faz sentido. Este mundo não merece sequer uma lágrima sua, e aquela que ama não merece o seu sangue.

— Já ouvi este discurso e nunca acreditei — disse Senar.

Fazia um esforço para sorrir, mas estava apavorado. Era um mago e poderia até aguentar por algum tempo, mas acabaria cedendo. A sua magia nem se podia comparar com a do Tirano. Ele iria violar os seus pensamentos, desvendá-los-ia um por um, a sua alma, os seus segredos...

O Tirano segurou entre as mãos o rosto de Senar, molhado de suor.

– Está tentando resistir? – disse. – Talvez até consiga, durante algum tempo, mas sou muito mais poderoso do que você possa imaginar e estou preparado para tudo. Não o deixarei em paz até descobrir o que quero saber; cada pensamento seu se tornará meu, cada desejo seu também. Eu me tornarei você, Senar, e não haverá mais segredos para mim, não haverá um só canto da sua alma fora do alcance dos meus dedos.

De repente os olhos do Tirano iluminaram-se e se fixaram nos de Senar. O mago ficou à mercê de um terror alucinado. Aqueles olhos não eram humanos, em seu verde perturbador escondia-se uma inigualável crueldade. O Tirano mostrava afinal seu rosto impiedoso, pelo qual Senar havia ansiado durante toda aquela conversa e que agora preferiria não ter de descobrir. Sentia que a sua mente estava sendo forçada, que o Tirano tentava penetrar nela, mas resistia. Gritou com toda a força dos seus pulmões.

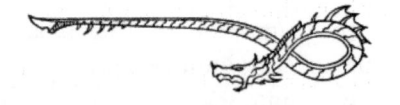

36
ANTES DA BATALHA

A última parte da viagem de Nihal foi motivo de amargura. A semielfo descobriu que a Terra da Água estava quase totalmente nas mãos do inimigo, a não ser por um retalho da região nordeste, na fronteira com a Terra do Mar, que ainda opunha uma derradeira e frágil resistência.

Quanto ao resto, o território era só desolação e agonia. Muitos dos rios estavam secos e, talvez o pior, os restantes haviam se tornado infectos; os bosques já mostravam os primeiros sinais de destruição, os vilarejos tinham sido arrasados. Quantas ninfas podiam ter sobrevivido?

Nihal começou a recear que já não houvesse Terras livres. Lembrou a última batalha em que tinha lutado, os fantasmas que espalhavam morte e terror entre os soldados. Era um exército contra o qual não se podia resistir por muito tempo. Talvez a sua missão já tivesse acabado.

De qualquer maneira, seguiu em frente, o mais rápido possível, andou até cair de cansaço e levou mais de duas semanas para finalmente entrar nos territórios livres. Lá também as coisas não iam bem. As pessoas padeciam de fome, as colheitas eram insuficientes, mas pelo menos ainda havia liberdade.

Logo que chegou à Terra do Mar, Nihal foi até um acampamento de onde enviou uma mensagem a Soana, para avisá-la da sua próxima chegada, e requisitou uma cavalgadura.

No dia em que Nihal avistou a base, cerca de uma semana mais tarde, a neve caía farta. Afinal, já estavam quase em dezembro. Fazia um ano desde que ela partira.

Nihal desmontou do cavalo, bateu à porta e se viu diante de dois olhos inquiridores que apareceram numa minúscula portinhola.

– Quem está aí?

— Nihal, da Torre de Salazar, Cavaleiro de Dragão. Estou de volta da minha viagem. Acho que já foram informados.

A portinhola fechou-se na mesma hora. Ouviu-se o barulho de correntes e ferrolhos, e então o rangido dos pesados batentes que se abriam.

— Bem-vinda de volta — disse o guarda com um sorriso e abraçou-a.

Nihal entregou o cavalo ao primeiro escudeiro que encontrou e adentrou a base. Um ar sombrio dominava o acampamento e os rostos que se viravam para ela estavam cansados. Muitos foram ao encontro dela e a cumprimentaram com um aperto de mãos ou um abraço.

Nihal olhou em torno à procura de Senar, embora o coração lhe dissesse que ele não estava ali. Depois de avançar entre duas fileiras de soldados, viu alguém que esperava por ela, de pé, numa das últimas barracas.

Nihal murmurou baixinho o nome dele, em seguida foi andando cada vez mais depressa, até correr e lançar os braços em volta do seu pescoço.

— E Senar? — perguntou logo.

— Achávamos que estava com você — respondeu Ido.

Nihal sentiu um aperto no coração e procurou amparo entre os braços do antigo mestre.

A casa de Ido continuava a mesma, como ela se lembrava, só que muito mais desarrumada. Enquanto haviam compartilhado aquela morada, Nihal sempre se esforçara para manter um pouco de ordem; agora, no entanto, Ido desistira evidentemente de qualquer aparência.

Quem não era mais o mesmo, por sua vez, era o próprio gnomo. Nihal não reparara de imediato, pois estava feliz demais por encontrá-lo e descobrir que ainda estava vivo, mas Ido tinha um olho fechado e atravessado por uma longa cicatriz que lhe marcava o rosto.

No começo ficaram sentados em silêncio, um na frente do outro, diante de dois grandes copos cheios de cerveja. Ido foi o primeiro a ceder à pressão das dúvidas que pairavam entre os dois.

– O que houve com Laio? – perguntou.

– Foi morto durante um combate na fronteira com a Terra da Noite. Morreu como herói – respondeu Nihal num tom seco.

Ido abaixou a cabeça sobre o copo e ficou algum tempo calado. Quando voltou a fitá-la, foi para fazer mais uma pergunta:

– E Senar?

– Foi ferido há mais de um mês na Terra dos Rochedos e forçou-me a deixá-lo para trás. – Nihal olhou para o gnomo e percebeu que não precisava explicar mais nada, ele entendia a dor que aquela decisão lhe custara.

"Disse que iria juntar-se a mim aqui, logo que recuperasse as forças", prosseguiu. "Estava com uma perna quebrada, acho que precisou de algum tempo para se recobrar, mas... receio que alguma coisa tenha acontecido com ele... Não recebi qualquer mensagem."

As lágrimas que até então conseguira deter começaram a escorrer lentamente pela sua face. Quando Nihal voltou a levantar a cabeça, teve a impressão de que Ido envelhecera de uma hora para outra.

– Senar é um dos melhores magos deste mundo – disse o gnomo. Levou a mão até a cabeça dela e afagou-lhe os cabelos. – Não deve ter acontecido nada de mais com ele. Você vai ver, não vai demorar a chegar.

Nihal enxugou o rosto.

– O que houve com o seu olho? – perguntou.

Ido sorriu.

– Uma troca de amabilidades com Deinóforo, o Cavaleiro de Dragão Negro, aquele que a forçou a lutar contra o fantasma de Fen. Eu tirei a mão dele e ele ficou com um dos meus olhos.

– Quer dizer que... – começou Nihal.

– Isso mesmo – respondeu Ido com displicência. – Só tenho um olho. – Deu-lhe um tapinha no rosto. – Não me diga que vai chorar por mim? Olha, não foi lá uma grande perda, ainda tenho o outro. Enxergo tão bem quanto antes. – Sorriu, mas foi um sorriso amargo.

– Como foi?

Ido apoiou-se no encosto da cadeira e tomou um grande gole de cerveja.

– Aconteceu no dia em que fomos derrotados – começou dizendo e então relatou a Nihal os fatos que haviam acontecido no mês seguinte à partida dela: o duelo com Deinóforo, o treinamento com Parsel, a maneira com que Soana o ajudara. A semielfo ouviu em silêncio, tentando disfarçar a emoção. Só estremeceu e arregalou os olhos quando Ido revelou o segredo oculto no passado de Reis.

Quando Ido concluiu a sua história, tirou o cachimbo do bolso e acendeu-o. Por trás das primeiras baforadas de fumaça percebeu que Nihal tinha os olhos embaçados.

– Quer dizer que agora está sob o comando de Londal – comentou ela.

Ido meneou a cabeça.

– Para mim tanto faz dar ou receber ordens. O que realmente interessa é poder continuar a lutar contra o Tirano. Além do mais, Londal é um homem inteligente e um competente general, entendeu a situação e nunca me tratou com menos respeito do que usaria com alguém da sua mesma patente.

Fez-se novamente silêncio entre eles. Enquanto Nihal tomava a cerveja de um só gole, Ido concedeu-se um tempinho para examiná-la com mais atenção. Estava feliz por tê-la finalmente ali, diante dele, depois de ter sentido a sua falta por tantos meses; a afeição que Nihal demonstrava por ele era uma das poucas coisas que ainda conseguiam deixá-lo orgulhoso e despertar sentimentos que havia muito estavam adormecidos. Ela, no entanto, já não era a garota de antes, alguma coisa devia ter acontecido durante a viagem, algo que ela não lhe contara.

Quando soubera da morte de Laio e do desaparecimento de Senar, o gnomo descobrira que todas as vicissitudes pelas quais havia passado não tinham sido suficientes para vaciná-lo contra a dor, mas procurara disfarçar o sofrimento para não tornar ainda mais pesado o fardo de Nihal. Agora, porém, percebia que já era hora de falar a respeito e pediu que ela contasse o que de fato acontecera.

Soube então do comportamento heroico do jovem escudeiro, da sua morte entre os braços de Nihal, da fuga durante a qual Senar havia sido ferido, da permanência na caverna e do momento em que tiveram de separar-se. Ido reparou que em certa altura do relato a face da jovem ficou ruborizada e, quando ela se calou, compreendeu que a sua aluna tinha finalmente encontrado a si mesma.

Nihal jogou o punhal ainda embainhado na mesa.

– Quando fui embora, deu-me isto. Há um encantamento na lâmina: ela vai continuar brilhando enquanto ele estiver vivo e indicará onde ele se encontra. Senar disse que, se não o encontrasse aqui, não deveria procurá-lo antes de completar a minha missão.

Ido examinou o punhal e pôde sentir seu poder.

– Desde que o tenho, não tive coragem de olhar para ele uma única vez – acrescentou Nihal.

– Tenho certeza de que está bem – disse Ido, embora sabendo que aquelas palavras nada mais eram do que uma mentira inútil.

– Tem de estar bem – replicou Nihal com uma veemência que o surpreendeu. Em seguida a semielfo baixou os olhos. – Eu amo Senar – murmurou olhando para o copo.

Ido deu uma tragada nervosa no cachimbo, atropelado por uma rápida sequência de sentimentos: primeiro uma espécie de indignação, depois um ciúme paterno e, finalmente, uma grande ternura. No fundo, Senar era o único que poderia fazê-la feliz.

– Sempre soube disso, desde a primeira vez que o vi chegar à base todo esbaforido – comentou finalmente o gnomo.

– Mas eu não, eu precisei de muito tempo para perceber, e agora é a única certeza que tenho – disse Nihal. – Passei por muitos lugares, durante muito tempo, à cata de uma razão para viver, e ela estava bem na minha frente – continuou. – Agora é por ele que eu luto, é por ele que vencerei o Tirano. Já não estou interessada em vingança, tudo o que almejo é um mundo de paz, onde possa viver com Senar. Sei que, comparado com os ideais que inspiram você e muitos outros, o meu é um desejo egoísta e mesquinho, mas...

– O amor não é egoísta nem mesquinho – interrompeu-a Ido. – Qualquer coisa que nos estimule a viver, pelo próprio fato de nos fornecer um escopo, não pode ser insignificante.

– Já me conformei com o fato de não poder salvar o mundo, mas uma vida até que seria capaz de salvá-la. É por isso que não consigo olhar para o punhal.

– Nunca desista da esperança – disse o gnomo. – Quando tudo acabar, quero vê-la ao lado de Senar, pelo resto da vida.
Nihal sorriu e deu-lhe um abraço.

Logo a seguir foi a vez de Oarf. Nihal foi sem mais demora às estrebarias e, logo que o viu são e salvo, tão forte e majestoso como quando o deixara, não conseguiu conter lágrimas de felicidade. Ficou um bom tempo abraçada com ele, comovida, e achou que até os severos olhos do dragão estavam embaçados.
No dia seguinte, depois de tantos meses, ficou emocionada ao montar na sua garupa. Deu um voo demorado, lançando-se nas mais ousadas acrobacias, e ficou feliz ao ver que, mesmo depois da longa ausência, ela e o dragão ainda se entendiam perfeitamente.
– Entre nós existe uma ligação indissolúvel. De agora em diante nunca mais vamos nos separar, tudo o que acontecer comigo será com você ao meu lado. Se eu tiver de fracassar nesta batalha, cairei com você, mas, se vencer, será na sua garupa – disse a Oarf quando pousaram.
O dragão levantou a cabeça, orgulhoso.

Os dias seguintes foram dedicados aos preparativos da batalha, enquanto o inverno tingia a paisagem com seus rigores.
Todos sabiam que muito em breve iriam arriscar o próprio destino, assim como o da própria Terra: ficaria então claro, afinal, se o Mundo Emerso e o Submerso ainda poderiam ter alguma esperança no futuro.
Nihal só encontrou Soana três dias depois da sua volta. A maga tinha ido ao Conselho para deliberar acerca da disposição das tropas ao longo da frente ocidental. Logo que recebera a mensagem de Nihal, avisara Nelgar e dispusera-se a voltar imediatamente à base.
Quando Nihal a viu, teve a impressão de que para Soana havia passado muito mais do que um ano. A sua altiva beleza continuava intacta e ela se mantinha nobre e majestosa como de costume, mas seu rosto estava marcado por uma rede de rugas e a cor da pele esmaecera, como se tivesse ficado marcada pelos sinais de novas dores, de esforços opressores e responsabilidades. Vestia a

mesma longa túnica preta que estava usando ao voltar da sua viagem em busca de Reis. Quando viu Nihal, abraçou-a com emoção. Falaram longamente. Soana contou da derrota sofrida na Terra da Água e de todas as vezes em que ela mesma descera em campo para usar a magia contra o inimigo; mencionou rapidamente a ferida e a convalescença de Ido, mas, pela mudança de luz nos seus olhos, Nihal compreendeu que a maga devia ter sofrido pelo gnomo muito mais do que queria deixar transparecer. Nihal falou da viagem e dos santuários, e de como perdera os seus companheiros. Quando soube do desaparecimento de Senar, a expressão de Soana anuviou-se, mas disse ter certeza de que ele estava bem.

– É o mago mais poderoso que conheço, depois do Tirano, e sinto que ainda está vivo, provavelmente por você. – Sorriu. – Precisa acreditar nele, acreditar que sobreviverá para afinal alcançarem juntos a felicidade que almejam.

Nihal ficou vermelha ao ouvir aquilo.

– Como...? – gaguejou.

Soana sorriu.

– Como compreendi que se amam? – Fitou-a durante alguns instantes. – Porque sou uma mulher e conheço você desde que era uma criança. Há segredos que não se podem esconder dos olhos de uma mulher, e tudo em você fala de amor. – Suspirou e Nihal compreendeu que devia estar pensando em Fen. – Acredite nesta chama, Nihal, e no fim conseguirá o que está querendo – concluiu a maga.

A data para a batalha foi marcada para o fim de dezembro. Dispunham de duas semanas para os preparativos. Havia grande agitação nas Terras livres, com milhares de mensagens sendo enviadas para todos os cantos.

Todos os Cavaleiros de Dragão foram convocados e, pela primeira vez após tantos anos, viu-se até o Supremo General Raven descer em campo.

Chegou à base, uma certa manhã, para espanto geral. Quando Nihal o viu, ficou sem palavras. Já não estava ostentando a armadura cheia de enfeites dourados com que costumava se apresentar, e até o impertinente cachorrinho que sempre levava no colo havia desaparecido. O Supremo General vestia uma sóbria armadura de ferro.

– Não podia continuar na minha inatividade na Academia. O lugar de um guerreiro é no campo e eu continuo sendo um soldado – disse. Em seguida virou-se para Nihal, com o costumeiro tom brusco que lhe era peculiar. – Estava redondamente errado quando, alguns anos atrás, procurei atrapalhar você. Conseguiu ter sucesso onde muitos, eu inclusive, falharam: está dando uma nova esperança a um povo que já não acreditava em milagres.

Naquelas duas semanas, Nihal dedicou-se de corpo e alma ao treinamento. Receava que os meses da viagem tivessem enfraquecido as suas capacidades de guerreiro e passava a maior parte do dia na arena, com Ido, combatendo no chão e no ar, com a espada e com qualquer outro tipo de arma.

A semielfo pôde perceber que o seu mestre tinha dito a verdade: os recursos combativos de Ido não haviam sido prejudicados pela perda do olho. E, por outro lado, ela tampouco tinha perdido o brilho: só precisou de alguns golpes para reencontrar a agilidade e o entusiasmo de sempre. Em alguns casos ela também mediu forças com outros Cavaleiros, mas, naquela altura, somente Ido era capaz de medir forças com ela.

Quanto mais lutava com o seu mestre, mais Nihal compreendia que não podia deixar de considerá-lo um pai. Livon a criara, ensinara-lhe a usar a espada e mostrara-lhe qual seria o caminho a seguir pelo resto da sua vida. Mas havia sido com Ido que ela aprendera o verdadeiro sentido de lutar, só ele lhe explicara o que significa ser um verdadeiro guerreiro, tornando-a uma pessoa completa. Nihal sabia que aquilo não queria dizer que traísse a memória do pai, muito pelo contrário, era apenas a conclusão de um longo processo.

No acampamento, Nihal também reencontrou a sua armadura. Ido guardara-a, sem permitir que um único grão de poeira a sujasse. Repousava reluzente num baú, com o mesmo brilho do dia em que o gnomo a doara para ela.

Quando a viu, Nihal sentiu um aperto no coração. Lembrou as palavras que Laio lhe dissera logo antes de morrer: *Teria gostado de chegar com você até o fim, ajudando-a a vestir a armadura no dia da última batalha.* Voltou a lembrar todas as vezes em que o escudeiro prendera as presilhas e apertara as fivelas antes de um combate.

Na mesma hora em que tocou na armadura de cristal negro, Nihal compreendeu de que modo deveria pôr em prática a decisão tomada em Seférdi. O símbolo da casa de Nâmen, o brasão que tinha visto no palácio real, ainda estava gravado na sua mente. Era dividido em duas partes: na superior havia uma árvore, metade coberta de folhas e a outra despojada pelos rigores do inverno; na inferior, por sua vez, havia um astro também formado por duas partes: metade tinha o aspecto da lua e a outra o semblante do sol. O brasão representava o inexorável fluxo do tempo, pois a Terra dos Dias venerava acima de qualquer coisa Thoolan, o Tempo, e a dupla natureza dos semielfos, nascidos da fusão da estirpe dos elfos com aquela dos homens.

Nihal levou o peitoral da armadura e o desenho do brasão ao mesmo armeiro de Makrat que tinha consertado a espada de Ido. Explicou que queria a gravura acima do friso com o dragão e que devia ser de uma brancura reluzente, para sobressair nítida sobre o cristal negro.

O armeiro devolveu o peitoral dois dias antes da batalha decisiva; o brasão havia sido reproduzido de forma admirável, e o que mais importava era o fato de ser de uma brancura ofuscante, e Nihal teve certeza de que poderia ser visto claramente mesmo de longe. Era exatamente o que ela queria.

No dia em que fosse à Grande Terra para cumprir o ritual do talismã, o Tirano iria ver o brasão no peito dela e compreenderia que nenhuma das maldades perpetradas durante os quarenta anos da sua tirania havia sido esquecida, que o sofrimento provocado iria finalmente receber o merecido castigo. Nihal queria que soubesse que os semielfos não haviam desaparecido, que ele não conseguira aniquilá-los e que, justamente uma deles, saída do inferno, iria acabar com o seu reinado de terror.

Quando viu o brasão brilhar no peitoral, Nihal compreendeu que estava pronta: a batalha final tinha começado.

37
O BRADO DA ÚLTIMA BATALHA

A véspera da última batalha finalmente chegou. No espaço de uma semana as tropas tinham se deslocado lentamente para a fronteira e, naquela noite, a noite anterior a 21 de dezembro, os confins das Terras sujeitas ao Tirano eram uma linha ininterrupta de acampamentos. Na manhã seguinte, o exército inteiro iria tomar posição e então não sobraria uma só braça de fronteira desguarnecida, haveria por toda parte soldados alertas e prontos para a batalha.

Fora decidido que Nihal atravessaria com Oarf a frente inimiga, escoltada por Ido e Soana.

— Não quero entrar na Grande Terra às escondidas, como uma ladra. Quero chegar lá com honra, bem à vista de todos — dissera a semielfo durante a última reunião. — Quero que o Tirano me veja chegar de longe, que pergunte ansiosamente a si mesmo quem sou e o que pretendo, e pense com terror naquilo que espera por ele.

Os generais tinham protestado, pedindo-lhe que optasse por uma linha de conduta mais cautelosa.

— O talismã é a nossa única possibilidade de salvação; se você for morta antes de recitar o encantamento, será o fim — dissera Nelgar, no intuito de fazê-la reconsiderar.

Nihal sacudira a cabeça com firmeza.

— Quando a minha cidade foi destruída, divisei da cobertura da torre o exército inimigo que avançava. Nunca esquecerei o terror que experimentei, junto com todos os demais habitantes de Salazar, ao ver a morte que vinha ao nosso encontro nas passadas daquela maré negra. Quero que o Tirano sinta o mesmo arrepio de medo que eu experimentei.

— É uma loucura, um verdadeiro suicídio — replicara Raven.

— Não irei sozinha — explicara Nihal. — Serei escoltada por Soana e Ido. Ido proteger-me-á com a espada e Soana erguerá à minha volta uma barreira mágica, pelo menos até eu terminar o ritual; nessa altura a barreira será dissolvida e eu poderei lutar, ficar finalmente cara a cara com o Tirano.

A assembleia percebera que a decisão de Nihal era irredutível e, no fim, mesmo a contragosto, concordara com ela.

A noite foi saudada por uma neve espessa e gelada; descia devagar, uma cortina de flocos leves mas irrefreáveis. Nihal estava no seu quarto, na cabana de Ido, e não conseguia dormir. Quando chegara à base propuseram-lhe voltar à sua antiga morada, a que ocupara durante alguns meses logo após tornar-se Cavaleiro. Na mesma hora em que passara pela porta, no entanto, Nihal entendeu que nunca poderia morar lá. Havia lembranças demais, tudo estava exatamente igual a quando partira, inclusive a cama de Laio, onde parecia-lhe ver a marca do corpo miúdo do escudeiro. Preferira a choupana de Ido, onde também podia contar com o apoio do mestre.

Agora estava sozinha no quarto, com a armadura diante de si. Se Laio ainda estivesse vivo, naquele momento estaria ali, limpando e polindo as suas armas. Agora a tarefa cabia a Nihal. Pegou a espada e começou a lustrá-la. A lâmina já não era tão lisa como já fora no passado, trazia as marcas de numerosas batalhas. Havia arranhões e cortes que não era possível apagar, mas continuava tão afiada quanto na primeira vez que Nihal a segurara nas mãos, recém-saída da forja de Livon. A espada estava cansada, assim como ela; já lutara demais, estava farta do sabor do sangue derramado, já era hora de descansar em paz, na bainha. Se os deuses decidissem ajudá-la, no dia seguinte a almejada quietude afinal chegaria e com ela os beijos de Senar.

Passou então a brunir a armadura, embora não houvesse necessidade, pois o armeiro entregara-a limpa e reluzente. Tocar nela ajudava-a a entrar no espírito da batalha. Pela primeira vez na vida, Nihal não estava impaciente para travar combate, sentia aquilo mais como dolorosa obrigação. Claro, uma parte dela desejava medir força com o Tirano, ficar cara a cara com ele, entender o que o induzira a espalhar morte e terror durante aqueles anos todos. E talvez, percebeu com um arrepio, ainda sentisse num canto escondido do seu coração o desejo de vingança: queria que o sangue daquele homem lavasse o sangue derramado por sua causa. Era só pensar em Senar, no entanto, para que a vingança e o desejo de sangue esmaecessem, sobrando apenas o amor e a vontade de levar uma vida tranquila ao lado dele.

    O que mais a surpreendeu foi descobrir que estava com medo de morrer. Nunca acontecera antes, quando, ao contrário, já chegara a desejar mil vezes a morte. Quando Ido lhe dissera que se transformar numa arma não era a maneira certa de ser Cavaleiro de Dragão, Nihal havia começado a desejar o receio de morrer, mas este medo nunca viera visitar a sua alma. A única vez em que havia receado morrer fora na véspera da primeira batalha, quando enfrentara a prova para passar à segunda fase do treinamento para Cavaleiro de Dragão. A batalha em que Fen morrera. Com um sorriso cheio de pesar Nihal disse a si mesma que estava fechando o círculo: ficara com medo à primeira vez que descera em campo e estava com medo agora, talvez a última vez em que iria lutar.

    Deitou a armadura no chão e olhou a neve que descia devagar fora da janela. Sabia que precisava de um bom descanso, mas não conseguia entregar-se ao sono. Por mais de três anos não tinha feito outra coisa a não ser pensar na última batalha, e agora o momento chegara. Como poderia descansar?

    Enquanto se despia acabou tendo entre as mãos o punhal. A bainha escondia completamente a lâmina e luz nenhuma transparecia através do couro do estojo. Naquele punhal estava escrito o motivo pelo qual iria combater no dia seguinte. Se descobrisse que Senar tinha morrido, então não sobraria nela outra coisa a não ser o ódio. Desta vez, no entanto, Nihal queria chegar diante do seu inimigo animada somente pelo desejo de paz.

    Segurou o punhal com força, sem encontrar a coragem de tirá-lo da bainha.

    Onde está, Senar? Preciso de você, das suas palavras, da sua voz. Preciso saber que ainda está por aqui, para poder lutar amanhã.

    Um temor pânico tomou conta dela, juntamente com as vozes dos espíritos que nunca a haviam abandonado, tanto assim que Nihal não percebeu a porta que se abria e não ouviu os passos que se aproximavam.

    Só recobrou-se quando Ido ficou ao seu lado e afagou com a mão seus cabelos desgrenhados. Nihal abraçou-o e apertou-se com força ao peito do mestre.

– Está com medo? – perguntou o gnomo.
– Estou com medo de Senar ter morrido. Sem ele, qual o sentido de tudo o que estou fazendo?
Ido continuou a afagar-lhe a cabeça.
– Sei que é difícil, mas precisa não pensar nisso. De nada adianta. Não a ajuda a preparar-se para a batalha. Se quiser mesmo saber a verdade – acrescentou olhando para ela –, o punhal está aí ao seu lado, é só olhar.
– E se eu descobrir que está morto? Já não teria ânimo para lutar amanhã – respondeu ela.
– Então só lhe resta manter a fé e esperar. Senar ama você, não vai se deixar matar tão facilmente – concluiu o gnomo com um sorriso.
Ido ficou ao lado dela e Nihal, pouco a pouco, acalmou-se.
– Eu também estou com medo – disse ele baixinho. – Cansei de dizer-lhe que o medo é amigo do soldado, mas é um amigo perigoso, difícil de manter sob controle. Pela primeira vez, hoje também tenho a impressão de sentir a morte ao meu lado e descobri que, afinal, até gosto desta maldita vida, gosto mesmo.
Nihal olhou para ele. Era muito raro que Ido falasse daquele jeito, desistindo do tom arisco e quase agressivo que lhe era peculiar.
– Não sei se conseguirei sair vivo da batalha – continuou o gnomo. – Amanhã resolverei de uma vez por todas os meus problemas com Deinóforo, e isso não quer dizer que eu saia vencedor. Por isso quero confessar-lhe algo que por muito tempo eu mesmo não quis admitir. – Engoliu em seco, e Nihal percebeu que estava constrangido. Sabia quanto lhe era difícil falar dos seus sentimentos. – O resgate que durante vinte anos procurei nos campos de batalha nunca aconteceu. Aquilo que fui, tudo aquilo que fiz sob o comando do Tirano não pode ser apagado. Combati com esta finalidade por anos a fio, sem nunca alcançá-la. Então você apareceu. – O gnomo pigarreou. – No começo achei que você não passava de um grande aborrecimento, o que eu menos desejava era uma aluna e uma semielfo para piorar as coisas. – Ido fitou-a. – Mas, longe disso, foi a melhor coisa que me podia acontecer, Nihal. – Fez uma nova pausa, desviando o olhar. – Você me deu muito. Proporcionou-me a possibilidade de resgatar-me, muito mais do que todas as outras batalhas e os inúmeros fâmins que matei. Certa vez,

quando brigamos, disse-lhe que não era minha filha e que eu não tinha a obrigação de lhe contar tudo sobre mim mesmo. Eu estava errado. Agora é como uma filha para mim e sinto orgulho daquilo em que você se transformou. – O gnomo calou-se e suspirou.

Nihal abraçou-o com força. Tinha reencontrado um pai.

– Sempre ficarei imensamente grata por tudo o que fez por mim.

Ido tossiu ruidosamente, como se estivesse querendo recuperar a postura.

– Não perca a fé quanto a amanhã – disse – e só pense no seu objetivo final. Precisa acreditar até o fim para realizar o que deseja.

Depois disso, Ido voltou aos seus aposentos e deixou Nihal sozinha.

Logo a seguir a semielfo adormeceu, com o punhal entre as mãos, e o seu último pensamento foi por Senar.

O acampamento despertou com solene vagar antes de a alvorada raiar lívida sobre a fronteira e emoldurar os negros contornos do Castelo que se erguia ao longe. Quando os primeiros raios do sol apareceram entre os galhos secos dos bosques em volta da base, as tropas já estavam prontas para tomar suas posições.

Ido juntou-se a Nihal no quarto dela.

– Quer que a ajude a vestir a armadura? – perguntou o gnomo.

Nihal acenou que não com a cabeça.

– Esta armadura pertencia a Laio, só ele tinha o direito de ajudar-me a vesti-la. Cuidarei disso sozinha, como respeito pela memória dele.

Ido concordou, mas ficou no quarto para ajudar a apertar as presilhas que ela não alcançava. Lá fora tudo era silêncio. Depois que ficou pronta, Nihal ajudou Ido nos seus preparativos. Depois ambos pegaram suas espadas e saíram.

O sol surgia num céu de chumbo. O ar estava gelado e, no chão, um espesso tapete de neve encobria todas as coisas e estalava sob as botas. Mais imponente do que nunca, Oarf estava à espera do seu Cavaleiro no meio da arena. Nihal viu-o desdobrar altivamente as asas e compreendeu que não estava sozinha. Fechou os olhos e a calma preencheu o seu coração.

A marcha teve início e as tropas chegaram perto da fronteira quando o sol ainda estava baixo no horizonte. Os soldados pararam. Ao longo da frente de batalha já se viam em posição de combate os exércitos que haviam chegado de todos os lugares. A cerca de uma milha de distância, os inimigos, um conjunto heterogêneo de fâmins, homens, gnomos e a multidão de fantasmas, observavam a longa linha escura dos adversários, provavelmente perguntando-se o que tencionavam fazer.

Durante todo o caminho, Nihal tinha sentido aumentar o poder do amuleto à medida que se aproximavam da Grande Terra. Agora refulgia em todo o seu esplendor sob o brasão de Nâmen gravado na armadura.

Raven chegou perto dela. Era a primeira vez que Nihal o via montado no seu dragão, um poderoso animal de cor verde-musgo, talvez idoso, marcado por mil cicatrizes e que sem dúvida devia saber tudo dos campos de batalha.

– Caberia a mim falar com os homens antes do combate, mas prefiro entregar-lhe a tarefa. Se não fosse por você, hoje não estaríamos aqui – disse o Supremo General, e com um gesto convidou-a a dirigir-se ao exército perfilado diante dela.

Nihal enrubesceu e virou-se para Ido, que estava atrás dela. O gnomo sorriu. A semielfo avançou titubeante enquanto se perguntava o que iria dizer. Estava confusa e emocionada, a única coisa clara na sua mente era o rosto de Senar. Olhou em frente e viu que os soldados a fitavam, à espera.

Respirou fundo.

– Hoje é um dia importante. O mais importante de toda a nossa história, pois é o dia em que temos a oportunidade de reconquistar a paz. Muitos entre nós só conheceram a barbárie da guerra e durante longos anos nada mais fizeram além de combater. Hoje podemos quebrar a corrente do ódio, podemos finalmente alcançar a paz que almejamos. Durante esses anos, muitos padeceram. Eu sou uma semielfo. O meu povo pagou o preço mais alto nesta guerra: foi riscado da face da Terra. É por isso que lutamos contra o ódio, contra a crueldade, contra os que matam pelo prazer de matar. Se assim quisermos, esta será a última batalha, o sangue derramado será o último a tingir de vermelho a nossa terra. A partir de amanhã tudo poderá ser diferente. Cada um de nós tem um motivo que o impele a lutar, cada um de nós tem uma pequena chama que ilumina a sua vida e lhe dá um sentido. Gostaria que hoje todas essas pequenas chamas se juntassem num único, grande, desejo de paz, que cada golpe que cada um de nós desferirá no inimigo não fosse inspirado pela vingança, mas sim apenas pelo desejo de paz.

    Nihal calou-se. Ido, do seu lugar, sorriu para ela concordando, e ela entendeu que o mestre tinha compreendido. Naquelas palavras resumia-se todo o caminho que Nihal tinha percorrido naqueles anos.

    O silêncio dominou os ouvintes, até que um só grito levantou-se de uma ponta para outra das tropas e se espalhou até as outras unidades, onde generais e Cavaleiros haviam proferido seus discursos. Não muito longe dali, Nihal também pôde ver as tropas de Zalênia, comandadas por um homem protegido por uma leve armadura e briosamente montado em seu cavalo. O brado inflamou em uníssono toda a formação, desde o mais longínquo areal na Terra do Mar, no delta do Saar, até os extremos confins da Terra do Sol, à margem do deserto, e, ao ouvir aquele grito, pela primeira vez o coração dos inimigos estremeceu.

Nihal abaixou o elmo sobre o rosto e convidou Soana a montar na garupa de Oarf. Enquanto se preparavam para partir, junto com Ido montado em Vesa, a semielfo teve uma espécie de pressentimento e virou a cabeça para a esquerda.

    Num penhasco, viu uma figura solitária que tinha algo de demoníaco. Era velha e dobrada sobre si mesma, de roupas esfarrapadas que esvoaçavam na brisa daquela lúgubre alvorada, junto com os longos cabelos amarelados.

    Era Reis. A maga levantou o punho contra o céu, na direção do Castelo.

    – A sua hora chegou, monstro! – berrou com a voz carregada de ódio. – Quero vê-lo jazer em seu próprio sangue, degolado como um bezerro! Hoje o seu reinado de terror está chegando ao fim! – Virou-se para Nihal. – Mate-o, Sheireen! Corte-o em pedaços, minha filha! Aquela que a criou e lhe deu a força ordena que massacre aquele monstro! – As suas palavras perderam-se numa risada selvagem.

Nihal desviou os olhos. Era melhor que não pensasse naquela velha, só no que estava prestes a fazer. Olhou para Ido e o gnomo assentiu.

Levantaram voo e sobrevoaram o *front* sob os olhares incrédulos dos inimigos. Soana ergueu uma barreira mágica em volta de Nihal e Oarf, enquanto Ido se preparava para lutar.

Nada se mexeu nas fileiras adversárias. Estavam todos parados, olhando para cima, incrédulos. Nihal voou o mais rápido possível, enquanto no campo inimigo não houvesse Cavaleiros não haveria nada a temer. Pelo menos até então, as tropas do Tirano haviam sido pegas de surpresa. A semielfo percebeu que os fâmins, os homens e os gnomos abaixo dela percebiam o imenso poder do talismã e entendiam que o símbolo branco na sua armadura era presságio de morte. Sorriu. Os espíritos já estavam com ela, estavam ajudando.

O Castelo apareceu diante deles e Oarf pousou no chão, acompanhado de Vesa. Densas nuvens remoinhavam em volta da fortaleza, obscurecendo a alvorada que tentava iluminar aquela fatídica manhã. Até o chão era preto, contagiado pelo mal que reinava naquele lugar. Não havia um só fiapo de grama, nada; só terra rachada e ressecada.

Nihal desmontou do dragão, perplexa. Não conseguia sentir a presença de Aster. O Castelo parecia adormecido, indiferente.

Aster e Senar estavam sozinhos nas masmorras. Já fazia muito tempo que eles se enfrentavam, no mais absoluto silêncio. Senar se esforçava para esconder o próprio segredo, Aster tentava conhecê-lo profanando sua mente. Mas era uma luta desigual. O jovem mago estava esgotado, ferido, e o Tirano era infinitamente poderoso e determinado.

Foi assim que Senar acabou sentindo a própria mente explodir num delírio de dor e de cores, com todo o sofrimento do mundo que estourava em sua mente e no seu coração. O seu amor, a sua

vida, tudo ficou exposto, e no fundo daquele turbilhão de emoções já sem nome nem sentido o seu segredo foi revelado.
Foi assim que Aster soube.

Nihal não tivera tempo de se perguntar a razão de o Castelo estar tão silencioso. Logo que pousara na Grande Terra, percebera que o poder aumentava de repente no seu peito. Então foi como se o Castelo despertasse. As nuvens começaram a rodopiar mais rápidas e violentas, enquanto o imenso poder do Tirano acordava. Nihal entendeu que Aster já sabia, percebeu da sua fúria, do seu medo, mas principalmente da sua determinação. Nada poderiam contra ele se desencadeasse o seu imenso poder.

– Recite o encantamento de defesa mais forte que você conhece – murmurou Soana.

Então, sem mais demora, puxou para fora o talismã: brilhava reluzente e rasgou a escuridão perpétua e sem lua que havia décadas cobria a Grande Terra.

Nihal quase pôde ver a ira e o temor de Aster crescendo, e compreendeu que muito em breve a barreira de Soana seria totalmente inútil.

– Ael! – A voz da semielfo ressoou claramente, uma lâmina de luz azulada desceu do céu para iluminar a primeira pedra.

"Glael!", continuou Nihal, e desta vez foi um raio dourado que desceu sobre ela. O Castelo começou a brilhar cada vez mais intensamente; o Tirano devia estar a ponto de evocar algum encantamento que iria livrá-lo dela, de Soana e de Ido.

"Sareph! Thoolan! Flar!", gritou ainda Nihal em rápida sequência, e um depois do outro desceram do céu um raio azul, outro turquesa e mais outro vermelho.

O Castelo era uma verdadeira explosão de luz, o encanto de Aster devia estar quase completo. Nihal forçou-se a manter a calma e continuou, decidida:

– Tareph! Goriar! Mawas! – gritou, e os últimos raios desceram sobre ela, um marrom, um preto e mais outro branco.

Uma calma absoluta desceu sobre o mundo. O Castelo parou de brilhar, as nuvens pararam, o vento aplacou-se e todo o som emudeceu.

Por um momento amigos e inimigos foram tomados pelo mesmo medo, pelo mesmo sentido de reverência: as oito Forças manifestavam o próprio poder e os antigos deuses voltavam ao mundo. Naquele momento todos sentiram-se pequenos, insignificantes e perceberam quão imperscrutável pudesse ser a criação. Logo a seguir houve um clarão de cores, uma luz ofuscante.

Uma esfera luminosa desceu do céu, pequena no começo, mas depois cada vez maior, capaz de envolver o Castelo inteiro e tudo aquilo que o cercava, até abarcar as fronteiras extremas da terra, além do Grande Deserto e além das caudalosas águas do Saar. No centro estava Nihal. A semielfo percebia a energia que fluía nela e por um instante sentiu-se imensamente poderosa, como se todas as coisas, árvores, plantas e animais, estivessem prostradas aos seus pés, como se o mundo inteiro lhe pertencesse. De repente achou tudo muito claro.

– O seu pedido foi outorgado – disse então uma voz solene. – Mas o poder não é para você, Consagrada, é para todos aqueles que almejam a paz. Faça bom uso daquilo que lhe concedemos.

Nihal deixou de sentir-se dona, tornou-se criada: recobrou-se e percebeu que os fantasmas que até então se apinhavam nas fileiras inimigas tinham desaparecido, haviam se dissolvido no vento, enquanto os fâmins olhavam em volta sem saber o que fazer. Até as vozes, que desde sempre não a deixavam em paz, haviam se calado. Ela conseguira.

Não teve tempo para regozijar-se. Caiu de joelhos. A sua respiração tornara-se ofegante e sentiu um peso que lhe oprimia o peito. O talismã havia começado a sugar a sua vida.

– Tudo bem? – perguntou Ido, que logo se dobrara em cima dela.

Nihal anuiu.

– É só o amuleto que cobra o seu preço.

Levantou-se e montou em Oarf, sozinha. Voou bem alto no céu, para que todos os soldados a vissem. Ergueu a espada e lançou o seu brado. As tropas responderam e a última batalha começou.

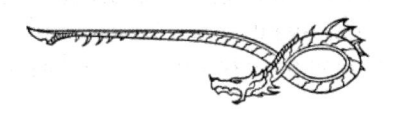

38
A ALVORADA DA DESFORRA

Quando o sol se livrou da escravidão da terra e surgiu sobre o mundo, os seus raios saudaram uma maré de espadas e lanças, um emaranhado de corpos que se chocavam de uma a outra ponta dos confins do Mundo Emerso.

Muitas batalhas já haviam acontecido naquela Terra, mas aquela não era como as outras, e todos, inimigos e homens livres, sentiam isso no fundo da alma. Cada um dos soldados estava ciente de que aquele embate iria definir o destino do mundo, sabia que na ponta da sua lâmina estava escrito o futuro.

Desde o momento em que os fantasmas se haviam dissolvido na luz do encantamento daquela jovem de armadura negra, os fâmins deixaram de obedecer às ordens e vagueavam com os olhos perdidos no vazio.

Para quem estava acostumado a entrar em campo amparado por uma avassaladora superioridade numérica, ao lado de guerreiros para os quais muitas vezes a vida e a morte significavam a mesma coisa, encontrar-se agora a lutar de igual para igual era pelo menos desconcertante. Mas não era só isso que os amedrontava. Percebiam um sentido de inevitabilidade, intuíam que a hora do acerto de contas chegara e que depois daquele dia nada continuaria a ser como antes. O próprio ar parecia diferente, pairava nele um presságio de morte e derrota. Era como se a natureza dirigisse aos soldados do Tirano um olhar malévolo.

Para não mencionar, então, o horror dos magos entre as fileiras inimigas quando perceberam que nenhum dos seus encantamentos surtia efeito. Cansaram-se de tentar, apavorados com a própria impotência, mas muito em breve foram forçados a admitir que haviam voltado à condição de meros homens, fracos e incapazes de defender-se.

Muitos fugiram, outros preferiram segurar espadas que nunca tinham usado. Naquele dia os espíritos haviam-nos abandonado e estavam todos na palma da mão de uma guerreira de preto, que lutava como possessa e abria caminho para o Castelo.

O Tirano estava trancado em sua fortaleza, sentado no grande trono, numa sala que agora lhe parecia imensa. Ficara com medo ao perceber que os espíritos o abandonavam e a magia escoava das suas mãos, perdendo-se longe. Mas agora estava calmo; sabia que aquele dia iria chegar, e que finalmente chegara. Não precisava recear. O Consagrado chegara, como aquele velho profetizara quarenta anos antes, mas o destino ainda continuava em suas mãos e o motivo final era grande demais para que uma garotinha, uma semielfo que conseguira escapulir das garras da morte, pudesse fazer muita diferença. Para levar a termo o seu plano, Aster estava preparado para tudo. Estava escrito que deveria enfrentar aquela guerreira, mas isso não queria dizer que perderia. Mesmo sem a sua magia sabia que era imensamente poderoso, pois conhecia as criaturas daquele mundo e podia ler claramente cada pensamento, cada sentimento delas. Iria lutar com a jovem e a derrotaria para realizar os seus ambiciosos planos.

Logo que ouviram o primeiro brado de batalha, as tropas das Terras livres haviam investido contra um inimigo perdido e confuso, e no começo tudo parecera muito fácil. O exército adversário, no entanto, não era formado apenas por praças e traidores, mas também por valorosos guerreiros e valentes Cavaleiros. Foram justamente eles que saíram do Castelo logo após os primeiros chamados das trompas de guerra.

 Como nuvem negra, avançaram para o campo de batalha, espalharam-se pelo *front* e arremeteram contra as tropas das Terras livres. Foi então que os primeiros soldados tombaram, queimados pelo fogo dos dragões ou feridos pelas armas dos Cavaleiros de Dragão Negro. Das retaguardas avançaram então os Cavaleiros de Dragão da Terra do Sol e da Terra do Mar, e a luta ficou novamente equilibrada.

Entre eles, na primeira linha, estava Raven. Já fazia muito tempo que não travava combate, mas não podia faltar ao último ato, não podia perder a possibilidade que o destino lhe proporcionava para recuperar a dignidade que perdera entre os veludos da Academia e voltar a ser o guerreiro de antigamente. Naquela manhã montara na garupa de Tharser, o seu dragão, e agora lá estavam os dois, a aproveitar a renovada excitação da batalha.

Para o Supremo General, o choque das lanças e o clangor das espadas soaram como música que lhe falava de coisas perdidas e longínquas. Sentiu o sabor da poeira na boca e, com um berro feroz, lançou-se na rinha, espalhando a morte do alto com o seu dragão. Raven liderou os seus homens como já fizera no passado, levantou a espada sangrenta e incitou-os ao ataque, e cada um dos seus soldados seguiu-o enfeitiçado: todos ficaram convencidos de que a vitória era possível enquanto aquele homem estivesse com eles. Enquanto baixava seus golpes sobre o inimigo, Raven teve a impressão de que nenhum dia se passara desde a última vez que travara combate, que uma centelha já bastaria para ele voltar a ser como antes, e achou que a centelha se acendera. Por muito tempo, naquele dia, Raven foi o terror dos inimigos.

Do outro lado da frente de batalha, nos territórios sujeitos ao Tirano, aquela alvorada não parecia diferente de qualquer outra. Um sol pálido soltava raios agonizantes sobre a terra e anunciava mais um dia de escravidão. Mas havia quem olhasse para aquele sol com outros olhos, esperando com ansiedade pela hora em que um só grito se ouvisse ao longe, além do Castelo, vindo dos lugares onde a esperança ainda não tinha morrido.

Aires não se havia poupado e fizera um excelente trabalho. Logo depois da saída de Nihal e Senar, empreendera viagem com uns poucos companheiros de confiança. Primeiro perambulara pela Terra do Fogo à cata de homens que pudessem juntar-se à resistência. Depois atravessara a fronteira e deslocara-se para as outras Terras. Os seus esforços não se destinavam apenas a recrutar novas forças, já era para ela motivo de contentamento ver brotar de novo a esperança no coração dos que já se haviam conformado. No dia da batalha decisiva, queria que em todas as Terras escravizadas houvesse homens prontos a se levantarem quando ouvissem o brado de guerra correndo por toda a fronteira. Homens desarmados, mas decididos a tudo pela liberdade, e portanto irrefreáveis. Aires conseguira juntar uma espécie de exército, formado em sua maioria por desesperados. Os rebeldes haviam construído ou roubado armas e tinham inventado estranhas máquinas de guerra voadoras. Então a mensagem tão esperada chegara. Aires ficara surpresa ao reparar que quem a enviava era Nihal, e não Senar, e logo entendera que algo de grave devia ter acontecido. A manhã da batalha, portanto, não foi uma manhã qualquer para muitos dos habitantes da Terra do Fogo. Levantaram-se bem cedo e ocuparam seus lugares, prontos a atacar os pontos mais delicados do poder do Tirano.

Quando o brado correu como relâmpago ao longo do *front*, nenhum dos habitantes das Terras ocupadas pôde ficar indiferente. O tempo pareceu parar. Os escravos interromperam o trabalho e olharam para o céu; os algozes, os generais e os soldados destacados para as Terras ocupadas sentiram um arrepio de medo. Todos entenderam claramente que alguma coisa estava para acontecer, que enormes poderes estavam prestes a desencadear-se.

Foi então que Aires ordenou a ofensiva. Tinha organizado grupos armados por toda parte, prontos a canalizar a raiva dos escravos, e em cada Terra havia homens dela preparados para instigar a revolta. Quando o grito morreu e a batalha começou, muitos daqueles homens acabaram sendo mártires; conseguiram suscitar um fogo de palha, violento, mas de curta duração, e foram massacrados como carneiros. Cada um deles, no entanto, lutou até o fim, porque sabia que o sacrifício de alguns poderia determinar a vitória de todos. Em outros lugares, porém, o incêndio tomou força e se espalhou rapidamente. Os escravos rebelaram-se, aqueles que por longos anos tinham ficado sob o jugo de Aster agarraram qualquer coisa que se parecesse com uma arma e lutaram.

Pareceu que o mundo estava a ponto de virar do avesso. A revolução estourou nos campos, nas minas de cristal negro da Terra dos Rochedos, na eterna escuridão da Terra da Noite e até mesmo na Terra dos Dias houve levantes. Nenhuma batalha, no entanto, foi mais grandiosa e sangrenta do que aquela que se travou na Terra do Fogo. Comparadas com elas, as outras não passaram de escaramuças, tendo principalmente em vista atordoar o inimigo e forçá-lo a deslocar tropas do *front* para que o exército das Terras livres encontrasse menos obstáculos.

Aires e os rebeldes não deixaram os soldados se recuperarem do susto e caíram em cima deles como um raio num céu sem nuvens. Milhares de homens e gnomos surgiram do nada armados até os dentes, atacando logo de saída as forjas. Atropelaram os soldados de vigia e quebraram as correntes que prendiam os pulsos e os tornozelos dos seus similares, saquearam as armas e gritaram que o reinado do Tirano estava no fim, que era preciso lutar para reconquistar a liberdade. Alguns dos que foram libertados fugiram com medo, mas muitos outros pegaram as armas e decidiram lutar.

Então, no céu, apareceram as máquinas voadoras que começaram a derramar fogo sobre as tropas inimigas desnorteadas e apavoradas. Na primeira linha, diante de todos, com a espada já vermelha de sangue, estava Aires. Era a alma da revolta, gritava ordens e parecia outra pessoa; deixara de ser a mulher linda e sensual que todos admiravam, agora era uma fúria vingadora.

O objetivo final era o Castelo. Os rebeldes não sabiam muita coisa a respeito, contavam que nem mesmo os grandes generais do Tirano conheciam com precisão a planta daquela imensa construção. Mas aquilo não bastou para detê-los, estavam decididos a forçar o bloqueio, a entrar no Castelo e destruir tudo aquilo que encontrassem.

Durante toda a manhã, a Terra do Fogo foi um único, enorme campo de batalha. Os soldados tentaram conter os rebeldes da melhor forma possível, mas a situação tinha chegado a um impasse. De ambos os lados havia numerosas baixas e não tinha como reprimir o levante.

Então chegou a ordem, peremptória e inesperada:
— Saiam daqui e acabem de uma vez com esta loucura. Afastem-se das encostas do meu palácio e invistam contra os rebeldes. Aniquilem-nos. Quem ordena é o seu amo.

Foi assim que Semeion e Dameion, dois Cavaleiros de Dragão Negro, se afastaram do *front* e, coisa inaudita, acudiram para a Terra do Fogo a fim de reprimir a rebelião de uns poucos escravos. Aires e os seus viram as duas figuras se aproximando quando o sol ainda estava a pique. Os dois Cavaleiros surgiram da fumaça preta do Thal; avançavam lentamente e os seus movimentos no céu eram perfeitamente sincronizados.

Tanto os rebeldes quanto os inimigos levaram algum tempo para perceber aquilo que estava acontecendo, então ouviu-se uma voz:

– Vocês já estão mortos! Os nossos amos estão chegando para nos salvar e para vocês já não há esperança! – gritou um dos soldados.

As duas figuras estavam agora muito perto para que se pudesse divisá-las. Eram idênticas. Aires nunca as vira antes, mas logo entendeu de quem se tratava. Sabia que aquela Terra era governada por dois gêmeos, dois generais do Tirano, dois impiedosos Cavaleiros de Dragão Negro. Muitos dos seus começaram a ficar com medo. Ela segurou com mais força a espada e preparou-se para o ataque.

Os Cavaleiros separaram-se e duas imensas línguas de fogo, saindo da boca dos dragões, envolveram aquela Terra de vulcões e incineraram tudo que encontraram em seu caminho, amigos e inimigos.

A coragem que até então animara os rebeldes esvaiu-se e a debandada começou. O seu entusiasmo, suas armas e as estranhas máquinas voadoras já não bastavam; nem mesmo milhares deles conseguiriam derrotar um só daqueles dois Cavaleiros.

Aires ficou de pé no meio do campo de batalha, sem saber ao certo o que fazer. Enquanto isso, Semeion e Dameion entrelaçavam complicados bailados no ar, descendo rente ao chão após cada volta e levando consigo seu recado de morte. Alguns foram trespassados pelas espadas dos dois Cavaleiros, outros morreram consumidos pelas chamas dos dragões, ardentes como a lava do Thal, mais outros foram estraçalhados pelas garras dos monstros e tiveram os seus míseros restos espalhados pelo campo. Não havia nada que os rebeldes pudessem fazer. Diante daquele avanço irrefreável, até os soldados rasos retomaram a coragem e investiram contra os que tinham sobrevivido à fúria dos Cavaleiros.

Aires estava atônita, cercada pelas chamas. Via os homens que ardiam como tochas, espavoridos na fumaça, o sangue que empapava a terra. Seria possível que tivesse de acabar daquele jeito? Seria possível que o sonho tivesse de morrer na ponta das lâminas daqueles dois Cavaleiros?

Levantou a espada com um berro e investiu contra um dos dois, aproveitando um momento em que estava mais perto do solo. Arremeteu contra o dragão e vibrou o golpe com toda a força que tinha; afundou a espada até o cabo no flanco do animal, com tamanho vigor que a arma quebrou e ficou espetada na carne. O dragão deu um pinote e caiu no chão, urrando de dor. O Cavaleiro virou-se para Aires e muitos olhares, amigos e inimigos, fixaram-se nela.

– Somente o medo pode nos derrotar! – gritou Aires. A sua voz era quase irreconhecível. – Os verdadeiros homens não fogem, os verdadeiros homens combatem! – voltou a berrar. – Voltem, nada está perdido enquanto houver vida!

O rosto até então impassível do Cavaleiro assumiu uma expressão de compaixão.

– Então, decidiu morrer? – disse com calma, em seguida desembainhou uma espada pavorosa, hirta de pontas e cheia de maléficas runas.

Aires respondeu com uma gargalhada.

– Ao contrário, decidi lutar até a morte – gritou. Jogou fora a espada já inutilizável.

– Quer me desafiar de mãos vazias?

– Lutarei com você custe o que custar, até de mãos vazias, pois há uma arma que não pode tirar de mim, a minha determinação – respondeu.

O Cavaleiro não lhe deu tempo de terminar a frase. Forçou o dragão ferido a soltar em cima dela uma labareda, mas foi fraca: o animal estava sofrendo.

Aires conseguiu esquivar-se e, ao mesmo tempo, viu aos seus pés o cadáver de um soldado, com uma espada ao lado. Pegou-a.

O Cavaleiro pulou no chão e investiu contra ela, forçando-a a recuar. Muitas feridas já marcavam o corpo da mulher e finalmente uma estocada acertou o alvo. Aires caiu com um profundo corte no braço.

Ficou no chão, mas ainda teve ânimo para gritar aos seus, parados no meio do campo, de olhos fixos nela:

– Lutem, seus idiotas! Estamos aqui para vencer e retomar a liberdade que nos foi tirada!

Mais um golpe acertou sua mão. Aires levantou-se e, com um grito, voltou ao ataque. Foi o que bastou para que os seus homens se reanimassem: arremeteram contra o inimigo, assaltaram em massa o outro Cavaleiro de Dragão, sem se importarem com o fato de muitos deles morrerem antes mesmo de conseguir dirigir-lhe um único golpe. Para cada um que tombava, outros tantos estavam prontos a entrar na luta. Não demoraram a cercar o Cavaleiro, a forçá-lo a enfrentá-los no chão.

Aires continuava a combater. Pelo estrondo em volta percebeu que a batalha tinha recomeçado e sorriu, enquanto o adversário cortava-a em pedaços de tantos pequenos golpes que acertavam no alvo. Era quase certo que morreriam todos nas mãos daqueles dois malditos. Mas tinham escolha? Não podiam fazer outra coisa a não ser sacrificar-se por aquilo em que sempre haviam acreditado. De qualquer forma não seria uma morte inútil, porque agora os dois Cavaleiros estavam empenhados com eles ali e não na frente de batalha, onde poderiam impedir o avanço das tropas das Terras livres. Nihal poderia então invadir as entranhas do Castelo e degolar o Tirano. A morte deles acabaria sendo a salvação de muitos.

39
A GUERRA DE IDO E DEINÓFORO

Ido precisava levar Soana para algum lugar seguro; agora que o encantamento havia sido evocado, a maga era uma mulher como qualquer outra, estava indefesa. O gnomo, porém, relutava em sair dali, deixando Nihal sozinha do outro lado do *front*, diante do Castelo e da desolação da Grande Terra, onde a qualquer momento acudiriam hordas de inimigos decididos a impedir o acesso à morada do seu soberano.

– Não se preocupe comigo, sei o que estou fazendo. Soana não pode ficar aqui e você precisa acabar uma batalha toda sua – disse Nihal ao antigo mestre.

Ido mandou Soana subir na garupa de Vesa e a levou embora. Sabia que o destino da aluna estava ligado ao do Tirano, que desde sempre Nihal estava destinada a superar as portas daquele palácio e medir forças com ele.

Deixou a maga bem longe da frente de batalha, onde achou que estaria segura. Ao despedir-se, compreendeu quão difícil fosse para ela ficar ali, parada e impotente, à espera do fim daquele dia.

– Também se deve ao que você fez durante esses anos o fato de agora estarmos aqui – disse antes de deixá-la.

A maga abaixou a cabeça por uns instantes, depois voltou a fitá-lo.

– Vai procurar Deinóforo? – perguntou.

– Vou. Preciso acabar de uma vez com esta história.

Soana roçou na mão dele.

– Tome cuidado.

Ido abaixou a celada do elmo e levantou a espada em sinal de despedida.

– Até a noite – disse e levantou voo.

O gnomo começou imediatamente a procurar pelo inimigo, mas Deinóforo demorou muito tempo antes de aparecer. Ido enfrentou soldados de infantaria e Cavaleiros menores. Não se poupou e lutou com todas as suas forças. Ciente do seu último trágico erro, nunca perdeu a concentração e em várias ocasiões acudiu para socorrer companheiros em dificuldade, mas a sua ansiedade aumentava.

Aquela era a última possibilidade de resolver as suas pendências com Deinóforo. Continuou lutando e, com o passar das horas, o sangue se acumulava sobre a sua espada assim como nele aumentava a impaciência de ver a figura vermelha do adversário aparecer no cenário cinzento das nuvens daquela manhã.

Ido foi um dos melhores em campo, tanto que ganhou terreno e conseguiu juntar-se a Nihal. Viu-a de longe, enquanto sobrevoava o campo e lutava na garupa de Oarf. Estava absorta, plenamente concentrada na sua missão, de olhos fixos no Castelo.

O gnomo aproximou-se da semielfo voando. O sol estava alto no céu, quase a pique, e Ido constatou que as tropas deles haviam ocupado um bom pedaço da Grande Terra. O Castelo erguia-se bem em frente, mais imponente do que nunca.

– Estou vendo que fez um bom trabalho – disse a Nihal, aproveitando uma pausa.

Ouviu-a respirar arfando sob o elmo e ficou preocupado. Não podia ser só cansaço, quando combatia Nihal sempre demonstrara uma grande resistência.

– Acho que me saio melhor quando você não está por perto – disse ela com uma risada, então voltou a ofegar. – Derrotou Deinóforo?

– Nem cheguei a vê-lo – respondeu Ido.

– Desistiu?

O gnomo limpou a testa do suor e do sangue.

– Não fale bobagens, só estou esperando que ele apareça.

Logo depois que o sol passou do zênite, anunciando o começo da tarde, Deinóforo fez a sua entrada no campo de batalha. De repente Ido viu nuvens de fumaça à sua frente e soldados que fugiam apavorados. Duas alas de homens abriram-se e o gnomo viu-se diante de um imponente dragão que lhe barrava o caminho. A armadura rubra do seu adversário brilhava flamejante na garupa do animal. A hora chegara.

– Ao que parece, chegamos ao último ato – disse Deinóforo.

Ido permaneceu calado. O sangue martelou em suas têmporas e o olhar voou ao braço do Cavaleiro. No lugar da mão perdida havia um membro mecânico cujo metal refletia os raios do pálido sol.

– Desta vez não me contentarei com menos do que a sua vida – acrescentou o Cavaleiro de Dragão Negro.

– Não creio que para mim seja diferente – disse Ido, retirando a espada em sinal de saudação e Deinóforo fez o mesmo.

Investiram um contra o outro e subiram no céu fazendo ouvir o canto das espadas.

Começaram se estudando, e o mesmo fizeram os dragões que, como seus Cavaleiros, entendiam a fatalidade daquele embate. Ido e Deinóforo frasearam com as espadas, entrelaçaram complexos arabescos de ataques e defesas entre as faíscas provocadas pelo choque das armas. Os dragões apertavam os flancos e se desviavam para os lados a fim de evitar os golpes, enquanto os Cavaleiros torciam-se nas selas para imprimir forças aos golpes e eficácia aos movimentos de defesa.

Ido reparou logo que os estranhos lampejos que iluminavam a armadura de Deinóforo estavam apagados e a sua espada só refletia a fraca reverberação do entardecer. O que queria dizer que, afinal, a invencibilidade daquela espada e daquela armadura dependia de um feitiço, e que, graças a Nihal, o encanto deixara agora de existir.

Combateram longamente, sem que nenhum dos seus golpes surtisse efeito: parecia até que estavam se divertindo naquela dança feita de perseguições e recuos, que estavam brincando. Então Ido fez uma finta e a sua lâmina alcançou a armadura de Deinóforo; o golpe havia sido bastante decidido e deixou uma marca na couraça. Os dois afastaram-se.

Ido deu uma gargalhada, enquanto procurava recuperar o fôlego.

– Como é? Está sentindo falta dos seus truques mágicos? – disse, apontando para o metal amassado.

Deinóforo também estava ofegante.

— Não será certamente isto que me impedirá de cortar a sua cabeça.

Lançou-se contra Ido com violência e o combate recomeçou. No chão a batalha continuava furiosa, com milhares de homens caindo na tentativa de forçar os pesados batentes do Castelo e outros tantos tombando para protegê-los. Para os dois Cavaleiros, no entanto, só havia o céu e o inimigo.

A cada choque com Deinóforo, Ido via chegar ao seu encontro todo o seu passado, com seu rastro de fantasmas e remorsos. Voltava a pensar no irmão Dola, nos muitos inimigos que tinha derrotado e no Tirano, na horrível herança que aquele monstro plantara no seu coração e em tudo aquilo que lhe roubara, começando pelo pai e pelo irmão. Aumentou o ritmo dos ataques, mas sabia que o verdadeiro duelo ainda não começara.

Então, quando Ido menos esperava, a mão mecânica de Deinóforo agarrou-o com força descomunal à procura do único olho que lhe sobrava.

Ido defendeu-se com um golpe. A mão metálica soltou a presa, mas levou consigo um pedaço de carne. O gnomo voltou a ver tudo vermelho, como no dia em que perdera o olho. Assustado, encolheu-se em cima de Vesa e fugiu.

Daquela vez quem riu foi Deinóforo.

— Vejo que não esqueceu aquele dia, Ido. Eu tampouco posso esquecê-lo, pois até então ninguém conseguira nem sequer arranhar-me no campo de batalha. Você foi o primeiro e por isso mesmo nunca irei lhe perdoar, até a hora de reduzi-lo a pedaços para vingar a mão que me roubou. Por isso, e pela sua traição, merece todo o meu ódio.

Ido tentou recobrar-se da dor e enxugou o sangue que escorria no seu rosto e ofuscava a sua visão. Deinóforo levantou a espada e arremeteu contra ele.

Continuaram a lutar com renovado ardor. Muitos golpes acertaram no alvo de ambas as partes e as armaduras ficaram todas amassadas. Ido conseguiu ferir Deinóforo num flanco, profundamente, onde o peito da couraça se engatava na parte inferior da armadura. O adversário respondeu golpeando-o violentamente no braço.

Esgotados, afastaram-se mais uma vez. Ficaram algum tempo estudando-se, com ódio e admiração, com um certo regozijo no coração por saberem que tinham diante de si um adversário fora do comum.

– Os verdadeiros guerreiros enfrentam-se no chão – disse Deinóforo, guardando a espada na bainha. – Proponho que continuemos a luta sem os dragões.

Ido concordou e guardou por sua vez a espada; estimava demais o adversário para desconfiar que se tratasse de um truque e que Deinóforo tencionasse aproveitar a pausa para feri-lo.

Escolheram um lugar apartado, longe do clamor da batalha. Enquanto se aprontava para continuar o duelo, Ido foi forçado a admitir com raiva que aquele homem era um verdadeiro Cavaleiro. Sabia como portar-se no campo de batalha e, apesar de ser impiedoso e de militar no exército do Tirano, respeitava ainda assim um código de honra.

– Não creio que o seu chefe ficaria orgulhoso de você. Teve a oportunidade de matar-me à traição e não o fez – comentou Ido, enquanto limpava o sangue da espada.

– O meu Senhor sabe muito bem o que pode esperar deste seu servo, nunca me pediria para desistir daquilo em que acredito. Conhece-me melhor do que qualquer outro.

Ido sorriu.

– Como pode ficar no exército daqueles animais? Logo você que militou nas nossas fileiras. Lembro-me de você, Debar.

Deinóforo estremeceu.

– Eu também me lembro de você e dos seus patéticos ensinamentos.

– Ensinamentos dos quais continua se aproveitando, pelo que pude ver – replicou Ido.

Deinóforo virou-se de chofre.

– Acha o seu exército melhor? Não reparou como os seus leais companheiros lançaram-se contra os fâmins, indefesos e aturdidos, rindo enquanto os cortavam em pedaços? Considera este comportamento digno de guerreiros?

Era verdade. Logo que os soldados das Terras livres haviam percebido que os fâmins já não eram uma ameaça, muitos arremeteram contra eles para chaciná-los. Ido tentara impedir: matar os fâmins, agora que estavam indefesos, era uma covardia inútil e cruel, mas o massacre continuara.

– Não sabe como responder a isso, não é, Ido? – continuou Deinóforo. – Abandonou o nosso Senhor para juntar-se a esse pessoal que rasteja na lama.

– Eu quis afastar-me da impiedade do Tirano, de um monstro que me forçava a massacrar inocentes – rebateu Ido. – Você luta por alguém que nos priva de qualquer esperança.

– Luto pelo único ser capaz de dar esperança a este mundo – disse Deinóforo. – E digo isso porque falou comigo e tirou-me do horror em que me encontrava. Indicou-me o caminho da salvação. Por que esta terra jamais teve paz, Ido? Já pensou nisso?

– Enquanto houver gente como o monstro que você defende, nunca poderá haver paz.

Deinóforo pareceu não dar a menor importância àquelas palavras.

– Porque as pessoas deste mundo são incapazes de governar-se, porque deixadas a si mesmas só sabem matar uns aos outros. Foram o ódio e a mesquinhez das pessoas pelas quais agora você luta que me tiraram tudo. Quem violentou a minha irmã e linchou a minha família foram os meus próprios camaradas, as pessoas que me conheciam desde criança. Consegui salvar-me por milagre. Errei sem uma meta por mil terras, fugi de mim mesmo e daquilo que fora, já não tendo coisa alguma em que acreditar, e quando raspei o fundo do poço do desespero fui capturado pelo Tirano. Ele me revelou tudo. Contou-me da Guerra dos Duzentos Anos, da falsa paz de Nâmen, do ódio que desde sempre circula por estas plagas. Disse que, com Ele, tudo iria acabar. Quando as Oito Terras ficarem sob o Seu comando, haverá paz e justiça em todo lugar. Por isso abandonei o exército de vocês, para entrar na Luz Dele. E por isso o vencerei, Ido, porque você O traiu.

Tirou o elmo e Ido reconheceu o jovem que militara com ele, os cabelos encaracolados, os olhos cinzentos e pensativos. Não havia mudado muito, tinha uma expressão mais adulta e atormentada, mas continuava o mesmo de antes. Ido também tirou o elmo, deixando à mostra a cicatriz que deturpava metade do seu rosto.

Deinóforo desembainhou a espada e o gnomo não reagiu com a necessária presteza. A lâmina inimiga feriu-o na perna. Caiu de joelhos e Deinóforo levantou a sua arma para dar o golpe de misericórdia. Mas Ido não estava derrotado e voltou a atacar. Acertou mais dois golpes e Deinóforo começou a perder muito sangue. Ambos escorregavam, cambaleavam, caíam no chão, mas, embora estivessem completamente esgotados, o combate continuou furioso.

— Pode enganar os outros com essa sua história edificante — começou Ido — mas não a mim. Também lutei nas fileiras do Tirano e sei muito bem quais são os motivos que aliciam seus comparsas. Paz? Harmonia? Talvez vingança. Eu também estive lá, para saciar a minha vontade de matar, porque sempre havia novas batalhas em que lutar, novos inimigos a derrotar e fartura de sangue. É só por isso que você está com ele.

Deinóforo investiu novamente contra ele. Os golpes de ambos já eram imprecisos, mas a batalha chegara ao apogeu. De repente cada um dos dois representava para o outro tudo aquilo que tentara sepultar no fundo de si mesmo e lutavam para sobreviver.

— Você não é digno de julgar nem a mim nem ao meu Senhor — gritou Deinóforo no ardor do combate, acertando Ido no peito.

O gnomo caiu no chão, mas a couraça amorteceu o golpe. Com um pulo Deinóforo estava em cima dele, pronto a desferir o golpe final. Ido esquivou-se rolando de lado.

— Pare com essas mentiras — rebateu o gnomo e viu mais uma vez o brilho nos olhos do outro.

— Cale-se! — intimou Deinóforo.

Ido levantou-se. A dor no peito era terrível e teve de apoiar-se na espada.

— Só está com o Tirano para vingar-se — prosseguiu —, o resto não passa de mentiras e sabe disso. Quantos inocentes já matou? Acha que é diferente daqueles que chacinaram a sua família?

Ido viu a dúvida abrir caminho nos olhos do rival e compreendeu ter tocado nas teclas certas, mas o vislumbre de incerteza transformou-se logo em fúria. Deinóforo segurou novamente a espada e investiu contra o gnomo.

Naquela altura já não era um duelo, era mais uma briga, uma luta sem regras nem quartel. Os movimentos de ambos eram desconexos e quase nenhum golpe chegava ao alvo. Ido forçou-se a lutar com mais convicção e, quando viu a própria mão sangrenta que segurava a empunhadura da espada, de repente lembrou tudo o que o levara àquele campo de batalha, os anos de guerra e a sensação de não poder resgatar o mal que fizera. Reencontrou os motivos que o impeliram a enfrentar Deinóforo. Tinha de afirmar e confirmar a sua escolha, o imperativo moral que o salvara ao abandonar as tropas do Tirano.

Segurou a espada com força e retomou o combate, agarrado nas últimas energias de que ainda dispunha. O movimento repentino pegou Deinóforo de surpresa, forçando-o a recuar.

De uma hora para outra, Ido viu a atitude do adversário mudar diante dos seus olhos. Pareceu que suas forças se exauriam, como se já se julgasse derrotado, como se já não tivesse vontade de lutar, apesar de estar levando a melhor. Um golpe acertou Deinóforo no ventre, sem ele esperar, no mesmo lugar em que a lâmina de Ido já penetrara. Só que desta vez a espada entrou fundo e o Cavaleiro caiu no chão.

Ido viu o sangue do inimigo molhar o solo e espalhar-se numa poça avermelhada. Compreendeu que o derrotara e sentiu na boca o amargo sabor da vitória.

– Parou de lutar... – murmurou Ido enquanto retomava o fôlego. Percebera que Deinóforo tinha baixado a guarda. – Por que se deixou matar?

Deinóforo mal conseguia respirar. Acenou um sorriso.

– Não posso me queixar. Você me venceu. Mas fico contente que tenha sido você. Morrerei pela mão do Cavaleiro mais forte no campo.

O gnomo viu Deinóforo fechar os olhos, então deixou-se cair no chão, exausto. Quando percebeu que o inimigo parara de respirar, sem saber por quê, começou a chorar. Chorava por Deinóforo, pelo irmão, pela guerra e pelo sangue derramado. Depois a escuridão desceu sobre ele e suas lágrimas.

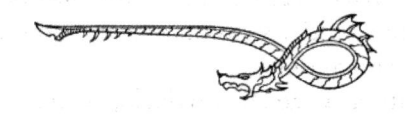

40
A GUERRA DE NIHAL E ASTER

Depois da saída de Ido, Nihal recuou para ficar mais perto da fronteira onde começou a lutar, primeiro sozinha e depois ao lado das tropas das Terras livres que, enquanto isso, tinham penetrado profundamente no território inimigo.
Agora voltava a aproximar-se cada vez mais do Castelo. De repente, levantando os olhos, viu-se bem em frente da ameaçadora fortaleza do Tirano. Nihal nunca a tinha visto tão de perto: era uma imponente massa negra, um emaranhado de pináculos, estátuas e adornos monstruosos. As tropas já estavam lutando entre os seus enormes tentáculos, cada um dos quais se esticava ameaçador para uma das Terras do Mundo Emerso. Como todas as coisas terríveis, a construção não deixava de ter uma beleza perturbadora: o telhado pontudo erguia-se para o céu num sonho de domínio infinito, enquanto a base era larga e poderosa. Os inimigos saíam aos milhares dos tentáculos e das passagens secretas, mas muitos deles eram fâmins que, perdidos no campo, erravam sem destino e acabavam sendo trucidados.
Nihal ficou alguns segundos olhando para cima, fascinada pela imponência e o tamanho daquela construção, pela estranha sensação de mistério que emanava, juntamente com uma espera carregada de ameaça. Em seguida recobrou-se e voltou a entregar-se à luta. O poder do amuleto deixava-a praticamente sem fôlego. Nihal sentia as energias fluírem das oito pedras do talismã, que pouco a pouco se tornavam cada vez mais turvas.
Combatia com raça e coragem, na garupa de Oarf, enquanto via o Castelo agigantar-se, com os portões que o trancavam tornando-se cada vez mais próximos.
Finalmente, quando o entardecer já alongava as sombras na planície, Nihal chegou com uma pequena unidade aos batentes negros do portal.

Os soldados improvisaram um aríete e começaram a abater as portas. Talvez houvesse no passado algum feitiço para vincular os ferrolhos, mas agora não passavam de grandes tábuas que cediam com relativa facilidade sob os golpes do aríete. Não precisaram de muito tempo para dobrar a resistência da madeira e fazê-la desmoronar com estrondo.

Nihal levantou a espada.

– Em frente! – gritou a plenos pulmões.

Ao fazer o gesto lembrou Seférdi e a sua grande porta desengonçada, e regozijou-se pensando que estava devolvendo ao Tirano uma parte do mal que ele infligira à cidade.

Aquele breve instante de distração, porém, quase lhe foi fatal.

Um inimigo, por trás, estava apontando para ela com o arco, provavelmente sem saber que aquele gesto poderia decidir os destinos da guerra.

Raven, atarefado em restabelecer a ordem no meio da exultante balbúrdia, viu o arco distante apontando para a única esperança que eles tinham e não hesitou. Precipitou-se na direção da seta e meteu-se em seu caminho.

Nihal só teve tempo de virar-se e ver a flecha que lhe era destinada penetrar com facilidade na couraça do Supremo General e fincar-se em seu peito. A semielfo compreendeu o que havia acontecido e ficou parada, assistindo à morte do velho inimigo que lhe salvara a vida.

Por uma ironia do destino, quem lhe abrira o caminho fora justamente aquele que tantas vezes no passado tentara barrá-lo.

– Vá logo! – disse Raven, antes de agachar-se em cima do dragão e rolar no chão.

Foi a última ordem do Supremo General e Nihal obedeceu. Virou-se para os portões arrebentados e, com um berro, precipitou-se dentro do Castelo na garupa de Oarf, seguida por muitos homens.

O interior da imensa construção estava mergulhado na escuridão. Nihal viu-se dentro de um corredor de teto ogivado, tão amplo que Oarf podia mover-se nele sem qualquer problema. Percorreram-no no mais absoluto silêncio, como se ninguém morasse naquele imenso palácio.

Nihal não conseguia perceber coisa alguma, apesar de o encantamento ter aguçado as suas capacidades. Afinal, o Tirano tinha de estar lá: não havia por onde ele pudesse fugir, a planície em volta estava repleta de tropas. Nihal e os homens que haviam entrado com ela ficaram um bom tempo ouvindo apenas o som dos próprios passos. Então, ao longe, ressoou um apressado tropel. Guardas se aproximando.

Nihal brandiu a espada diante de si. A galeria em que se encontravam encheu-se logo a seguir de seres monstruosos, de alguma raça indefinível. Pareciam-se com os fâmins, mas eram mais baixos, magérrimos e glabros; a pele avermelhada esticava-se sobre seus ossos extraordinariamente longos. Estavam armados e investiram contra os inimigos sem qualquer hesitação. O Tirano devia ter criado aqueles serviçais sem recorrer à magia, através de algum cruzamento de raças ou graças à alquimia.

O combate no corredor foi longo e sangrento. Nihal lutava com a espada enquanto Oarf ceifava com a força das suas mandíbulas aquelas criaturas disformes mas incrivelmente fortes e belicosas. Pareciam nunca acabar; logo que uma fileira era vencida, havia outra pronta ao sacrifício.

Nihal compreendeu de repente que estava na hora de seguir adiante com Oarf, de forma que avançou o suficiente para deixar atrás de si os seus soldados. Então mandou o dragão cuspir fogo: um caminho cheio de corpos queimados abriu-se diante dela.

– Sigam-me os que puderem! – gritou e conseguiu forçar o bloqueio com alguns de seus homens.

Afastaram-se e chegaram a uma vasta sala. Estava completamente vazia e ainda mais escura do que o corredor. As paredes, no entanto, soltavam uma luz sinistra: cristal negro. Nihal e os seus continuaram avançando. Voltaram a ser atacados por uma multidão daqueles seres nojentos, mas Oarf livrou-se deles com suas chamas.

Passaram por muitos corredores e salas, todas idênticas e igualmente vazias, até chegarem a um espaço aberto. Devia ser uma espécie de arena. Num canto, com efeito, havia grandes prateleiras para as armas, agora vazias, e numerosos cepos cujas correntes eram fortes o bastante para segurar dragões.

Nihal levantou voo com Oarf na esperança de descobrir o lugar onde Aster se escondia, mas nada havia que pudesse ajudá-la a orientar-se. De um lado da arena erguia-se a massa da torre central do Castelo, marcada por uma infinidade de janelas, muitas das quais iluminadas. Estavam dispostas de forma irregular, quase casual. A construção dava a impressão de ser uma espécie de labirinto.

Nihal começou a descer. Foi então que o seu olhar reparou num tentáculo afastado do Castelo. Era uma ala separada, baixa e maciça, que parecia mergulhar nas entranhas da terra. Em suas paredes abriam-se estreitas janelas barradas com pesadas grades de ferro. Uma prisão. Nihal sentiu um aperto no coração. Senar podia estar ali. Senar estava ali!

Teve vontade de correr logo para lá, procurar por ele, mas se conteve. Prometera cumprir a missão. Salvá-lo sem acabar com o Tirano seria inútil, no mundo de Aster não havia lugar para eles dois. Tinha de encontrar o maldito quanto antes.

Logo que Oarf pousou no chão, Nihal olhou a sua volta e percebeu que o dragão não poderia entrar nos aposentos diante dela; só vislumbrava pequenas aberturas, na medida de um homem ou algo parecido.

– Preciso deixá-lo aqui, não pode acompanhar-me – disse olhando para o fiel animal. O dragão respondeu com um urro desgostoso, mas Nihal acariciou-lhe o focinho. – Lute aqui mesmo, segure os guardas, poderá ajudar-me como se estivesse ao meu lado. Vamos ficar juntos de novo quando eu voltar vencedora – disse e, pela primeira vez desde que se conheciam, deu-lhe um tímido beijo na cabeça. Em seguida correu para uma das portas.

Ainda havia alguns homens com ela, mas restavam muito poucos. Atravessaram numerosos salões, aposentos cheios de livros, salas de armas; parecia que voltavam sempre ao mesmo lugar, sem conseguir alcançar a meta. Vez por outra algumas sentinelas tentavam barrar-lhe o caminho, mas Nihal livrava-se delas sem dificuldade. Alguns dos seus soldados ficaram para trás, lutando, outros tombaram nos embates.

O tempo passava inexorável e, quando a semielfo olhou para fora de uma janela, percebeu que já era de tarde. Tinha de agir depressa. O pôr do sol iria levar consigo qualquer esperança.

A dor que latejava em seu peito começara a espalhar-se por todo o seu corpo e um cansaço profundo ia tomando conta dela; as pedras do talismã estavam ficando cada vez mais escuras.

Não antes de levar a cabo a minha missão. Não antes de revê-lo e salvá-lo.

Chegou finalmente a uma sala imensa, com dezenas de braças de altura e infinitamente comprida, tanto que nem dava para ver a parede oposta. Estava repleta de livros: Nihal já vira muitos deles, mas muitos outros eram desconhecidos. Alguns estavam escritos em línguas que ninguém mais falava, com símbolos arcanos e runas mortas que pressagiavam desventuras.

A biblioteca. Era ali que o Tirano construíra a sua magia e o seu poder.

Nihal começou a perambular entre as estantes, procurando a saída, mas não a encontrou. Tentou de novo até que, quando pela enésima vez voltou ao ponto de partida, lançou um grito e, de espada em punho, arremeteu com fúria contra a primeira prateleira. Uma nuvem de papéis e de estilhaços de madeira envolveu-a enquanto ela continuava a sua obra de destruição. Ouviu então um grito que a deteve.

Aos seus pés, trêmulo, havia um homem magro e macilento que apertava os joelhos entre os braços.

– Não me mate, por favor, não me mate! – repetia com uma voz estrídula e servil. – Eu não fiz nada!

Aquela absurda ladainha e o tom queixoso do homem conseguiram apenas enfurecê-la. Nihal levantou a espada acima dele, mas o sujeito agarrou-se nas pernas dela.

– Poupe-me! – berrou.

Nihal afastou-o com um pontapé.

– Onde está o seu amo?

O homem meneou a cabeça, apavorado.

– Eu... eu não sei...

– Onde está o Tirano? – gritou Nihal, enquanto apontava a espada na sua garganta. – Diga logo ou o matarei.

– Na sala do trono! – respondeu então o homenzinho.

– Não banque o idiota! Como vou saber onde fica a sala do trono? Diga-me logo como chegar lá! – berrou Nihal de novo.

O homem levantou a mão e indicou uma direção no fundo da sala; tremia convulsamente.

– L-l-l-lá no f-f-f-fundo há os laboratórios... s-s-s-se passar por eles vai encontrar umas escadas. – Engoliu em seco. – S-s-suba v-v-vinte rampas e encontrará o que p-p-procura.

Nihal correu na direção indicada. Levou alguns minutos para atravessar a biblioteca, mas finalmente desembocou em outro ambiente, bem menor. Estava escuro e um insuportável cheiro de mofo pairava no ar, junto com o fedor adocicado da putrefação. Eram os laboratórios.

Nihal começou a tremer, pois imaginou o que poderia estar escondido naquele lugar. Logo que seus olhos se acostumaram com a escuridão, pôde ver com clareza. O lugar lembrava o antro de Reis. Ervas de todo tipo penduradas no teto e as prateleiras estavam cheias de vasos, vidros e estranhos arbustos. Nihal seguiu em frente tentando não olhar, pois já estava farta de horrores, mas viu-se logo mergulhada no acre cheiro do sangue. E então os viu.

Havia corpos seccionados, vidros cheios de órgãos e pedaços de carne sangrenta, estranhas criaturas acorrentadas, algumas das quais tentaram investir contra ela logo que a viram, cruzamentos de raças, membros recortados e enxertados, experiências monstruosas. Nihal não pôde deixar de pensar em Malerba. Era dali que ele saíra, afinal.

Uma ira entremeada de horror tomou conta dela e seus passos eram cada vez mais apressados até se tornarem uma verdadeira fuga. Correu o mais que podia, com o peito em chamas e, quando divisou as escadas, precipitou-se para elas como se fossem a sua salvação. Começou a subir de três em três degraus.

Onde está escondido, seu maldito?

A subida pareceu-lhe interminável e depois de umas poucas rampas teve de parar com falta de ar. A dor aumentara e Nihal dobrou-se sobre si mesma nas escadas. Olhou para o talismã: duas das pedras já estavam pretas. O tempo passava inexorável e ela não podia dar-se ao luxo de titubear.

Não era só o Tirano que esperava por ela, Senar também estava lá. Por um momento a imagem do mago confundiu-se com os horrores que vira nos laboratórios, mas Nihal procurou afugentar logo o pensamento. Tinha de levantar-se e seguir em frente. Levantou-se, mas estava sem fôlego.

Conseguiu finalmente chegar à sala. Descansou um momento, enquanto o coração começava a palpitar ainda mais rápido. Sentia uma presença naquele lugar. Havia alguém. Aster.

Nihal olhou em torno. Era um imenso salão de teto ogival, dividido em cinco naves por colunas tão grandes que três homens não conseguiriam abraçá-las. Não havia adornos, não havia estátuas nem baixos-relevos, somente as paredes nuas e a imponência das amplas volutas do teto.

Nihal sentiu-se minúscula. Mas agora podia perceber claramente a emoção que imbuía o ambiente: era desespero, um desespero tão profundo que não havia palavras para descrevê-lo, e além disso havia solidão, opressão.

– Por que hesita agora que chegou?

Nihal achou que seu coração iria estourar no peito. Era ele. A voz, no entanto, era muito diferente daquela que imaginara. Aster devia ser um homem idoso, ou pelo menos maduro, mas aquela não era a voz de um ancião, parecia mais de mulher ou de criança. Nihal ficou de pé e brandiu a espada diante de si. Começou a avançar pela sala, com o barulho dos seus passos que ecoava entre as paredes nuas.

Atravessou duas naves e chegou à central, com a largura de pelo menos trinta braças. O fundo estava escuro, mas Nihal sabia que ele estava lá. Continuou avançando devagar e pouco a pouco a escuridão foi rompida por uma leve claridade. Nihal vislumbrou os contornos de um trono extremamente alto.

– Este seu medo já não faz sentido agora que está aqui – continuou dizendo a voz.

– Você é Aster? – Nihal parou. Agora estava calma, já não sentia ódio, só medo, um terror gelado e cortante como uma lâmina.

– Sou – disse a voz.

Era ele. Finalmente.

– Depois de odiar-me por tanto tempo, não está com vontade de ver-me? – perguntou o Tirano.

Nihal avançou e começou a discernir a figura sentada no trono. Era incrivelmente miúda, um homem pela metade. Talvez um gnomo? A figura levantou-se e deu alguns passos adiante, até ficar sob o cone de luz que filtrava de uma vidraça atrás do trono. Nihal gelou e a espada tremeu em suas mãos.

Diante dela havia um menino de uma beleza perturbadora. Devia ter no máximo doze anos. Vestia um casacão preto com uma grande gola e um olho azul pintado no peito: a longa veste dos magos. Os olhos brilhantes eram de um verde esmeraldino e os cabelos de um azul profundo, encaracolados, com algumas mechas rebeldes que desciam sobre a testa. Sob aquela coroa com as cores da noite despontavam duas orelhas pontudas.

– Onde está você, Aster? – perguntou Nihal com a voz trêmula de medo, não se atrevendo a olhar além do menino.

– Aqui mesmo, sou Aster – respondeu o pequeno mago tranquilo.

– O que fez com esta criança, seu monstro? – gritou Nihal.

O garoto ficou triste.

– Mas o que é isso, Nihal? Não dizia o tempo todo que muito lhe pesava ser a última da sua raça? Deveria estar feliz em ver-me... – Sorriu. – Já não está sozinha, Nihal, eu também sou um semielfo.

Nihal recuou horrorizada. Não podia ser.

– Aster é um velho, já faz quarenta anos que está no poder.

– Sou mais velho do que pareço, Nihal, muito velho mesmo, e para dizer a verdade estou cansado.

– Não é possível!

– Quem me deu este aspecto foi o pai da mulher que eu amava. Era um mago poderoso e, quando descobriu o nosso amor, impôs sobre mim um selo. Até o dia da minha morte continuarei sendo um menino.

Nihal continuava a recuar horrorizada. Aquilo parecia um pesadelo. Aster fitava-a com olhos inocentes e surpresos.

– Eu posso entender, sabia? Odiou-me durante esses anos todos e agora não consegue fazer coincidir a imagem que tinha de mim com o menino que está diante de você. Mas é isso mesmo.

Nihal ficou onde estava, mas levantou a espada como se a qualquer momento Aster pudesse matá-la. Estava confusa, desnorteada.

Aster continuou a aproximar-se dela. Quanto mais ele chegava perto, mais ela sentia aumentar o terror dentro da alma. Forçou-se a fitar o inimigo nos olhos. Aquilo que viu foram seus próprios olhos. Não encontrou o ódio nem a maldade que esperava ver neles. Aster continuava a olhar para ela tranquilo, quase comovido. Era realmente um semielfo.

A jovem nunca tinha visto alguém da sua raça, mas percebia claramente que aquele menino era como ela, como os desenhos do pergaminho que Senar lhe dera tantos anos atrás, como as figuras nos baixos-relevos de Seférdi. Começou a tremer.

– O que mais a apavora em mim? O fato de eu ser uma criança? Ou de eu ser um semielfo? – perguntou Aster.

– Como você pôde... você é um de nós... – murmurou Nihal. – Os que mandou exterminar eram seus irmãos...

Aster sorriu.

– Tive de fazer – disse calmo. – Quando comecei a construir tudo isto que está vendo, quando dei início à minha missão, um velho profetizou que você entraria no meu caminho. Não falou em você, só disse que um semielfo, como eu, iria tentar deter-me. Aquilo que eu tencionava fazer era grande demais, importante demais para que eu pudesse deixar que alguém, não importa quem, se metesse no meu caminho. Então enviei as minhas criaturas, os fâmins, que eu acabava de criar, para a Terra dos Dias e mandei exterminar a minha estirpe. – A voz de Aster manteve-se gélida e indiferente.

– Não está dizendo a verdade...

– Estou sim. Tudo o quer fiz foi por sua causa, Nihal. Se você não tivesse insistido na ideia de vir até aqui, dentro da minha casa, para vingar-se, os semielfos ainda estariam na Terra deles. Provavelmente sob o meu domínio, mas vivos.

Nihal voltou a recuar, enquanto as palavras do Tirano ressoavam na sua mente. Sempre soubera disso, sempre soubera que era a causa de mil desventuras, que era uma portadora de morte. Muitas vidas haviam sido ceifadas por causa dela: o seu povo, Livon, Fen, Laio, Raven... todos mortos por culpa dela.

– Não se aflija – continuou Aster. – Acabariam todos morrendo de qualquer maneira. Os semielfos, os seus amigos, os povos livres, os povos escravos. Todos.

– Você é um monstro! – gritou Nihal, encostada na parede.

– Pode ser – admitiu Aster. – Mas não pior que os outros. Não pior que você, que os seus soldados ou que qualquer outra criatura consciente que vive neste mundo miserável. Não estão todos tentando matar uns aos outros lá fora? Não estão diante do meu palácio, degolando-se impiedosamente, e até gostando?

– Nós lutamos pela liberdade – rebateu Nihal.
– Vocês querem se iludir, enchendo a boca com essa tal de liberdade – corrigiu-a o Tirano. – Afinal, você já deveria ter percebido: a paz nunca morou nestas terras. Os tão falados cinquenta anos de paz de Nâmen, que vocês rebeldes não se cansam de mencionar, foram apenas cinquenta anos de guerras, não tão acintosas quanto esta, mas nem por isto menos sangrentas. Você sabe muito bem que foram os homens que acabaram com Seférdi. Sabe de tudo, mas continua não querendo acreditar em seus próprios olhos.
– Está errado. Acredito no que vejo. Vi os monstros nos seus laboratórios, vi Malerba, vi os corpos pendurados em Seférdi, vi os fâmins forçados a lutar contra a própria vontade. E você é o artífice disto tudo. Você é o Mal, o Ódio – disse Nihal de um só fôlego.
– Pois é, você é perita no que diz respeito ao ódio – rebateu Aster. O seu olhar tornou-se tão penetrante que Nihal teve de baixar os olhos. – Massacrou centenas de fâmins sem perguntar a si mesma se estava certa, só pelo prazer de matar. Adorou a sensação do sangue dos mortos que escorria nos seus braços, sentiu-se poderosa toda vez que a sua espada penetrava em homens e gnomos. Vidas ceifadas pela sua lâmina negra. E não venha me dizer que não se tratava de crueldade, pois não creio que isso possa servir de consolo para aqueles que você matou.

Nihal sentia descer aquelas palavras até o fundo da sua alma, cavando nela um sulco do qual saíam todos os pavorosos fantasmas do passado, tudo aquilo que ela acreditava ter sepultado no fundo do coração. Era verdade. Ela amara o sangue e matara pelo mero prazer da matança.

– Você não é melhor do que eu! – berrou exasperada.
– Claro que não, mas o que veio fazer aqui, então? Acha que tem o direito de julgar-me e punir-me? Vivemos ambos num mundo de imperdoáveis pecadores, Nihal, não passamos de monstros – disse Aster com calma.

Nihal estava cheia de raiva. Aquele ser não perdia a compostura, não se zangava, não a odiava. Seria então possível que a maldade não precisasse do ódio? Que surgisse do raciocínio? O que Nihal não conseguia entender e odiar era justamente a impiedosa frieza daquele menino, seus olhos que se mantinham puros.

Aster começou a andar de um lado para outro e Nihal acompanhou os seus movimentos como que encantada. Por trás das naves o sol começara a sua parábola descendente.

– Já vi muitos dos seus chamados heróis das Terras livres e todos diziam as mesmas coisas: "Estamos lutando para libertar este mundo, para devolver-lhe a esperança." Não estou duvidando que acreditem nisso, mas a de vocês é apenas uma patética tentativa para encontrar algum consolo.

– O anseio por uma vida pacífica e pela liberdade é a mais alta aspiração a que um ser humano possa ter – disse Nihal.

Aster deu uma gargalhada.

– Mas que palavras poéticas! Nunca poderia imaginá-las na boca de quem, como você, só sabe frasear com a espada. – Continuou a caminhar, então virou-se de repente. – Mero consolo, nada mais do que isso. Ilusões vãs fadadas a apagarem-se no mais leve sopro do vento. Agarram-se nelas como se fossem verdades eternas, como se não houvesse outra certeza a não ser a bondade intrínseca das criaturas do Mundo Emerso. Pois bem, a única certeza é o Ódio. Neste mundo só há um vento maléfico que en-venena as almas e corrompe os corações, a maldade imbui tudo, contamina a terra. Tudo é carregado de ódio, de ânsia de destruição. Esta é a única verdade que não pode ser contestada.

– Eu conheci pessoas puras – replicou Nihal, desesperada. – Pessoas que me ajudaram quando fiquei sozinha, pessoas dedicadas ao bem.

– Dedicadas ao bem? Só porque ainda não tinham tido a oportunidade de portar-se de outra forma! Todas as criaturas conscientes deste mundo são boas e caridosas, mas só até o momento em que o ódio que existe nelas encontra alguma forma para manifestar-se. – Parou e olhou fixamente para ela. – Até mesmo o seu querido Laio, o bom escudeiro incapaz de combater, encontrou, afinal, a força de matar.

– Não se atreva a macular a sua memória! – gritou Nihal.

– Não é minha intenção – rebateu Aster com calma. – Só quero provar que o bem é efêmero e o mal, eterno. Tive de sofrer muito para chegar a ter consciência disso, mas acabei aceitando.

Aster calou-se por um momento e quando retomou a palavra pareceu que falar lhe custasse:

– Entenda, Nihal, por muito tempo eu também acreditei no que você acredita. Eu não sou um semielfo puro: a minha mãe era semielfo, mas meu pai era um homem. Naquela época os casamentos mistos eram considerados uma vergonha e as mulheres envolvidas eram fadadas a uma existência miserável. A minha mãe procurou durante muito tempo manter escondido o amor por meu pai, mas quando eu nasci já não foi possível ocultar a verdade. Não há semielfos de olhos verdes, Nihal. Por ordem do chefe da nossa aldeia, meu pai foi condenado à morte e minha mãe foi marcada com o símbolo das meretrizes. Antes mesmo de completar três anos de idade, demonstrei claramente as minhas aptidões para a magia. Talvez tenha sido o efeito do cruzamento entre as duas raças, só sei que já conseguia recitar fórmulas, falar com os animais e tudo isto sem ninguém me ensinar.

"Naquela época os magos eram odiados na Terra dos Dias; o rei mandara que fossem todos exilados, porque receava seu poder. Pois bem, fui logo condenado, sem apelação; era a oportunidade de se livrarem de dois refugos da sociedade, um bastardo e uma puta. Forçaram-nos a viver na escuridão eterna da Terra da Noite.

"Éramos pobres e evitados por todos. Eu, devido ao meu aspecto e aos meus perturbadores poderes, ela devido à marca que tinha na testa. A minha infância foi solitária, e naquela solidão o Ideal fez a sua entrada na minha vida e inflamou as minhas aspirações. Acreditava de alma e coração que este mundo poderia tornar-se perfeito, com todos vivendo em paz e fartura, esquecendo os sofrimentos, e decidi contribuir para esta transformação. A minha mãe conseguiu fazer com que eu estudasse com um mago, e foi assim que começou o meu treinamento. Na verdade, não havia muita coisa que aquele mago pudesse ensinar-me e que eu já não soubesse, mas mesmo assim aquele mestre indicou-me o caminho. Dois anos mais tarde a minha mãe morreu numa das muitas guerras entre os caudilhos locais.

"Aos catorze anos tornei-me mago; ninguém jamais fora consagrado tão jovem. Ainda me lembro do medo e do espanto no rosto daqueles que me examinaram naquele dia. Podia ver neles admiração e temor ao mesmo tempo. Então pedi ao meu mestre que me entregasse aos cuidados de um conselheiro. A minha mãe falara-me muitas vezes a respeito deles e eu fantasiava, imaginando severos senhores de barbas brancas, fechados numa sala e decidindo os destinos do mundo. Queria ser como eles. Foram dois anos de estudo sem descanso. Vivia noite e dia curvado em cima dos livros, viajava até bibliotecas longínquas para apossar-me de todo o conhecimento humano. Dormia muito pouco e ficava esgotado de tanto experimentar encantamentos. Foi assim que descobri obscuros fragmentos a respeito da vida e do governo dos elfos: soube que haviam unificado todo o Mundo Emerso num único grande principado, sob o comando de um só monarca.

"Foi uma iluminação. Oito reinos eram demais, assim como eram inúteis oito soberanos. O mundo precisava de um único rei, um único sábio que iria guiar e moldar para o bem as almas dos homens. Mesmo que tivesse de sacrificar-se, iria controlar todo o mundo governando-o com justiça. E não pense que eu queria ser aquele homem, não me considerava bastante sábio para tal, mas quanto mais pensava no assunto mais chegava à conclusão de que aquela era a única solução capaz de devolver a paz ao nosso mundo.

"Só tinha dezesseis anos quando entrei no Conselho, e este também foi um recorde. Logo que comecei a trabalhar como conselheiro, percebi que as coisas eram muito diferentes de como as imaginara, mas acho que já sabe disso, pois o Conselho não mudou muito desde então. Alguns pensavam realmente no bem de todos, mas a maioria dos conselheiros era formada por homens mesquinhos, agarrados com unhas e dentes ao poder que tinham conseguido após anos de intrigas e subterfúgios. Fiquei profundamente decepcionado, mas não desisti. Expliquei a minha ideia do soberano único e só consegui o ódio de boa parte do Conselho. Chamaram-me de tolo, que aquilo que eu queria era apenas um déspota capaz de dobrar à sua vontade os ânimos dos outros, mas o que eles de fato receavam era perder o seu poder.

"Foi nesta época que conheci Reis. Era a filha de um dos mais poderosos membros do Conselho, Oren, da Terra dos Rochedos. Desde o primeiro momento em que a vi, soube que iria amá-la para sempre. Era extremamente bonita e altiva, qualquer outra beleza esmaecia comparada com a dela. Reis foi para mim o despertar da vida. O que nos aproximou, no começo, foi o amor pela magia, mas depois nos apaixonamos. Só depois de algum tempo ela decidiu falar com o pai. Oren disse que nunca na vida iria entregar a filha a um bastardo carreirista como eu, com a cabeça cheia de fantasias perigosas, um ser híbrido armado de perturbadores poderes. Proibiu que Reis continuasse a me ver, mas isso não bastou para nos deter. Continuamos a nos amar sem ele saber, nos víamos às escondidas, nos lugares mais impensáveis e nas horas mais estranhas. Então tudo acabou.

"Oren pegou-nos em flagrante e a sua ira foi furibunda. Levou Reis embora para trancá-la em algum lugar que eu não conhecia, escorraçou-me do Conselho e mandou prender-me numa esquálida prisão. Certo dia veio me ver, mandou-me sair do cubículo no qual me trancafiara e arrastou-me até o seu palácio. Jogou-me então aos pés de uma escadaria no topo da qual estava Reis, mais esplêndida do que nunca. Por um momento fugaz cheguei a pensar que ele tivesse mudado de ideia, que ela o tivesse convencido a deixar que nos amássemos. Chamei-a, mas logo que ela se virou o seu rosto foi transfigurado pelo desprezo. 'Como se atreve a aparecer de novo diante de mim, seu verme? Você me enganou. Aproveitou-se de mim para seus fins asquerosos. O meu pai abriu os meus olhos quanto à sua malvadeza. Nunca lhe perdoarei, nem mesmo que tivesse de viver mil anos. Suma daqui!', disse ela.

"Podia perceber seu ódio profundo e invencível que gelou o meu sangue. 'O seu pai mentiu!', berrei, mas ela já me dera as costas e fora embora.

"Fiquei sozinho, aos pés daquela escadaria, gritei a minha inocência, mas Reis não voltou atrás. O ódio que já percebera nela invadiu-me e sufocou-me com sua força avassaladora. E então compreendi. Reis havia sido enganada pelo pai. Oren a tinha convencido de que o meu amor não passava de um meio para eu alcançar o poder. Mas só conseguira convencê-la porque Reis odiava a si mesma. Odiava-se devido à sua fraqueza por ter se deixado levar pelo amor que sentia por mim. Oren, no entanto, não queria apenas a minha morte, queria ver-me humilhado, aniquilado. Impôs-me um selo mágico e reduziu-me àquilo que você pode ver. No começo não compreendi a razão disso; eu era um mago poderoso e continuaria a sê-lo mesmo no corpo de um menino. Mas depois, na solidão da cela, percebi que desta forma ele tinha impedido para sempre que qualquer outra mulher me desejasse, privara-me da possibilidade de ser amado. Fez-me então jul-

gar pelo Conselho e fui condenado à morte. Não pôde acabar comigo, no entanto, pois eu consegui fugir."
Depois destas palavras, Aster calou-se.
— Você está mentindo — disse Nihal. — Enganou Reis e é por isto que ela o odeia. Enganou-a e manteve-a prisioneira no Castelo, para aproveitar-se mais uma vez dela.
Aster virou-se para Nihal e fitou-a com tristeza; seus olhos estavam embaçados.
— Não diga coisas em que você mesma não acredita. Alguns anos atrás, apesar da minha aparência, tive vontade de revê-la. Quando o Cavaleiro ao qual confiara a missão encontrou-a, trouxe-a aqui, no Castelo. No começo Reis reagiu assim como você, procurou o Tirano sem deter o seu olhar em mim. Quando compreendeu, foi pior. Seu rosto transformou-se numa careta de nojo. Tentei lembrar-lhe o nosso amor, supliquei que superasse aquilo que os seus olhos estavam vendo, mas foi inútil. Mantive-a ao meu lado por algum tempo, na esperança de convencê-la da pureza dos meus sentimentos, mas Reis acreditava que eu só estivesse a fim da sua beleza, e o seu ódio, por mim e por ela mesma, enquanto isso, também aumentava. De forma que decidiu deturpar o corpo e o rosto, pouco a pouco, dia após dia. Compreendi então que nunca iria reencontrar a pessoa que amara, que o seu ódio era grande demais, e deixei-a ir embora. Antes disto, no entanto, quis entrar na sua mente para ainda buscar um último resquício do seu amor por mim. — Ao ouvir esta última frase Nihal estremeceu. — Foi terrível, porque a mente dela estava ofuscada pelo ódio. Consegui pelo menos apagar a lembrança do meu aspecto, para que ela não pudesse revelá-lo a ninguém.
— Você está mentindo — voltou a dizer Nihal.
— Não estou, e você sabe disso porque pode sentir dentro do seu coração.
Era verdade. Nihal podia sentir que Aster era sincero, que nunca deixara de amar Reis. Havia sido ela, com o seu ódio, a transformar o que houvera entre eles.
Aster aproximou-se de uma janela e retomou o relato, enquanto as últimas luzes do dia emolduravam a sua pequena figura.
— Aquela segunda recusa nada mais foi do que a confirmação daquilo que eu já entendera. Foi quando Reis me deu as costas,

no topo daquela escadaria, que eu compreendi plenamente quanto ela era impiedosa e tive a coragem de aceitar essa terrível verdade. Todas as criaturas deste mundo nasceram para odiar. Os deuses criaram-nos para que nos odiássemos e matássemos uns aos outros, e agora estão olhando para nós, sorrindo e apreciando as nossas lutas. Somos apenas brinquedos, títeres nas mãos deles. Pense bem nisto, Sheireen, e poderá entender que há muito mais homens dispostos a morrer pelo ódio do que pelo amor. E isso porque o ódio é eterno e o amor é efêmero.

– O que você diz não faz sentido – disse Nihal. – Se o ódio é o motivo de toda esta sua aflição, por que continua a alimentá-lo? Por que manteve na barbárie este mundo durante os últimos quarenta anos?

– Porque esta será a derradeira chacina – disse Aster, e seus olhos verdes iluminaram-se de uma nova luz. – Chega de sangue, chega de vinganças que perduram por anos, por séculos, envenenando uma geração após outra. A paz nunca poderá existir porque as criaturas deste mundo não foram feitas para ela. Somos seres malévolos, cânceres da Terra. A única coisa ajuizada que podemos fazer é acabar com todos para darmos ao Mundo Emerso uma nova chance. – Aster calou-se por alguns instantes e, no silêncio, Nihal recomeçou a tremer.

"Depois de eu unificar todas as Terras sob o meu domínio, evocarei um encantamento no qual estou trabalhando desde que fui escorraçado do Conselho. Com ele poderei destruir todas as criaturas que povoam este mundo, sem excluir ninguém. Neste encantamento consumirei o meu espírito, que desaparecerá para sempre da face da Terra, sem deixar qualquer rastro, para que haja de fato um acerto de contas final."

O terror que tomara conta de Nihal logo que entrara na sala voltou a envolvê-la em seu aperto gelado.

– Não acredito que exista alguém capaz de desejar uma coisa dessas... nem mesmo você... – disse quase sem voz.

– Se você pensar direito, se puder refletir sobre o assunto como eu fiz, entenderá que a minha intenção não é loucura, é muito mais um ato de misericórdia. Eu me levanto contra os deuses e contra o céu, e é por isso que você foi enviada aqui: porque os deuses não toleram a rebeldia de um pobre ser como eu.

E mesmo assim faço isso em nome da justiça. Por que continuar a viver quando, uma geração depois da outra, as crianças continuam a ser massacradas e as mulheres como a minha mãe executadas? Por que sobreviver e continuar a chacina que teve início com a nossa criação? Pois bem, que todo o sangue seja então derramado de uma vez por todas e que encharque a terra. Talvez dele possa nascer uma nova geração capaz de governar este mundo com justiça.

Nihal fitou Aster com horror e compreendeu que ele era dominado por um desespero sem saída.

— Sheireen, você que conhece tão bem os abismos do ódio, saberá dar-me um único motivo que justifique a salvação deste mundo? — perguntou Aster, sério.

Nihal não encontrava as palavras para responder. Tremia, e não somente porque tinha medo daquilo que o Tirano tencionava fazer, mas sim porque compreendia as suas razões, porque ele poderia estar certo. Aster olhou para fora da janela e, além dos seus ombros de menino, Nihal viu que o sol descia cada vez mais rápido para a linha do horizonte. Não faltava mais de meia hora para ele se pôr.

— Os justos existem, eles devem ser salvos — disse ela, afinal. — Não posso permitir que você mate os justos que existem neste mundo, há pessoas que precisam sobreviver, pessoas que lutam pela paz.

Sentia estar próxima da meta. O raciocínio de Aster baseava-se exclusivamente na lógica, mas Nihal sabia que muitas vezes o coração vence a razão, e nela ainda havia esperança, ainda havia a convicção de que a salvação era possível.

O Tirano dirigiu-lhe então um sorriso ambíguo que a gelou.

— Você mesma sabe muito bem que o ódio é mais forte do que o amor — disse.

— Não é verdade! — exclamou Nihal.

— E por que, então, abandonou Senar ferido em território inimigo?

— Como sabe? — perguntou ela com a voz trêmula.

— Quando o deixou, você teve a oportunidade de escolher. Podia viver uma vida de amor com ele, naquela caverna, longe de todos, ou então vir até o meu trono para completar a sua vingança.

– Onde está Senar? – perguntou Nihal, aflita.
– E você escolheu o ódio. O ódio era mais forte.
– Onde está Senar? – repetiu ela aos berros.
– E ele amava você, amava-a desde sempre. Anos passados ao seu lado, como amigo, sem nem mesmo poder tocá-la. E qual era a sua reação? Completamente arrebatada pelo desejo do sangue, você só pensava em mil batalhas, ansiosa para infligir cada vez mais mortes.
– Eu lhe peço, leve-me até ele...
– Finalmente concedeu-lhe o seu corpo e, com ele, a maior felicidade que ele podia esperar na vida. Pode acreditar, porque eu sei: pude ler no seu coração.

Nihal fitava-o com olhos arregalados.

– Mas você só fez isto porque se sentia sozinha, porque precisava de apoio e sabia que só ele poderia ampará-la. Isso não é amor, Sheireen. Você se aproveitou dele.
– Diga-me que está bem...
– Defendeu-a até o fim. Aguentou longas torturas, mas não falou. Gritou, claro, mas nada disse a seu respeito.

As lágrimas começaram a correr pela face de Nihal.

– E no fim eu mesmo tive de intervir. Fui até ele e comecei a cavar na sua mente. Não queria machucá-lo, admirava-o. De alguma forma era parecido comigo, ele também amava uma mulher que não lhe dava coisa alguma em troca. Resistiu à minha mente por um tempo incrivelmente longo. Mas acabei superando-o, venci as suas defesas e violentei a sua alma. Cortei o seu coração em pedaços, examinei cada um dos seus sentimentos. Foi assim que soube de você e da sua missão.

Nihal chorava, por mais que tentasse não se mostrar fraca diante daquele monstro.

– Diga-me que ele está bem...
– Tive pena dele. Estava fadado a sofrer como eu, a esquecer qualquer certeza, a perder você e os seus próprios sonhos. Eu padeci muito, Sheireen, não desejaria a ninguém o meu sofrimento. Foi só por misericórdia que o matei.

Nihal caiu de joelhos e, pela primeira vez na sua vida, a espada escorregou das suas mãos diante de um inimigo.

Aster sorriu triunfante e avançou para ela. O sol descia rápido sobre a planície.

— Até a sua última esperança está morta, Nihal. Você já não tem um motivo. Só lhe sobram duas escolhas: juntar-se a mim e ajudar-me a realizar a minha tarefa ou perecer sem demora. Para aqueles como você não há paz neste mundo, somente a quietude da morte.

Os raios do sol brilhavam vermelhos. Já ia anoitecer e Aster vencera.

Levaria a bom termo o seu plano, iria exterminar as raças que povoavam aquela terra para então, finalmente, também mergulhar no não ser.

Nihal estava no chão, incapaz de mexer-se, com a espada só a alguns dedos de distância.

Aster alcançou-a e começou a curvar-se sobre ela, mas dobrou-se sobre si mesmo, com o rosto transfigurado numa careta de dor.

— Você pode estar certo, agora só a morte pode dar-me alguma paz. Mas ao menos você estará esperando por mim no túmulo — disse Nihal entre os dentes.

Segurara a espada com a força do desespero e trespassara o seu eterno inimigo no ventre. Viu os olhos do menino agigantarem-se de dor e a boca abrir-se muda. No fundo daquele olhar, no entanto, vislumbrou a felicidade. Aquilo que Aster sempre almejara, afinal, era a morte.

Nihal puxou a espada e o Tirano agachou-se no chão. Na mesma hora o corpo de menino readquiriu a sua idade tornando-se o de um velho. Em seguida até aquela imagem sumiu e Aster desapareceu como poeira.

A vingança havia sido cumprida. Nihal tinha esperado muito tempo por aquele momento, imaginara-o nos mínimos detalhes e chegara a pensar que a alegria seria avassaladora, a felicidade, infinita. Agora descobria, entretanto, que o sabor era amargo.

Conseguira matar Aster, mas não mudara o passado. Os mortos jaziam embaixo da terra e, com eles, Senar. Tudo aquilo que Nihal fizera havia sido por ele ou graças a ele; agora a batalha tinha perdido qualquer sentido e a sua vida assumia contornos confusos.

Sozinha na sala, enquanto as paredes em torno começavam a tremer e a esfarelar-se, Nihal nem conseguia imaginar Senar morto, deitado no chão, numa das celas frias e escuras que mergulhavam nas entranhas do palácio. A morte e Senar eram dois conceitos impossíveis de se conciliar, assim como a vida e Senar eram duas ideias impossíveis de se separar. O que ela iria fazer agora?

Nihal ficou parada onde estava, não se importava com o fato de o Castelo estar desmoronando, só desejava ficar ali, prostrada no chão, para sempre. Pelo menos numa coisa Aster estava certo, não haveria paz nem resgate para ela. Ficava triste por Ido, por Soana, por aqueles que tinham gostado dela, mas não havia mais vontade de viver, admitindo que já tivesse tido.

Faltava-lhe o ar e as pedras estavam quase todas negras. Salvara o Mundo Emerso, mas ela estava perdida.

O punhal que Senar lhe dera ainda estava guardado na bota. Com os olhos cheios de lágrimas, Nihal pegou-o e apertou-o com força entre as mãos. Ver a lâmina apagada ajudá-la-ia a aceitar a realidade, e portanto olhou.

Logo que fixou os olhos na arma, o coração pareceu explodir no seu peito: ela ainda brilhava. A luz estava fraca, mortiça, mas ainda animava a lâmina. O Tirano havia mentido para jogar a sua última cartada. Senar ainda vivia!

Não podia dar-se ao luxo de exultar, não havia tempo a perder. O Castelo estava desmoronando, se queria salvar Senar tinha de agir depressa. Levantou-se com um pulo e o movimento deixou-a sem fôlego devido ao cansaço. Já não sentia as pernas. Olhou para fora da vidraça: atrás do trono o sol descia inexorável. Tomou coragem e deixou-se guiar pela fraca luz do punhal.

Começou a correr. O chão cedia sob os seus pés, as escadas se desfaziam. Privado da sua alma, o Castelo dobrava-se inerte sobre si mesmo. Nihal corria por aquele palácio moribundo, com os muros que se esfarelavam sob o seu toque deixando suas mãos sujas de poeira negra. As colunas desmoronavam enquanto pedaços de parede ruíam ao solo.

Vou encontrá-lo, vou encontrá-lo e viveremos felizes como bem merecemos.

Sentia falta de ar, mas continuou em frente, apesar de as suas pernas ficarem cada vez mais fracas e a dor no peito cada vez mais insuportável. Atravessou os laboratórios e a seguir a biblioteca. Os pisos já estavam entulhados de escombros quando passou pelo labirinto de salas onde correra o risco de perder-se na ida. Junto com as ruínas, havia corpos espalhados, de amigos e inimigos, e sangue que tornava o chão escorregadio e seus passos inseguros.

Estou perto, estou perto!

Entrou na arena e, quando levantou os olhos, viu que a torre central balançava de forma assustadora. Nihal lançou-se rumo às masmorras que vislumbrara de cima. Desceu por uma escada íngreme e passou por úmidos e escuros corredores que ruíam enquanto passava, depois por estreitas galerias que ressoavam com gemidos e lamentações. Nihal teria gostado de libertar todos os prisioneiros, mas já não tinha força. O caminho pareceu-lhe infinito, os gritos selvagens, os lamentos desumanos; a escuridão tornava-se cada vez mais impenetrável e a cela de Senar não aparecia.

Chegou finalmente a uma porta e soube que aquele era o lugar. Procurou juntar o que lhe sobrava das suas energias, derrubou-a e caiu dentro da cela.

Havia um homem pendurado pelos braços num canto, de roupa esfarrapada e suja de sangue. Tinha o corpo marcado por chagas e feridas. Nihal arrastou-se até ele e estremeceu ao vê-lo naquelas condições.

– Senar, Senar... – chamou em prantos, mas o mago não respondeu. – Por favor, Senar... precisamos sair daqui...

Esticou um braço e acariciou-lhe a face com os dedos. Ele levantou a cabeça devagar: seu rosto estava cheio de hematomas e ferimentos; os olhos, entretanto, eram os mesmos de sempre, dois olhos extremamente claros, os olhos que ela amava.

Senar esboçou um sorriso e moveu os lábios para pronunciar o nome dela. Nihal apoiou-se na parede e conseguiu levantar-se enquanto tudo, à sua volta, estremecia e desmoronava. Procurou a espada para quebrar as correntes que prendiam Senar à parede, mas só encontrou a bainha vazia. A arma ficara na sala em que matara o Tirano. No afã de buscar Senar, ela a esquecera.

Olhou à sua volta e só encontrou uma pedra, que talvez servisse de assento. Agarrou-a e jogou-a com toda a força contra as correntes, que se quebraram. Senar ruiu ao chão e naquela mesma hora os muros da cela começaram a tremer e a esfarelar-se. Nihal conseguiu levantar o mago, passou o braço dele em volta do pescoço e começou a subir.

Só recorrendo mesmo às últimas energias ela pôde arrastar-se de volta, escada acima. Um passo depois do outro, procurando penosamente a saída. Não iria desistir do seu sonho, não renunciaria àquilo que merecia.

Tropeçou, caiu, mas voltou a ficar de pé e seguiu em frente, cada vez mais fraca. Finalmente, no topo da escada, agachou-se na arena e achou que nunca mais iria levantar-se. O sol já devia estar roçando no horizonte, pois tudo em volta era vermelhidão. O chão tremia devido ao baque das pedras que desmoronavam. Nihal estava esgotada, a espada com que poderia quebrar o talismã e recobrar as forças estava perdida. Estava escrito que perecessem naquela arena, sem que pudessem colher os frutos da sua façanha.

Se pelo menos Senar pudesse salvar-se e viver para nós dois...

Foi então que Nihal lembrou as palavras de Reis e os poderes do talismã: ainda podia evocar um encanto, que a condenaria à morte, mas que salvaria Senar. Para ela já não havia esperança: logo que o sol se pusesse, ela morreria.

Não posso salvar o mundo, mas posso salvar uma vida.

Nihal estava com medo de morrer, logo agora que tinha aprendido a viver, mas aquele era o seu destino. Recitou o Encantamento de Voar e, enquanto se deixava levar pela força da magia, enquanto a vida fugia dela, as asas negras que tinha nas costas desfraldaram-se ao vento.

EPÍLOGO

Quando o Tirano entrou na minha mente conheci o verdadeiro desespero. Já acreditara estar desesperado muitas outras vezes: quando encontrei Nihal moribunda no meio dos esgotos lamacentos de Salazar, quando fiquei trancado na cela de Zalênia, quando tinha de pensar no massacre que perpetrara a cabo na Terra da Noite. Só no momento em que o Tirano venceu todas as minhas resistências e violentou a minha alma, no entanto, só então descobri o que quer dizer não ter mais qualquer esperança. Porque enquanto ele procurava na minha mente a verdade que não conseguira extorquir com a tortura, por alguns momentos consegui compartilhar seus pensamentos e senti o que ele mesmo sentia. Descobri, então, que era um homem irremediavelmente desesperado.

Já não acreditava em coisa alguma, toda a certeza esfarelava-se em suas mãos e, no fim, só sobrara a dor e o vazio. E naquele momento eu entendi. Até então não conseguia encontrar uma justificativa para que um ser vivo pudesse ansiar pela destruição. Sempre acreditara que até mesmo o desejo de morte do suicida não fosse outra coisa a não ser um excessivo e distorcido amor pela vida. O Tirano queria o aniquilamento, seu próprio e do mundo, porque sentia uma pena infinita de si mesmo e de todas as criaturas do Mundo Emerso. A dele não era crueldade, mas sim amor pelo mundo. Acreditava realmente que a aniquilação fosse a única esperança para estas Terras infelizes e perdidas.

Quando soube que havia sido morto, embora reconhecendo que era a única maneira de detê-lo, no fundo da alma senti uma pungente tristeza, pois, afinal, ele também era uma vítima. Como todos nós, aliás.

Contaram-me que, quando Nihal matou Aster, de repente a terra começou a tremer e o Castelo a desmoronar. Naquela altura eu não podia perceber nada, pois languescia na minha cela, à beira da morte, mas todos os sobreviventes compreenderam na mesma hora que aqueles quarenta anos de terror e morte haviam chegado ao fim; levantaram as espadas e soltaram um grito de vitória. O grito de júbilo espalhou-se por toda parte, desde o Saar até o deserto, e encheu a boca dos que até então só haviam conhecido as agruras da escravidão. Estava tudo acabado, uma nova era descortinava-se diante do mundo.

No sopé dos bastiões destruídos do Castelo a batalha continuou furiosa até o anoitecer, de forma que esta nova era também começou manchada de sangue. Muitos dos homens do Tirano renderam-se, alguns continuaram a combater, mas nenhum deles pôde eximir-se da luta, nem quem fugia nem quem ficava. Os homens que "se batiam pela paz", como Nihal dissera ao Tirano, encarniçaram-se sobre os vencidos com a arrogância e a crueldade de que só os vencedores são capazes. Quando a escuridão tomou conta do campo, a paz conseguiu finalmente dominar a terra.

Na manhã seguinte um sol pálido iluminou a planície do Castelo, entulhada de escombros e manchada de sangue. Do reino que o Tirano criara sobravam apenas estilhaços de cristal negro e os cadáveres dos seus seguidores. Mas não era só o sangue dos seus partidários que coloria a terra, milhares dos nossos também haviam morrido. Raven foi encontrado diante dos portões derrubados do Castelo; apesar da sua bazófia, havia sido um grande soldado e muitos choraram a sua morte.

Por outro lado a sorte foi clemente com Ido, embora fosse melhor falar mais em Vesa do que em sorte. Quem o salvou foi o dragão. Quando o gnomo caiu no chão sem sentidos, a batalha enfurecia à sua volta e muitos tentaram investir contra o seu corpo para vingar Deinóforo, deitado ao seu lado. Vesa jogou-se em cima do amo, protegeu-o com suas imensas asas, rechaçando os inimigos: devorou-os, incendiou-os, fez de tudo para mantê-los afastados. E foi a salvação de Ido. Claro, tinha passado por maus bocados e levou um bom tempo para recobrar-se dos ferimentos. Um mês e meio depois, de qualquer forma, já podia brandir novamente a espada: com algumas cicatrizes a mais, mas pronto a construir a nova era que todos almejavam.

As tropas do Mundo Submerso deram uma contribuição preciosa e o próprio Varen distinguiu-se na luta. Viu cair muitos dos seus, mas combateu até o fim, quando a sua leve armadura foi trespassada por uma lança inimiga. O conde teve sorte, no entanto, e saiu vivo daquele dia memorável, apesar do grave ferimento no ombro.

O preço mais alto em termos de perdas humanas foi aquele pago pelos territórios sob o domínio do Tirano. A grande maioria dos rebeldes foi massacrada. Dos três mil homens que Aires conseguira juntar sobraram somente trezentos. Ela foi encontrada, ainda viva, sob um amontoado de cadáveres. Chorou longamente pela morte dos seus, mas sabia que aquela vitória só podia ser alcançada com sangue e sacrifício e que aquelas vidas não haviam sido em vão.

No que me diz respeito, encontraram-me mais morto do que vivo nas proximidades do Castelo. Não foram tanto as feridas do corpo a pôr em risco a minha vida quanto as do espírito. O que o Tirano fizera comigo deixara-me despedaçado; a minha mente estava perturbada, a vontade de lutar pela salvação me abandonara. Os que cuidaram de mim tiraram-me das garras da morte e não permitiram que ela me levasse. Foi assim que, lentamente, voltei à vida. Quando acordei depois daquele longo sono eu estava tão ignorante quanto uma criança e muitos acharam que eu tinha enlouquecido. Tive de aprender novamente a viver, acostumando-me mais uma vez com o mundo. Pouco a pouco as lembranças do que eu tinha sido voltaram e então renasci.

Não foi possível, no entanto, salvar a minha perna. Continua no seu lugar, mas já não consigo usá-la e arrasto-a, inerte, atrás de mim. Seja como for, já me acostumei e acho que o cajado em que me apoio contribui para dar-me uma aparência de veterano e um ar de sabedoria. Agora que deixei crescer a barba, tenho a impressão de parecer realmente um daqueles sábios do Conselho que Aster e eu imaginávamos quando crianças. Claro, nisso tudo fui ajudado por aquilo que Aster nunca teve e sempre desejou: o amor.

Quando me encontraram diante do Castelo, Nihal estava ao meu lado. O talismã em volta do seu pescoço estava negro e ela não respirava.

Durante vários dias acreditaram que estava morta. Levaram-na para a sala de armas da Academia, onde a compuseram vestindo a armadura, com o símbolo branco que sobressaía luminoso em seu peito e a espada que tinham recuperado entre os escombros do trono de Aster. Tributaram-lhe todas as honras, pois tinha sido ela que matou o Tirano e era justamente a ela que se devia a salvação do Mundo Emerso. Oarf agachou-se ao seu lado. Esperara por ela, na arena, durante toda a duração da batalha: e lutara bravamente, sozinho, contra os inimigos. Lembrava as palavras de Nihal, que iriam encontrar-se no fim para ficarem juntos para sempre, e agora estava lá a fim de cumprir a promessa que Nihal não pudera manter. Parecia decidido a ficar ali pelo resto da eternidade.

A fogueira, a homenagem à qual todos os Cavaleiros tinham direito, estava prevista para dali a alguns dias, mas a data foi adiada uma vez que, nesse meio-tempo, estava acontecendo alguma coisa inesperada e extraordinária. O corpo de Nihal não demonstrava qualquer sinal de morte, continuava firme e rosado, como se ela ainda estivesse viva.

– Peço que esperem – disse Soana em prantos a Nelgar, que insistia para que os rituais fúnebres fossem cumpridos sem demora. – Não sei explicar o motivo, mas tenho a sensação de que a história deste Cavaleiro ainda não tenha acabado aqui na terra.

Os presentes olharam para ela com pena, mas concordaram com seu pedido.

Aconteceu enquanto as sombras do crepúsculo se alongavam sobre Makrat. A sala estava deserta, a não ser pelas duas sentinelas que vigiavam o corpo, quando uma pequena criatura irrequieta fez a sua entrada. As sentinelas acharam que aquele ser miúdo e esvoaçante era mais um que vinha prestar a sua homenagem à heroína.

A pequena criatura aproximou-se do rosto de Nihal e pousou no seu queixo, então olhou para ela com profunda tristeza.

– Então, Nihal – disse baixinho –, acabou se rendendo? Desistiu do sonho? Senar está em um aposento não muito longe daqui. Ainda está lutando e espera por você. Não acha que deveria ir até lá? – Sorriu. – Sofreu tudo o que era possível sofrer, ofereceu tudo aquilo que tinha à pessoa que podia salvar. Acabou encontrando, afinal, o Último Motivo. O novo mundo que mencionei está próximo e você precisa estar nele.

Phos acariciou o rosto de Nihal, como fizera da última vez em que se haviam encontrado.

– O Pai da Floresta está esperando pelo coração. Se eu tirasse a pedra que ainda está no amuleto e a levasse para ele, ele voltaria a viver. Mas esta vida faria algum sentido agora? Quem poderia aproveitar a existência dele? Muitos precisam de você, começando por Senar, e você ainda tem muitas coisas a fazer, enquanto o meu bom Pai da Floresta, a minha casa, o meu abrigo, o meu único amigo, já fez o que tinha de fazer. Em volta dele só há terra queimada, árvores mortas e desolação; a Floresta, aquela que por ele se mantinha viva, está morta. Já lhe disse, eu e o Pai da Floresta somos apenas sobras do velho mundo, e o destino de quem já viveu tanto tempo e está tão velho é sair do caminho. – Calou-se por alguns momentos, como se estivesse procurando as palavras certas. – O Pai da Floresta tomou uma decisão: quer ser seu pai, quer doar-lhe a sua seiva vital para que você possa viver e continuar a fazer o que é preciso. Não será fácil. A vida é uma das dádivas mais lindas e terríveis que alguém possa receber, porque é ao mesmo tempo uma honra e um ônus. Mas eu e o Pai da Floresta sabemos que você merece esta dádiva. – Phos esticou as pequenas mãos para Mawas, a pedra da Terra do Vento, e recitou uma incompreensível ladainha. A gema voltou a brilhar intensamente e transmitiu a sua energia a todas as outras do medalhão, de forma que elas também voltaram a refulgir, não como no dia do encantamento, mas sim com uma luz calma e tranquilizadora. Junto com aquele brilho, a cor voltou à face de Nihal e a vida animou-a de novo.

"O Pai morre e a Filha nasce. Enquanto usar no pescoço este talismã, você viverá. Nunca o perca, pois isso seria a sua morte." Phos apoiou-se nos braços, como se estivesse exausto. "Agora só precisa ir ao encontro do seu sonho e do prêmio que bem merece. Faça bom uso daquilo que eu e a minha Velha Árvore lhe demos."

Silencioso como chegara, Phos foi embora. Desde então, nunca mais foi visto.

Nihal recobrou-se completamente. Não se lembra de nada da sua pretensa morte e do encontro com Phos, mas as palavras que o duende lhe disse naquele dia ficaram marcadas na sua mente e nunca mais

tirou o amuleto do pescoço. Foi graças a ela que consegui voltar a ser o que era: ela devolveu-me a vida e a sanidade. Às vezes, quando pensamos no assunto, temos quase vontade de rir: eu fiquei coxo e a vida dela está presa a um talismã até o fim dos seus dias. Talvez os verdadeiros refugos do velho mundo sejam de fato nós.
A sua mente, no entanto, está livre de fantasmas; desapareceram como neve no sol, finalmente reduzidos ao silêncio. "Sinto-me quase sozinha, agora que já não ouço as vozes. Mas este silêncio é bom, sinto uma calma que não conhecia...", disse-me certa noite. Nada mais sobra do encantamento que a atormentou durante a vida inteira, porque Reis também morreu, vítima do seu ódio inextinguível. No dia da batalha escolheu estar presente, para assistir com seus próprios olhos à destruição do inimigo. No instante em que Nihal trespassou-o de lado a lado, Reis gritou com os olhos esbranquiçados fora das órbitas: "Morto! Finalmente está morto! O monstro foi destruído!"
Do penhasco onde se encontrava, logo ao lado do Castelo, quis descer para a planície. Lançou-se rumo à imensa construção como se de repente os seus anos tivessem ido embora, entregue a uma felicidade desumana. Correu até as paredes do Castelo e ficou sepultada sob os escombros. Encontraram-na no dia seguinte, esmagada por uma grande pedra. Nos seus olhos arregalados ainda havia todo o ódio que animara a sua vida. De todos os protagonistas desta história, Reis é a única da qual não consigo sentir pena, somente um profundo desprezo.
— Afinal, ela também não passa de uma vítima — comentou por sua vez Nihal. — Somos todos vítimas do ódio que se aninha no fundo do nosso coração e que só espera o momento certo de fraqueza para nos sufocar.

Durante algum tempo, depois de nos restabelecermos por completo, vivemos um período de felicidade. O mundo parecia-nos jovem e pronto a nos receber, e chegamos a pensar que com a morte do Tirano tudo tinha acabado, que o mal havia sido vencido e a paz tinha vol-tado. Havíamos conseguido sobreviver e estávamos juntos: o que mais poderíamos desejar? Mas aquilo não durou muito tempo.
Não demoramos a perceber que, se já fora difícil vencer o Tirano, não menos árdua seria a tarefa da reconstrução a partir dos escombros. Aster e seus serviçais não eram os criadores do Mal, mas apenas suas

ignaras criaturas. Sem dúvida alguma haviam sido vencidos, mas a maldade continuava entre nós.
A primeira vez que o percebi foi quando visitamos os *fâmins*. Desde logo surgira o problema do que fazer com aquelas criaturas. Haviam se tornado indefesos e ignaros como crianças, buscando abrigo na Terra dos Dias, longe dos olhares cheios de rancor e vontade de vingança dos vencedores. Ficamos um bom tempo falando a respeito da situação deles no Conselho. Houve quem propusesse exterminá-los ou então torná-los escravos. Só depois de um longo e cansativo debate conseguimos fazer prevalecer a minha opinião e a de Dagon: os fâmins iriam ficar na Terra dos Dias, livres para escolher o seu próprio caminho.

Assim sendo, certo dia Nihal, Ido e eu partimos para visitá-los e informá-los da resolução. Quando nos viram chegar, muitos olharam para nós com horror e temor, lembrando-se do que havia sido feito pelos nossos semelhantes, das chacinas que antigamente a própria Nihal cometera contra a raça deles.

Nihal subiu no topo de uma pequena colina. A planície diante dela era a mesma pela qual tínhamos passado, desesperançados e cheios de raiva, durante a nossa viagem. Nada mudara, ainda estava entregue à mesma desolação de quando Aster estava no poder, à mesma sensação de morte. Só que agora estava cheia de seres trêmulos e apavorados, jogados num mundo que não entendiam.

— Sei que muitos estão se lembrando de mim e que certamente não guardam boas lembranças — começou Nihal dizendo, enquanto brincava nervosamente com o amuleto que usava no pescoço. — Sei que sou uma assassina e não lhes peço que esqueçam isso. O mal perpetrado não pode nem deve ser esquecido, permanece nos corações e forma um rasgo na alma que nada pode preencher. A única coisa que peço é que não procurem vingança. A vingança não dá descanso aos mortos nem apazigua os vivos.

Ficou por um momento calada, deixando o olhar correr pelo insólito auditório.

— Por isso mesmo lhes peço perdão por tudo o que fiz e por aquilo que fizeram e continuam fazendo os meus semelhantes. Em contrapartida, prometo que nós também iremos perdoar aquilo que vocês fizeram, ainda mais sabendo que não o fizeram por vontade própria. Chegou a hora da paz. Já é hora de cada um de nós esquecer a guerra e se dedicar a construir um mundo novo, com a esperança de que seja melhor do que o antigo.

Fez mais uma pausa, depois recomeçou em voz mais alta:
— Os membros do Conselho e os demais mandatários decidiram que a partir de agora esta será a sua Terra. Poderão viver nela soberanos e donos de si, livres para buscar a sua própria realização na paz. De agora em diante haverá concórdia entre o seu povo e todos os demais, e juro que não permitirei que alguém volte a levantar um dedo contra vocês. Sei muito bem que por enquanto sentem-se perdidos e atordoados, que ainda não sabem o que fazer; nós faremos o possível para que possam encontrar o seu caminho. — Dirigiu o olhar para a multidão de rostos amedrontados diante dela. — Isso é tudo. Vocês estão livres, livres para sempre.

Naquele dia tivemos a impressão de realmente construir um futuro de paz, mas agora percebo que naquele mesmo instante lançamos na verdade as bases de um problema até hoje não resolvido. Pois a paz entre os fâmins e as demais raças continua sendo uma longínqua miragem, e uma guerra silenciosa ainda serpenteia entre as estirpes.

Ofereceram a Nihal o cargo de Supremo General da Academia, mas ela recusou.
— Sou jovem demais e falta-me a valentia para uma patente tão honrosa — disse, de forma que o posto foi oferecido a Ido. Ele também criou uma porção de histórias, repetindo que não se julgava à altura, que não tinha ânimo para enfrentar todas as amolações que tal nomeação acarretaria. No fim, no entanto, Nihal acabou convencendo-o e agora Ido ocupa o assento que já foi de Raven, com Vesa aos seus pés.

Eu e Nihal mudamo-nos para a Terra do Vento. Quem insistiu foi ela, pois sentia que aquela era a sua Terra.

Recebemos amiúde a visita de Ido, que fica um bom tempo medindo forças com Nihal; são as únicas vezes em que ela volta a segurar a espada. Decidiu esquecer as armas, pelo menos por enquanto, e a sua espada está agora pendurada na parede do nosso quarto, mas continua imaculada e sem sequer um grão de poeira: acho que não vai demorar muito para ela voltar a usá-la.

Também fomos até a Terra da Noite, ao túmulo de Laio. Sentimos muito a sua falta, principalmente da sua pureza. Foi o único dentre nós que passou por esta guerra sem manchar as próprias mãos. Nihal deixou ali a sua armadura. Eu deixei naquele lugar a maior parte das minhas antigas esperanças.
Voltei a ser conselheiro. Gozo de mais prestígio do que antes entre os demais membros, mas continuo sendo um personagem incômodo, um sujeito que nada contra a correnteza. Acho a minha tarefa mais difícil agora do que em tempo de guerra, pois a paz é muito mais frágil do que eu podia imaginar.
A Terra do Vento é um amontoado de escombros. Quando, depois de muito tempo, fomos ver o que sobrava de Salazar, foi um momento doloroso para ambos. Superamos as muralhas em ruínas e carcomidas pelo fogo e Nihal reconheceu a forja de Livon, onde o pai havia sido morto e tudo começara.
– Às vezes sinto-me como esta sala – disse-me –, queimada e devastada. A minha missão acabou, mas não posso tirar da cabeça o que passou.
Aproximou-se daquilo que sobrara do canto onde Livon forjava as suas magníficas armas; na parede ainda havia tocos de espadas corroídos pela ferrugem. Começou a chorar.
– No nosso futuro ainda pode haver lugar para a felicidade – disse-lhe. – Claro, isto não quer dizer que consigamos esquecer o passado. Nunca esquecerei a dor da tortura ou o desespero na mente do Tirano. Mas talvez desse sofrimento todo possa nascer alguma coisa boa. E afinal estamos juntos: já é alguma coisa, não acha?
Ela sorriu e me abraçou.

Agora estamos nesta Terra destruída, tentando destilar a felicidade a partir da dor. Mas sei muito bem que não vamos nos demorar muito tempo por aqui.
– Algum dia iremos embora – disse-me Nihal. – Quero voltar às origens, ao meu sonho de menina, quando desejava ser livre e viajar. Vamos montar na garupa de Oarf e superar as correntezas do Saar. Já não seremos o valente conselheiro e o grande Cavaleiro que salvaram este mundo do Tirano e que não sabem salvá-lo de si mesmos: seremos apenas Nihal da Torre de Salazar e Senar, o mago, e visitaremos Terras

que ninguém jamais viu, com monstros terríveis, mas também com imensas florestas de verdejante beleza. É isto mesmo que nós faremos.

Ela está certa, eu também desejo isso, e sei que o dia está chegando. É por isso que senti a necessidade de contar esta história, talvez para que alguém se lembre de nós depois de sairmos destas Terras, ou para que Nihal jamais se esqueça da vitória sobre si mesma, ou quem sabe para tentarmos entender o sentido oculto de tudo aquilo que aconteceu nestes últimos anos.

Há uma pergunta que o Tirano me fez e à qual ainda não consegui encontrar uma resposta: será que de fato existe salvação para este mundo? Às vezes tenho a impressão de que ele estava certo, fico pensando que a única coisa que todas as criaturas partilham é o ódio, que de algum modo somos todos vítimas e culpados ao mesmo tempo. Mas então lembro-me de Nihal e sei que vale a pena viver, que vale a pena lutar, mesmo que a luta seja em vão. Acredito que a diferença entre mim e Aster consista nisto: eu encontrei Nihal no meu caminho, ele não.

Dentro em breve irei embora e deixarei atrás de mim um mundo que se move na corda bamba; o equilíbrio é muito frágil e sei que mais cedo ou mais tarde poderá perder-se, abrindo mais uma vez o caminho para a guerra. Mas também sei que, em seguida, a paz e a esperança voltarão, e então de novo a escuridão e o desespero.

Não é, afinal, neste eterno círculo que está o sentido da nossa vida?

Senar
Conselheiro da Terra do Vento

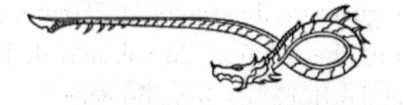

PERSONAGENS

Ael: espírito natural encarregado do controle da água.
Aires: filha de Rool, amiga de Senar.
Assa: capital da Terra do Fogo.
Aster: jovem conselheiro, amante de Reis. O futuro Tirano.
Astreia: ninfa, rainha da Terra da Água.
Avaler: comandante das tropas do Tirano.
Aymar: Cavaleiro de Dragão.
Barahar: capital da Terra do Mar.
Benares: pirata, amante de Aires.
Caver: cadete da Academia.
Dagon: Membro Ancião do Conselho dos Magos.
Dameion: Cavaleiro de Dragão Negro, irmão gêmeo de Semeion.
Debar: nome de Deinóforo antes de tornar-se Cavaleiro de Dragão Negro.
Deinóforo: Cavaleiro de Dragão Negro.
Dohor: cadete da Academia.
Dola: gnomo, guerreiro do exército do Tirano, irmão de Ido.
Elêusi: jovem mulher da Terra do Sol, mãe de Jona.
Falere: general das tropas da Terra do Mar.
Fen: Cavaleiro de Dragão, companheiro de Soana, morto em batalha e transformado em fantasma.
Flar: espírito natural encarregado do controle do fogo.
Flogisto: mago e mestre de Senar durante a aprendizagem deste para tornar-se conselheiro.
Gala: rei da Terra da Água.

Glael: espírito natural encarregado do controle da luz.
Goriar: espírito natural encarregado do controle da escuridão.
Ido: gnomo, Cavaleiro de Dragão e mestre de Nihal.
Ilusivas: ilhas na rota para o Mundo Submerso.
Jona: filho de Elêusi.
Laio: escudeiro. Ex-companheiro de Nihal na Academia. Amigo dela, morto na Terra da Noite.
Laodameia: capital da Terra da Água.
Lefe: gnomo, chefe de uma comunidade de rebeldes.
Ler: antigo rei da Terra dos Rochedos.
Livon: pai adotivo de Nihal e habilidoso armeiro, morto pelos fâmins. Irmão de Soana.
Londal: general da Terra do Sol.
Makrat: capital da Terra do Sol.
Malerba: gnomo, vítima das experiências do Tirano. Serviçal na Academia.
Marhen: antigo rei da Terra do Fogo.
Mavern: general do acampamento na floresta de Herzli.
Mawas: espírito natural encarregado do controle do ar.
Megisto: historiador e mago, durante muito tempo ajudante do Tirano.
Moli: pai de Ido.
Moni: velha vidente das ilhas Ilusivas.
Nâmen: antigo rei que inaugurou um período de paz depois do fim da Guerra dos Duzentos Anos.
Nelgar: superintendente da base da Terra do Sol.
Nereu: rei de Zalênia.
Nihal: jovem guerreira. Última representante da raça dos semi-elfos no Mundo Emerso.
Oarf: dragão de Nihal.
Ondine: jovem mulher de Zalênia, apaixonada por Senar.
Oren: conselheiro, pai de Reis.

Parsel: Cavaleiro de Dragão e instrutor na Academia.

Pewar: general dos Cavaleiros de Dragão, pai de Laio.

Phos: chefe dos duendes.

Raven: Supremo General da Ordem dos Cavaleiros de Dragão da Terra do Sol.

Reis: gnoma, antigo membro do Conselho dos Magos.

Salazar: cidade-torre da Terra do Vento.

Sareph: espírito natural encarregado do controle do mar.

Sate: gnomo, membro do Conselho dos Magos, representante da Terra do Sol.

Seférdi: capital da Terra dos Dias.

Semeion: Cavaleiro de Dragão Negro, irmão gêmeo de Dameion.

Senar: membro do Conselho dos Magos, representante da Terra do Vento. O melhor amigo de Nihal.

Sheireen: nome de Nihal entre os semielfos, significa "a Consagrada".

Shevrar: deus do Fogo e da Guerra.

Soana: maga, ex-membro do Conselho dos Magos, primeira professora de magia de Senar e irmã de Livon.

Sulana: rainha da Terra do Sol.

Tareph: espírito natural encarregado do controle da terra.

Tharser: dragão de Raven.

Theris: ninfa, membro do Conselho dos Magos, representante da Terra da Água.

Thoolan: espírito natural encarregado do controle do tempo.

Varen: conde de Zalênia.

Vesa: dragão de Ido.

Vrašta: fâmin, amigo de Laio.

Zalênia: o Mundo Submerso.

AGRADECIMENTOS

Escrever este livro foi uma verdadeira aventura, uma viagem que durou quase três anos. Comecei sozinha, escrevendo à noite, no meu quarto, sem ter a menor ideia de onde este meu gesto me levaria, e cheguei finalmente à edição do terceiro volume da trilogia. É claro que esta façanha não se deveu apenas à minha força de vontade ou ao fato de eu acreditar na história que estava contando. Sinto-me portanto na obrigação de agradecer a todos aqueles que me acompanharam nesta aventura, ajudando-me a chegar ao fim. O primeiro agradecimento vai sem dúvida a Sandrone Dazieri, sem o qual a aventura nem teria começado: ele foi o primeiro a acreditar no meu trabalho e ajudou-me a melhorar a mim mesma com os seus conselhos.

Os livros da trilogia, além do mais, teriam sido indubitavelmente de leitura menos aprazível e amena sem a ajuda das minhas duas editoras, Francesca Mazzantini e Roberta Marasco. Agradeço-lhes por terem ajudado a polir a minha escrita e por tudo o que me ensinaram no período em que trabalhamos juntas.

Mais uma vez, obrigada aos meus amigos, que me deram apoio enquanto trabalhava; muitas vezes eles foram a minha força de vontade, pois nunca deixaram de acreditar em mim. Se não fosse por sentir-me tão amada, não creio que teria conseguido chegar até o fim.

Obrigada aos meus pais, com sua grande e variada biblioteca. Se eles não me tivessem transmitido o amor pela leitura, creio que nem teria passado pela minha cabeça segurar uma caneta. Fico-lhes grata porque sempre me deixaram seguir as minhas tendências, sem nada me impor e sempre aceitando de bom grado as minhas escolhas, certas ou erradas.

E, finalmente, muito obrigada a Giuliano. Forcei-o a ler o livro, vinte páginas de cada vez, sempre pedindo que desse a sua opinião. Foi o meu primeiro leitor e o meu primeiro crítico, e inspirou-me o final da história. Fico-lhe grata por tudo, porque ficou o tempo todo ao meu lado, sustentando-me e dando-me o seu apoio.

Este livro foi impresso na Editora JPA Ltda.,
Av. Brasil, 10.600 – Rio de Janeiro – RJ,
para a Editora Rocco Ltda.